Los misterios de
FLAVIA de LUCE

ASESINATO en el HUERTO de PEPINOS

ALMA

Título original: *The Sweetness at the Bottom of the Pie*

© Alan Bradley, 2009
© Amadeus Enterprises Ltd, 2009
Primera edición: publicado en Canadá por Doubleday Canada Limited.
Publicado de acuerdo con The Foreign Right Office, Agència Literària, S.L.
Barcelona, c/o The Bukowski Agency Ltd., Toronto.

© de esta edición:
Editorial Alma
Anders Producciones S. L., 2024
www.editorialalma.com

© de la traducción: Montse Triviño, 2009
© Ilustración de cubierta y contra: Ayesha L. Rubio

Diseño de la colección: lookatcia.com
Diseño de cubierta: lookatcia.com
Maquetación y revisión: LocTeam, S. L.

ISBN: 978-84-19599-53-7
Depósito legal: B-299-2024

Impreso en España
Printed in Spain

El papel de este libro proviene de bosques gestionados de manera sostenible.

Todos los derechos reservados. No se permite la reproducción total o parcial del libro, ni su incorporación a un sistema informático, ni su trasmisión en cualquier forma o por cualquier medio, sea este electrónico, mecánico, por fotocopia, por grabación u otros métodos, sin el permiso previo por escrito de la editorial.

Los misterios de FLAVIA de LUCE

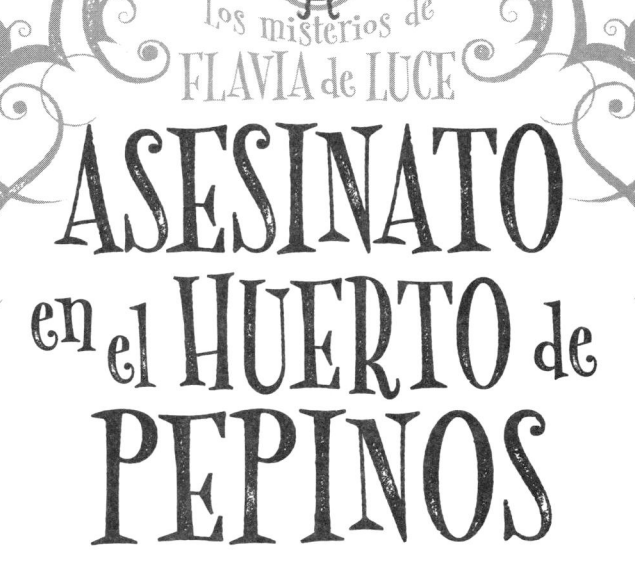

ASESINATO en el HUERTO de PEPINOS

Traducción de Montse Triviño

Alan Bradley

ALMA

Para Shirley

> Si por dentro la tarta no es dulce,
> ¿a quién le importan los pliegues de la masa?
>
> WILLIAM KING, *The Art of Cookery*

1

El interior del armario estaba oscuro como boca de lobo. Me habían empujado dentro y habían cerrado la puerta con llave. Respiré trabajosamente por la nariz, tratando por todos los medios de mantener la calma. Intenté contar hasta diez cada vez que cogía aire y hasta ocho cada vez que lo soltaba despacio en la oscuridad. Por suerte para mí me habían apretado tanto la mordaza contra la boca abierta que los orificios nasales habían quedado libres, lo que me permitía llenar una y otra vez los pulmones de un aire viciado que olía a humedad.

Probé a agarrar con las uñas la bufanda de seda con la que me habían atado las manos a la espalda, pero dado que tenía la costumbre de mordérmelas hasta dejarme los dedos en carne viva, no pude agarrar nada. Menos mal que me había acordado de unir las yemas de los dedos, que utilicé como diez minúsculos pero firmes apoyos para ir separando las palmas de las manos, ya que los nudos estaban muy apretados. Giré las muñecas y las froté una contra otra hasta que el tejido se aflojó; luego utilicé los pulgares para ir tirando de la seda hasta que noté los nudos entre ambas palmas y después entre los dedos. Si hubieran sido lo bastante listas como para atarme los pulgares, jamás habría conseguido escapar, pero eran tontas de remate.

Una vez con las manos libres me deshice de la mordaza en un santiamén. El siguiente paso era la puerta, pero antes debía asegurarme de que no estuvieran agazapadas esperándome. Me puse en cuclillas y eché un vistazo al desván a través del agujero de la cerradura. Gracias a Dios se habían llevado la llave. No se veía a nadie: aparte de la habitual maraña de sombras, trastos y cachivaches varios, el desván estaba desierto. No había moros en la costa.

Rebusqué algo por encima de la cabeza en el fondo del armario y desenrosqué el gancho de alambre de una percha de madera. Introduje el extremo curvo en el ojo de la cerradura, doblé hacia arriba el otro y conseguí formar un ángulo en forma de L, que introduje en las profundidades de la vieja cerradura. Tras unos pacientes momentos de tanteo y manipulación oí un satisfactorio chasquido. No había sido tan difícil. La puerta se abrió y yo quedé libre.

Descendí a saltos la amplia escalinata de piedra que llevaba al vestíbulo y me detuve frente a la puerta del comedor el tiempo indispensable para echarme hacia atrás las coletas, devolviéndolas así a su posición reglamentaria sobre los hombros.

Papá seguía insistiendo en que la cena se sirviese justo cuando el reloj daba la hora y que comiéramos en la descomunal mesa de roble del refectorio, tal y como se había hecho en vida de mamá.

—¿Ophelia y Daphne aún no han bajado, Flavia? —me preguntó irritado, apartando la vista del último número de *The British Philatelist*, abierto junto a su plato de carne y patatas.

—Hace siglos que no las veo —dije.

Era cierto, no las había visto: por lo menos, no desde que me habían amordazado y vendado los ojos para luego atarme, subirme cual saco de patatas por la escalera del desván y encerrarme en el armario.

Papá me observó por encima de sus gafas durante los cuatro segundos de rigor antes de concentrarse de nuevo, murmurando algo entre dientes, en sus pegajosos tesoros. Le dediqué una amplia sonrisa, lo bastante amplia como para ofrecerle una inmejorable vista de los aparatos que llevaba en los dientes. Aunque en realidad me daban el aspecto de un dirigible sin revestimiento, a papá siempre le había gustado que le recordaran lo bien que invertía su dinero. Sin embargo, en esa ocasión estaba tan absorto que ni siquiera se fijó. Levanté la tapa de la fuente de cerámica Spode en la que reposaban las verduras y extraje, de sus profundidades cubiertas de mariposas y frambuesas pintadas a mano, una generosa ración de guisantes. Utilizando el cuchillo como gobernante y el tenedor como picana, obligué a los guisantes a formar ordenadas filas y columnas en mi plato: hilera tras hilera de minúsculas esferas verdes, separadas unas de otras con tanta precisión que hasta el más estricto fabricante de relojes suizos habría silbado de admiración. Después, empezando por el fondo a la izquierda, ensarté el primer guisante con el tenedor y me lo comí.

Ophelia tenía la culpa de todo. Al fin y al cabo, ya había cumplido diecisiete años y, por tanto, era de esperar que hubiese alcanzado por lo menos un atisbo de la madurez que tendría de adulta. Que se confabulara con

Daphne, que tenía trece, no era justo, y ya está. Entre las dos sumaban treinta años. Treinta años… ¡contra mis once! No es que fuera antideportivo, no: era directamente una maldad que pedía venganza a gritos.

A la mañana siguiente, estaba yo atareada con los matraces y frascos de mi laboratorio químico, situado en el piso más alto del ala este, cuando Ophelia irrumpió sin molestarse siquiera en saludar.

—¿Dónde está mi collar de perlas? Me encogí de hombros.

—Yo no soy la guardiana de tus baratijas.

—Sé que me lo has cogido. Los caramelos Mint Imperial que había en mi cajón de la ropa interior también han desaparecido, y he tenido ocasión de comprobar que, cuando en esta casa desaparecen caramelos, siempre acaban en la misma boca maloliente.

Regulé la llama de una lamparilla de alcohol en la que estaba calentando un vaso de precipitados con un líquido rojo.

—Si lo que estás insinuando es que mi higiene personal no está a la altura de la tuya, ya puedes empezar a limpiarme las botas con la lengua.

—¡Flavia!

—Lo que oyes. Estoy más que harta de que siempre se me eche a mí la culpa de todo, Feely.

Mi justificado arranque de indignación, sin embargo, se vio interrumpido cuando Ophelia fijó sus ojos de miope en el matraz de color rojo rubí, que estaba a punto de entrar en ebullición.

—¿Qué es esa masa pegajosa del fondo?

Ophelia golpeó el cristal con una uña larga y cuidada.

—Es un experimento. ¡Cuidado, Feely, es ácido!
Ophelia palideció.

—¡Son mis perlas! ¡Eran de mami!

Era la única de las hijas de Harriet que se refería a ella como «mami»: la única de las tres lo bastante mayor como para conservar recuerdos de la mujer de carne y hueso que nos había llevado en su vientre, hecho que Ophelia nunca se cansaba de recordarnos. Harriet había muerto en un accidente de alpinismo cuando yo solo tenía un año, y lo cierto es que en Buckshaw no se hablaba mucho de ella.

¿Estaba yo celosa de los recuerdos de Ophelia? ¿Me molestaba no compartirlos? Creo que no; en realidad, la cosa iba mucho más allá porque en cierta manera, y por extraño que resulte, despreciaba los recuerdos que ella tenía de nuestra madre.

Aparté lentamente la mirada de mi tarea, de forma que los cristales redondos de mis gafas emitieran destellos de luz blanca hacia Ophelia: sabía que, cuando lo hacía, mi hermana tenía la espeluznante sensación de hallarse frente a un chiflado científico alemán como los de las películas que veíamos en el cine Gaumont.

—¡Mala bestia!

—¡Bruja! —repliqué, aunque no antes de que Ophelia diera media vuelta sobre sus talones, con bastante gracia por cierto, y saliera del laboratorio hecha una furia.

Las represalias no tardaron en llegar, pero eso era normal tratándose de Ophelia: a diferencia de mí, ella no planeaba las cosas con antelación ni creía en eso de que la venganza es un plato que se sirve frío.

Poco después de cenar, cuando papá ya se había recluido en su estudio para disfrutar de su colección de efigies en papel, Ophelia dejó muy despacio el cuchillo de la mantequilla, en cuya hoja de plata había contemplado su propio reflejo durante el último cuarto de hora. Sin más preámbulos, dijo:

—En realidad, yo no soy tu hermana, ¿sabes? Y Daphne tampoco. Por eso somos tan distintas de ti. Supongo que jamás se te ha ocurrido pensar que eres adoptada.

Dejé caer mi cuchara con estrépito.

—Eso no es verdad. Soy la viva imagen de Harriet, todo el mundo lo dice.

—Te recogió en el hogar para madres solteras porque os parecíais mucho —dijo Ophelia, haciendo una desagradable mueca.

—¿Y cómo nos íbamos a parecer si ella era una adulta y yo un bebé? —repuse, agarrando la oportunidad al vuelo.

—Porque le recordabas mucho a ella cuando era un bebé. Ay, señor, pero si hasta cogió sus fotos de cuando era pequeña y las comparó contigo para apreciar el parecido.

Apelé a Daphne, que tenía la nariz enterrada en un volumen encuadernado en piel de *El castillo de Otranto*.

—No es verdad. ¿A que no, Daffy?

—Me parece que sí —dijo Daphne, pasando con gesto lánguido una página de papel cebolla—. Papá siempre decía que sería un trauma para ti y nos hizo prometer que no te lo contaríamos nunca. Por lo menos, hasta que cumplieras once años. Nos obligó a jurarlo.

—En un bolso Gladstone de color verde —dijo Ophelia—. Lo vi con mis propios ojos. Vi a mami meter sus fotos de cuando era pequeña en un bolso Gladstone de color verde y llevárselas al hogar para madres solteras. Aunque yo solo tenía seis años en aquella época, bueno, casi siete…, jamás olvidaré sus manos blancas…, ni sus dedos manipulando el cierre de latón.

Me levanté de un salto de la mesa y salí de la habitación hecha un mar de lágrimas. Lo del veneno no se me ocurrió hasta el día siguiente a la hora del desayuno.

Y, como es habitual con las grandes ideas, era de lo más simple.

Buckshaw había sido el hogar de nuestra familia, los De Luce, desde tiempos inmemoriales. La actual mansión de estilo georgiano se había construido para reemplazar la original, una casa de estilo isabelino que los aldeanos habían reducido a cenizas al sospechar que los De Luce simpatizaban con los Orange. Que hubiéramos sido fervientes católicos durante cuatrocientos años, y siguiéramos siéndolo por entonces, no significaba nada, al parecer, para los enardecidos habitantes de Bishop's Lacey. «La casa vieja», como la llamaban, fue pasto de las llamas, y la casa nueva que la había sustituido ya contaba más de tres siglos.

Más tarde, otros dos antepasados de los De Luce, Antony y William de Luce —que habían tenido sus más y sus menos acerca de la guerra de Crimea—, afearon la estructura original. Cada uno de ellos añadió un ala al edificio: William, el ala este, y Antony, la oeste. Cada cual vivió recluido en sus propios dominios y prohibió al otro traspasar la línea negra que habían hecho pintar justo en el centro de la casa: la línea partía de la entrada principal, cruzaba el vestíbulo y llegaba hasta el retrete del mayordomo, tras la escalera del fondo. Los dos anexos de ladrillo amarillo, de rancio estilo victoriano, se doblaban hacia atrás como las alas inmóviles del ángel de un cementerio, lo que, en mi opinión, concedía a los ventanales y postigos de la fachada georgiana de Buckshaw el aspecto mojigato y perplejo de una solterona con el moño demasiado apretado.

Otro De Luce, Tarquin —o Tar, como lo llamaba todo el mundo—, sufrió una descomunal crisis nerviosa e hizo trizas su prometedora carrera como químico. Lo expulsaron de Oxford el verano que coincidió con el jubileo de plata de la reina Victoria.

El indulgente padre de Tar, preocupado por la frágil salud del muchacho, no había escatimado gastos a la hora de equipar el laboratorio situado en el último piso del ala este de Buckshaw: el laboratorio en cuestión estaba repleto de objetos de cristal y microscopios alemanes. Contaba, además, con un espectroscopio alemán, balanzas químicas procedentes de Lucerna y un tubo de Geissler también alemán de complicada forma, soplado artesanalmente, al que Tar acoplaba bobinas eléctricas para estudiar la fluorescencia de distintos gases.

En un escritorio, junto a las ventanas, se hallaba un microscopio Leitz, cuyo latón aún despedía el mismo brillo cálido y suntuoso que el día que lo trajeron desde el apeadero de Buckshaw en una carreta tirada por un poni. El espejo reflector se podía orientar de forma que captara la pálida luz de los rayos de sol matutinos, mientras que en días nublados, o si se usaba cuando ya había anochecido, resultaba muy útil la lámpara de parafina —fabricada por Davidson & Co., de Londres— con la que iba equipado el microscopio.

Incluso había un esqueleto humano articulado en una base provista de ruedas, que el gran naturalista Frank Buckland —cuyo padre se había comido el corazón momificado del rey Luis XIV— le había regalado a Tar cuando este contaba doce años.

Tres de las cuatro paredes de la estancia estaban cubiertas del suelo al techo por vitrinas con puertas de cristal: en dos de ellas se acumulaban hileras y más hileras de productos químicos en tarros de botica, de cristal, rotulados con la pulcra y hermosa letra de Tar de Luce, quien a la postre había desafiado al destino y había sobrevivido a su familia. Tar había muerto en 1928 a los sesenta años de edad en su reino químico, donde lo halló una mañana el ama de llaves con uno de los ojos aún observando, aunque ya sin ver, por su queridísimo Leitz. Se había rumoreado, incluso, que en el momento de su muerte estaba estudiando la descomposición de primer orden del pentóxido de nitrógeno. De ser eso cierto, se trataría de la primera investigación conocida sobre una reacción que, a la larga, conduciría a la invención de la bomba atómica.

El laboratorio del tío Tar había permanecido cerrado a cal y canto y se había mantenido intacto en un asfixiante silencio hasta que empezó a manifestarse lo que papá definió como mi «extraño talento», lo que me había permitido quedarme el laboratorio para mí sola.

Aún me estremecía de emoción cada vez que recordaba el lluvioso día de otoño en que la química apareció en mi vida.

Estaba yo escalando los estantes de la biblioteca, jugando a ser una célebre alpinista, cuando me resbaló un pie y tiré un voluminoso libro al suelo. Cuando lo recogí para alisar las arrugadas páginas, me di cuenta de que el libro en cuestión no solo tenía palabras, sino también decenas de ilustraciones: en algunas de ellas se veían manos sin cuerpo que vertían líquidos en curiosos recipientes de cristal que más bien parecían instrumentos musicales de otro mundo.

El libro se titulaba *Estudio elemental de química,* y en cuestión de segundos aprendí de él que la palabra «yodo» procede de un término que significa «violado» y que «bromo» procede de una palabra griega que significa «fetidez». ¡Esas eran las cosas que yo quería saber! Me metí el voluminoso libro rojo debajo del suéter y me lo llevé arriba. Solo más tarde descubrí el nombre «H. de Luce» escrito en la guarda. El libro había pertenecido a Harriet.

No tardé mucho en dedicar cada minuto libre a estudiar minuciosamente aquellas páginas. Había noches, incluso, en que apenas podía esperar el momento de irme a la cama, pues el libro de Harriet se había convertido en mi amigo secreto.

En él se hablaba de los metales alcalinos, algunos de los cuales tenían nombres fabulosos, como litio o rubidio, y de los metales alcalinotérreos, como el estroncio, el bario y el radio. Aplaudí con entusiasmo al leer que el radio lo había descubierto una mujer, madame Curie. Y luego estaban los gases venenosos, como la fosfina (se ha demostrado que una simple burbuja tiene efectos letales), el peróxido de nitrógeno, el ácido hidrosulfúrico... La lista era interminable. Cuando descubrí que el libro proporcionaba instrucciones detalladas para formular dichos compuestos, subí hasta el séptimo cielo. En cuanto conseguí entender las ecuaciones químicas del tipo $K_4FeC_6N_6 + 2 K = 6KCN + Fe$ (que describe lo que pasa cuando se calienta el prusiato amarillo de potasa con potasio para producir cianuro de potasio) se me abrió el universo entero. Fue como haber encontrado un libro de recetas que en otros tiempos hubiera pertenecido a la bruja del bosque. Lo que más me intrigaba era haber descubierto que todo, toda la creación —¡de principio a fin!—, se mantenía unido gracias a enlaces químicos invisibles. Me produjo un extraño e inexplicable consuelo saber que en algún lugar, aunque en nuestro mundo no pudiéramos verlo, existía una auténtica estabilidad.

Al principio no establecí la obvia conexión entre el libro y el laboratorio abandonado que había descubierto de niña. Pero cuando finalmente relacioné una y otra cosa, mi vida cobró vida..., si es que eso tiene sentido.

Allí, en el laboratorio del tío Tar, se hallaban perfectamente ordenados los libros de química que con tanto amor había ido recopilando. No tardé mucho en descubrir que, con un poco de esfuerzo por mi parte, la mayoría de ellos no me resultaban complicados. Pronto pasé a los experimentos sencillos, tratando de no olvidar nunca que debía seguir las instrucciones al pie de la letra. Huelga decir que provoqué unos cuantos hedores y explosiones, pero cuanto menos se hable de esa cuestión, mejor que mejor.

Con el tiempo, mis cuadernos de notas fueron cada vez más abultados. De hecho, mi trabajo se volvió más sofisticado cuando la química orgánica fue revelándome sus misterios, y sentí una gran alegría al descubrir que de la naturaleza podía extraerse mucho y con mucha facilidad.

Mi mayor pasión era el veneno.

Aparté el follaje con un bastón de bambú que había robado de un paragüero con forma de pata de elefante en el vestíbulo principal. Allí atrás, en el jardín de la cocina, los altos muros de ladrillo rojo aún no dejaban entrar los cálidos rayos del sol, y todo seguía empapado debido a la lluvia que había caído por la noche.

Mientras me abría paso entre la hierba aún sin cortar desde el año anterior, rebusqué con el bastón junto a la base del muro hasta encontrar lo que andaba buscando: una mata de relucientes racimos de tres hojas cuyo brillo color escarlata las diferenciaba de otras plantas trepadoras. Me puse un par de guantes de jardinería que llevaba sujetos al cinturón y, mientras silbaba alegremente una versión de *Bibbidi-Bobbidi-Boo,* me concentré en mi labor.

Más tarde, en la tranquilidad de mi sanctasanctórum, mi lugar más sagrado —la frase la había encontrado en una biografía de Thomas Jefferson y me la había apropiado—, metí las vistosas plantas en una retorta de cristal, sin quitarme los guantes hasta que las relucientes hojas quedaron bien aplastadas al fondo. A continuación venía la parte que más me gustaba.

Tapé bien la retorta; por un lado, la conecté a un matraz en el que ya hervía agua y, por el otro, a un tubo condensador de cristal en forma de serpentín, cuyo extremo abierto colgaba suspendido sobre un vaso de precipitados vacío. Mientras el agua burbujeaba alegremente, contemplé el vapor, que se abrió paso por el tubo y se introdujo en el matraz, entre las hojas. Estas no tardaron en arrugarse y ablandarse cuando el vapor caliente abrió las minúsculas bolsas entre sus células y liberó los aceites que constituían la esencia de la planta viva.

Ese era el sistema que utilizaban los antiguos alquimistas para practicar su arte: fuego y vapor, vapor y fuego. Destilación.

Ah, sí, adoraba mi trabajo. Destilación.

—Des-ti-la-ción —repetí en voz alta.

Contemplé fascinada cómo se enfriaba el vapor y se condensaba en el serpentín, para después retorcerme las manos presa del éxtasis cuando una gota de líquido transparente colgó suspendida durante un instante y después se precipitó con un audible «plop» al receptáculo situado debajo.

Una vez evaporada el agua que hervía y concluida la operación, apagué la llama y apoyé la barbilla en las manos para contemplar fascinada el fluido del vaso de precipitados, que se separó en dos capas distintas: en el fondo, el agua destilada, transparente, y, sobre ella, un líquido de color amarillo claro. Era el aceite esencial de las hojas: recibía el nombre de «urushiol» y, entre otras muchas cosas, se utilizaba en la fabricación de esmalte.

Rebusqué en el bolsillo de mi suéter y saqué un tubito dorado. Le quité el tapón y no pude reprimir una sonrisa al contemplar la punta roja: era el pintalabios de Ophelia, que le había robado del cajón de su tocador junto con las perlas y los caramelos Mint Imperial. Y Feely —Doña Estirada— ni siquiera había notado la desaparición.

Al acordarme de los caramelos me metí uno en la boca y lo machaqué ruidosamente con las muelas.

La barra del pintalabios salió sin dificultad y volví a encender la lamparilla de alcohol. No hacía falta mucho calor para reducir a una masa pegajosa aquel material de consistencia cerosa. Si Feely supiera que en la fabricación de pintalabios se utilizaban escamas de pescado, pensé, no se habría pintarrajeado tan alegremente los labios con aquella cosa. Sonreí. Tenía que acordarme de decírselo. Pero después.

Con una pipeta extraje unos pocos milímetros del aceite destilado que flotaba en el vaso de precipitados y luego, gota a gota, lo vertí muy despacio en la masa en que se había convertido el pintalabios derretido. A continuación removí la mezcla con un depresor lingual de madera. «Poco espeso», pensé. Cogí un tarro de botica y le añadí una gota de cera de abeja para que recuperase la consistencia inicial.

Había llegado la hora de volver a ponerse los guantes... y de coger el molde de bala, fabricado en hierro, que había robado del más que decente museo de armas de fuego de Buckshaw.

No deja de ser curioso que una barra de pintalabios tenga exactamente el mismo tamaño que una bala del calibre 45. Una información muy útil, ciertamente. Tenía que acordarme de reflexionar acerca de sus posibles repercusiones esa noche, cuando estuviera bien calentita en mi cama. En ese preciso instante estaba demasiado ocupada.

Cuando la saqué del molde y la dejé enfriar bajo el agua corriente, la barra con la fórmula alterada encajó a la perfección en su funda dorada. Giré varias veces el dispositivo para subir y bajar la barra de carmín y asegurarme de que funcionaba correctamente. Después le puse el tapón. Feely era una dormilona y sin duda aún estaría desayunando con gran parsimonia.

—¿Dónde está mi pintalabios, cerda? ¿Qué has hecho con él?

—Está en tu cajón —respondí—. Lo vi cuando te robé las perlas.

En mi corta vida, atrapada entre dos hermanas, no me había quedado más remedio que dominar el arte de la lengua viperina.

—No está en mi cajón. Acabo de mirar allí y no está.
—¿Te has puesto las gafas? —le pregunté con una sonrisa burlona.

Aunque papá nos había equipado a las tres con gafas, Feely se negaba a ponerse las suyas y, en cuanto a las mías, en realidad eran de cristal de ventana. Solo las utilizaba para protegerme los ojos en el laboratorio, o bien para inspirar lástima a los demás.

Feely golpeó la mesa con las palmas de las manos y salió de la habitación hecha una furia. Yo, por mi parte, me dediqué a sondear las profundidades de mi segundo bol de cereales Weetabix.

Algo más tarde escribí en mi cuaderno de notas:

Viernes, 2 de junio de 1950, 9.42 horas. El sujeto presenta un aspecto normal, pero se muestra malhumorado. (¿Acaso no lo está siempre?) Los efectos pueden manifestarse entre las 12 y las 72 horas.

No tenía prisa.

La señora Mullet, que era bajita, gris y redonda como una rueda de molino, y quien —no me cabe duda— se consideraba a sí misma el personaje de un poema de A. A. Milne, estaba en la cocina formulando una de sus purulentas tartas de crema. Como siempre, se estaba peleando con el inmenso horno Aga que dominaba la pequeña cocina, atiborrada de trastos por todas partes.

—¡Ah, señorita Flavia! Aquí, querida, ayúdeme con el horno.

Antes de que se me ocurriera una respuesta apropiada, sin embargo, papá apareció detrás de mí.

—Flavia, quiero hablar contigo —dijo con una voz tan pesada como el plomo en las botas de un buzo.

Observé a la señora Mullet para ver cómo reaccionaba. Lo habitual en ella era que desapareciera en cuanto olisqueaba una situación incómoda y, en una ocasión en que papá le había alzado la voz, la pobre se había enrollado en una alfombra y se había negado a salir de allí hasta que alguien fuera a buscar a su esposo.

La señora Mullet cerró la puerta del horno como si estuviera hecha de cristal de Waterford.

—Tengo que irme —dijo—. La comida se está calentando en el horno.

—Gracias, señora Mullet —dijo papá—. Ya nos las arreglaremos.

Siempre nos las estábamos arreglando.

La mujer abrió la puerta de la cocina y, de repente, dejó escapar un chillido más propio de un tejón acorralado.

—¡Oh, madre de Dios! Discúlpeme usted, coronel De Luce, pero... ¡Oh, madre de Dios!

Papá y yo tuvimos que apartarla un poco para ver al otro lado. Era un pájaro, una agachadiza chica, y estaba muerta. Yacía de espaldas en el umbral de la puerta, con una desagradable mirada vidriosa y las alas desplegadas como si fuera un pequeño pterodáctilo. La larga aguja negra que era su pico apuntaba directamente al cielo. La brisa matutina agitó algo clavado en él..., un trocito de papel.

No, no era un trocito de papel. Era un sello de correos. Papá se agachó para verlo mejor y reprimió una exclamación. De repente se llevó las manos, que le temblaban como las hojas de un álamo en otoño, a la garganta y su rostro se tornó del color de la ceniza mojada.

2

Como suele decirse, un escalofrío me recorrió la espalda. Durante un segundo creí que a papá le había dado un infarto, como les suele pasar a los padres que llevan una vida sedentaria. Un día la están agobiando a una para que mastique cada bocado veintinueve veces y al día siguiente salen en *The Daily Telegraph:*

> Calderwood, Jabez, de la Casa Parroquial de Frinton. Fallecido inesperadamente en su residencia el 14 del presente mes, sábado. Hijo de fulanito y menganita… Deja tres hijas, Anna, Diana y Trianna…

Calderwood, Jabez y los de su calaña tenían la costumbre de salir disparados hacia el cielo como los muñecos de las cajas de resorte y de dejar atrás, para que se buscaran la vida, a una caterva de hijas supuestamente afligidas.

¿Es que yo no había perdido ya a uno de mis progenitores? Seguro que a papá no se le ocurriría jamás gastarme una broma tan pesada. ¿O sí?

No. En ese momento resoplaba trabajosamente por la nariz, igual que un caballo de tiro, mientras trataba de acercarse a la cosa del umbral. Con los dedos, que se me antojaron largas y temblorosas pinzas blancas, desprendió muy despacio el sello del pico del pájaro muerto y, acto seguido, se guardó a toda prisa el agujereado pedacito de papel en uno de los bolsillos de su chaleco. Después señaló con un dedo tembloroso el pequeño cadáver.

—Deshágase de eso, señora Mullet —dijo con una voz ahogada que no parecía la suya, sino más bien la de un desconocido.

—Ay, Señor, coronel De Luce... —empezó la señora Mullet—. Ay, Señor, coronel, creo que... no... Quiero decir...

Pero papá ya no estaba: se había marchado a su estudio hecho una furia, resoplando y gruñendo como la locomotora de un tren de mercancías. Y mientras la señora Mullet iba a buscar la escoba, tapándose la boca con la mano, yo me escabullí a mi habitación.

Las habitaciones de Buckshaw eran inmensas, como oscuros hangares para guardar zepelines, y la mía, que se hallaba en el ala sur —o ala de Tar, como la llamábamos—, era la mayor de todas. El papel de las paredes, de principios de la época victoriana, era de color amarillo mostaza salpicado de unas cosas que parecían rojos coágulos de cordel y la hacía parecer aún más amplia, hasta el punto de asemejarse a un yermo gélido y ventoso. Incluso en verano la caminata a través de la habitación hasta el lejano lavabo que estaba cerca de la ventana constituía una aventura que habría intimidado al mismísimo Scott del Antártico. Y ese era, precisamente, el motivo por el que yo misma la evitaba y trepaba directamente a mi cama con dosel, donde, arrebujada en una manta de lana, podía sentarme con las piernas cruzadas hasta el día del juicio final y reflexionar acerca de mi existencia.

Pensé, por ejemplo, en aquella vez en que utilicé el cuchillo de la mantequilla para arrancar muestras del ictérico papel que cubría las paredes de mi habitación. Recordé también que Daffy me había hablado, con unos ojos abiertos como platos, de un libro de A.J. Cronin en el que un pobre diablo enfermaba y moría después de haber dormido en una habitación en cuyo papel pintado se había utilizado arsénico como principal colorante. Muy ilusionada, llevé las muestras al laboratorio para analizarlas.

Nada de recurrir a la aburrida prueba de Marsh. Gracias, pero no era mi estilo. Yo prefería el método por el cual primero se convertía el arsénico en trióxido de arsénico y luego se calentaba con acetato de sodio para producir óxido de cacodilo, que no solo es una de las sustancias más venenosas de la faz de la Tierra, sino que además tiene la ventaja añadida de despedir un olor increíblemente desagradable: parecido al hedor de los ajos podridos, aunque un millón de veces peor. Su descubridor, Bunsen (famoso por su quemador), afirmó que bastaba con oler la sustancia en cuestión para que uno notara un cosquilleo en pies y manos y se le formara una asquerosa capa negra sobre la lengua. ¡Ah, sí, los caminos del Señor son inescrutables!

No es difícil imaginar mi decepción al descubrir que en mis muestras no había el más mínimo rastro de arsénico. Como colorante, se había utilizado un sencillo tinte orgánico, probablemente extraído del sauce cabruno *(Salix caprea)* o cualquier otro tinte vegetal igualmente inofensivo y aburrido.

Por algún motivo, ese recuerdo me hizo pensar de nuevo en papá. ¿Qué era lo que lo había asustado tanto en la puerta de la cocina? Y... ¿era realmente miedo lo que había visto en su expresión?

Sí, de eso no me cabía duda. En realidad, no podía ser otra cosa, pues yo conocía muy bien sus expresiones de rabia, de impaciencia o de cansancio y sus repentinos ataques de malhumor. Todos esos estados cruzaban de vez en cuando por su rostro, como las sombras de las nubes que recorrían nuestras colinas inglesas.

A papá no le asustaban los pájaros muertos, de eso estaba segura, pues lo había visto trinchar en más de una ocasión el robusto ganso de Navidad, blandiendo el cuchillo y el tenedor con el aire de un asesino oriental. ¿No serían las plumas las que lo habían asustado? ¿O la mirada sin vida del animal? Desde luego, no podía ser el sello, pues papá quería más a sus sellos que a sus hijas. A lo largo de su vida solo había una cosa por la que hubiera sentido más cariño que por sus sellos: Harriet. Y, como ya he dicho, estaba muerta.

Igual que la agachadiza. ¿Era eso lo que había motivado su reacción?

—¡No, no! ¡Marchaos!

La ronca voz me llegó a través de la ventana abierta, me hizo perder el hilo de mis pensamientos y consiguió que estos se enredaran. Aparté la manta, salté de la cama, crucé corriendo la habitación y eché un vistazo al jardín de la cocina. Era Dogger, que estaba pegado al muro del jardín, con los dedos oscuros y arrugados bien separados sobre los desvaídos ladrillos rojos.

—¡No os acerquéis! ¡Marchaos!

Dogger era el criado de papá, o su factótum. Y estaba solo en el jardín. Se rumoreaba —en realidad, he de admitir que era la señora Mullet quien lo rumoreaba— que Dogger había sobrevivido dos años en un campo de prisioneros japonés, experiencia a la que habían seguido trece meses de torturas, hambre, desnutrición y trabajos forzados en la construcción del ferrocarril de la muerte, que unía Birmania y Tailandia. Se decía, incluso, que durante ese tiempo se había visto obligado a comer ratas.

—Trátelo con cariño, querida —me había dicho la señora Mullet—. Tiene los nervios un tanto alterados.

Observé a Dogger: estaba en el huerto de los pepinos, con la mata de pelo prematuramente cano bien tiesa, y los ojos, que parecían no ver nada, vueltos hacia el sol.

—Tranquilo, Dogger —le grité—. ¡Los estoy apuntando desde aquí arriba!

De repente se relajó, como si estuviera sujetando un cable eléctrico cargado y alguien hubiera cortado de golpe la corriente.

—¿Señorita Flavia? —dijo con voz temblorosa—. ¿Es usted, señorita Flavia?

—Ahora bajo —dije—. Tardo un segundo.

Bajé corriendo por la escalera de atrás, alborotadamente, y entré en la cocina. La señora Mullet se había marchado a casa, pero la tarta de crema estaba enfriándose en el alféizar de la ventana abierta.

No, me dije. Lo que Dogger necesitaba era beber algo. Papá guardaba su whisky escocés cerrado a cal y canto en la librería de su estudio, pero no podía entrar allí. Por suerte, encontré una jarra de leche fresca en la despensa. Llené un buen vaso y salí corriendo al jardín.

—Tome, beba esto —dije, ofreciéndole el vaso.

Dogger cogió el vaso con ambas manos, lo contempló durante largos instantes como si no supiera qué hacer con él y, por último, se lo llevó a la boca con gesto vacilante. Bebió sin respirar hasta que no quedó ni gota de leche, tras lo cual me devolvió el vaso vacío.

Durante un instante percibí en él una expresión beatífica, como un ángel de Rafael, pero la impresión desapareció en seguida.

—Tiene el bigote blanco —le dije.

Me incliné hacia los pepinos, arranqué una enorme hoja verde oscuro de la mata y la utilicé para limpiarle el labio superior.

Poco a poco, la luz regresó a su mirada vacía.

—Leche y pepinos… —dijo—. Leche y pepinos…

—¡Veneno! —exclamé, al tiempo que empezaba a dar brincos y movía los brazos como si fueran alas para demostrarle que todo estaba bajo control—. ¡Veneno letal!

Los dos nos reímos un poco y Dogger parpadeó.

—¡Caramba! —dijo, contemplando el jardín como si fuera una princesa que acaba de despertar del más profundo de los sueños—. ¡Parece que esta mañana va a hacer buen tiempo!

Papá no apareció a la hora de comer. Para tranquilizarme, pegué la oreja a la puerta de su estudio y escuché durante unos minutos: lo oí pasar las páginas de sus álbumes de sellos y aclararse de vez en cuando la garganta. «Nervios», concluí.

En la mesa, Daphne permaneció con la nariz enterrada en Horace (Walpole), junto a un sándwich de pepino mustio y olvidado en un plato. Ophelia, que no dejaba de suspirar y de cruzar, descruzar y volver a cruzar las piernas, contemplaba el vacío, lo que me llevó a concluir que estaba pensando en Ned Cropper, el manitas del Trece Patos. Cuando cogió distraída un terrón de azúcar de caña, se lo metió en la boca y empezó a chuparlo; estaba demasiado absorta en su altivo ensueño como para darse cuenta de que yo me había inclinado un poco para verle bien los labios.

—¡Ah —comenté sin dirigirme a nadie en concreto—, mañana por la mañana florecerán los granos!

Intentó arremeter contra mí, pero mis piernas fueron más rápidas que sus aletas de foca.

De vuelta en mi laboratorio, escribí:

> *Viernes, 2 de junio de 1950, 13.07 horas. Aún no se aprecia reacción alguna. «La paciencia es un ingrediente necesario del talento» (Disraeli).*

Habían dado ya las diez y yo seguía sin poder dormir. Por lo general, me quedo roque en cuanto se apagan las luces, pero esa noche era distinto. Me tendí de espaldas en la cama, con las manos debajo de la cabeza, y rememoré los acontecimientos del día.

Primero había sido lo de papá. Bueno, no, eso no era del todo cierto. Primero había sido lo del pájaro muerto en el umbral de la puerta y luego había sido lo de papá. Lo que creía haber visto en su expresión era miedo, pero en algún rincón de mi mente aún me resistía a creer tal cosa.

Para mí —para todos, en realidad—, papá no le tenía miedo a nada. Había visto muchas cosas durante la guerra, cosas horribles que jamás deben expresarse en palabras. Había sobrevivido a los años durante los cuales Harriet estuvo desaparecida, antes de que finalmente la dieran por muerta, y durante todo ese tiempo había dado muestras de un carácter inquebrantable, férreo, obstinado e inalterable. Increíblemente británico. Insoportablemente tenaz. Pero ahora...

Y luego había sido lo de Dogger: Arthur Wellesley Dogger, por utilizar su «patronímico completo», como él mismo lo llamaba en sus días buenos. Dogger había sido primero el ayuda de cámara de papá, pero después, dado que «las vicisitudes de tal puesto» (en palabras de Dogger, no mías) eran una carga demasiado pesada para él, le había parecido «más fructuoso» convertirse en mayordomo, luego en chófer, luego en encargado del mantenimiento de Buckshaw, y luego de nuevo en chófer durante una temporada. En los últimos meses había ido descendiendo lentamente, como una hoja que cae en otoño, hasta detenerse en su actual puesto de jardinero. Papá había donado nuestro coche Hillman familiar a St. Tancred como premio para una rifa.

¡Pobre Dogger! Eso era lo que yo pensaba, aunque Daphne siempre insistía en que nunca debía decir eso de nadie. «No es solo condescendiente, sino que además no tiene en cuenta el futuro», decía.

Aun así..., ¿cómo olvidar la imagen de Dogger en el jardín? Un gigantón indefenso allí solo, con el pelo y los utensilios de jardinería en desorden, la carretilla volcada y una expresión en su rostro de... de...

Oí un ruido y volví la cabeza para escuchar. Nada.

Por naturaleza, poseo un aguzado sentido del oído: la clase de oído, me dijo papá una vez, que permite a su poseedor oír arañas retumbando sobre las paredes como si llevaran herraduras en las patas. Harriet también poseía ese don, y a veces me gusta imaginar que soy una reliquia un tanto particular de ella: un par de orejas sin cuerpo que deambulan por los corredores embrujados de Buckshaw oyendo cosas que a veces es mejor no oír.

Pero ¡atención! ¡Ahí estaba otra vez el ruido! Una voz que resonaba, una voz áspera y profunda, como un susurro en una lata vacía de galletas.

Bajé de la cama y me acerqué de puntillas a la ventana. Poniendo mucho cuidado para no mover las cortinas, observé el jardín de la cocina justo en el momento en que la luna salía amablemente de detrás de una nube para iluminar la escena, como haría en un buen montaje de *El sueño de una noche de verano*. Sin embargo, no había nada que ver excepto la danza de sus rayos plateados entre los pepinos y las rosas.

Y entonces oí otra voz, una voz airada, como el zumbido de una abeja que a finales del verano se empeña en atravesar una ventana cerrada.

Me puse sobre los hombros una de las batas de seda japonesa de Harriet (una de las dos que había conseguido salvar de la Gran Purga), metí los pies en los mocasines indios bordados con cuentas que utilizaba como zapatillas y me dirigí sigilosamente a lo alto de la escalera. La voz procedía de algún lugar dentro de la casa.

En Buckshaw teníamos dos espléndidas escalinatas que descendían serpenteando, la una, sinuoso reflejo de la otra, desde el primer piso y llegaban prácticamente hasta la línea negra que dividía el amplio vestíbulo, cuyo suelo semejaba un tablero de damas. Mi escalinata, la que descendía desde el ala este o ala de Tar, terminaba en el inmenso y retumbante vestíbulo al otro lado del cual se hallaba —frente al ala oeste— el museo de armas de fuego y, tras él, el estudio de papá. De esa dirección procedía la voz que había oído, y hacia allí me dirigí con sigilo.

Pegué una oreja a la puerta.

—Además, Jacko —estaba diciendo una voz canallesca al otro lado de la hoja de madera—, ¿cómo pudiste vivir a la luz de ese descubrimiento? ¿Cómo pudiste seguir adelante?

Durante un desagradable instante, tuve la sensación de que George Sanders se había presentado en Buckshaw y le estaba echando un sermón a puerta cerrada a mi padre.

—Largo —dijo papá.

Su voz no era airada, pero utilizaba ese tono contenido y desapasionado que en él siempre indicaba enfado. Lo imaginé con el ceño fruncido, los puños apretados y los músculos de la mandíbula tensos como la cuerda de un arco.

—Oh, no digas tonterías, amigo —replicó la voz empalagosa—. Estamos juntos en esto…, siempre lo hemos estado y siempre lo estaremos. Lo sabes tan bien como yo.

—Twining tenía razón —repuso papá—. Eres un ser odioso y despreciable.

—¿Twining? ¿El viejo Cuppa? Cuppa lleva treinta años muerto, Jacko… Igual que Jacob Marley. Pero, lo mismo que el mencionado Marley, su fantasma aún nos acompaña, como seguramente ya has descubierto.

—Y pensar que lo matamos… —dijo papá con una voz apagada, derrotada.

¿Había oído bien? ¿Cómo era posible que…? Al apartar la oreja de la puerta y agacharme para mirar a través del ojo de la cerradura, me perdí las siguientes palabras de papá. Estaba tras su escritorio, mirando hacia la puerta. El desconocido, en cambio, me daba la espalda. Era altísimo, más de metro noventa, calculé. Con su pelo rojo y su ajado traje gris parecía la grulla canadiense que permanecía disecada en un oscuro rincón del museo de armas de fuego.

Pegué de nuevo la oreja a la puerta.

—… la vergüenza no prescribe —estaba diciendo la voz—. ¿Qué son para ti un par de miles, Jacko? Seguro que heredaste un buen pellizco tras la muerte de Harriet. Vamos, solo el seguro…

—¡Cierra esa asquerosa boca! —grito papá—. Lárgate antes de que…

De repente, alguien me cogió por detrás y me tapó la boca con una áspera mano. El corazón me dio un vuelco. Quien fuera me sujetaba con tanta fuerza que apenas pude oponer resistencia.

—Vuelva usted a la cama, señorita Flavia —me dijo una voz al oído, entre dientes. Era Dogger—. Esto no es asunto suyo —susurró—. Vuelva a la cama.

Aflojó un poco la mano y conseguí zafarme de él. Le lancé una mirada venenosa y, en la penumbra, me pareció advertir que la suya se dulcificaba un poco.

—Lárguese.

Me largué. Ya de nuevo en mi habitación deambulé de un lado a otro durante un rato, como suelo hacer cuando me siento frustrada. Pensé en lo que había escuchado a escondidas. ¿Papá, un asesino? No, era imposible, seguro que todo aquello tenía una explicación de lo más sencilla. Ojalá hubiera podido escuchar el resto de la conversación entre papá y el desconocido… Ojalá Dogger no me hubiera tendido una emboscada en la oscuridad. ¿Quién se había creído que era?

«Se va a enterar», pensé.

—¡Y listos! —dije en voz alta.

Saqué a José Iturbi de su funda verde de papel, le di cuerda a mi gramófono portátil y puse en el plato la segunda cara de la polonesa en la bemol de Chopin. Me tumbé en la cama y empecé a cantar.

—DA-da-da-da, DA-da-da-da, DA-da-da-da, DA-da-da-da...

Parecía como si hubieran compuesto aquella música para una película en la que alguien intenta arrancar con la manivela un viejo Bentley que no hace más que petardear. No era, precisamente, la mejor elección para dejarse llevar al mundo de los sueños...

Cuando abrí los ojos, el amanecer color gris ostra se insinuaba ya al otro lado de las ventanas. Las manecillas de mi despertador de latón indicaban las 3.44. En verano amanecía muy temprano, y en menos de un cuarto de hora saldría el sol.

Me desperecé, bostecé y salté de la cama. El gramófono se había quedado sin cuerda a mitad de la polonesa y la aguja yacía sin vida entre los surcos. Durante un breve instante, pensé en darle cuerda de nuevo para obsequiar a los habitantes de la casa con un toque de diana polaco, pero entonces recordé lo que había sucedido apenas unas horas antes.

Me acerqué a la ventana y eché un vistazo al jardín. Allí estaba el cobertizo, con los cristales empañados por el rocío y, un poco más allá, una mancha oscura y angulosa que no era sino la carretilla volcada de Dogger, olvidada con el ajetreo del día anterior.

Decidí colocarla bien para ganarme el favor de Dogger, aunque con un objetivo que ni siquiera yo tenía claro, así que me vestí y bajé en silencio la escalera de atrás para ir a la cocina. Al pasar junto a la ventana descubrí que alguien había cortado un pedazo de la tarta de crema de la señora Mullet.

«Qué raro», pensé. Sin duda, no había sido ningún miembro de la familia De Luce, pues si en algo estábamos de acuerdo todos, si había algo que nos unía como familia, era la repulsión colectiva que nos inspiraban las tartas de crema de la señora Mullet. Cuando decidía cambiar nuestras tartas favoritas —de ruibarbo o de grosellas— por la temida tarta de crema, por lo general declinábamos probarla, fingiendo una indisposición familiar, y la mandábamos a casita con la tarta e instrucciones concretas de servírsela, con nuestros mejores deseos, a su esposo Alf.

Cuando salí al jardín, vi que la luz plateada del amanecer lo había convertido en un mágico calvero, cuyas sombras oscurecían la delgada franja de luz diurna que asomaba ya tras los muros. Todo estaba cubierto de relucientes gotas de rocío y, desde luego, no me habría sorprendido en absoluto que de detrás de algún rosal saliera un unicornio y se acercara a mí para apoyar la cabeza en mi regazo.

Me dirigía hacia la carretilla cuando tropecé con algo y caí al suelo de rodillas.

—¡Mierda! —exclamé, al tiempo que me volvía para asegurarme de que no me había oído nadie. Estaba toda embadurnada de limo negro y húmeda—. ¡Mierda! —repetí, esta vez en voz algo más baja.

Me volví de nuevo para ver con qué había tropezado y lo encontré de inmediato: era algo blanco que sobresalía de entre los pepinos. Durante un instante de vacilación, algo en mí se empeñó desesperadamente en creer que era un pequeño rastrillo, un ingenioso utensilio de jardinería con dientes blancos y curvados. Pero no tardé en recobrar la razón y no me quedó más remedio que admitir que era una mano. Una mano unida a un brazo. Un brazo que entraba serpenteando en el huerto de pepinos. Y allí, al final del huerto, cubierto de rocío y de un horripilante tono verde pepino debido a la oscura vegetación, había un rostro. Un rostro que hasta al más pintado le habría parecido el del legendario hombre verde de los bosques.

Movida por una fuerza de voluntad más poderosa que la mía, de nuevo me dejé caer de rodillas al suelo junto a aquella aparición, en parte porque estaba fascinada y en parte porque quería verlo de cerca. Cuando casi tenía la nariz pegada a la suya, el ser abrió los ojos. Me llevé tal susto que no pude mover ni un músculo. El cuerpo que yacía entre los pepinos cogió aire con gesto tembloroso… y, luego, tras burbujearle unos instantes en la nariz, lo expulsó despacio, casi con tristeza, convertido en una única palabra que me golpeó en plena cara.

—*Vale!* —dijo.

Arrugué un poco la nariz con gesto pensativo al percibir un olor bastante peculiar, un olor cuyo nombre tuve, durante apenas un segundo, en la punta de la lengua. Los ojos de aquel cuerpo, tan azules como los pájaros de los platos de porcelana, contemplaron los míos como si los observaran desde un pasado vago y borroso, como si reconocieran algo en ellos.

Y entonces desapareció de ellos todo rastro de vida.

Ojalá pudiera decir que se me encogió el corazón, pero no fue así. Ojalá pudiera decir que el instinto me empujó a huir de allí, pero no sería verdad. Lo que hice fue contemplar fascinada lo que sucedía: el temblor de los dedos, la casi imperceptible opacidad broncínea que adquirió la piel como si hubiera recibido, delante de mis propios ojos, el aliento de la muerte.

Y luego el silencio absoluto.

Ojalá pudiera decir que tuve miedo, pero no lo tuve. Más bien al contrario: aquello era, sin la menor duda, lo más interesante que me había ocurrido en toda mi vida.

3

Subí a toda prisa la escalera del ala oeste. Mi primer impulso fue despertar a papá, pero algo —una especie de gigantesco imán invisible— me obligó a pararme en seco. Daffy y Feely no servían de nada en caso de emergencia, así que avisarlas era perder el tiempo. Tan rápido y con tanto sigilo como me fue posible, corrí hasta la parte de atrás de la casa, concretamente hasta el minúsculo cuartito que estaba en lo alto de la escalera de la cocina. Llamé a la puerta con suavidad.

—¡Dogger! —susurré—. Soy yo, Flavia.

En el interior no se oyó ningún ruido, así que volví a llamar y, tras dos eternidades y media, oí a Dogger arrastrar los pies, enfundados en zapatillas, por el suelo de la habitación. La cerradura emitió un sonoro chasquido cuando Dogger descorrió el cerrojo y, a continuación, el hombre entreabrió la puerta apenas unos centímetros. A la luz del amanecer me di cuenta de que estaba ojeroso, como si no hubiera dormido.

—Hay un cadáver en el jardín —dije—. Será mejor que baje usted.

Mientras yo cambiaba el peso de un pie a otro y me mordisqueaba las uñas, Dogger me dirigió una mirada que solo puedo definir como cargada de reproches, y después desapareció en la oscuridad de su habitación para vestirse. Cinco minutos más tarde estábamos el uno junto al otro en el sendero del jardín.

Pronto resultó obvio que aquel no era el primer cadáver que veía Dogger. Como si llevara toda la vida haciendo lo mismo, se arrodilló y le buscó el pulso colocando dos dedos en el ángulo posterior de la mandíbula. Por su mirada distante e inexpresiva supe que no lo había encontrado. Se puso en pie muy despacio y se sacudió las manos, como si en cierta manera estuvieran contaminadas.

—Informaré al coronel —dijo.

—¿No deberíamos llamar a la policía? —le pregunté. Dogger se pasó los largos dedos por la barbilla sin afeitar, como si estuviera ponderando una cuestión de trascendental importancia. En Buckshaw, el uso del teléfono estaba gravemente restringido.

—Sí —dijo al fin—, supongo que deberíamos llamar a la policía.

Nos encaminamos juntos, tal vez demasiado despacio, a la casa. Dogger descolgó el teléfono y se acercó el auricular a la oreja, pero me fijé en que mantenía un dedo de la otra mano apoyado con fuerza en el botón de la horquilla. Abrió y cerró la boca varias veces, para después palidecer. Empezó a temblarle el brazo y, durante un segundo, creí que iba a dejar caer el aparato. Me dirigió una mirada de impotencia.

—Deme —le dije, quitándole el artilugio de las manos—. Ya lo hago yo. Bishop's Lacey, dos, dos, uno —dije al auricular, mientras pensaba que Sherlock Holmes no podría haber evitado una sonrisa ante tal coincidencia.

—Policía —respondió una voz en tono oficioso al otro lado de la línea.

—¿Agente Linnet? —dije—. Soy Flavia de Luce, llamo desde Buckshaw.

Jamás había hecho nada parecido, así que no me quedaba más remedio que imitar lo que había oído en la radio y lo que había visto en el cine.

—Quisiera informar de una muerte —dije—. ¿Puede usted enviar a un inspector?

—¿Quiere usted decir una ambulancia, señorita Flavia? —respondió el agente—. Normalmente no avisamos a los inspectores de policía, a no ser que las circunstancias sean sospechosas. Espere un momento, que cojo un lápiz...

Se produjo una exasperante pausa durante la cual oí al agente rebuscar entre sus artículos de escritorio.

—Bien —prosiguió al fin—, dígame cómo se llama el difunto. Despacito y primero el apellido.

—No sé cómo se llama —respondí—. Es un desconocido.

Y era cierto: no sabía cómo se llamaba. Lo que sí sabía, y con toda seguridad, era que el cadáver del jardín —el cadáver de pelo rojo, el cadáver del traje gris— era el del hombre al que yo había espiado a través del ojo de la cerradura del estudio. El hombre al que papá había...

No, pero eso no podía decírselo a la policía.

—No sé cómo se llama —repetí—. Jamás había visto a ese hombre.

Me había pasado de la raya.

La señora Mullet y la policía llegaron en el mismo momento, ella a pie desde el pueblo y ellos en un Vauxhall azul. Las ruedas crujieron sobre la gravilla y, tras detenerse el coche, la puerta delantera se abrió con un chirrido y un hombre descendió frente a la casa.

—Señorita De Luce —dijo, como si el hecho de pronunciar mi nombre en voz alta me pusiera a su merced—. ¿Puedo llamarte Flavia?

Asentí.

—Soy el inspector de policía Hewitt. ¿Está tu padre en casa?

El inspector era un hombre de aspecto bastante agradable, con el pelo ondulado, los ojos grises y cierto porte de bulldog que me recordó a Douglas Bader, el as del caza Spitfire, cuyas fotos había visto en los números atrasados de *The War Illustrated* que formaban pilas de bordes blancos en el salón.

—Sí que está —respondí—, pero se encuentra indispuesto. —Un término que había tomado prestado de Ophelia—. Yo misma le mostraré el cadáver.

La señora Mullet se quedó boquiabierta y casi se le salieron los ojos de las órbitas.

—¡Madre de Dios! Discúlpeme usted, señorita Flavia, pero... ¡Ay, madre de Dios!

Si en ese momento hubiera llevado un delantal, se lo habría quitado en un santiamén y habría echado a correr, pero no lo llevaba. Lo único que hizo fue cruzar la puerta abierta tambaleándose.

Dos hombres vestidos con traje azul, que hasta ese momento habían permanecido en el asiento trasero del coche como si aguardaran instrucciones, empezaron a descender lentamente.

—El sargento detective Woolmer y el sargento detective Graves —dijo el inspector Hewitt.

El sargento Woolmer era grandote y fornido, y lucía la nariz aplastada de un boxeador; el sargento Graves, en cambio, parecía más bien un alegre gorrioncillo rubio con hoyuelos en las mejillas, que me sonrió al estrecharme la mano.

—Y ahora, si eres tan amable... —dijo el inspector Hewitt.

Los sargentos detectives descargaron su instrumental del maletero del Vauxhall y, acto seguido, los conduje a los tres en solemne procesión por la casa hasta llegar al jardín. Tras indicarles dónde estaba el cadáver, contemplé fascinada al sargento Woolmer, que sacó una cámara de su caja y la montó sobre un trípode de madera. Después, con movimientos sorprendentemente delicados a pesar de tener los dedos gruesos como salchichas, procedió a realizar microscópicos ajustes en los pequeños controles plateados de la cámara. Mientras él tomaba unas cuantas fotografías del jardín, dedicándole especial atención al huerto de pepinos, el sargento Graves abrió una gastada maleta de piel en la que había varias hileras de frascos perfectamente ordenados y en la que también alcancé a ver un paquete de sobres de papel siliconado.

Di un paso al frente para ver mejor, mientras la boca se me hacía agua.

—Me pregunto, Flavia —dijo el inspector Hewitt, entrando con cautela en el huerto de pepinos—, si podrías pedirle a alguien que nos prepare un té.

Supongo que advirtió mi expresión.

—La verdad es que esta mañana empezamos muy pronto a trabajar. ¿Crees que podrías conseguir algo de comer por ahí?

O sea, que era eso. Igual en un nacimiento que en una muerte. Sin decir siquiera «Hola, ¿cómo estás?», se recluta a la única fémina del lugar para que vaya corriendo a ver si el agua ya hierve. ¿Que consiguiera algo de comer por ahí? ¿Por quién me había tomado, por una especie de cowboy?

—Veré lo que puedo hacer, inspector —dije, espero que en tono glacial.

—Gracias —respondió él. Y justo después, mientras me alejaba hecha una furia hacia la cocina, añadió—: Ah, Flavia...

Me volví con gesto expectante.

—Ya entraremos nosotros. No hace falta que vuelvas a salir.

¡Qué cara! Pero ¡qué cara más dura!

Ophelia y Daphne ya estaban sentadas a la mesa, desayunando. La señora Mullet les había filtrado la macabra noticia, así que habían tenido tiempo más que suficiente para adoptar poses de fingida indiferencia.

Los labios de Ophelia no habían reaccionado aún a mi preparado, pero igualmente tomé buena nota mental de registrar más tarde la hora de la observación.

—He encontrado un cadáver en el huerto de pepinos —les dije.

—Muy propio de ti —dijo Ophelia, para después seguir arreglándose las cejas.

Daphne ya había terminado *El castillo de Otranto* y había avanzado bastante en la lectura de *Nicholas Nickleby*. Sin embargo, reparé en que se mordisqueaba el labio inferior mientras leía, lo cual era un signo inequívoco de falta de concentración.

Se produjo un operístico silencio.

—¿Había mucha sangre? —preguntó Ophelia al fin.

—No —respondí—. Ni una gota.

—¿De quién es el cadáver?

—No lo sé —dije, aliviada ante aquella oportunidad de refugiarme tras la verdad.

—La muerte de un perfecto desconocido —proclamó Daphne con su mejor voz de locutora de la BBC.

Abandonó la lectura de Dickens, aunque tomó la precaución de señalar la página exacta con un dedo.

—¿Cómo sabes que es un desconocido? —le pregunté.

—Elemental —respondió Daffy—. No eres tú, no soy yo y no es Feely. La señora Mullet está en la cocina, Dogger está en el jardín con los polis y papá estaba arriba hace un momento chapoteando en su baño.

Estaba a punto de decirle que era a mí a quien había oído chapotear, pero en el último momento cambié de idea: cualquier alusión al baño conducía inevitablemente a pullas varias sobre mi higiene personal. Sin embargo, y tras lo que había acontecido de madrugada en el jardín, había sentido la repentina necesidad de darme un rápido remojón.

—Seguramente lo han envenenado —dije—. Al desconocido, me refiero.

—Siempre los envenenan, ¿eh? —dijo Feely, sacudiendo la melena—. Por lo menos, en esas morbosas noveluchas de detectives. En este caso, seguramente cometió el fatal error de comer algo cocinado por la señora Mullet.

Cuando Feely apartó con gesto brusco los pegajosos restos de un huevo cocido en agua tibia, algo resplandeció en mi mente, como un rescoldo que se despega de la rejilla y cae al fuego, pero antes de que pudiera pararme a analizarlo, el hilo de mis pensamientos se vio interrumpido.

—Escucha esto —dijo Daphne, leyendo en voz alta—. Fanny Squeers está escribiendo una carta: «...mi papá parece que tiene una máscara, lleno de *latimaduras,* tanto azules como verdes, también dos formas impregnadas en su sangre. Nos vimos *hobligados* a cargarlo hasta la cocina donde yace ahora. [...] Cuando el *sobriño* suyo que usted recomendó como maestro terminó de hacerle eso a mi papá y saltó sobre su cuerpo con sus pies y también con *lerguaje* que no voy a describir para no *hensusiar* mi pluma, atacó a mi mamá con horrible violencia, la lanzó a tierra y le clavó la peineta posterior varios centímetros en la cabeza. Un poquito más y le habría entrado en el cráneo. Tenemos un *certrificado* médico de que si lo hubiera hecho, el *carapacho* de tortuga le habría afectado el cerebro».

»Y ahora escucha este otro fragmento: "Yo y mi hermano fuimos luego víctimas de su *furria*. Desde entonces nos duele mucho lo que nos lleva a la *orrenda* idea de que recibimos algún daño en nuestros adentros, especialmente porque no hay marcas de violencia visibles externamente. Estoy gritando muy alto todo el tiempo que escribo..."

A mí me parecía un caso claro de envenenamiento por cianuro, pero no me apetecía mucho compartir mi punto de vista con aquel par de zafias.

—«Gritando muy alto todo el tiempo que escribo» —repitió Daffy—. ¿Te imaginas?

—Sé muy bien lo que se siente —respondí, al tiempo que apartaba el plato y dejaba el desayuno intacto.

Después subí muy despacio por la escalera del ala este y me encerré en mi laboratorio.

Cuando estaba molesta por algo, me dirigía siempre a mi sanctasanctórum. Allí, entre frascos y vasos de precipitados, dejaba que me invadiera lo que yo denominaba el «Espíritu de la Química». Allí recreaba a veces, paso a paso, los descubrimientos de los grandes químicos de la historia, o con gesto reverencial bajaba de la librería uno de los volúmenes que componían la preciada biblioteca de Tar de Luce, como, por ejemplo, la traducción inglesa del *Tratado elemental de química* de Antoine Lavoisier. Aunque se había publicado en 1790, las hojas del libro seguían igual de crujientes que el papel de la carnicería, y eso que habían transcurrido ciento sesenta años. Cómo disfrutaba de aquellos anticuados nombres, que solo esperaban a que alguien los sacara de entre las páginas: mantequilla de antimonio…, flores de arsénico…

«Venenos fétidos», los llamaba Lavoisier, pero yo me deleitaba pronunciando sus nombres y disfrutaba como un cerdo revolcándose en el barro.

—¡Amarillo real! —exclamé en voz alta, llenándome la boca con esas palabras y saboreándolas a pesar de su naturaleza venenosa—. ¡Licor fumante de Boyle! ¡Ácido de hormigas!

Pero ese día no funcionaba. Mis pensamientos volvían una y otra vez a papá y no podía dejar de darle vueltas a lo que había oído y visto. ¿Quién era ese tal Twining —el «viejo Cuppa»— al que según papá habían matado? ¿Y por qué papá no había bajado a desayunar? Eso sí que me tenía preocupada, pues él siempre insistía en que el desayuno era «el banquete del organismo» y, por lo que yo sabía, no había nada en la faz de la Tierra capaz de conseguir que se lo saltara.

Luego, claro, pensé también en el pasaje de Dickens que Daphne nos había leído y en las lastimaduras azules y verdes.

¿Acaso papá se había peleado con el desconocido y había sufrido heridas que no podría esconder si se sentaba a la mesa? ¿O acaso había sufrido esos daños en sus adentros que describía Fanny Squeers, es decir, esas heridas que no dejaban marcas externas de violencia? Tal vez fuera eso lo que le había ocurrido al hombre del pelo rojo, lo cual aclararía por qué no había visto ni una gota de sangre. ¿Era papá un asesino? ¿Otra vez?

La cabeza me daba vueltas. Para calmarme, no se me ocurrió nada mejor que consultar el diccionario Oxford. Cogí el volumen de las palabras que empezaban por «V». ¿Cuál era la palabra que el desconocido me había espirado en plena cara? *«Vale»*. ¡Sí, eso era!

Fui pasando las páginas: vagabundear..., vagancia..., vago... Sí, allí estaba: *«Vale»*. Adiós; despedida. Era la segunda persona del singular del imperativo del verbo *valere*, que significaba «estar sano». Extraña palabra para que un moribundo se la dijera a alguien a quien no conocía de nada.

Un repentino alboroto en el vestíbulo interrumpió el hilo de mis pensamientos. Alguien estaba golpeando con ganas el gong que se utilizaba para avisar que la cena estaba lista. Aquel enorme disco, que parecía una reliquia del estreno de alguna película de J. Arthur Rank, no se había tocado en siglos, lo cual explica el susto que me llevé al oír el estridente sonido.

Salí corriendo del laboratorio y bajé la escalera. En el vestíbulo me encontré con un hombre de descomunal talla junto al gong, con la maza todavía en la mano.

—Coronel —dijo, y supuse que estaba refiriéndose a sí mismo. Aunque no se molestó en decirme su nombre, lo reconocí de inmediato: era el doctor Darby, uno de los dos socios del único consultorio médico de Bishop's Lacey.

El doctor Darby era la viva imagen de John Bull: cara roja, varias papadas y un estómago hinchado como una vela al viento. Vestía un traje marrón con un chaleco amarillo de cuadros y llevaba el tradicional maletín negro de los médicos. Si había reconocido en mí a la niña cuya mano había tenido que suturar el año anterior tras un pequeño incidente con un díscolo objeto de cristal en el laboratorio, no dio muestras de ello, sino que se limitó a esperar con aire expectante, como un sabueso que señala un rastro.

No se veía a papá por ningún sitio, ni tampoco a Dogger. Sabía muy bien que ni Feely ni Daffy se dignarían jamás a responder al sonido de un gong («Es tan pavloviano», decía Feely), y en cuanto a la señora Mullet, no salía nunca de su cocina.

—Los policías están en el jardín —le dije—. Yo lo acompaño.

Cuando salimos a la luz diurna, el inspector Hewitt dejó de examinar los cordones de un zapato negro que sobresalía de forma bastante desagradable de entre los pepinos.

—Buenos días, Fred —lo saludó—. He creído conveniente que echaras un vistazo.

—Ajá —dijo el doctor Darby.

Abrió su maletín y rebuscó durante unos instantes en el fondo antes de extraer una bolsa blanca de papel. Metió dos dedos en el interior y sacó un caramelo de menta, que a continuación se metió en la boca y chupó con ruidosa fruición. Un segundo más tarde se había abierto paso entre la vegetación y se había arrodillado junto al cadáver.

—¿Sabemos quién es? —preguntó, farfullando un poco debido al caramelo.

—Me temo que no —respondió el inspector Hewitt—. Nada en los bolsillos, ningún documento que acredite su identidad… Sin embargo, tenemos motivos para creer que acaba de llegar de Noruega.

¿Que acababa de llegar de Noruega? Sin duda, esa era una deducción digna del gran Sherlock Holmes…, ¡y yo la había escuchado en primera persona! Casi me dieron ganas de perdonar al inspector por sus groseros modales de antes. Casi…, pero no del todo.

—Hemos iniciado las pesquisas. Ya sabes, en los puertos de escala, etcétera.

—¡Condenados noruegos! —exclamó el doctor, al tiempo que se ponía en pie y cerraba su maletín—. Vuelan en bandadas hasta aquí, como si fueran pájaros hacia la luz de un faro, para luego morirse y que seamos nosotros los que tengamos que limpiarlo todo. No es justo, ¿verdad?

—¿Qué hora de la muerte pongo? —preguntó el inspector Hewitt.

—Difícil saberlo. Siempre es difícil. Bueno, siempre no, pero muchas veces sí.

—¿Aproximadamente?

—Nunca se sabe con la cianosis: no es fácil decir si la coloración acaba de empezar o ya está desapareciendo.

Diría que de ocho a doce horas. Podré decirte algo más concreto después de que este tipo haya pasado por la mesa.

—O sea, más o menos sería...

El doctor Darby se subió el puño de la camisa para consultar su reloj.

—Bueno, a ver... Ahora son las ocho y veintidós; o sea, no antes de anoche a la misma hora y no más tarde de medianoche, pongamos.

¡Medianoche! Creo que reprimí una exclamación, pues tanto el inspector Hewitt como el doctor Darby se volvieron para mirarme. ¿Cómo podía explicarles que apenas unas horas antes el desconocido me había exhalado en plena cara su último aliento?

La solución era muy fácil: salí pitando.

Encontré a Dogger podando las rosas del arriate que había bajo la ventana de la biblioteca. Su fragancia impregnaba el aire: era el delicioso olor de los cajones de embalaje que llegaban de Oriente.

—¿Papá aún no ha bajado, Dogger? —le pregunté.

—Las lady Hillingdon de este año son preciosas, señorita Flavia —dijo, impávido, como si nuestro furtivo encuentro nocturno no se hubiera producido jamás.

«Muy bien —pensé—, pues jugaré al mismo juego».

—Preciosas de verdad —asentí—. ¿Y papá?

—Creo que no ha dormido muy bien. Supongo que se habrá quedado un rato más en la cama. ¿Un rato más en la cama? ¿Cómo podía seguir durmiendo cuando había policías por todas partes?

—¿Cómo se lo ha tomado cuando le ha contado lo del..., ya sabe..., lo del jardín?

Dogger se volvió y me miró directamente a los ojos.

—No se lo he contado, señorita.

Se inclinó y, con un repentino movimiento de las tijeras de podar, cortó una flor imperfecta. La pobrecilla cayó al suelo con un discreto «plop» y allí se quedó, con su arrugado rostro amarillo contemplándonos desde las sombras.

Ambos estábamos mirando la rosa decapitada, pensando en el próximo paso, cuando el inspector Hewitt apareció tras la esquina de la casa.

—Flavia —dijo—, quiero hablar contigo. Dentro —añadió.

4

—¿Y ese hombre con el que estabas hablando ahí fuera? —me preguntó el inspector Hewitt.

—Dogger —respondí.

—¿Nombre de pila?

—Flavia —dije; no pude evitarlo.

Estábamos sentados en uno de los sofás estilo Regencia de la habitación Rosa. El inspector dejó bruscamente su bolígrafo y se volvió para mirarme.

—Por si aún no ha quedado claro, señorita De Luce, estamos investigando un asesinato. No pienso tolerar frivolidad alguna. Un hombre ha muerto y mi deber es descubrir por qué, cuándo, cómo y quién lo ha matado. Y cuando haya terminado, tendré la obligación de dar parte a la Corona, es decir, al rey Jorge VI. Y el rey Jorge VI no es muy amigo de las frivolidades. ¿Me he explicado bien?

—Perfectamente, señor —dije—. Su nombre de pila es Arthur. Arthur Dogger.

—¿Y trabaja como jardinero en Buckshaw?

—Ahora sí.

El inspector había abierto un cuaderno negro y estaba tomando notas con una caligrafía microscópica.

—¿No lo ha sido siempre?

—Ha hecho un poco de todo —contesté—. Antes era nuestro chófer, hasta que sufrió una crisis nerviosa...

A pesar de haber desviado la mirada, seguí percibiendo la intensidad del ojo detectivesco de Hewitt.

—La guerra —proseguí—. Fue prisionero de guerra. Papá pensaba que... había intentado...

—Lo entiendo —dijo el inspector en un tono repentinamente amable—. Dogger es más feliz en el jardín.

—Dogger es más feliz en el jardín.

—Eres una muchacha sorprendente, ¿sabes? En la mayoría de los casos habría esperado a que uno de tus progenitores estuviera presente antes de hablar contigo, pero dado que tu padre está indispuesto...

¿Indispuesto? ¡Ah, sí, claro! Casi se me había olvidado la mentirijilla. A pesar de mi fugaz mirada de perplejidad, el inspector siguió hablando:

—Has mencionado que Dogger trabajó como chófer durante un tiempo. ¿Tu padre conserva algún automóvil?

De hecho, sí: un Rolls-Royce Phantom II, que seguía en la cochera. Había pertenecido a Harriet y nadie lo había conducido desde el día en que llegó a Buckshaw la noticia de su muerte. Es más, papá no permitía que nadie lo tocara, a pesar de que él ni siquiera conducía.

Por consiguiente, los ratoncillos de campo habían abierto brechas en la carrocería de aquel espléndido purasangre, en su larguísimo capó negro y entre las erres entrelazadas de su radiador niquelado de estilo palladiano, para después escabullirse por el piso de madera e instalarse cómodamente en la guantera de caoba. A pesar de lo decrépito que estaba el pobre automóvil, cuando hablábamos de él lo llamábamos «el Royce», pues así era como la gente con clase se refería a esos vehículos.

«Solo un campesino lo llamaría "Rolls"», había dicho Feely en una ocasión en que se me había escapado en su presencia. Cuando quería estar en algún sitio donde sabía que no me iba a molestar nadie, me encaramaba en la semioscuridad al Roller de Harriet, siempre cubierto de polvo, y permanecía sentada durante horas en un calor más propio de una incubadora, entre la raída tapicería de lujo y la piel agrietada y mordisqueada.

La inesperada pregunta del inspector me hizo recordar un día oscuro y tormentoso del otoño anterior, un día en que llovía a mares y el viento soplaba con furia. Dado que el riesgo de que el vendaval hiciera caer ramas convertía un simple paseo por los bosques cercanos a Buckshaw en una temeraria aventura, había salido a hurtadillas de la casa y había avanzado bajo la tormenta hasta la cochera para poder pensar a solas. En el interior del cobertizo, el Phantom resplandecía débilmente entre las sombras, mientras en el exterior la tormenta aullaba, gritaba y golpeaba las ventanas como si se tratara más bien de una tribu de almas en pena. Ya tenía una mano en el tirador de la puerta cuando me di cuenta de que dentro del coche había alguien. Casi me muero del susto, pero entonces vi que era papá: estaba allí sentado, ajeno a la tormenta, con el rostro bañado en lágrimas.

Permanecí completamente inmóvil durante varios minutos, temerosa de moverme y casi sin atreverme a respirar. Pero cuando papá dirigió despacio la mano hacia el tirador de la puerta, me arrojé en silencio al suelo, como una gimnasta, y me metí debajo del coche. Por el rabillo del ojo vi descender del estribo uno de sus pies, enfundados en unas botas cortas de agua, y mientras papá se alejaba despacio me pareció que se le escapaba un sollozo. Me quedé allí durante mucho tiempo, contemplando el piso de madera del Rolls-Royce de Harriet.

—Sí —respondí—, hay un antiguo Phantom en la cochera.

—Pero tu padre no conduce.

—No.

—Entiendo.

El inspector dejó su bolígrafo y su cuaderno con mucho cuidado, como si estuvieran hechos de cristal veneciano.

—Flavia —dijo, y no se me pasó por alto que ya no se dirigía a mí como «señorita De Luce»—, voy a hacerte una pregunta muy importante. La respuesta que me des será crucial. ¿Lo entiendes?

Asentí.

—Sé que fuiste tú quien informó acerca de este... incidente. Pero... ¿quién descubrió el cadáver?

Mi mente entró en barrena. Si decía la verdad, ¿incriminaría a papá? ¿Sabía ya la policía que yo había llevado a Dogger al huerto de pepinos? Estaba claro que no, pues el inspector acababa de preguntarme acerca de la identidad de Dogger, así que era lógico pensar que aún no lo habían interrogado. Sin embargo..., ¿qué les contaría Dogger cuando lo interrogaran? ¿A quién protegería, a papá o a mí? ¿Existía alguna prueba que permitiera descubrir a la policía que la víctima aún vivía cuando la encontré?

—Yo —respondí bruscamente—, yo descubrí el cadáver. Me sentí como el petirrojo del cuento.

—Me lo imaginaba —dijo el inspector Hewitt.

Y entonces se produjo uno de esos incómodos silencios, interrumpido solo por la llegada del sargento Woolmer, que se servía de su inmensa mole para arriar a papá hacia la sala.

—Lo hemos encontrado en la cochera, señor —explicó el sargento—, escondido en un viejo automóvil.

—¿Quién es *usted*, caballero? —exigió saber papá. Estaba furioso y, durante un segundo, alcancé a ver fugazmente al hombre que había sido en otros tiempos—. ¿Quién es usted y qué hace en mi casa?

—Soy el inspector Hewitt, señor —dijo el inspector mientras se ponía en pie—. Gracias, sargento Woolmer.

El sargento retrocedió un par de pasos, cruzó el umbral y desapareció.

—¿Y bien? —dijo papá—. ¿Hay algún problema, inspector?

—Me temo que sí, señor. Ha aparecido un cuerpo en su jardín.

—¿Qué quiere usted decir con «cuerpo»? ¿Un cuerpo sin vida?

El inspector Hewitt asintió.

—Así es, señor —dijo.

—¿Y de quién es? El cuerpo, quiero decir.

Fue entonces cuando me fijé en que papá no tenía contusiones, ni arañazos, ni cortes, ni rasguños... por lo menos visibles. También me di cuenta de que había empezado a palidecer, excepto en las orejas, que se le estaban poniendo del mismo tono que la plastilina rosa. Y me di cuenta de que el inspector también había reparado en ello. No respondió de inmediato a la pregunta de papá, sino que la dejó suspendida en el aire.

Papá dio media vuelta y se dirigió hacia el mueble bar trazando una amplia curva y rozando con la yema de los dedos la superficie horizontal de todos los muebles junto a los que pasaba. Se preparó un Votrix con ginebra y se lo bebió de un trago, con un movimiento rápido y decidido que indicaba más práctica de lo que yo imaginaba.

—Aún no lo hemos identificado, coronel De Luce. En realidad, esperábamos que usted pudiera ayudarnos.

Al oír esas palabras, papá palideció más aún, si cabe, y las orejas se le pusieron más rojas.

—Lo siento, inspector —dijo en un tono apenas audible—. Por favor, no me pida que... No sé afrontar bien la muerte, entiéndalo...

¿Que no sabía afrontar bien la muerte? Papá era militar. Y los militares convivían con la muerte; vivían *para* la muerte; vivían *de* la muerte. Por raro que parezca, para un soldado profesional, la muerte era la vida. Hasta yo lo sabía.

Y, del mismo modo, supe al instante que papá acababa de decir una mentira. De repente, sin previo aviso, un delgado hilo se rompió en alguna parte de mí. Me sentí como si hubiera envejecido un poco y algo antiguo se hubiera quebrado.

—Lo entiendo, señor —dijo el inspector Hewitt—, pero a menos que se nos presenten otras vías de investigación...

Papá sacó un pañuelo del bolsillo y se secó primero la frente y después el cuello.

—Estoy un poco alterado por... todo esto —dijo.

Hizo un gesto vago y tembloroso, señalando a su alrededor. Mientras lo hacía, el inspector Hewitt cogió su cuaderno y empezó a escribir. Papá se acercó muy despacio a la ventana, desde donde fingió contemplar el paisaje, un paisaje que yo podía imaginar con todo detalle en mi mente: el lago artificial; la isla con sus ruinosos disparates arquitectónicos; las fuentes ahora secas, apagadas desde que había estallado la guerra; las colinas a lo lejos…

—¿Ha estado usted en casa toda la mañana? —le preguntó sin rodeos el inspector Hewitt.

—¿Qué? —dijo papá, girando sobre sus talones.

—¿Ha abandonado en algún momento la casa desde anoche?

Transcurrió largo tiempo antes de que papá contestara.

—Sí —respondió finalmente—. He salido esta mañana. Para ir a la cochera.

Contuve una sonrisa. Sherlock Holmes dijo en una ocasión de su hermano, Mycroft, que encontrarlo fuera del Club Diógenes era tan difícil como encontrar un tranvía en un camino rural. Lo mismo que Mycroft, papá seguía su propio camino y era improbable que se descarriara. Aparte de ir a la iglesia y de alguna que otra colérica escapadita en tren para asistir a alguna exposición de sellos, difícilmente, por no decir nunca, asomaba la nariz fuera de casa.

—¿Y a qué hora ha sido eso, coronel?

—Las cuatro, más o menos, puede que un poco antes.

—O sea, que ha estado en la cochera durante —dijo el inspector Hewitt, echándole un vistazo a su reloj— ¿cinco horas y media? ¿Desde las cuatro de la madrugada hasta ahora mismo?

—Sí, hasta ahora mismo —asintió papá.

No estaba acostumbrado a que pusieran en duda sus palabras y, aunque el inspector no se dio cuenta, yo sí percibí la creciente irritación en su voz.

—Ya. ¿Suele usted salir a esas horas de la mañana?

La pregunta del inspector sonó informal, casi despreocupada, pero yo sabía que no lo era.

—No, la verdad es que no. No suelo hacerlo —respondió papá—. ¿Adónde quiere ir usted a parar?

El inspector Hewitt se dio un golpecito en la punta de la nariz con el bolígrafo, como si estuviera elaborando la siguiente pregunta para formularla ante un comité parlamentario.

—¿Ha visto usted a alguien?

—No —dijo papá—. Por supuesto que no he visto a nadie. No había ni un alma.

El inspector Hewitt dejó de darse golpecitos el tiempo suficiente para anotar algo.

—¿A nadie?

—No.

Como si ya se lo imaginara, el inspector asintió despacio y con aire triste. Pareció decepcionado y suspiró mientras se guardaba el cuaderno de notas en un bolsillo interior de la chaqueta.

—Ah, una última pregunta, coronel, si no tiene inconveniente —dijo de repente, como si acabara de recordar algo—. ¿Qué hacía usted en la cochera?

Papá apartó la mirada de la ventana y tensó los músculos de la mandíbula. Entonces se volvió y miró al inspector directamente a los ojos.

—Eso no estoy dispuesto a decírselo —respondió.

—Muy bien, pues —dijo el inspector Hewitt—. Creo que…

Fue en ese preciso instante cuando la señora Mullet abrió la puerta con un empujón de su enorme trasero y entró caminando como un pato, cargada con una bandeja.

—He traído unas galletitas de semillas —dijo—. Galletas de semillas, té y un vasito de leche para la señorita Flavia.

¡Galletas de semillas y leche! Yo detestaba las galletas de semillas de la señora Mullet tanto como san Pablo apóstol el pecado. Puede que más. Me dieron ganas de trepar a la mesa y, con una salchicha clavada en el tenedor a modo de cetro, gritar con mi mejor voz de Laurence Olivier: «¿No habrá nadie capaz de librarnos de esta turbulenta repostera?».

Pero no lo hice, sino que guardé silencio. Con una discreta reverencia, la señora Mullet dejó su carga frente al inspector Hewitt y entonces reparó de repente en papá, que aún seguía junto a la ventana.

—¡Ah, coronel De Luce! Menos mal que ha aparecido usted. Lo estaba esperando. Quería decirle que ya me deshice del pájaro, el cual muerto encontramos en el umbral de la puerta de ayer.

A la señora Mullet se le había metido en la cabeza la idea de que esos cambios de orden en la frase no solo resultaban pintorescos, sino también poéticos. Antes de que papá pudiera desviar la conversación hacia otro tema, el inspector Hewitt tomó las riendas del asunto.

—¿Un pájaro muerto en el umbral? Hábleme de ello, señora Mullet.

—Bien, señor, pues yo, el coronel y la señorita Flavia aquí en la cocina estábamos. Yo acababa de sacar una riquísima tarta de crema del horno y la había puesto a enfriar en la ventana. Era esa hora del día en la cual empiezo a pensar en regresar a casa con mi Alf. Alf es mi marido, señor, y no le gusta que ande yo callejeando cuando es la hora de su té. Se pone todo efervescente cuando tiene que hacer la digestión fuera de horas. Y cuando a mi Alf se le corta la digestión, es un espectáculo digno de verse. Cubos y fregonas por todas partes, en fin...

—¿La hora, señora Mullet?

—Debían de ser las once, o las once y cuarto. Vengo cuatro horas todas las mañanas, de ocho a doce, y tres por las tardes, de la una a las cuatro, en teoría —dijo, frunciendo el ceño en dirección a papá, que estaba demasiado absorto mirando por la ventana como para advertirlo—. Siempre hago más horas de las que me corresponden, sea por lo que sea.

—¿Y el pájaro?

—El pájaro estaba en el umbral, más muerto que el asno de Dorothy. Era una agachadiza, una de esas agachadizas chicas. Por suerte o por desgracia, en mis buenos tiempos llegué a cocinar tantas que sé perfectamente cómo son. Qué susto me pegué, la verdad, al verla allí despatarrada: el aire le agitaba las plumas, como si aún le quedara vida después de que se le hubo parado el corazón. Eso es lo que dije a mi Alf: «Alf», le dije, «el pájaro estaba allí despatarrado como si aún le quedara vida...».

—Es usted muy observadora, señora Mullet —dijo el inspector Hewitt, tras lo cual la señora Mullet se hinchó como una paloma buchona y se iluminó toda ella con un resplandor rosa iridiscente—. ¿Vio usted algo más?

—Bueno, pues sí, señor, resulta que llevaba un sello clavado en el pico. Era casi como si lo llevara sujeto con la boca, ¿sabe usted?, igual que las cigüeñas llevan a los niños en un pañal. ¿Sabe lo que quiero decirle? Más o menos así, pero no exactamente igual.

—¿Un sello, señora Mullet? ¿Qué clase de sello?

—Un sello de correos, señor…, pero no como los que se ven por ahí hoy en día. Oh, no…, no se parecía en nada. Este sello en cuestión tenía dibujada la cabeza de la reina. No su actual majestad, Dios la bendiga, la otra reina… La cual se llamaba… reina Victoria. Bueno, por lo menos habría estado ahí si el pico del pájaro no hubiera atravesado el sello justo por donde debería haber estado la cara.

—¿Está usted segura de que era un sello?

—Se lo juro, señor, que me muera ahora mismo si no es verdad. Mi Alf coleccionaba sellos cuando era niño y aún conserva lo que queda de su colección en una vieja caja de galletas Huntley and Palmer que tiene guardada debajo de la cama en la sala de arriba. Ya no la saca tanto como cuando éramos jóvenes, porque dice que le pone triste. Aun así, reconozco un Penny Black[1] cuando lo veo, esté o no ensartado en el pico de un pájaro muerto.

—Muchas gracias, señora Mullet —dijo el inspector Hewitt mientras se procuraba una galleta de semillas—. Nos ha sido usted de gran ayuda.

La señora Mullet le dedicó otra reverencia y después se alejó hacia la puerta.

—«Es curioso», le dije a mi Alf. Le dije: «En Inglaterra nunca se ven agachadizas chicas antes de septiembre». Cuántas habré asado en el espetón y habré servido con

---

1 El denominado «Penny Black» (literalmente, «penique negro») fue el primer sello adhesivo de la historia, emitido por el Reino Unido en 1840. Llevaba la efigie de la reina Victoria. *[N. de la T.]*

una crujiente tostada. A la señorita Harriet, que en gloria esté, nada le gustaba más que una buena…

Oí un quejido a mi espalda y me volví justo a tiempo de ver a papá doblarse por la mitad, igual que una silla plegable, y deslizarse al suelo.

Debo admitir que el inspector Hewitt reaccionó de inmediato. Se plantó junto a papá en menos de un segundo, apoyó una oreja sobre su pecho, le aflojó la corbata y utilizó uno de sus largos dedos para comprobar si algo le estaba obstruyendo las vías respiratorias. Estaba claro que no se había dedicado a dormir durante sus clases de primeros auxilios en St. John Ambulance. Un segundo más tarde abrió la ventana, se llevó a la boca los dedos corazón y anular y emitió un silbido. Yo habría dado una guinea por saber silbar así.

—Doctor Darby —gritó—. Suba, por favor. ¡Dese prisa! Y traiga el maletín.

En cuanto a mí, aún me tapaba la boca con la mano cuando el doctor Darby entró en la sala y se arrodilló junto a papá. Tras examinarlo rápidamente, sacó de su maletín una pequeña ampolla de color azul.

—Es un síncope —dijo dirigiéndose al inspector Hewitt. Y, después, dirigiéndose a la señora Mullet y a mí—: Eso quiere decir que se ha desmayado. No es nada preocupante.

¡Uf!

Le quitó el tapón al frasco y, durante unos instantes, justo antes de que se lo colocara a papá bajo la nariz, percibí un olor familiar: era mi viejo amigo, el carbonato de amonio o, como yo lo llamaba cuando estábamos los dos solos en el laboratorio, «sal volátil», o simplemente «sal». Sabía que «amonio» venía de «amoníaco» y que el amoníaco se llamaba así porque lo descubrieron no muy lejos de la tumba del dios Amón en el Antiguo Egipto. Parece que estaba presente en la orina de los camellos. Y también sabía que más tarde, en Londres, un científico al que admiraba había patentado un método gracias al cual se podían extraer sales de olor del guano patagón.

¡Química! ¡Química! ¡Ah, cómo me gustaba!

Cuando el doctor Darby acercó la ampolla a la nariz de papá, este soltó un bramido digno de un toro en un prado y levantó los párpados como si fueran persianas enrollables. Sin embargo, no pronunció ni una palabra.

—¡Bien! ¡Ya vuelve a estar usted entre los vivos! —dijo el doctor mientras papá, visiblemente confuso, trataba de apoyarse en un codo y echaba un vistazo a su alrededor. A pesar del tono jovial que había empleado, lo cierto es que el doctor Darby acunó a papá como si fuera un recién nacido—. Espere un poco hasta que se recobre. Quédese un minuto ahí, sobre esa moqueta Axminster tan bonita.

El inspector Hewitt permaneció junto a ellos con gesto circunspecto hasta que llegó el momento de ayudar a papá a ponerse en pie. Apoyándose con fuerza en el brazo de Dogger —a quien se había avisado—, papá subió muy despacio la escalera y se dirigió a su habitación. Daphne y Feely hicieron acto de presencia, aunque de hecho su aparición fue tan breve que apenas vimos un par de caras pálidas tras el pasamanos.

La señora Mullet, que correteaba ya de vuelta a la cocina, se detuvo un instante y con gesto solícito me puso una mano en el brazo.

—¿Estaba buena la tarta, cielo? —me preguntó.

Hasta ese momento me había olvidado por completo de la tarta. Seguí el ejemplo del doctor Darby.

—Ajá—dije.

El inspector Hewitt y el doctor Darby ya habían regresado al jardín cuando subí muy despacio la escalera para dirigirme a mi laboratorio. Desde la ventana, contemplé con tristeza, y también con una extraña sensación de pérdida, a los dos camilleros que aparecieron por una esquina de la casa y procedieron a colocar los restos del desconocido en una camilla de lona. A lo lejos vi a Dogger, que se afanaba en decapitar más rosas lady Hillingdon alrededor de la fuente del prado este, la que conmemoraba la batalla de Balaclava.

Todo el mundo estaba ocupado. Con un poco de suerte no me resultaría difícil hacer lo que me proponía hacer y regresar antes de que los demás advirtieran mi ausencia. Bajé sigilosamente y salí por la puerta principal. Cogí mi vieja bicicleta BSA, Gladys, que descansaba apoyada en una urna de piedra, y minutos más tarde pedaleaba frenéticamente en dirección a Bishop's Lacey.

¿Cuál era el nombre que había mencionado papá?

Twining. Sí, eso era. El «viejo Cuppa». Y sabía exactamente dónde encontrarlo.

5

La biblioteca pública de Bishop's Lacey se hallaba en Cow Lane, una calle sombreada y estrecha, flanqueada de árboles, que descendía desde High Street hacia el río. La construcción original era un modesto edificio georgiano de ladrillo negro, cuya fotografía a todo color había aparecido en una ocasión en la portada de *Country Life*. Lo había donado a Bishop's Lacey lord Margate, un muchacho del pueblo que había triunfado cuando aún era solo Adrian Chipping, para después aumentar todavía más su fama y su fortuna como único proveedor de BeefChips —un tipo de carne en conserva que él mismo había inventado— para el gobierno de su majestad durante la guerra de los bóeres.

La biblioteca había sido un oasis de silencio hasta 1939. Ese año, mientras estaba cerrada por reformas, se había pegado fuego, al parecer, porque unos cuantos trapos de pintor habían empezado a arder por combustión espontánea, justo en el momento en que Neville Chamberlain, el primer ministro, pronunciaba ante los ingleses su famoso discurso, ese que decía: «Puesto que la guerra aún no ha empezado, no hay que perder la esperanza de que podamos evitarla». Dado que toda la población adulta de Bishop's Lacey estaba apelotonada en torno a unos pocos aparatos de radio, nadie, ni siquiera los seis miembros del cuerpo voluntario de bomberos, había detectado el incendio hasta que ya era demasiado tarde. Cuando llegaron los bomberos con su bomba manual de vapor, ya no quedaba de la biblioteca más que un montón de rescoldos. Por suerte, todos los libros se habían salvado, pues los habían guardado en un almacén provisional mientras duraran las reformas.

Pero con el estallido de la guerra poco después y la fatiga general desde el armisticio, el edificio original no había llegado a reconstruirse jamás. El lugar que en otros tiempos había ocupado no era más que un solar invadido por las malas hierbas en Cater Street, justo al doblar la esquina del Trece Patos. El terreno, cedido a perpetuidad a los habitantes de Bishop's Lacey, no podía venderse, y el almacén provisional de Cow Lane en el que se habían guardado los libros había acabado convirtiéndose en la sede permanente de la biblioteca pública.

Cuando doblé la esquina de Cow Lane desde High Street, vi en seguida la biblioteca: era un edificio bajo de pavés y azulejos construido en los años veinte para albergar un salón de exposición y venta de automóviles. Algunos de los letreros esmaltados en los que se leían los nombres de coches ya desaparecidos, como el Wolseley o el Sheffield-Simplex, seguían pegados a una de las paredes, casi tocando al tejado, es decir, demasiado alto como para atraer la atención de ladrones o vándalos.

Ahora, un cuarto de siglo después de que el último Lagonda hubo cruzado aquellas puertas, el edificio se había sumido en una especie de decrepitud resquebrajada y desportillada, como la loza en las dependencias de la servidumbre.

Detrás de la biblioteca, y en los terrenos colindantes, una maraña de decadentes edificaciones anexas, como si fueran lápidas apiñadas en torno a una parroquia rural, se hundían en la alta hierba que crecía entre el salón de ventas y el camino de sirga abandonado que bordeaba el río. En varias de esas casuchas de mugriento suelo se guardaban los libros del antiguo y ya desaparecido edificio georgiano, que también era mucho más grande. En el interior umbrío de las construcciones provisionales que en otros tiempos habían sido talleres de reparación se amontonaban ahora hileras y más hileras de libros que nadie quería, clasificados por materias: historia, geografía, filosofía, ciencia… Esos garajes de madera, que aún apestaban a aceite de motor, herrumbre y primitivos inodoros, eran popularmente conocidos como «las estanterías»… ¡y el motivo estaba claro! Me gustaba ir a leer allí, y después del laboratorio químico de Buckshaw, era mi lugar favorito del mundo.

En todo eso pensaba cuando llegué a la puerta principal y giré el pomo.

—¡Caracoles! —exclamé. Estaba cerrado.

Cuando me hice a un lado de la puerta para echar un vistazo por la ventana, reparé en un cartel pegado al cristal en el que alguien había escrito toscamente «CERRADO» con un lápiz negro de cera.

¿Cerrado? Pero si era sábado. La biblioteca abría de las diez a las dos y media de jueves a sábado: lo decía bien clarito en el horario que colgaba de un tablón de anuncios de marco negro, junto a la puerta. ¿Le habría ocurrido algo a la señorita Pickery?

Sacudí un poco la puerta y luego le di un buen empujón. Apoyé las manos en el cristal y las ahuequé para mirar al interior, pero no había nada que ver, a excepción de un rayo de sol que iluminaba partículas de polvo antes de posarse en las estanterías llenas de novelas.

—¡Señorita Pickery! —llamé, pero no obtuve respuesta—. ¡Caracoles! —repetí.

No me iba a quedar más remedio que aplazar mis pesquisas hasta otro momento.

Mientras estaba allí, en Cow Lane, pensé que sin duda en el cielo las bibliotecas abrían veinticuatro horas al día, siete días a la semana.

No…, ocho días a la semana.

Sabía que la señorita Pickery vivía en Shoe Street. Si dejaba allí la bicicleta y atajaba entre las casuchas que había al otro lado de la biblioteca, pasaría por detrás del Trece Patos e iría a parar justo al lado de su casa.

Eché a andar entre la hierba alta y mojada, aunque con cuidado de no tropezar con los trozos medio podridos de maquinaria oxidada que sobresalían aquí y allá como si fueran huesos de dinosaurio en el desierto de Gobi. Daphne me había descrito los efectos del tétanos: bastaba un rasguño producido por una vieja rueda de coche para que empezara a salirme espuma por la boca, comenzara a ladrar como un perro y cayera al suelo presa de las convulsiones al ver el agua. Para ir practicando, tenía ya preparado un escupitajo en la boca cuando oí voces.

—Pero… ¿cómo se lo has permitido, Mary?

Era la voz de un hombre joven, y procedía del patio de la posada. Me oculté tras un árbol y desde allí eché un vistazo: el que hablaba era Ned Cropper, el chico para todo del Trece Patos.

¡Ned! Pensar en Ned le provocaba a Ophelia el mismo efecto que una inyección de novocaína. Se le había metido en la cabeza que Ned era el vivo retrato de Dirk Bogarde, pero la única semejanza que veía yo era que ambos tenían dos brazos, dos piernas y un montón de brillantina en el pelo. Ned estaba sentado sobre un barril de cerveza junto a la puerta trasera de la posada, y una chica que reconocí de inmediato como Mary Stoker descansaba en otro. No se miraban. Mientras Ned dibujaba un complicado laberinto en el suelo con el tacón de su bota, Mary se retorcía las manos sobre el regazo y miraba hacia ninguna parte en concreto.

Aunque Ned había hablado en voz baja, en un tono apremiante, entendí perfectamente sus palabras, pues la pared de yeso del Trece Patos funcionaba como reflector del sonido.

—Ya te lo he dicho, Ned Cropper, no pude hacer nada, ¿sabes? Se me acercó por detrás mientras cambiaba las sábanas.

—¿Y por qué no gritaste? Eres capaz de despertar a los muertos… cuando te da la gana.

—Tú no conoces mucho a mi padre, ¿verdad? Si supiera lo que ha hecho ese tipo, me arrancaría el pellejo y se haría unas botas de agua con él —dijo, antes de escupir al suelo.

—¡Mary!

La voz procedía de algún lugar en el interior de la posada, pero aun así llegó al patio con la fuerza arrolladora de un trueno. Era el padre de Mary, el posadero Tully Stoker, cuya anormalmente atronadora voz era la protagonista de los más jugosos chismes del pueblo.

—¡Mary!

Al oír la voz, Mary se puso en pie de un salto.

—¡Voy! —dijo—. ¡Ya voy!

Vaciló, inquieta, como si tratara de tomar una decisión. De repente, veloz como un áspid, se precipitó hacia Ned y le plantó un tosco beso en los labios. Después hizo revolotear su delantal, como un mago que agita su capa, y desapareció en el hueco oscuro de la puerta abierta. Ned permaneció donde estaba durante unos instantes, luego se limpió los labios con el dorso de la mano y, por último, hizo rodar el barril para colocarlo junto al resto de barriles vacíos, en el extremo más alejado del patio de la posada.

—¡Hola, Ned! —le grité.

Se volvió, un tanto avergonzado, y supe que en ese momento se estaba preguntando si yo había escuchado la conversación o había visto el beso. Decidí ser ambigua al respecto.

—Hace buen día —dije con una sonrisa de tontorrona.

Ned me preguntó qué tal andaba de salud y, después, en orden de estricta precedencia, se interesó por la salud de papá y por la de Daphne.

—Están bien —respondí.

—¿Y la señorita Ophelia? —dijo, decidiéndose finalmente a preguntarme por ella.

—¿La señorita Ophelia? Bueno, si quieres que te diga la verdad, Ned, estamos todos bastante preocupados por ella.

Ned retrocedió de un salto, como si acabara de picarle una avispa en la nariz.

—¿Cómo? ¿Qué le ocurre? Espero que no sea nada grave.

—Se ha puesto toda verde —dije—. Creo que tiene clorosis. Y el doctor Darby también lo cree.

En su *Diccionario de la lengua vulgar,* de 1881, Francis Grose definió la clorosis como «fiebre del amor» y «mal de las vírgenes», pero yo sabía muy bien que Ned no tenía la obra de Grose tan a mano como yo. Me congratulé mentalmente.

—¡Ned!

Era otra vez Tully Stoker. Ned dio un paso en dirección a la puerta.

—Dile que he preguntado por ella —me pidió.

Lo saludé formando una «V» con los dedos, al estilo Winston Churchill. Era lo mínimo que podía hacer.

Shoe Street, lo mismo que Cow Lane, descendía hacia el río desde High Street. La casita estilo Tudor de la señorita Pickery, que estaba más o menos a mitad de calle, parecía una de esas que se ven en las cajas de los puzles: su tejado de paja, sus paredes blancas, sus ventanas de cristal emplomado con paneles en forma de diamante y su puerta de dos hojas pintadas de rojo la convertían en una delicia para cualquier artista. Los muros de entramado de madera flotaban, cual pintoresco bajel, en un mar de flores anticuadas, como anémonas, malvarrosas, claveles, campanillas y otras cuyos nombres desconocía.

Roger, el gato de la señorita Pickery, se revolcó en el escalón de la puerta y me ofreció la panza para que se la acariciara. Accedí, gustosa.

—Gatito bueno, Roger —le dije—. ¿Dónde está la señorita Pickery?

El animal se alejó despacio en busca de algo interesante que observar y yo llamé a la puerta. No hubo respuesta. Me dirigí al jardín trasero, pero al parecer no había nadie en casa.

De vuelta en High Street, tras detenerme a echar un vistazo a los mismos y mugrientos tarros de botica del escaparate de la farmacia, estaba cruzando Cow Lane cuando por casualidad miré a la izquierda y vi a alguien entrar en la biblioteca. Desplegué los brazos, incliné las alas y viré noventa grados, pero cuando llegué a la puerta, quienquiera que fuese ya había entrado. Giré el pomo y, en esta ocasión, la puerta se abrió.

La mujer estaba dejando su bolso en el cajón y acomodándose tras la mesa. Me di cuenta de que jamás en mi vida la había visto. Tenía la cara tan arrugada como esas manzanas olvidadas que de vez en cuando se encuentra uno en el bolsillo del abrigo que llevaba el invierno anterior.

—¿Sí? —dijo, contemplándome por encima de sus gafas.

«Eso se lo enseñan en la Real Academia de Biblioteconomía». Reparé en que las gafas tenían un tono ligeramente grisáceo, como si se hubieran pasado la noche macerando en vinagre.

—Esperaba ver a la señorita Pickery —dije.

—La señorita Pickery ha tenido que ausentarse por cuestiones familiares.

—Ah —dije.

—Sí, una historia muy triste. Su hermana Hetty, que vive en Nether-Wolsey, sufrió un trágico accidente con una máquina de coser. Al principio parecía que no iba a ser nada, pero luego la cosa dio un giro inesperado y ahora es muy posible que tengan que amputarle un dedo. Qué lástima… Y la pobre tiene gemelos. La señorita Pickery, como es lógico…

—Sí, claro, es lógico —dije.

—Soy la señorita Mountjoy, y estaré encantada de poder ayudarte en su lugar.

¡La señorita Mountjoy! ¡La que estaba retirada! Había oído contar historias acerca de «la señorita Mountjoy y el reino del terror». En los tiempos de Matusalén había sido la directora de la biblioteca pública de Bishop's Lacey. Una mujer muy dulce por fuera, pero por dentro era «el palacio de la maldad». O eso me habían dicho (y, de nuevo, me lo había contado la señora Mullet, que leía novelas de detectives). Los lugareños aún rezaban novenas para que no se le ocurriese abandonar el retiro.

—¿En qué puedo ayudarte, tesoro?

Si hay una cosa que odio de verdad es que me llamen «tesoro». Cuando escriba mi obra magna, *Tratado de todos los venenos,* y llegue a «Cianuro», en el apartado de «Usos» escribiré lo siguiente: «Especialmente indicado en la cura de aquellos que llaman a los demás "tesoro"».

Y, sin embargo, una de las reglas que siempre observo en la vida es esta: si quieres conseguir algo, muérdete la lengua.

Sonreí débilmente y dije:

—Me gustaría consultar la hemeroteca.

—¡La hemeroteca! —gorjeó—. Caramba, tú eres muy lista, ¿verdad, tesoro?

—Sí —dije, intentando aparentar modestia—, lo soy.

—Los periódicos están colocados en orden cronológico en las estanterías de la sala Drummond, que está en el ala trasera oeste. A la izquierda, al final de la escalera —dijo con un vago gesto de la mano.

—Gracias —respondí, encaminándome hacia la escalera.

—A menos, claro está, que estés buscando algo anterior al año pasado. En ese caso, los periódicos están en uno de los edificios exteriores. ¿Qué año necesitas exactamente?

—La verdad es que no lo sé —dije.

Un momento..., ¡sí que lo sabía! ¿Qué era lo que había dicho el desconocido en el estudio de papá? «Twining... El viejo Cuppa lleva muerto...». ¿Cuánto? Oí perfectamente la voz empalagosa del desconocido en mi mente: «El viejo lleva treinta años muerto».

—El año 1920 —dije, y me quedé tan pancha—. Me gustaría consultar los periódicos de 1920.

—Me temo que aún siguen en el cobertizo del foso..., a no ser, claro está, que se los hayan comido las ratas.

Lo dijo en un tono burlón mientras me contemplaba por encima de las gafas, como si esperara que al oír mencionar las ratas yo me llevara las manos a la cabeza y echara a correr como una loca.

—Ya los encontraré —repuse—. ¿Tiene la llave?

La señorita Mountjoy rebuscó en el cajón de su mesa y desenterró un aro de llaves de hierro que tenían aspecto de haber pertenecido en otros tiempos a los carceleros de Edmond Dantes en *El conde de Montecristo*. Las hice tintinear alegremente y salí por la puerta.

El cobertizo del foso era el edificio exterior más alejado del recinto principal de la biblioteca. Se tambaleaba peligrosamente en la orilla del río y, en realidad, no era más que un montón de tablones gastados y chapa ondulada medio oxidada, todo ello cubierto de musgo y enredaderas. En los buenos tiempos del salón de ventas de automóviles había sido el garaje en el que se cambiaba el aceite y los neumáticos a los coches, se lubricaban los ejes y se llevaban a cabo otros delicados ajustes en los bajos.

Desde entonces, sin embargo, el abandono y la erosión habían convertido el lugar en algo que más bien parecía la casucha de algún ermitaño que viviera en el bosque.

Hice girar la llave y la puerta se abrió de golpe con un herrumbroso lamento. Me adentré en la oscuridad, procurando rodear los laterales cortados a pico del profundo foso que, aunque estaba cubierto por pesadas planchas, seguía ocupando buena parte de la estancia.

El lugar en sí despedía un penetrante olor a almizcle con algún que otro toque de amoníaco, como si bajo los tablones de madera vivieran animalillos. La mitad de la pared más cercana a Cow Lane estaba ocupada por una puerta de fuelle, que en otros tiempos se recogía para que los automóviles pudieran entrar y aparcar sobre el foso. El cristal de las cuatro ventanas estaba pintado, por motivos incomprensibles para mí, de un horrendo color rojo a través del cual se colaba el sol, dándole a la estancia un aspecto sangriento y de lo más inquietante.

En las tres paredes restantes, sobresaliendo como si fueran literas se alineaban las estanterías de madera, todas ellas repletas hasta los topes de periódicos amarillentos: *The Hinley Chronicle, The West Counties Advertiser, The Morning Post-Horn*… Estaban ordenados por año y clasificados gracias a etiquetas, medio descoloridas, escritas a mano.

No me costó mucho encontrar el año 1920. Bajé la pila de periódicos que estaba arriba de todo y me atraganté con la nube de polvo que salió volando directamente hacia mi cara, como si de una explosión en un molino de harina se tratara. Al suelo, cual copos de nieve, cayeron minúsculos fragmentos de periódico mordisqueado.

Baño y esponja de lufa esa noche, tanto si me gustaba como si no.

Divisé junto a una mugrienta ventana una pequeña mesa de madera de pino que me ofrecía la luz y el espacio suficientes para desplegar los periódicos, aunque tuviera que hacerlo de uno en uno.

Me llamó la atención *The Morning Post-Horn,* un tabloide cuya portada, igual que el *Times of London,* aparecía repleta de anuncios breves y consultorios sentimentales:

> Perdido: paquete envuelto en papel marrón y atado con cordel de carnicería.
>
> De gran valor sentimental para el afligido propietario. Se ofrece generosa recompensa.
>
> Preguntar por «Smith» en The White Hart, Wolverston.

O este otro:

> Querida mía: él nos observaba. El próximo jueves a la misma hora. Trae esteatita. Bruno.

Y entonces, de repente, ¡me acordé!: papá había estudiado en Greyminster y... ¿no estaba Greyminster cerca de Hinley? Devolví *The Morning Post-Horn* a su sepulcro y bajé la primera de las cuatro pilas que ocupaba *The Hinley Chronicle.*

El *Chronicle* era una publicación semanal y salía los viernes. El primer viernes de aquel año era el día de Año Nuevo, es decir, que el primer número se publicó el siguiente viernes: el 8 de enero de 1920.

Una tras otra, se sucedían las páginas que comentaban noticias relativas a las vacaciones: visitantes llegados del continente para pasar las fiestas navideñas, una reunión aplazada de las mujeres de la Cofradía del Altar, un «cerdo de buen tamaño» a la venta, la celebración del 26 de diciembre en The Grange, la rueda desaparecida del carro pesado de un cervecero… Las sesiones de los tribunales superiores constituían un macabro catálogo de robos, cacerías furtivas y agresiones en general.

Fui pasando más y más páginas mientras las manos se me iban quedando negras por culpa de una tinta que se había secado veinte años antes de que yo naciera. La llegada del verano trajo más visitantes del continente, días de mercado, ofertas de trabajo, campamentos para exploradores, dos ferias y varias obras previstas.

Al cabo de una hora empezaba a desesperarme. La gente que leía aquellas noticias debía de haber poseído una vista sobrehumana, dado lo terriblemente pequeña que era la letra. Si seguía leyendo mucho rato, me iba a entrar un espantoso dolor de cabeza.

Y entonces lo encontré:

CONOCIDO PROFESOR MUERE TRAS CAER AL VACÍO

En un trágico accidente ocurrido el lunes por la mañana, Grenville Twining, licenciado en Letras por la Universidad de Oxford, respetado latinista y director de una de las residencias de Greyminster School, cerca de Hinley, halló la muerte al precipitarse al vacío desde la torre del reloj de la Residencia Anson de Greyminster. Quienes presenciaron los hechos afirman que el accidente sufrido por Twining, de setenta y dos años, es «simplemente inexplicable».

«Trepó al parapeto, se recogió la toga y se despidió de nosotros con el saludo romano de la palma abajo. *"Vale!"*, les gritó a los chicos que estaban en el patio interior... —explicó Timothy Greene, alumno de secundaria en Greyminster— y se precipitó al vacío».

¿«*Vale*»? El corazón me dio un vuelco. Era la misma palabra que me había exhalado en plena cara el moribundo del jardín. «Adiós». Difícilmente podía tratarse de una coincidencia, ¿verdad? Era demasiado raro. Tenía que haber alguna conexión entre ambas cosas, pero... ¿cuál?

¡Caray! Mi mente trabajaba a toda velocidad, pero no conseguía dar con la solución. El cobertizo del foso no era el lugar más indicado para hacer conjeturas, así que decidí que ya pensaría más tarde sobre el tema.

Seguí leyendo:

«Por la forma en que revoloteaba su toga, parecía un ángel que estuviera descendiendo», dijo Toby Lonsdale, un muchacho de mejillas arreboladas que estaba al borde de las lágrimas cuando sus compañeros se lo llevaron y que poco después se desmoronó muy cerca de allí.

Grenville Twining había sido interrogado recientemente por la policía en relación con un sello de correos desaparecido. El sello en cuestión era una rara variante, de incalculable valor, del tradicional Penny Black.

«No hay relación entre ambas cosas —dijo Isaac Kissing, director de Greyminster desde 1915—. No existe ninguna relación en absoluto. Todos los que conocían a Twining le tenían mucho respeto, e incluso me atrevería a decir que también un gran afecto».

Según ha podido saber este diario, la policía sigue investigando ambos incidentes.

La fecha del periódico era el 24 de septiembre de 1920. Devolví la publicación a su estantería, salí al exterior y cerré la puerta. La señorita Mountjoy seguía sentada a su mesa sin hacer nada cuando fui a devolverle la llave.

—¿Has encontrado lo que buscabas, tesoro? —me preguntó.

—Sí —dije mientras me sacudía ostentosamente el polvo de las manos.

—¿Y puedo preguntarte de qué se trataba? —añadió en tono coqueto—. A lo mejor puedo remitirte a otros materiales relacionados.

Traducción: se moría de curiosidad.

—No, señorita Mountjoy, muchas gracias —le dije.

Por algún motivo, en ese momento me sentí como si acabaran de arrancarme el corazón y me lo hubieran sustituido por uno falso hecho de plomo.

—¿Te encuentras bien, tesoro? —me preguntó la señorita Mountjoy—. Te veo un poco paliducha.

¿Paliducha? Me sentía como si estuviera a punto de vomitar. Tal vez fueran los nervios, o tal vez se tratara de un intento involuntario de conjurar las náuseas, pero para mi consternación, de repente me oí a mí misma decir con voz ronca:

—¿Ha oído usted hablar alguna vez de un tal Twining, de Greyminster School?

La señorita Mountjoy reprimió una exclamación. Se le puso la cara roja y luego gris, como si se hubiera incendiado delante de mis propios ojos y luego se hubiera desmoronado en una avalancha de cenizas. Se sacó un pañuelo de la manga, lo anudó, se lo metió en la boca y, durante unos segundos, se quedó allí sentada, meciéndose en su silla y mordiendo el pañuelo de encaje como si fuera un marinero del siglo XVIII al que están amputando una pierna por debajo de la rodilla.

Por último, me miró con los ojos rebosantes de lágrimas y dijo, con voz temblorosa:

—Twining era el hermano de mi madre.

6

Estábamos tomando el té. La señorita Mountjoy había recuperado de alguna parte una abollada tetera de estaño y, tras rebuscar en la bolsa que llevaba, había sacado un arrugado paquete de galletas Peek Freans.

Me senté en la escalera de mano de la biblioteca y cogí otra galleta.

—Fue una tragedia —dijo—. Mi tío llevaba toda la vida como director de la Residencia Anson, o eso me parecía a mí. Estaba muy orgulloso de la residencia y de sus chicos. No escatimaba esfuerzos a la hora de insistirles en que dieran lo mejor de sí mismos, que se prepararan para la vida.

»Siempre decía en broma que hablaba latín mejor que el mismísimo Julio César, y su gramática latina, *Lingua latina de Twining,* libro que por cierto publicó con tan solo veinticuatro años, era un texto clásico en los colegios de todo el mundo. Yo aún conservo un ejemplar en mi mesilla de noche. Aunque no sé leer en latín, a veces lo cojo solo porque me sirve de consuelo: *qui, quae, quod...* Esas palabras tienen para mí un sonido reconfortante.

»El tío Grenville siempre estaba organizando cosas: animó a sus chicos para que formaran un círculo de debate, un club de patinaje, un club de ciclismo, un club de naipes… Era un entusiasta prestidigitador, aunque no muy bueno: siempre se le veía el as de diamantes asomando bajo la manga y la goma elástica con que lo sujetaba. Además, era un excelente coleccionista de sellos, y enseñó a los chicos a estudiar la historia y la geografía de los países que habían emitido esos sellos, y también a ordenarlos y clasificarlos en álbumes. Y eso, precisamente, fue su perdición.

Dejé de masticar y seguí sentada con gesto expectante. La señorita Mountjoy se había quedado absorta y parecía incapaz de continuar si no la animaban a hacerlo. Poco a poco me había ido hechizando: me había hablado de mujer a mujer y yo había sucumbido. Me daba lástima…, lástima de verdad.

—¿Su perdición?

—Cometió el terrible error de depositar su confianza en unos cuantos mocosos malcriados que se habían ganado astutamente su favor. Fingían gran interés en la colección de sellos de mi tío y mayor interés aún en la colección del doctor Kissing, el director del colegio. En aquella época, el doctor Kissing era toda una autoridad mundial en el Penny Black, el primer sello postal del mundo, y en todas sus variantes. La colección Kissing era la envidia, y lo digo con conocimiento de causa, del mundo entero. Aquellos viles jovenzuelos consiguieron convencer a Grenville para que intercediera y organizara una exposición privada de los sellos de efigie.

»Mientras examinaban la joya de la colección, un Penny Black que poseía cierta peculiaridad cuyos detalles he olvidado, el sello en cuestión fue destruido.

—¿Destruido? —pregunté.
—Quemado. Uno de los muchachos le prendió fuego. En realidad, solo quería gastar una broma.

La señorita Mountjoy cogió su taza de té y se dirigió cual voluta de humo hacia la ventana, donde permaneció con la mirada perdida durante un tiempo que se me antojó larguísimo. Estaba empezando a pensar que se había olvidado de mí, pero de repente habló de nuevo.

—Por supuesto, se culpó a mi tío del desastre. —Se volvió y me miró directamente a los ojos—. Y el resto de la historia ya la has leído esta mañana en el cobertizo del foso.

—Se suicidó —dije.

—¡No se suicidó! —chilló ella. La taza y el platillo se le escurrieron de la mano y se hicieron añicos contra las baldosas del suelo—. ¡Fue asesinado!

—¿Por quién? —pregunté, al tiempo que intentaba controlarme e incluso conseguía formular una pregunta gramaticalmente correcta. Lo cierto es que la señorita Mountjoy estaba empezando a crisparme otra vez los nervios.

—¡Por aquellos monstruos! —escupió—. ¡Aquellos monstruos desalmados!

—¿Monstruos?

—¡Aquellos chicos! Lo mataron, igual que lo habrían matado de haber empuñado una daga y habérsela clavado en el corazón.

—¿Y quiénes eran esos chicos…, esos monstruos, quiero decir? ¿Recuerda usted sus nombres?

—¿Por qué quieres saberlo? ¿Qué derecho tienes tú a hurgar en esos fantasmas del pasado?

—Me interesa la historia —repuse.

Se pasó una mano por los ojos, como si quisiera obligarse a sí misma a salir de un trance, y habló con voz lenta y confusa, como si estuviera drogada.

—Fue hace mucho tiempo —dijo—. Mucho, mucho tiempo.

La verdad es que no consigo acordarme... El tío Grenville mencionó sus nombres antes de que...

—¿Lo asesinaran? —apunté.

—Sí, eso es, antes de que lo asesinaran. Extraño, ¿no te parece? Durante todos estos años, uno de esos nombres se me había quedado grabado en la mente porque me parecía un nombre de mono..., de esos monos atados con una cadena, ¿sabes?, que van con un organillero y llevan un sombrerito rojo y una taza de estaño.

Se le escapó una risa nerviosa, tensa.

—¿Jacko? —dije.

La señorita Mountjoy se sentó pesadamente, pasmada, y me contempló con unos ojos como platos, como si yo acabara de llegar de otra dimensión.

—¿Quién eres tú, pequeña? —susurró—. ¿Por qué has venido aquí? ¿Cómo te llamas?

—Flavia —dije mientras me detenía un momento junto a la puerta—. Flavia Sabina Dolores de Luce.

Lo de Sabina era cierto, pero lo de Dolores me lo inventé en ese momento.

Hasta que decidí rescatarla de su herrumbroso olvido, mi leal BSA de tres velocidades se había pasado años muerta de asco en un cobertizo, entre tiestos y carretillas de madera. Como tantas otras cosas en Buckshaw, en otros tiempos había pertenecido a Harriet, que la había bautizado como l'Hirondelle, o sea, «la golondrina». Yo le había cambiado ese nombre por el de Gladys.

Las ruedas de Gladys estaban deshinchadas, el cambio reseco, y pedía a gritos un poco de aceite, pero gracias a la pequeña bomba que llevaba acoplada y al estuche negro de herramientas que colgaba detrás del asiento, Gladys era autosuficiente. Con la ayuda de Dogger no tardé en tenerla como nueva. En el kit de herramientas había encontrado un librito titulado *Ciclismo para mujeres de todas las edades,* de Prunella Stack, la presidenta de la Liga Femenina de Salud y Belleza. En la cubierta, escrito en tinta negra con hermosa y fluida caligrafía, se podía leer: «Harriet de Luce, Buckshaw». Había momentos en los que Harriet no solo no había desaparecido, sino que estaba en todas partes.

Mientras volvía a casa a toda velocidad, pasando frente a las lápidas cubiertas de musgo del abarrotado camposanto de St. Tancred, atravesando estrechos y frondosos senderos y cruzando la calcárea High Road, para finalmente salir a campo abierto, dejé que fuera Gladys quien tomara el mando: pasamos raudas entre los setos mientras descendíamos vertiginosamente por pendientes y, durante todo ese tiempo, me imaginé que yo era el piloto de uno de los Spitfire que solo cinco años antes habían pasado rozando aquellos mismos setos, como si fueran golondrinas, cuando descendían para aterrizar en Leathcote.

Había aprendido en el librito que si pedaleaba con la espalda bien recta, como había visto hacer en el cine a la señorita Gulch de *El mago de Oz,* si elegía distintos terrenos y respiraba profundamente, no solo irradiaría salud igual que el faro de Eddystone irradiaba luz, sino que jamás me saldrían granos. Una información muy útil que no me había molestado en comunicarle a Ophelia.

¿Existiría un librito gemelo que se titulara *Ciclismo para hombres de todas las edades*?, me pregunté. Y, en el caso de que así fuera, ¿lo habría escrito el presidente de la Liga Masculina de Salud y Apostura?

Me imaginé que yo era el niño que, sin duda, papá siempre había querido tener: un hijo al que pudiera llevar a Escocia a pescar salmones y cazar urogallos en los páramos, un hijo al que pudiera enviar a Canadá para jugar a hockey sobre hielo. No es que papá hiciera ninguna de esas cosas, pero me gustaba pensar que las habría hecho de haber tenido un hijo. Mi segundo nombre habría sido Laurence, igual que papá, y cuando estuviéramos los dos solos me llamaría Larry. Qué tremenda decepción debía de haberse llevado papá al tener solo niñas...

¿Había sido yo demasiado cruel con aquella bruja, la señorita Mountjoy? ¿Demasiado vengativa? Al fin y al cabo, la pobre no era más que una solterona inofensiva y solitaria. ¿Se habría mostrado más comprensivo con ella Harry de Luce?

—¡Ni hablar! —grité al viento, y mientras Gladys y yo volábamos, canté—:

Oomba-chukka! Oomba-chukka!
Oomba-chukka-boom!

Pero no me creía uno de los malditos exploradores de lord Baden Powell más de lo que me creía el genio de la lámpara mágica.

Era yo. Era Flavia. Y me adoraba a mí misma, aunque nadie más me quisiera.

—¡Salve, Flavia! ¡Viva Flavia! —grité mientras Gladys y yo cruzábamos las verjas Mulford a toda pastilla y enfilábamos la avenida de castaños que llevaba a Buckshaw.

Aquellas espléndidas verjas, con sus grifos rampantes y sus filigranas negras de hierro forjado, habían adornado en otros tiempos la propiedad vecina, Batchley, el hogar ancestral de los «indecentes Mulford». Un tal Brandwyn de Luce compró las puertas para Buckshaw allá por 1760 y, después de que un Mulford le birló la esposa, las desmontó y se las llevó a casa.

El cambio de la esposa por las verjas («Las mejores a este lado del paraíso», escribió Brandwyn en su diario) zanjó, al parecer, el asunto, pues los Mulford y los De Luce siguieron siendo buenos amigos y vecinos hasta que el último Mulford, Tobías, vendió la propiedad familiar en la época de la guerra civil estadounidense y se marchó a ese país para ayudar a sus primos, que luchaban en el bando confederado.

—Quiero hablar contigo, Flavia —dijo el inspector Hewitt, asomándose a la puerta principal.

¿Me había estado esperando?

—Desde luego —respondí, gentilmente.

—¿De dónde vienes?

—¿Estoy detenida, inspector?

Era una broma, y esperaba que la captara.

—Es simple curiosidad.

El inspector se sacó una pipa del bolsillo, la llenó y encendió una cerilla. Observé la llama mientras descendía a buen ritmo hacia los dedos cuadrados del inspector.

—He ido a la biblioteca —dije.

Hewitt encendió la pipa y con la boquilla señaló a Gladys.

—No veo ningún libro.

—Estaba cerrada.

—Ah —dijo.

Aquel hombre emanaba una calma irritante. Incluso en mitad de un caso de asesinato se mostraba tan tranquilo como si estuviera paseando por el parque.

—He hablado con Dogger —señaló, y me fijé en que no me quitaba ojo de encima para analizar mi reacción.

—¿Ah, sí? —dije, aunque en mi mente sonaba una sirena de alarma como la que suena en un submarino que se prepara para la inmersión.

«¡Cuidado! —pensé—. Mira por dónde caminas». ¿Qué le habría contado Dogger? ¿Le habría hablado del desconocido del estudio? ¿De la discusión con papá? ¿De las amenazas?

Eso era lo malo de alguien como Dogger, que era capaz de desmoronarse sin motivo aparente. ¿Le habría contado al inspector lo del hombre del estudio? «¡Estúpido Dogger! ¡Estúpido!».

—Dice que lo despertaste a eso de las cuatro de la madrugada y le dijiste que había un cadáver en el jardín. ¿Es correcto?

Contuve un suspiro de alivio y a punto estuve de atragantarme. «¡Gracias, Dogger! ¡Que Dios te bendiga y te proteja y te ilumine con su luz! Mi fiel Dogger: sabía que podía contar contigo».

—Sí —respondí—, es correcto.

—¿Y qué ocurrió entonces?

—Bajamos y salimos al jardín por la puerta de la cocina. Le mostré el cadáver y él se arrodilló para tomarle el pulso.

—¿Cómo lo hizo?

—Le puso la mano en el cuello…, debajo de la oreja.

—Ya —dijo el inspector—. ¿Y se lo encontró? El pulso, quiero decir.

—No.

—¿Cómo lo sabes? ¿Te lo dijo él?

—No —respondí.

—Ya —repitió el inspector—. ¿Y tú también te arrodillaste junto al cadáver?

—Es posible. No lo creo… La verdad es que no me acuerdo.

El inspector anotó algo. Aun sin verlo, supe lo que había escrito: «Dudas: l. ¿Le dijo D. a F. que no había pulso? 2. ¿Vio a F. arrodillarse JC [Junto al Cadáver]»?

—Es comprensible —dijo—. Supongo que para ti habrá sido muy impactante.

Rememoré la imagen del desconocido tendido en el jardín, bajo las primeras luces del amanecer: los pelillos que le crecían en la barbilla, los mechones de pelo rojo que la débil brisa de la mañana agitaba suavemente, la palidez, la pierna extendida, los dedos temblorosos, el último aliento… Y la palabra que me había espirado en plena cara: *«Vale»*.

¡Qué emocionante!

—Sí —dije—, ha sido espantoso.

Estaba claro que había superado la prueba. El inspector Hewitt había regresado a la cocina, donde los sargentos

Woolmer y Graves estaban muy ocupados preparando el operativo bajo un aluvión de cotilleos y sándwiches de lechuga, todo ello procedente de la señora Mullet.

Cuando Ophelia y Daphne bajaron a comer, comprobé con decepción que la piel de Ophelia estaba más radiante de lo habitual. ¿Acaso no había surtido efecto mi brebaje? ¿Acaso había creado, por alguna extraña casualidad química, una milagrosa crema facial?

La señora Mullet, que iba de un lado para otro, refunfuñó al depositar sobre la mesa nuestros platos de sopa y nuestros sándwiches.

—No es justo —protestó—. Yo ya voy con retraso, por culpa de todo este jaleo, y encima mi Alf me está esperando en casa. Habrase visto qué cara tan dura, pedirme que saque del cubo de la basura la agachadiza muerta —dijo, estremeciéndose—, solo para que ellos la sujeten y le hagan un retrato. No es justo. Les he enseñado la papelera y les he dicho que, si tanta falta les hace el bicho muerto ese, que lo busquen ellos mismos, que yo tenía que hacer la comida. Cómanse los sándwiches, queridas. Nada mejor que una comida a base de fiambres en junio… Es casi como salir a comer al campo.

—¿Una agachadiza muerta? —preguntó Daphne, frunciendo los labios.

—La misma que la señorita Flavia y el coronel encontraron en el umbral de la puerta ayer. Aún se me ponen los pelos de punta cuando me acuerdo de la cosa esa allí despatarrada, con la mirada vidriosa y un trocito de papel ensartado en el pico, que apuntaba hacia arriba…

—¡Ned! —exclamó Ophelia, dándole un manotazo a la mesa—. Tenías razón, Daffy. ¡Es una prueba de amor!

Daphne había estado leyendo *La rama dorada* en Pascua, y le había dicho a Ophelia que en nuestra época de progreso y modernidad aún afloraban, de vez en cuando, algunas tradiciones de los mares del sur relacionadas con el cortejo. Era cuestión de tener paciencia, le había dicho.

Las contemplé alternativamente a ambas, perpleja. Había momentos en los que me sentía a miles de kilómetros de mis hermanas.

—Un pájaro muerto, más tieso que un palo y con el pico apuntando hacia arriba… ¿Qué clase de prueba de amor es esa? —les pregunté.

Daphne se refugió en su libro y Ophelia se ruborizó un poco. Me escabullí de la mesa y las dejé a ambas riéndose tontamente frente a sus platos de sopa.

—Señora Mullet —dije—, antes le ha dicho usted al inspector Hewitt que en Inglaterra no es frecuente ver agachadizas chicas antes de septiembre, ¿verdad?

—Agachadizas, agachadizas, agachadizas. Parece que nadie sabe hablar de otra cosa. Apártese un momento, si no le importa. Tengo que fregar el suelo justo ahí.

—¿Por qué? ¿Por qué nunca se ven agachadizas chicas antes de septiembre?

La señora Mullet se irguió, dejó la fregona en el cubo y se secó las manos jabonosas en el delantal.

—Porque están en otro sitio —respondió con aire triunfal.

—¿Dónde?

—Bueno, pues… son como todos los pájaros que emigran. Están en alguna parte del norte. Qué sé yo, probablemente estén tomando el té con Papá Noel.

—Cuando dice el norte, ¿a qué se refiere? ¿Escocia?

—¡Escocia! —exclamó con desdén—. No, querida, no. Hasta la segunda hermana de mi Alf, Margaret, se va de vacaciones a Escocia y no es ninguna agachadiza. Aunque su esposo sí lo es —añadió.

Oí un estruendo en el interior de mi cabeza y, de repente, algo hizo «clic».

—¿Y Noruega? —le pregunté—. ¿Es posible que las agachadizas pasen el verano en Noruega?

—Pues supongo que sí, querida. Tendría usted que buscarlo en algún libro.

¡Sí! ¿No le había dicho el inspector Hewitt al doctor Darby que tenía motivos para creer que el hombre del jardín había llegado de Noruega? ¿Cómo lo habían sabido? ¿Me lo contaría el inspector si se lo preguntaba?

Seguramente no. O sea, que no me iba a quedar más remedio que averiguarlo por mí misma.

—Y ahora márchese —dijo la señora Mullet—. No puedo irme hasta que termine de fregar el suelo y ya es casi la una. A estas horas, mi pobre Alf ya tendrá la digestión hecha cisco.

Salí por la puerta de atrás. La policía y el coronel habían desaparecido y se habían llevado el cadáver, con lo que el jardín parecía extrañamente vacío. No se veía a Dogger por ninguna parte, así que me senté en una parte baja del muro para pensar un poco.

¿Habría sido Ned quien había dejado la agachadiza en el umbral como prueba del amor que sentía por Ophelia? Desde luego, ella parecía muy convencida. Y si había sido Ned, ¿de dónde había sacado el pájaro?

Dos segundos y medio más tarde cogí a Gladys, salté al sillín y, por segunda vez en el mismo día, volé rauda como el viento hacia el pueblo.

La velocidad era fundamental, pues nadie en Bishop's Lacey se habría enterado aún de la muerte del desconocido. Era más que probable que la policía no se lo hubiera contado aún a nadie... y, desde luego, yo tampoco lo había hecho.

Los chismorreos no empezarían a circular hasta que la señora Mullet terminara de fregar el suelo y regresara andando al pueblo. En cuanto llegara a su casa, la noticia del asesinato en Buckshaw se extendería como la peste. Es decir, que disponía hasta entonces para averiguar lo que quería saber.

7

Cuando frené derrapando y dejé a Gladys apoyada contra una pila de viejos troncos, Ned aún estaba trabajando en el patio de la posada. Había terminado ya con los barriles de cerveza y estaba descargando quesos grandes como piedras de molino de la parte de atrás de un camión, cosa que hacía con no poca ostentación.

—¿Qué hay, Flavia? —dijo al verme, cazando al vuelo la oportunidad de interrumpir el trabajo—. ¿Te apetece un poco de queso?

Antes de que tuviera tiempo de contestar, Ned ya se había sacado del bolsillo una navaja bastante sucia y había cortado con asombrosa facilidad un trozo de queso Stilton. Cortó otro para él y lo devoró al instante con lo que Daphne llamaría «ruidosa fruición». Daphne quiere ser novelista y copia en un viejo libro de cuentas todas las frases que le llaman la atención durante sus lecturas cotidianas. Recordé haber leído la expresión «ruidosa fruición» la última vez que husmeé entre las páginas de dicho libro.

—¿Has ido a casa? —me preguntó Ned, mirándome tímidamente de reojo.

Me imaginé lo que venía a continuación y asentí.

—¿Y cómo está la señorita Ophelia? ¿Ha ido el doctor a visitarla?

—Sí —dije—. Creo que la ha visitado esta mañana.

Ned se tragó la mentira.

—Entonces, ¿aún está verde?

—Ahora está más amarilla —respondí—. De un tono más parecido al azufre que al cobre.

Había aprendido que adornar una mentira con detalles produce el mismo efecto que esconder en una manzana una píldora enorme: se traga más fácilmente. En esta ocasión, sin embargo, supe nada más pronunciar esas palabras que me había pasado de la raya.

—¡Alto ahí, Flavia! —exclamó Ned—. Me estás tomando el pelo…

Le ofrecí mi mejor sonrisa de pueblerina que baja de las nubes.

—Me has pillado, Ned —dije—. Soy culpable de los cargos de los que se me acusa.

Ned me devolvió una extraña sonrisa, fiel reflejo de la mía, y durante una fracción de segundo creí que era él quien se estaba burlando de mí, por lo que empecé a perder los estribos. Sin embargo, no tardé en darme cuenta de que en realidad estaba complacido de haberme descubierto. Era mi oportunidad.

—Ned —le dije—, si te hago una pregunta muy, pero que muy personal, ¿me contestarás?

Le di tiempo para asimilar la información, pues comunicarse con Ned era como comunicarse por cable con un lector algo lento que viviera en Mongolia.

—Pues claro que te contestaré —respondió. El malicioso brillo de su mirada me permitió intuir lo que venía a continuación—. Aunque a lo mejor no te digo la verdad.

Cuando los dos terminamos de reír, me puse manos a la obra y saqué la artillería pesada.

—Ophelia te gusta muchísimo, ¿verdad?

Ned se pasó la lengua por los dientes y luego se metió un dedo bajo el cuello de la camisa.

—Es una joven muy agradable, eso es cierto.

—Pero... ¿te gustaría vivir algún día con ella en una casita de techo de paja y criar un montón de renacuajos?

Para entonces, el cuello de Ned se había convertido en una especie de columna roja, como si fuera un grueso termómetro de alcohol. En cuestión de segundos adquirió el aspecto de esos pájaros que hinchan el gaznate con fines de apareamiento. Decidí echarle una mano.

—Imagínate que ella quisiera verte pero que su padre no se lo permitiera. Imagínate que una de sus hermanas pequeñas pudiera ayudarte.

El buche rojo empezó a deshincharse y pensé que Ned iba a echarse a llorar.

—¿Hablas en serio, Flavia?

—Muy en serio —respondí.

Ned me tendió sus dedos callosos y me dio un apretón de manos sorprendentemente gentil. Fue como estrecharle la mano a una piña.

—Dedos de amistad —dijo, significara lo que significase. ¿Dedos de amistad? ¿Acababa de recibir un apretón de manos secreto, exclusivo de alguna rústica hermandad que se reunía a luz de la luna en cementerios o en bosquecillos escondidos? ¿Me había convertido en adepta y, por tanto, se esperaba de mí que participara en repugnantes y sangrientos rituales celebrados a medianoche al amparo de los setos? La posibilidad se me antojaba interesante.

Ned me sonreía como si fuera la calavera de la bandera pirata, y aproveché la ventaja.

—Escúchame bien —le dije—. Primera lección: no dejar pájaros muertos ante el umbral de la amada. Eso solo lo haría un gato en pleno cortejo.

Ned se quedó boquiabierto.

—He dejado flores alguna que otra vez con la esperanza de que ella se diera cuenta —dijo.

Aquello sí que era una novedad. Seguro que Ophelia se había llevado apresuradamente los ramos a su tocador para poder babear a gusto y, de paso, impedir que los demás habitantes de la casa los vieran.

—Pero... ¿pájaros muertos? —prosiguió—. Jamás. Tú me conoces, Flavia, sabes que yo nunca haría tal cosa.

Cuando me detuve unos instantes a reflexionar sobre la cuestión, me di cuenta de que tenía razón: sí, lo conocía, y sí, sabía que jamás haría tal cosa. Mi siguiente pregunta, sin embargo, fue pura suerte.

—¿Sabe Mary Stoker que estás coladito por Ophelia?

Era una frase que había oído en el cine, en alguna película estadounidense —*La rueda de la fortuna* o *Mujercitas*—, y esa era la primera oportunidad que se me presentaba de utilizarla. Igual que Daphne, yo también recordaba las palabras, pero sin necesidad de un libro de cuentas en el que anotarlas.

—¿Qué tiene que ver Mary? Es la hija de Tully y punto.

—Venga ya, Ned —dije—. He visto el beso de esta mañana..., mientras pasaba casualmente por aquí.

—Necesitaba que la consolaran. No ha pasado nada más.

—¿Por culpa de quien fuera que se le ha acercado por detrás?

Ned se puso en pie de un salto.

—¡Condenada niña! —dijo—. Mary no quiere que se sepa.

—¿Mientras cambiaba las sábanas?

—Eres el demonio, Flavia de Luce —rugió Ned—. ¡Aléjate de mí! ¡Vuelve a casa!

—Cuéntaselo, Ned —dijo una voz sosegada. Al volverme, vi a Mary junto a la puerta.

Tenía una mano apoyada en la jamba de la puerta y con la otra se cogía el cuello de la blusa, como Tess de los d'Urberville. Al verla de cerca me di cuenta de que tenía las manos en carne viva y de que era bizca.

—Cuéntaselo —repitió—. En el fondo, a ti te da lo mismo, ¿verdad?

Percibí al instante que yo no le caía bien. Es una triste realidad de la vida: una chica es capaz de saber al instante si le cae bien o no a otra chica. Feely dice que entre hombres y mujeres hay una especie de línea telefónica cortada y que es imposible saber quién ha colgado. Con un chico, una nunca sabe si él está locamente enamorado o si lo que siente es más bien asco, pero con una chica se sabe en menos de tres segundos. Entre chicas existe una especie de flujo eterno e invisible de señales, como los mensajes de radio de alta frecuencia entre tierra firme y los barcos en alta mar. Y ese flujo de puntos y rayas indicaba que Mary me detestaba.

—¡Vamos, cuéntaselo! —gritó Mary.

Ned tragó saliva con dificultad y abrió la boca, pero no le salió ninguna palabra.

—Eres Flavia de Luce, ¿verdad? —dijo—. De esa familia de raritos que vive en Buckshaw, ¿no?

Me lo dijo igual que si me estuviera arrojando un pastel en plena cara. Asentí aturdida, como si fuera la ingrata hija del señorito, engendrada por endogamia y necesitada de un poco de cariño. «Es mejor seguirle el juego», pensé.

—Ven conmigo —dijo Mary, haciéndome una seña—. Date prisa… y estate calladita.

La seguí al interior de una oscura despensa de piedra y luego hasta una escalera de madera que subía en vertiginosa espiral hasta el piso superior. Al llegar arriba salimos a lo que en otros tiempos debió de ser un ropero: un armario alto y cuadrado equipado ahora con estantes en los que se guardaban productos químicos de limpieza, jabones y ceras. En un rincón se amontonaban de cualquier manera fregonas y escobas, todo ello impregnado de un abrumador olor a ácido fénico.

—¡Chis! —dijo, pellizcándome el brazo con furia.

Oímos unos pasos pesados que se acercaban, subiendo por la misma escalera que habíamos subido nosotras. Nos apretujamos en un rincón, con cuidado de no tirar al suelo las fregonas.

—Sí, seguro que un caballo de Cotswold se llevará algún día el premio…, ¡cuando las ranas críen pelo! Si yo fuera usted, probaría suerte con Seastar y no haría ni caso de los pronósticos de esos fanfarrones de Londres, que no tienen ni la más remota idea.

Era Tully, que intercambiaba con alguien información confidencial sobre carreras de caballos, pero a un volumen tan alto que sin duda lo oían hasta en Epsom Downs. La otra voz murmuró algo que terminó en «¡Vaya, vaya!», al tiempo que el sonido de los pasos de ambos se iba perdiendo en el laberinto de pasadizos revestidos de madera.

—No, por aquí —bisbiseó Mary, tirándome del brazo.

Doblamos la esquina y salimos a un estrecho corredor. Mary sacó unas cuantas llaves del bolsillo, abrió en silencio la última puerta de la izquierda y entramos.

Nos hallábamos en una estancia que probablemente no había cambiado mucho desde que la reina Isabel había visitado Bishop's Lacey en 1592, durante una de sus giras veraniegas. Los primeros detalles en los que me fijé fueron las vigas de madera del techo, los paneles de yeso, la minúscula ventana de cristales emplomados que permanecía entreabierta para que corriera el aire y las anchas tablas de madera del suelo, que subían y bajaban como el oleaje del mar.

Junto a una pared se hallaba una mesa de madera bastante estropeada. Bajo una de las patas descubrí una guía de horarios de trenes (de octubre de 1946), cuya misión era impedir que la mesa se tambaleara. Sobre el mueble descansaban un jarro y un aguamanil de porcelana de Staffordshire que no combinaban en absoluto, un peine, un cepillo y un pequeño maletín de piel. En un rincón, junto a la ventana abierta, se hallaba el único equipaje: un baúl de camarote, de los baratos, de fibra vulcanizada empapelado con adhesivos de colores. Junto al baúl había una silla de respaldo recto a la que le faltaba un travesaño. Al otro lado de la habitación se hallaba el armario de madera, que parecía sacado de un mercadillo de beneficencia, y la cama.

—Y esto es todo —dijo Mary.

Mientras ella echaba el cerrojo, me volví para mirarla de cerca por primera vez. A la luz grisácea y turbia que se colaba por los cristales sucios de hollín me pareció más vieja y más frágil que la muchacha con las manos en carne viva que acababa de ver en el patio, a la luz radiante del sol.

—Imagino que nunca habías estado en una habitación tan pequeña, ¿verdad? —dijo en tono burlón—. A vosotros, los que vivís en Buckshaw, de vez en cuando os gusta dar una vueltecita por el manicomio, ¿no es así? Para vernos a nosotros, los chiflados que vivimos en jaulas, y echarnos una galletita.

—No sé de qué hablas —le dije.

Mary se volvió hacia mí, de forma que recibí en pleno rostro toda la fuerza de su mirada hostil.

—Tu hermanita…, Ophelia…, te ha enviado para que le des un mensaje a Ned, y no me digas que no es verdad. Se cree que soy una andrajosa, pero no lo soy.

En ese preciso instante decidí que Mary me caía bien, aunque yo no le cayera bien a ella. Valía la pena cultivar la amistad de cualquiera que conociera la palabra «andrajosa».

—Escucha —le dije—, no traigo ningún mensaje. Lo que le he dicho a Ned era solo para cubrirme las espaldas. Tienes que ayudarme, Mary, sé que puedes hacerlo. Se ha producido un asesinato en Buckshaw…

«¡Eso es!». ¡Ya estaba dicho!

—… y aún no lo sabe nadie excepto tú y yo… y el asesino, claro.

Me observó durante no más de tres segundos y luego dijo:

—¿Y quién es el muerto?

—No lo sé. Por eso estoy aquí, porque se me ha ocurrido que si aparece un muerto entre los pepinos y ni siquiera la policía sabe quién es, el lugar más probable en el que se alojaría, si es que se alojaba por aquí, claro, es este, el Trece Patos. ¿Puedes traerme el registro?

—No hace falta que te lo traiga —repuso ella—. Ahora mismo solo tenemos un huésped y es el señor Sanders.

Cuanto más hablaba con Mary, mejor me caía.

—Y esta es su habitación —tuvo la amabilidad de añadir.

—¿De dónde es? —le pregunté.

El rostro de Mary se ensombreció.

—No sabría decírtelo exactamente.

—¿Se había alojado antes aquí?

—Que yo sepa, no.

—Entonces tengo que echarle un vistazo al registro. ¡Por favor, Mary! ¡Por favor! ¡Es muy importante! Pronto llegará la policía y entonces ya será demasiado tarde.

—Haré lo que pueda… —dijo y, tras descorrer el cerrojo de la puerta, salió de la habitación.

En cuanto se fue, abrí el armario. A excepción de un par de perchas de madera, estaba vacío, así que me concentré en el baúl de camarote, que estaba cubierto de adhesivos como si fueran lapas pegadas al casco de un barco. Aquellos crustáceos de vivos colores, sin embargo, tenían nombres: París, Roma, Estocolmo, Ámsterdam, Copenhague, Stavanger y otros muchos.

Manipulé el cierre y, para mi sorpresa, el baúl se abrió. ¡No estaba cerrado con llave! Las dos mitades, unidas con bisagras en el centro, se separaron sin dificultad y me encontré cara a cara con el vestuario del señor Sanders: un traje de sarga azul, dos camisas, un par de zapatos marrones (¿con un traje de sarga azul? ¡Hasta yo combinaba mejor la ropa!) y un extravagante sombrero flexible que me recordó las fotografías de G. K. Chesterton que había visto en el *Radio Times*.

Abrí los cajones del baúl, con mucho cuidado de no tocar el contenido: un par de cepillos (de imitación de carey), una navaja de afeitar (de las que llevan afilador incluido), un tubo de espuma de afeitar (Morning Pride sin cortes), un cepillo de dientes, dentífrico (Timol: «especialmente indicado para eliminar los gérmenes de la caries»), un cortaúñas, un peine recto (xilonita) y un par de gemelos cuadrados (marca Whitby Jet, con un par de iniciales grabadas en plata: «H. B.»).

¿H. B.? ¿No era esa la habitación del señor Sanders? ¿Qué podía significar «H. B.»?

De repente, se abrió la puerta y una voz dijo entre dientes:

—¿Qué estás haciendo?

Casi me muero del susto. Era Mary.

—No he podido coger el registro. Mi padre estaba... ¡Flavia! ¡No puedes revolver el equipaje de un huésped así por las buenas! Nos vamos a meter las dos en un berenjenal. ¡Déjalo ya!

—De acuerdo —dije mientras terminaba de rebuscar en los bolsillos del traje. De todas formas, estaban vacíos—. ¿Cuándo fue la última vez que viste al señor Sanders?

—Ayer a mediodía. Aquí.

—¿Aquí? ¿En esta habitación?

Mary tragó saliva y asintió, al tiempo que desviaba la mirada.

—Estaba cambiando las sábanas de la cama cuando él se me acercó por detrás y me sujetó. Me puso una mano en la boca para que no gritara. Menos mal que en ese momento mi padre me llamó desde el patio. Se puso nervioso, vaya que sí. Y no creas que no se llevó por lo menos un par de patadas. ¡Ah, qué asqueroso, con esas manazas! Si hubiera podido, le habría sacado los ojos.

Me miró como si hubiera hablado demasiado, como si de repente se hubiera abierto entre nosotras un inmenso abismo social.

—Pues yo le habría sacado los ojos y le habría sorbido las cuencas.

Mary, horrorizada, abrió unos ojos como platos.

—John Marston —le dije—. *La cortesana holandesa*, 1604.

Se produjo una pausa de aproximadamente doscientos años y luego Mary se echó a reír.

—¡Mira que eres…! —dijo.

Acabábamos de salvar el abismo.

—Segundo acto —añadí.

Segundos más tarde, las dos nos estábamos tronchando de risa, tapándonos la boca con la mano, brincando por la habitación y resoplando igual que un par de focas adiestradas.

—Feely nos lo leyó una vez bajo las mantas, a la luz de una linterna —dije y, por algún motivo, eso se nos antojó aún más divertido a las dos, así que nos echamos a reír de nuevo hasta que la risa nos dejó casi paralizadas.

Mary me echó los brazos al cuello y me dio un aplastante abrazo.

—Eres tremenda, Flavia —dijo—. Vaya que sí. Ven aquí, échale un vistazo a esto.

Se acercó a la mesa, cogió el maletín de piel negra, desabrochó la correa y levantó la tapa. En el interior vi dos filas de ampollas de cristal: en cada fila había seis, lo que sumaba doce en total. Once de ellas contenían un líquido de un color amarillento, y la otra estaba llena en tres cuartas partes. Entre las dos hileras de ampollas se advertía una hendidura semicircular, como si faltara algún objeto de forma tubular.

—¿Qué te parece? —me susurró Mary, mientras la voz de Tully resonaba vagamente a lo lejos—. Veneno, ¿no crees? Nuestro Sanders es todo un doctor Crippen, ¿eh?

Le quité el tapón a la ampolla medio vacía y me la acerqué a la nariz. Olía igual que si alguien hubiera derramado vinagre en la parte de atrás de una tirita: un olor acre y proteico, como si a un alcohólico se le estuviera quemando el pelo en la habitación de al lado.

—Insulina —dije—. Es diabético.

Mary me observó perpleja y, de repente, supe cómo se había sentido Arquímedes al exclamar «¡Eureka!» en la bañera. Le agarré el brazo.

—¿El señor Sanders es pelirrojo? —le pregunté.

—Tiene el pelo del color del ruibarbo. ¿Cómo lo has sabido?

Me observó como si estuviéramos en la feria parroquial y yo fuera madame Zolanda, con mi turbante, mi chal y mi bola de cristal.

—Magia —dije.

8

—¡Caramba! —dijo Mary mientras rebuscaba bajo la mesa y sacaba una papelera metálica redonda—. Casi se me olvida. Como mi padre se entere de que aún no la he vaciado, se hará una hamaca con mi pellejo. Siempre está con lo de los gérmenes, aunque nadie lo diría al verlo. Menos mal que me he acordado antes de que... ¡Madre mía! Mira cuánta porquería...

Torció el gesto y sostuvo la papelera apartada de su cuerpo. Eché un vistazo al interior, cauteloso, porque una nunca sabe qué se va a encontrar cuando mete las narices en la basura del prójimo.

El fondo de la papelera estaba cubierto de trozos y migas de un pastelillo. No había ningún envoltorio, solo los pedazos que habían arrojado al interior, como si quienquiera que se lo estuviera comiendo se hubiese hartado. Parecían los restos de una tarta. Cuando metí la mano y cogí un pedazo, Mary contuvo una arcada y volvió la cabeza.

—Mira —le dije—, es un trozo de la tapa de masa, ¿ves? Es de color dorado, por el horno, y tiene unas arruguitas en un lado, como si lo hubieran adornado.

Estos otros pedazos son del fondo de masa, porque son más finos y están más blancos. No muy hojaldrado. Aun así —añadí—, estoy muerta de hambre. Cuando una no ha comido nada en todo el día, se conforma con cualquier cosa.

Levanté la tarta y abrí la boca, fingiendo que me la iba a zampar.

—¡Flavia!

Me detuve, con la carga a punto de desmoronarse a medio camino de mi boca abierta.

—¿Qué?

—Oh, cómo eres —dijo Mary—. Déjalo ya. Lo voy a tirar. Algo me dijo que no era buena idea. Y algo más me dijo que la desmigajada tarta era una prueba que debía permanecer intacta hasta que la encontraran el inspector Hewitt y los dos sargentos. Reflexioné unos instantes sobre la cuestión.

—¿Tienes un poco de papel? —le pregunté a Mary.

Mary sacudió la cabeza de un lado a otro. Abrí el armario y, poniéndome de puntillas, tanteé el estante superior con la mano. Tal y como sospechaba, descubrí una hoja de papel de periódico, que hacía las veces de improvisado forro del estante. «¡Dios te bendiga, Tully Stoker!».

Con cuidado de no romperlos, coloqué sobre la hoja del *Daily Mail* los trozos más grandes de la tarta y doblé el papel hasta convertirlo en un paquetito que me guardé en el bolsillo. Mary siguió mis movimientos con inquietud, pero no pronunció palabra.

—Pruebas de laboratorio —dije en tono misterioso.

Si he de ser sincera, aún no tenía ni la más remota idea de lo que iba a hacer con aquella asquerosidad.

Ya lo pensaría más tarde, pues lo que me interesaba en ese momento era demostrarle a Mary quién tenía el control de la situación.

Mientras dejaba la papelera en el suelo, me sobresaltó el leve movimiento que percibí en el fondo. No me cuesta admitir que se me revolvió el estómago. ¿Qué había allí abajo? ¿Gusanos? ¿Una rata? Imposible: algo de ese tamaño no me habría pasado desapercibido.

Eché un cauteloso vistazo al interior y, sí, efectivamente: algo se estaba moviendo en el fondo de la papelera. ¡Una pluma! Y se movía con suavidad, de forma casi imperceptible, hacia un lado y hacia otro, impulsada por las corrientes de aire de la habitación. Se movía igual que una hoja seca en un árbol... igual que el pelo rojo del desconocido muerto se había movido con la brisa de la mañana.

¿De verdad había muerto esa mañana? Tenía la sensación de que había transcurrido una eternidad desde el desagradable momento en el jardín. «¿Desagradable? ¡Qué mentirosa eres, Flavia!».

Mary me observó aterrada mientras metía de nuevo la mano en la papelera y sacaba la pluma, que tenía un pedazo de masa ensartado en el cálamo.

—¿Ves esto? —dije, mostrándole la pluma. Mary retrocedió igual que supuestamente hace Drácula cuando se lo amenaza con un crucifijo—. Si la pluma hubiera caído sobre los restos de tarta de la papelera, no se habría quedado clavada. Veinticuatro mirlos —recité, como dice una antigua canción infantil— asados en un pastel. ¿Lo entiendes?

—¿Tú crees? —preguntó Mary con unos ojos como platos.

—Has dado en el blanco, Sherlock —dije—. El relleno de esta tarta era un pájaro, y creo que sé exactamente qué clase de pájaro.

Le acerqué de nuevo la pluma.

—Es un exquisito plato para obsequiar al rey —dije, prosiguiendo con la canción, y en esta ocasión Mary me sonrió.

«Lo mismo haría con el inspector Hewitt», pensé mientras me guardaba los hallazgos en el bolsillo. ¡Sí! Resolvería el caso y después se lo obsequiaría adornado con alegres cintas de colores. «No hace falta que vuelvas a salir», me había dicho el muy bruto en el jardín. ¡Qué cara tan dura! Bueno, pues se iba a enterar.

Algo me decía que la clave era Noruega. Ned no había estado en Noruega y, además, me había jurado que él no había dejado la agachadiza ante el umbral de nuestra puerta. Y yo lo creía, así que Ned estaba descartado..., al menos de momento.

El desconocido había llegado desde Noruega y era él mismo quien lo había dicho. Figuradamente, claro. Ergo (que significa «por tanto»), el desconocido podía haber traído consigo la agachadiza.

En una tarta.

¡Sí! ¡Eso tenía sentido! ¿Qué mejor forma que pasar un pájaro muerto ante las mismísimas narices de un exigente inspector de aduanas del gobierno de su majestad?

Un paso más y tendríamos la victoria asegurada: dado que no podía preguntarle al inspector cómo sabía lo de Noruega, ni tampoco al desconocido (obvio, dado que estaba muerto), ¿quién quedaba, entonces?

Y en ese instante lo vi todo muy claro, lo vi todo a mis pies igual que se ven las cosas desde la cima de una montaña, igual que Harriet debió de...

Igual que un águila ve a su presa.

Me felicité con entusiasmo. Si el desconocido había llegado desde Noruega, había dejado un pájaro muerto frente al umbral de nuestra puerta antes de la hora del desayuno y luego se había presentado en el estudio de papá hacia la medianoche, entonces era lógico pensar que se hospedara no muy lejos de allí. En algún sitio desde el que pudiera llegar a pie hasta Buckshaw. Algún sitio que muy bien podría ser la habitación del Trece Patos en la que yo me hallaba en ese preciso instante.

Estaba completamente segura: el cadáver que había aparecido entre los pepinos era el del señor Sanders. No me cabía ninguna duda.

—¡Mary!

Era otra vez Tully, que bramaba como un toro. Y, al parecer, en esta ocasión se hallaba justo al otro lado de la puerta.

—¡Ya voy, papá! —gritó Mary mientras cogía la papelera—. Lárgate de aquí —me susurró—. Espera cinco minutos y luego baja por la escalera de atrás, por el mismo sitio por donde hemos subido.

Desapareció y, un segundo más tarde, la oí diciéndole a Tully en el corredor que estaba limpiando otra vez la papelera porque alguien la había llenado de porquería.

—No querrás que alguien se muera por haber cogido unos gérmenes en el Trece Patos, ¿verdad, papá?

Aprendía rápido.

Mientras esperaba, le eché otro vistazo al baúl de camarote. Pasé los dedos sobre los adhesivos de colores, tratando de imaginar hasta dónde había llegado el baúl en sus viajes y qué había hecho el señor Sanders en cada una de aquellas ciudades: París, Roma, Estocolmo, Ámsterdam,

Copenhague, Stavanger... La etiqueta de París era roja, blanca y azul, lo mismo que la de Stavanger.

Me pregunté si Stavanger también estaría en Francia. No sonaba muy francés, a menos, claro está, que se pronunciase «stavonyé», como «yeyé». Toqué la etiqueta y se arrugó bajo mis dedos o, mejor dicho, se onduló como el agua que corta la proa de un barco. Repetí la prueba en otros adhesivos, pero todos estaban perfectamente pegados y tan lisos como la etiqueta de un frasco de cianuro.

Regresé a Stavanger. La pegatina parecía algo más abultada que las otras, como si tuviera algo debajo.

La sangre me borboteaba en las venas igual que el agua en un caz de molino. Abrí de nuevo el baúl y cogí la maquinilla de afeitar del cajón. Mientras extraía la hoja, pensé en lo afortunadas que éramos las mujeres —a excepción de alguna que otra persona como la señorita Pickery de la biblioteca— al no tener necesidad de afeitarnos. Ya era bastante duro ser mujer, solo faltaría que encima tuviéramos que cargar a todas partes con todo ese instrumental.

Sujeté cuidadosamente la hoja con el pulgar y el índice (tras el incidente con el cristal, se me había sermoneado a voz en cuello sobre los peligros de los objetos cortantes), hice un pequeño corte en la parte inferior de la pegatina, procurando cortar exactamente por una línea decorativa, azul y roja, que iba casi de una punta a otra del papel.

Cuando levanté un poco el adhesivo por la incisión con la punta roma de la hoja de afeitar, cayó algo, que se precipitó al suelo con un leve crujido de papel. Era un sobrecito de papel siliconado, muy parecido a los que había visto entre el instrumental del sargento Graves. Dado que era semitransparente, advertí que en su interior había algo, algo cuadrado y opaco. Abrí el sobre y le di un golpecito con el dedo hasta que cayó algo sobre la palma de mi mano. De hecho, fueron dos cosas las que cayeron.

Eran dos sellos de correos: dos sellos de llamativo color naranja, cada uno en el interior de su minúscula funda traslúcida. Aparte del color, eran idénticos al Penny Black que habíamos encontrado ensartado en el pico de la agachadiza chica. Otra vez la imagen de la reina Victoria. ¡Qué decepción!

No dudaba de que mi padre se habría quedado extasiado ante el impecable estado de los dos sellos, fascinado por el grabado, maravillado por el dentado, deslumbrado por la suavidad del adhesivo…, pero para mí los sellos no eran más que esas cosas que se pegan a la carta que una le envía a la antipática tía Felicity de Hampshire para darle las gracias por el bonito álbum con dibujos de la ardilla Neddy.

Aun así, ¿para qué iba a preocuparme de dejarlos de nuevo en su sitio? Si el señor Sanders y el cadáver de nuestro jardín eran, cosa que yo ya sabía, la misma persona, estaba más que claro que esa persona no iba a necesitar ningún sello de correos.

«No —pensé—, me los quedaré». Tal vez me resultaran útiles algún día para hacer un trueque con papá y salir así de un apuro, pues él era incapaz de pensar en sellos y disciplina al mismo tiempo.

Me metí el sobre en el bolsillo, me pasé la lengua por el dedo índice y humedecí la cara interior de la incisión que había practicado en el adhesivo del baúl. Luego lo alisé con el pulgar hasta cerrarlo. Nadie, ni siquiera el inspector Fabian de Scotland Yard, adivinaría jamás que alguien había rajado la pegatina para abrirla.

Se me acababa el tiempo. Eché un último vistazo a la habitación, me escabullí por el oscuro corredor y, tal y como me había ordenado Mary, me dirigí con sigilo hacia la escalera de atrás.

—¡Eres más inútil que un toro con medias, Mary! ¿Cómo diantre voy a ocuparme yo de todo si lo único que haces tú es dejar que todo se vaya al garete?

Tully estaba subiendo por la escalera de atrás: una vuelta más, ¡y nos encontraríamos cara a cara!

Me alejé de puntillas en la dirección contraria, a través del serpenteante y tortuoso laberinto de pasillos: dos escalones arriba, tres abajo, y un segundo más tarde me detuve jadeando en lo alto de una escalera en forma de L que descendía hacia la entrada principal. Por lo que se veía, abajo no había nadie, así que descendí de puntillas, bajando los escalones de uno en uno.

Un largo corredor, del que colgaban infinidad de siniestros grabados de caza, todos manchados de humedad, hacía las veces de vestíbulo en el que los arenques sacrificados durante siglos habían dejado sus ahumadas almas pegadas al papel pintado. Solo el rectángulo de luz solar que penetraba a través de la puerta abierta disipaba un poco la penumbra. A mi izquierda descubrí un pequeño mostrador con un teléfono, una guía telefónica, un jarroncito de cristal con pensamientos de color rojo y malva y un libro de contabilidad. ¡El registro!

Era obvio que el Trece Patos no era precisamente un hormiguero de huéspedes: en las páginas abiertas se podían leer los nombres de los viajeros que se habían hospedado allí durante la última semana e incluso antes. Ni siquiera me hizo falta tocar el libro. Allí estaba lo que buscaba:

2 de junio, 10.25 horas. F. X. Sanders, Londres

Ningún otro huésped se había registrado el día anterior, ni tampoco desde entonces.

Pero… ¿Londres? El inspector Hewitt había dicho que el muerto venía de Noruega, y yo sabía que el inspector Hewitt, lo mismo que el rey Jorge VI, no era muy amigo de las frivolidades.

Bueno, en realidad no había dicho exactamente eso: lo que había dicho era que el difunto había llegado *recientemente* de Noruega, lo que era harina de otro costal.

Antes de que tuviera tiempo de reflexionar acerca de esa cuestión, se oyó un alboroto en el piso de arriba. Era otra vez Tully, el omnipresente. Por su tono, supe que Mary se estaba llevando de nuevo la peor parte.

—No me mires así, jovencita, o te aseguro que tendrás motivos para lamentarlo.

Y en ese momento… ¡Tully empezó a bajar pesadamente por la escalera principal! No tardaría más que unos segundos en descubrirme. Pero justo cuando me disponía a salir disparada hacia la puerta, un abollado taxi negro se detuvo justo delante: en el techo se amontonaban las maletas, y de una de las ventanas sobresalían las patas de madera de un trípode de fotógrafo.

Tully se distrajo unos instantes.

—Aquí está el señor Pemberton —dijo en un teatral susurro—. Llega pronto. Te advertí que pasaría esto, jovencita. Muévete y deja esas sábanas sucias mientras yo voy a buscar a Ned.

¡Era mi oportunidad! Solo tenía que pasar por delante de los grabados de caza, dirigirme corriendo al vestíbulo de atrás y salir al patio de la posada.

—¡Ned! ¡Ven a subir el equipaje del señor Pemberton! Tully estaba justo detrás de mí, siguiéndome hacia la parte de atrás de la posada. Aunque la luz radiante del sol me deslumbró momentáneamente, me di cuenta de que no había ni rastro de Ned, así que supuse que había terminado de descargar el camión y se dedicaba en ese momento a otros quehaceres.

Casi sin pensar en lo que hacía, subí de un salto a la parte de atrás del camión, me tendí en el suelo y me oculté tras una pila de quesos.

Escondida tras las ruedas de queso amontonadas, eché un vistazo y vi a Tully salir al patio de la posada, mirar a su alrededor y secarse la cara roja con el delantal. Iba vestido para servir pintas de cerveza, por lo que deduje que el bar estaba abierto.

—¡Ned! —rugió.

Dado que Tully tenía el sol de cara, no podía verme en el interior en penumbra del camión, así que lo único que tenía que hacer era seguir tendida en el suelo y guardar silencio.

En eso estaba pensando cuando otras dos voces se sumaron a los rugidos de Tully.

—¿Qué hay, Tully? —dijo una de las voces—. Gracias por la pinta.

—Hasta la vista, compañero —dijo la otra voz—. Nos vemos el sábado.

—Dile a George que puede jugarse hasta la camisa por Seastar…, pero ¡no le digas qué camisa!

Por supuesto, no era más que una de esas cosas absurdas que sueltan los hombres con el único objetivo de decir siempre la última. De hecho, no tenía la más mínima gracia. Aun así, los tres hombres se echaron a reír, y puede que hasta se dieran unas cuantas palmadas en las piernas para celebrar la ocurrencia. Un instante después, el camión se hundió sobre sus amortiguadores cuando los dos hombres treparon trabajosamente a la cabina. El motor carraspeó antes de arrancar y empezamos a movernos... hacia atrás.

Tully doblaba y desdoblaba los dedos, haciéndole señas al camión que circulaba marcha atrás para indicar que aún había espacio entre la puerta trasera del vehículo y el muro del patio. Me resultaba imposible saltar del vehículo sin caer directamente en brazos del posadero, así que no me iba a quedar más remedio que esperar hasta que cruzáramos el arco de entrada y saliéramos a la carretera.

Lo último que vi fue a Tully regresando hacia la puerta y a Gladys apoyada en el mismo sitio donde la había dejado: una pila de listones de madera.

Cuando el camión viró bruscamente y aceleró, recibí el porrazo de un queso Wensleydale que se cayó de la pila y lo seguí, resbalando, por el suelo de madera del camión. Cuando por fin conseguí incorporarme, la carretera a nuestra espalda no era más que una mancha borrosa de setos verdes y Bishop's Lacey se alejaba más y más en la distancia.

«Ahora sí que la has hecho buena, Flave —me dije—. Tal vez no vuelvas a ver a tu familia nunca más». Aunque la idea me pareció muy interesante de entrada, en seguida me di cuenta de que echaría de menos a papá..., al menos un poquito. En cuanto a Ophelia y Daphne, pronto me acostumbraría a vivir sin ellas.

Por supuesto, el inspector Hewitt no tardaría mucho en llegar a la conclusión de que yo había cometido el asesinato, de que había huido del escenario del crimen y de que a esas alturas ya estaría viajando de polizón en algún vapor volandero que se dirigiera a la Guayana Británica. Seguro que ya habría alertado a todas las autoridades portuarias para que buscaran a una asesina de once años que llevaba suéter y coletas.

En cuanto sumaran dos y dos, los agentes de policía no tardarían en azuzar a sus perros para que siguieran la pista de una fugitiva que olía igual que una pintoresca tienda de quesos. O sea, que lo único que podía hacer era buscar un lugar en el que darme un baño: un arroyo en algún prado, por ejemplo, en el que pudiera lavar la ropa y ponerla a secar sobre una zarzamora. Por supuesto, interrogarían a Tully, acribillarían a preguntas a Ned y a Mary y descubrirían el método que había utilizado para huir del Trece Patos.

El Trece Patos.

«¿Por qué —me pregunté— los hombres que eligen los nombres de nuestras posadas y pubs demuestran tan poca imaginación?». Por lo que me había contado la señora Mullet, el Trece Patos recibió su nombre en el siglo XVIII: lo bautizó el patrón de entonces, que se limitó a contar otras doce posadas autorizadas de los alrededores en las que aparecía el término «Pato» y añadió uno más.

¿Por qué no ponerles el nombre de algo más práctico, como, por ejemplo, los Trece Átomos de Carbono? Algo que sirviera para ayudar a recordar: el tridecilo tenía trece átomos de carbono y su hidruro era el gas metano. ¡Qué nombre tan útil para un pub!

Pero no, los Trece Patos. Típico de los hombres, eso de ponerles nombre de pájaro a los sitios.

Estaba aún pensando en el tridecilo cuando, junto a la puerta trasera del camión, que estaba abierta, vi pasar una piedra redonda y encalada. Me sonaba de algo y me di cuenta casi al momento de que era el indicador de la salida hacia Doddingsley. Dentro de unos pocos centenares de metros, el conductor se vería obligado a parar —aunque fuera solo un momento— antes de girar o bien a la derecha hacia St. Elfrieda o bien a la izquierda hacia Nether Lacey.

Me deslicé hacia el borde de la caja abierta justo cuando los frenos empezaron a chirriar y el camión redujo la marcha. Un instante más tarde, cual comando que salta por la trampilla de un bombardero Whitley, me dejé caer desde la cola del camión y aterricé de bruces en el suelo.

Sin mirar en ningún momento hacia atrás, el conductor giró a la izquierda y, mientras el pesado camión se alejaba despacio con su carga de quesos, levantando una nube de polvo, yo inicié el camino de vuelta a casa. Me esperaba una buena caminata a campo traviesa hasta llegar a Buckshaw.

9

Espero que mucho después de que mi hermana Ophelia esté muerta y enterrada, el primer recuerdo que me venga a la cabeza al pensar en ella sea su maravilloso talento al piano. Cuando se sienta ante las teclas de nuestro viejo Broadwood de cola, en el salón, Feely se convierte en una persona completamente distinta.

Los años de práctica ininterrumpida, pasara lo que pasase, le han concedido la mano izquierda de un Joe Louis y la mano derecha de un Beau Brummel (o eso dice Daffy).

Puesto que toca como los ángeles, siempre he creído que era para mí una ineludible obligación ser lo más mala posible con ella. Por ejemplo, cuando interpreta algunas de las primeras composiciones de Beethoven, de esas que suenan como si hubiera copiado a Mozart, dejo inmediatamente lo que esté haciendo, sea lo que sea, y me acerco como quien no quiere la cosa al salón.

—¡Espléndido para ser una foca! —digo en un tono lo bastante alto como para que me oiga por encima de la música—. ¡Arf, arf, arf!

Ophelia tiene los ojos de un color azul lechoso. Me gusta imaginar que Homero, que era ciego, tenía los ojos exactamente de ese mismo color. Aunque mi hermana se sabe casi todo su repertorio de memoria, a veces se desliza sobre el banco del piano, dobla un poco la cintura hacia adelante como si fuera un autómata y le echa una miradita a la partitura.

En una ocasión en que comenté que parecía un bandicut desorientado, se levantó de un salto del banco y por poco me da con la partitura enrollada de una sonata para piano de Schubert. Es que no tiene sentido del humor.

Cuando subí el último escalón para salvar la cerca y Buckshaw apareció ante mis ojos al otro lado del campo, a punto estuve de quedarme sin aliento. Era desde ese ángulo y a esa hora del día cuando más me gustaba. Mientras me acercaba a la casa desde el oeste, las viejas piedras se teñían de un tono azafranado gracias a la luz del sol de la tarde, instalado en el paisaje como una complaciente gallina sentada sobre sus huevos, mientras la bandera del Reino Unido ondeaba satisfecha allá en lo alto.

La casa parecía no haber advertido mi presencia, como si yo fuera un intruso que se cuela con sigilo. Aunque me hallaba casi a medio kilómetro de distancia, las notas de la *Toccata* de Pietro Domenico Paradisi —la sonata en la— salieron a recibirme.

La *Toccata* era mi composición preferida: en mi opinión, era el mayor logro musical de toda la historia del mundo, pero estaba convencida de que si Ophelia llegaba a enterarse, jamás volvería a tocar esa pieza.

Cada vez que escucho esa música, imagino que desciendo volando la empinada ladera este de Goodger Hill; que corro tan rápido que las piernas apenas me sostienen mientras planeo en picado de un lado a otro, gritando en el viento como una gaviota extasiada.

Tras acercarme más a la casa, me detuve en el campo para escuchar la cadencia perfecta de las notas. No demasiado *presto,* es decir, como a mí me gustaba. Recordé aquella ocasión en que había escuchado a Eileen Joyce interpretar la *Toccata* en la emisora BBC Home Service. Papá la había sintonizado, aunque en realidad no estaba escuchando, mientras jugueteaba con su colección de sellos. Las notas se abrieron paso por los pasillos y galerías de Buckshaw, ascendieron suspendidas en el aire por la escalera en forma de espiral y llegaron hasta mi habitación. Al comprender qué era lo que estaba sonando, bajé apresuradamente la escalera e irrumpí en el estudio de papá, pero para cuando llegué la música ya había terminado.

Papá y yo nos quedamos allí mirándonos el uno al otro sin saber qué decir, hasta que finalmente, sin que ninguno de los dos pronunciara palabra, salí retrocediendo del estudio y subí lentamente la escalera.

Eso es lo único malo de la *Toccata:* que es muy corta.

Rodeé la valla y entré en la galería. Papá estaba sentado a la mesa de su estudio, junto a la ventana, absorto en lo que fuera que estaba haciendo. Según dicen los rosacruces en sus anuncios, es posible conseguir que un perfecto desconocido vuelva la cabeza en un cine abarrotado, y para ello solo hay que observarle fijamente la nuca. Eso hice con mi padre, observarlo con todas mis fuerzas. Papá levantó la vista, pero no me vio. Tenía la cabeza en otro lado. No moví ni un solo músculo. Y entonces, como si tuviera la cabeza hecha de plomo, papá bajó de nuevo la mirada y prosiguió con su trabajo. En el salón, Feely pasó en ese momento a tocar una pieza de Schumann.

Siempre que pensaba en Ned, Feely tocaba piezas de Schumann. Supongo que por eso la consideran música romántica. En una ocasión en que Feely estaba interpretando una sonata de Schumann con una expresión excesivamente soñadora en el rostro, le comenté en voz alta a Daffy que me encantaban los quioscos de música, y Feely montó en cólera..., cólera que, obviamente, no aplacó el hecho de que yo abandonara la estancia y regresara minutos después con una trompetilla de baquelita que había encontrado en un armario, una taza de estaño y un cartelito escrito a mano, colgado del cuello con un cordel, que decía: «Me quedé sorda en un trágico accidente de piano. Una ayudita, por favor».

Seguramente, Feely ya había olvidado el incidente, pero yo no. Mientras pasaba a su lado fingiendo que me dirigía a la ventana, aproveché para observarla fugazmente de cerca. ¡Recórcholis! Nada nuevo que anotar en mi cuaderno.

—Me parece que te has metido en un lío —dijo, cerrando de golpe la tapa del piano—. ¿Dónde has estado todo el día?

—¿Y a ti qué te importa? —repliqué—. No trabajo para ti.

—Todo el mundo te estaba buscando. Daffy y yo les hemos dicho que te habías escapado de casa, pero por lo que veo no hemos tenido esa puñetera suerte.

—Hay que ser muy puñetera y maleducada para decir «puñetera», Feely. No debes hablar así. Y no hinches de ese modo los carrillos, que pareces una pera enfadada. ¿Dónde está papá?

Como si no lo supiera.

—No ha asomado la nariz en todo el día —dijo Daffy—. ¿Creéis que está preocupado por lo que ha pasado esta mañana?

—¿Por lo del cadáver en el jardín? No, yo diría que no...

—Él no tiene nada que ver, ¿verdad?

—Eso creo yo también —dijo Feely, levantando de nuevo la tapa del piano y, tras echarse el cabello hacia atrás, se zambulló en la primera de las *Variaciones Goldberg* de Bach.

Era muy lenta, pero también maravillosa, aunque, a mi entender, Bach no le llegaba a Pietro Domenico Paradisi ni a la suela de los zapatos. Ni en su mejor época.

¡Y entonces me acordé de Gladys! La había dejado en el Trece Patos, donde cualquiera podía verla. Si la policía aún no había estado allí, desde luego no tardaría mucho. Me pregunté si en esos momentos ya habrían obligado a Ned y a Mary a contar lo de mi visita. Pero de haber sido así, reflexioné, ¿acaso no se habría personado ya el inspector Hewitt en Buckshaw para leerme la cartilla?

Cinco minutos más tarde, y por tercera vez en un mismo día, me dirigí a Bishop's Lacey..., pero en esta ocasión a pie.

Manteniéndome pegada a los setos y tratando de ocultarme entre los árboles cada vez que oía acercarse un vehículo, conseguí llegar, aunque siguiendo una ruta algo tortuosa, al extremo más alejado de High Street, que, como era habitual a esas horas del día, estaba sumido en su acostumbrado sopor. Atajé camino a través del jardín ornamental de la señorita Bewdley (nenúfares, cigüeñas de piedra, peces de colores y una pasarela barnizada de rojo) y no tardé en llegar al muro de ladrillos que bordeaba el patio interior del Trece Patos, donde me agazapé para escuchar. A no ser que alguien la hubiera tocado, Gladys estaba justamente al otro lado.

A excepción del murmullo de un tractor lejano, no se oía nada. Y justo cuando estaba a punto de atreverme a echar un vistazo por encima del muro, oí voces. O, para ser más exactos, oí una voz, que era la de Tully. Creo que la habría oído incluso aunque hubiera estado en Buckshaw con unos tapones en los oídos.

—Jamás en mi vida había visto a ese tipo, inspector. Me atrevería a decir que era la primera vez que se dejaba caer por Bishop's Lacey. Si hubiera estado aquí antes, me acordaría, porque el apellido de soltera de mi difunta esposa, que en paz descanse, era Sanders, y le aseguro que me habría dado cuenta si alguien con ese nombre hubiera firmado el registro. No, ni siquiera estuvo aquí fuera, en el patio. Entró por la puerta principal y fue directamente a su habitación. Si hay pistas, allí es donde las encontrará usted. O en el bar. Estuvo un buen rato en el bar: pidió una pinta mitad rubia y mitad negra, se la bebió de un trago y se largó sin dejar propina.

¡Así que la policía ya lo sabía! Noté los nervios que burbujeaban en mi interior como una cerveza de jengibre, pero no porque los policías hubieran identificado a la víctima, sino porque yo les había ganado con una mano atada a la espalda.

Permití que una sonrisa petulante me iluminara el rostro. Cuando las voces se alejaron, eché un vistazo por encima del muro a través de una pantalla de enredaderas. El patio de la posada estaba vacío, así que salté el muro, cogí a Gladys y la empujé sigilosamente hasta la desierta High Street. Bajé como una bala por Cow Lane y deshice el camino que había hecho por la mañana: rodeé la biblioteca por la parte de atrás, pasé frente al Trece Patos y recorrí el pedregoso camino de sirga junto al río hasta salir a Shoe Street, pasar frente a la iglesia y finalmente llegar a los campos.

Brinca que te brinca, Gladys y yo cruzamos los campos. Me alegraba disfrutar de su compañía.

> *Oh the moon shone bright on Mrs Porter*
>
> *And on her daughter*
>
> *They wash their feet in soda water.*[2]

Era una canción que me había enseñado Daffy, pero solo después de arrancarme la promesa de que jamás la cantaría en Buckshaw. Parecía una canción más adecuada para cantarla al aire libre, y aquella era la oportunidad perfecta.

Dogger me esperaba frente a la puerta.

—Tengo que hablar con usted, señorita Flavia —dijo, y percibí nerviosismo en su mirada.

—De acuerdo —asentí—. ¿Dónde?

—En el invernadero —respondió él, haciendo un gesto con el pulgar.

Lo seguí por el lado este de la casa, a través de la puerta verde situada en el muro del jardín de la cocina. Una vez en el invernadero, era prácticamente como

---

2 «La luna brillaba sobre la señora Porter / y sobre su hija. / Ambas se lavan los pies con gaseosa». *[N. de la T.]*

estar en África, pues nadie excepto Dogger ponía jamás allí los pies.

En el interior, los cristales del techo, levantados para que corriera un poco de aire, reflejaban la luz del sol de la tarde y la proyectaban hacia donde nos hallábamos nosotros, entre banquillos de jardinero y mangueras de gutapercha.

—¿Qué hay de nuevo, Dogger? —pregunté en un tono jovial, imitando un poco, pero sin pasarme, a Bugs Bunny.

—La policía —dijo—. Necesito saber qué les ha contado usted acerca de…

—Yo he pensado exactamente lo mismo —respondí—. Usted primero.

—Bueno, el inspector ese… Hewitt. Me ha hecho unas cuantas preguntas acerca de esta mañana.

—Y a mí —dije—. ¿Qué le ha contado?

—Lo siento, señorita Flavia, pero he tenido que decirle que, de madrugada, cuando encontró usted el cuerpo, vino a despertarme y que yo la acompañé al jardín.

—Eso el inspector ya lo sabía.

Dogger arqueó las cejas, que semejaron las alas de una gaviota en pleno vuelo.

—¿Ah, sí?

—Pues claro. Se lo he dicho yo.

Dogger dejó escapar un largo y débil silbido.

—Entonces… ¿no le ha contado usted nada de… la discusión… en el estudio?

—¡Pues claro que no, Dogger! ¿Por quién me ha tomado?

—Jamás debe contarle a nadie ni una palabra de eso, señorita Flavia. ¡Jamás!

Bueno, eso ya era harina de otro costal, pues Dogger me estaba pidiendo que conspirara con él para ocultarle información a la policía. ¿A quién estaba protegiendo? ¿A papá? ¿A sí mismo? ¿O tal vez a mí?

Eran preguntas que no podía formularme directamente, así que se me ocurrió probar una táctica distinta.

—Pues claro que guardaré silencio —dije—, pero... ¿por qué?

Dogger cogió una paleta y empezó a meter tierra negra en un tiesto. No me miró, pero tenía las mandíbulas apretadas formando un ángulo muy particular, lo que me daba a entender que había tomado una firme decisión.

—Hay cosas —dijo al fin— que deben saberse. Y también hay cosas que no deben saberse.

—¿Por ejemplo? —me atreví a decir.

Dogger suavizó la expresión y casi me sonrió.

—Largo de aquí.

En mi laboratorio, saqué del bolsillo el paquetito envuelto en papel y lo abrí con mucho cuidado. Se me escapó un lamento de decepción: después de tanto pedalear y escalar muros, las pruebas habían quedado reducidas a poco más que unas cuantas partículas de tarta.

—¡Miseria! —exclamé, sin poder evitar una sonrisa de satisfacción ante lo apropiado de la palabra—. ¿Y ahora qué hago?

Con mucho cuidado, guardé la pluma en un sobre y lo dejé en un cajón, entre cartas que habían pertenecido a Tar de Luce, escritas y contestadas más o menos cuando Harriet tenía mi edad. A nadie se le ocurriría mirar allí y, además, el mejor lugar para esconder una expresión acongojada es el escenario de una ópera, como había dicho Daffy en una ocasión.

A pesar de su aspecto mutilado, la tarta me recordó que no había comido nada en todo el día. Debido a cierta ley arcaica de Buckshaw, todos los días la señora Mullet preparaba la cena a mediodía y nos la comíamos recalentada en el horno a las nueve en punto de la noche.

Tenía tanta hambre que hasta me hubiera comido un…, bueno, hasta me hubiera comido un trozo de la repugnante tarta de crema de la señora Mullet. Curioso, ¿no? Justo después de que papá se hubo desmayado, la señora Mullet me preguntó si me había gustado la tarta de crema…, pero en realidad yo no la había probado.

Cuando había pasado por la cocina a las cuatro de la madrugada —justo antes de tropezarme con el cadáver que yacía entre las matas de pepinos—, la tarta estaba en el alféizar, donde la señora Mullet la había puesto a enfriar. Y le faltaba un pedazo.

¡Es cierto! ¡Le faltaba un pedazo!

¿Quién podía habérselo comido? Recordé que ya entonces me había formulado esa misma pregunta. No podían haber sido ni papá, ni Daffy ni Feely, pues antes se comerían una tostada de paté de gusanos que la lamentable tarta de crema.

Y Dogger tampoco podía haber sido, pues no era de los que se comen los dulces sin pedir permiso. Y si la señora Mullet se lo hubiera dado, entonces no me habría preguntado a mí si me había gustado, ¿verdad?

Bajé y me dirigí a la cocina. La tarta ya no estaba. La guillotina de la ventana seguía levantada, tal y como la había dejado la señora Mullet. ¿Se habría llevado ella el resto de la tarta a casa para que se la comiera su esposo, Alf?

«Podría llamarla por teléfono para preguntárselo», pensé, pero luego recordé las restricciones que había impuesto mi padre en cuanto al uso del teléfono.

Papá pertenecía a una generación que despreciaba «ese instrumento», como él lo llamaba. Siempre se sentía incómodo con ese artilugio y solo bajo circunstancias extremas era posible obligarlo a utilizarlo. Ophelia me había contado en una ocasión que incluso cuando se conoció la noticia de la muerte de Harriet tuvieron que comunicársela por telegrama porque papá se negaba a creer todo lo que no viera por escrito. Utilizar el teléfono de Buckshaw solo estaba permitido en caso de incendio o urgencia médica. Cualquier otro uso del «instrumento» requería el permiso especial de papá, norma que nos habían inculcado desde que empezamos a dar nuestros primeros pasos.

No, tendría que esperar hasta el día siguiente para interrogar a la señora Mullet acerca de la tarta.

Cogí una hogaza de pan de la despensa y corté una gruesa rebanada. La unté con mantequilla y luego coloqué encima una gruesa capa de azúcar moreno. La doblé dos veces por la mitad, presionando en cada ocasión con la palma de la mano, y después la metí en el horno caliente. La dejé allí el tiempo que tardé en cantar tres estrofas de *If I Knew You Were Coming, I'd've Baked a Cake*.[3]

No era un auténtico bollo de Chelsea, pero tendría que conformarme.

---

3 «Si hubiera sabido que venías, habría hecho un pastel». *[N. de la T.]*

10

Aunque los De Luce éramos católicos desde que las carreras de cuadrigas estaban de moda, eso no nos impedía asistir a St. Tancred, la única iglesia de Bishop's Lacey y bastión donde los haya de la Iglesia anglicana.

Los motivos de nuestra asistencia eran diversos: en primer lugar, que nos quedaba muy cerca; y, en segundo, el hecho de que tanto mi padre como el vicario habían estudiado en Greyminster, aunque no en la misma época. Además, nos había dicho papá en una ocasión, la consagración era imborrable, como un tatuaje: St. Tancred, dijo, había sido una iglesia católica antes de la Reforma, y para él seguía siéndolo.

Por tanto, todos los domingos por la mañana sin excepción cruzábamos los campos como una fila de patos: abría el paso papá, que de vez en cuando apartaba la vegetación con su bastón de Malaca, y lo seguíamos Feely, Daffy y yo, en ese orden. En la retaguardia iba Dogger, vestido con el traje de los domingos.

En St. Tancred nadie nos prestaba la más mínima atención. Años atrás, los anglicanos habían protestado tímidamente, pero gracias a una oportuna contribución de mi padre al fondo para la restauración del órgano, la sangre no había llegado al río. «Puede usted decirles que a lo mejor no rezamos *con* ellos —le había dicho mi padre al vicario—, pero que al menos no rezamos descaradamente *contra* ellos».

En una ocasión, cuando Feely perdió la calma e intentó agarrarse al comulgatorio, papá se negó a dirigirle la palabra hasta el domingo siguiente. Desde aquel día, si Feely se atrevía aunque fuera únicamente a mover los pies en la iglesia, papá murmuraba: «Cuidado, jovencita». Ni siquiera le hacía falta mirarla: el perfil de papá, que era igual que el del abanderado de alguna legión romana especialmente ascética, bastaba para que nos estuviéramos quietecitas, al menos en público.

Al mirar a Feely, que estaba arrodillada con los ojos cerrados y las yemas de los dedos unidas, apuntando hacia el cielo mientras pronunciaba en silencio devotas palabras, tuve que pellizcarme para recordar que estaba sentada junto al mismísimo diablo.

La congregación de St. Tancred no había tardado en acostumbrarse a nuestra presencia y a nuestra devoción, y lo cierto es que en general disfrutábamos de la caridad cristiana…, excepto aquella vez en que Daffy le dijo al organista, el señor Denning, que Harriet nos había inculcado su firme convicción de que la historia del Diluvio Universal que aparecía en el Génesis tenía su origen en el recuerdo colectivo de la comunidad gatuna, especialmente en el ahogamiento de gatitos. Ese comentario había causado cierto revuelo, pero papá había zanjado el tema con una generosa donación al fondo para reparar el tejado…, suma que había descontado de la paga de Daffy. «Puesto que de todas formas tampoco tengo paga

—había dicho Daffy—, nadie sale perdiendo. De hecho, es un buen castigo».

Escuché, impertérrita, mientras la congregación recitaba la oración de confesión general.

—Hemos dejado de hacer lo que deberíamos haber hecho, y hemos hecho lo que no debíamos hacer.

De inmediato me vinieron a la mente las palabras de Dogger: «Hay cosas que deben saberse. Y también hay cosas que no deben saberse».

Me volví para mirarlo: tenía los ojos cerrados y movía los labios en silencio. Lo mismo que papá.

Dado que era el domingo de la Santísima Trinidad, nos obsequiaron con un alegre e inusual pasaje del Apocalipsis, que hablaba de sardónices, de un arco iris que rodeaba un trono, de un mar de vidrio semejante al cristal y de cuatro vivientes llenos de ojos por delante y por detrás, lo que no dejaba de resultar inquietante.

Yo tenía mi propia opinión acerca del verdadero significado de aquella referencia claramente alquimista, pero dado que la reservaba para la tesis de mi doctorado, no la había compartido con nadie. Y aunque nosotros, los De Luce, jugáramos en el equipo visitante, por así decirlo, no podía evitar envidiar a los anglicanos las maravillas de su *Libro de oración común*.

Los vitrales también eran maravillosos. Sobre el altar, el sol de la mañana se colaba por tres ventanas cuyas vidrieras de colores las habían producido en la Edad Media artesanos del vidrio, medio vagabundos, que vivían y parrandeaban en la linde del bosque de Ovenhood, los tímidos vestigios del cual aún bordeaban Buckshaw por el este.

En el panel de la izquierda, Jonás salía de la boca de la ballena: la imagen reflejaba el momento en que Jonás contemplaba a la bestia por encima del hombro con una mirada de indignación. Recordaba haber leído, en el folleto que solían dar en el porche de la iglesia, que las escamas blancas de la criatura eran el resultado de haber cocido el vidrio con estaño, mientras que la piel de Jonás era marrón gracias a las sales de hierro férrico (que, curiosamente —al menos para mí—, es también el antídoto para los casos de envenenamiento por arsénico).

El panel de la derecha representaba a Jesús saliendo de su tumba y a María Magdalena, con un vestido rojo (hierro también, o tal vez partículas de oro), dándole una prenda de color morado (dióxido de manganeso) y una hogaza amarilla de pan (cloruro de plata).

Sabía que esas sales las habían mezclado con arena y con las cenizas de un carrizo de praderas salinas llamado «hinojo marino», que las habían cocido en un horno a temperatura lo bastante elevada como para que Sadrac, Mesac y Abednego lo pensaran mejor, y que por último las habían dejado enfriar hasta obtener el color deseado.

En el panel central, el protagonista era nuestro propio san Tancredo, cuyo cuerpo reposaba en esos mismos momentos en alguna parte de la cripta, bajo nuestros pies. En la imagen aparecía de pie frente a la puerta de la iglesia en la que nos hallábamos (al parecer, antes de que los victorianos las mejorasen), recibiendo con los brazos abiertos a una multitud de feligreses. San Tancredo tiene un rostro agradable: es la clase de persona a la que todos quisiéramos invitar un domingo por la tarde para hojear números atrasados del *Illustrated London News,* o incluso del *Country Life*. Dado que compartimos su fe, me gusta imaginar que mientras se pasa la eternidad roncando ahí abajo, siente una debilidad especial por quienes vivimos en Buckshaw.

Cuando mis pensamientos regresaron al momento presente, me di cuenta de que el vicario estaba rezando por el hombre cuyo cadáver yo había encontrado en el jardín.

—Era para nosotros un desconocido —decía—. No es necesario que conozcamos su nombre...

«Eso sería toda una novedad para el inspector Hewitt», pensé.

—... para pedirle al Señor que se apiade de su alma y le conceda la paz.

¡O sea, que ya era del dominio público! A la señora Mullet, me dije, le había faltado tiempo para recorrer a toda prisa el camino hasta Bishop's Lacey y contarle la noticia al vicario. No me parecía muy creíble que el vicario lo hubiera sabido por la policía.

De repente, se oyó un ruido sordo cuando un reclinatorio golpeó el suelo, y me volví justo a tiempo de ver a la señorita Mountjoy saliendo de entre los bancos cual cangrejo, para después huir por el pasillo lateral hacia la puerta del transepto.

—Tengo ganas de vomitar —le dije a Ophelia, que me dejó pasar sin pestañear siquiera.

Si había algo que la horrorizara era que le vomitaran en los zapatos, de lo que yo me aprovechaba de vez en cuando. En el exterior se había levantado un poco de viento, que sacudía las ramas de los tejos del cementerio y formaba olas que recorrían la hierba sin segar. Vi a la señorita Mountjoy desaparecer entre las lápidas cubiertas de musgo mientras se dirigía hacia la entrada techada del camposanto, cubierta de maleza y medio en ruinas.

¿Por qué de repente parecía tan alterada? Durante unos momentos, consideré la posibilidad de seguirla, pero en seguida cambié de idea: el río serpenteaba en torno a St. Tancred de tal forma que la iglesia se hallaba prácticamente anclada en una isla y, con el paso de los siglos, el curso sinuoso del río había atajado camino por el antiguo sendero que había al otro lado de la entrada techada del camposanto. La única forma que tenía la señorita Mountjoy de llegar a su casa sin tener que deshacer lo andado era quitarse los zapatos y vadear el río por las pasaderas, ahora sumergidas, que en otros tiempos hacían las veces de puente para cruzarlo.

Estaba claro que la señorita Mountjoy quería estar sola. Regresé junto a mi padre en el momento en que este le estaba estrechando la mano al sacerdote Richardson. Gracias a lo del asesinato, los De Luce éramos la sensación, y los vecinos del pueblo, todos vestidos con el traje de los domingos, hacían cola para hablar con nosotros o, en algunos casos, simplemente para tocarnos como si fuéramos talismanes. Todo el mundo quería charlar, pero nadie quería decir nada interesante.

—Qué atroz lo que ha sucedido en Buckshaw —le decían a papá, o a Feely o a mí.

—Espantoso —respondíamos nosotros.

Luego les estrechábamos la mano y esperábamos a que se acercara el siguiente peticionario. Solo después de atender a toda la congregación pudimos regresar a casa para comer.

Mientras cruzábamos el parque, la puerta de un coche azul ya de todos conocido se abrió y de él bajó el inspector Hewitt, que se acercó por el sendero de gravilla para saludarnos. Puesto que yo había decidido que con toda seguridad los policías dejaban de lado sus pesquisas los domingos, me sorprendió un poco ver al inspector, que saludó enérgicamente con la cabeza a papá y se rozó el sombrero como deferencia hacia Feely, hacia Daffy y hacia mí.

—Coronel De Luce, quisiera hablar con usted... en privado, si no le importa.

Observé atentamente a papá, temerosa de que volviera a desmayarse, pero aparte de sujetar con algo más de fuerza la empuñadura de su bastón, no dio muestras de sorpresa. Tal vez, me dije, hasta hubiera estado preparándose para ese momento.

Dogger, mientras tanto, se había escabullido hacia la casa, tal vez para quitarse la anticuada camisa de cuello rígido y los gemelos y sustituirlos por el cómodo mono de jardinero.

Papá echó un vistazo a su alrededor y nos miró como si no fuéramos más que una bandada de impertinentes ocas.

—Acompáñeme a mi estudio —le dijo al inspector, justo antes de dar media vuelta y alejarse.

Daffy y Feely se quedaron allí, mirando a lo lejos como normalmente hacían cuando no sabían qué decir. Durante un segundo consideré la posibilidad de interrumpir el silencio, pero luego lo pensé mejor y me alejé despreocupadamente mientras silbaba el tema *Harry Lime* de *El tercer hombre*.

Puesto que era domingo, me pareció apropiado ir al jardín y echarle una ojeada al lugar en el que había hallado el cadáver. En cierta manera, sería como uno de esos cuadros victorianos en los que aparecen viudas tapadas con un velo y agachadas para dejar un ramito de patéticos pensamientos —normalmente, en un jarroncito de cristal— sobre la tumba de su difunto esposo o de su difunta madre. Sin embargo, la idea me entristeció un poco, así que me salté los aspectos más teatrales.

Sin el cadáver, el huerto de pepinos estaba desprovisto de interés. De hecho, no era más que un poco de vegetación, con algún que otro tallo roto aquí y allá, y algo que se parecía sospechosamente al rastro que dejan los talones al arrastrar un cuerpo. Me resultó fácil apreciar, entre la hierba, los agujeros que habían dejado las puntiagudas patas del pesado trípode del sargento Woolmer al clavarse en la tierra.

Sabía, por lo que le había oído decir al detective Philip Odell en la radio, que cuando se produce una muerte inesperada es habitual que se realice la autopsia, así que no pude evitar preguntarme si el doctor Darby ya habría —como él mismo le había comentado al inspector Hewitt— «pasado el cadáver por la mesa». De todas formas, era algo que tampoco me atrevía a preguntar, al menos de momento.

Levanté la cabeza para mirar hacia la ventana de mi habitación. En ella, tan cerca que casi podía tocarlas con la mano, se reflejaban imágenes de esponjosas nubecillas blancas que flotaban en un mar de cielo azul.

¡Tan cerca! ¡Claro! ¡El huerto de pepinos estaba justo debajo de mi ventana! Entonces, ¿por qué no había oído nada? Todo el mundo sabe que para matar a un ser humano hay que ejercer una considerable cantidad de energía mecánica. No me acuerdo de la fórmula exacta, pero sé que existe. La fuerza aplicada en un breve espacio de tiempo (por ejemplo, una bala) provoca un ruido considerable, mientras que si la fuerza se aplica más despacio, es posible que no se produzca ningún ruido.

¿Y eso qué significaba? Que si el desconocido había sido víctima de un ataque violento, el ataque debía de haberse producido en otro sitio, lo bastante lejos como para que yo no lo oyera. Si lo habían atacado en el mismo lugar donde yo lo había encontrado, entonces el asesino tenía que haber utilizado un método silencioso: silencioso y lento, dado que al hombre aún le quedaba un rastro de vida, si bien pequeñísimo, cuando yo lo había encontrado.

«*Vale*», había dicho el moribundo, pero… ¿por qué iba a querer despedirse de mí? Era la misma palabra que había pronunciado el señor Twining antes de precipitarse al vacío, pero… ¿qué conexión existía entre una y otra cosa? ¿Acaso el hombre del huerto de pepinos quería relacionar su propia muerte con la del señor Twining? ¿Había estado presente en el momento en que Twining saltaba? ¿Había participado en aquel asunto?

Tenía que pensar…, y pensar alejada de toda distracción. La cochera quedaba descartada, puesto que ahora ya sabía que, en momentos críticos, corría el riesgo de encontrarme a papá sentado en el Phantom de Harriet. O sea, que solo me quedaba el disparate arquitectónico.

En el lado sur de Buckshaw, en una isla artificial situada en un lago artificial, había unas ruinas artificiales, en cuyas sombras se alzaba un pequeño templo griego de mármol, cubierto de líquenes. Estaba completamente abandonado e infestado de ortigas, pero en otros tiempos había sido una de las maravillas de Inglaterra: se trataba de una pequeña cúpula que se sostenía sobre cuatro columnas tan esbeltas como hermosas y que, desde luego, podría haber sido un quiosco de música digno del monte Parnaso. En el siglo XVIII, incontables miembros de la familia De Luce habían llevado a sus invitados al disparate arquitectónico en alegres barcazas decoradas con flores, donde comían al aire libre a base de fiambres y pastelillos, y contemplaban a través de espejos burlones al ermitaño a sueldo que a su vez los observaba perplejo y bostezaba en el umbral de su caverna cubierta de hiedra.

La isla, el lago y el disparate arquitectónico eran obra del arquitecto paisajista Capability Brown (aunque esa atribución había sido puesta en tela de juicio más de una vez en las páginas de la publicación trimestral *Notes and Queries*, que papá leía con avidez aunque solo cuando aparecían temas de interés filatélico). En la biblioteca de Buckshaw aún se conservaba una enorme carpeta de cuero rojo que contenía varios dibujos originales del paisajista, todos ellos firmados. Dichos dibujos provocaron un comentario irónico en papá: «Que sean esos hombres tan inteligentes los que habiten en sus propios disparates arquitectónicos».[4]

Según una tradición familiar, había sido durante una comida campestre en el disparate arquitectónico de Buckshaw cuando John Montague, cuarto conde de Sandwich, había inventado el tentempié que llevaba su nombre: al parecer, colocó una tira de carne fría de urogallo entre dos rebanadas de pan mientras jugaba una partida de naipes con Cornelius de Luce. «Maldita historia», había dicho papá.

Tras cruzar a pie el lago, pues apenas había un palmo de agua, me senté en los escalones del templo con las piernas dobladas y la barbilla apoyada en las rodillas.

En primer lugar, estaba la tarta de crema de la señora Mullet. ¿Adónde había ido a parar?

---

[4] Juego de palabras con el doble significado de *folly*, que puede referirse a un disparate arquitectónico, pero también, en un sentido más amplio, a la locura. *[N. de la T.]*

Dejé que mi mente regresara a las primeras horas del sábado por la mañana: me recordé a mí misma bajando la escalera, cruzando el vestíbulo en dirección a la cocina y… sí, la tarta estaba en el alféizar de la ventana. Y alguien había cortado un pedazo.

Más tarde, la señora Mullet me había preguntado si me había gustado la tarta. «¿Por qué a mí? —pensé—, ¿por qué no se lo preguntó a Feely o a Daffy?».

De repente, fue como el estallido de un trueno: se la había comido el muerto. Sí. ¡Todo encajaba!

Resulta que un hombre diabético había realizado un largo viaje desde Noruega y había traído una agachadiza chica oculta en una tarta. Yo misma había encontrado los restos de esa tarta, además de una reveladora pluma, en el Trece Patos. El pájaro muerto había sido depositado ante el umbral de nuestra puerta. Sin haber comido nada —aunque, según Tully Stoker, se había tomado una copa en el bar—, el desconocido se había dirigido a Buckshaw el viernes por la noche, había discutido con papá y, cuando se marchaba, había salido por la cocina y se había servido un trozo de la tarta de crema de la señora Mullet. La tarta lo había tumbado antes de que consiguiera llegar al huerto de pepinos.

¿Existía algún veneno que actuara tan rápidamente? Repasé las opciones más probables. El cianuro actuaba en cuestión de minutos: primero se ponía azul la cara y, después, casi de inmediato, la víctima moría por asfixia. Dejaba, además, un olor a almendras amargas. Pero no, el principal argumento en contra del cianuro era que, en caso de que lo hubieran utilizado, el hombre habría muerto antes de que yo lo encontrara. (He de admitir, sin embargo, que siento debilidad por el cianuro: cuando se trata de rapidez, figura entre los primeros de la lista. Si los venenos fueran ponis, no dudaría en apostar por Cianuro.)

Pero... ¿el olor que había percibido en el último aliento de la víctima era de almendras amargas? No me acordaba.

Luego estaba el curare, que asimismo producía un efecto casi inmediato. Como en el caso del cianuro, la víctima también moría por asfixia a los pocos minutos. Sin embargo, el curare no mataba si se ingería: para que resultara letal debía inyectarse. Además... ¿había alguien en toda la campiña inglesa —aparte de mí, claro— que tuviera curare a mano?

¿Y el tabaco? Recordé que, si se dejaban unas cuantas hojas de tabaco en una jarra de agua al sol durante varios días, se evaporaban hasta convertirse en una especie de resina negra y espesa, similar a la melaza pero capaz de producir la muerte en cuestión de segundos. La nicotina, sin embargo, se cultivaba en América y era prácticamente imposible encontrar hojas frescas en Inglaterra, por no hablar ya de Noruega.

Pregunta: ¿Es posible que las colillas, los puros o el tabaco de pipa produzcan un veneno igual de tóxico?

Dado que en Buckshaw no fumaba nadie, no me iba a quedar más remedio que procurarme yo misma las muestras.

Pregunta: ¿Cuándo (y dónde) se vacían los ceniceros en el Trece Patos?

La verdadera pregunta era esta: ¿quién había puesto el veneno en la tarta? Y más exactamente: si el difunto se había comido la tarta por casualidad, entonces, ¿a quién iba dirigido el veneno?

Me estremecí cuando una sombra cruzó la isla y, justo al levantar la vista, un oscuro nubarrón tapó el sol. Iba a llover… y pronto. Sin embargo, empezó a llover a cántaros antes de que tuviera tiempo de ponerme en pie: era una de esas tormentas repentinas, breves pero violentas, de principios de junio, uno de esos aguaceros que destrozan las flores y hacen estragos en los desagües. Traté de encontrar un lugar seco y resguardado en el centro exacto de la cúpula abierta, un lugar en el que poder guarecerme del chaparrón. De todas formas, tampoco me sirvió de gran cosa, dado que de repente, como si hubiera surgido de la nada, se levantó un viento frío. Me arropé como pude con los brazos en busca de calor. No me iba a quedar más remedio que esperar, me dije.

—¡Hola! ¿Estás bien?

Había un hombre en el extremo más alejado del lago y me estaba mirando. Debido a la cortina de agua que estaba cayendo no veía más que unas pinceladas de incierto color, que le daban el aspecto de un personaje en un cuadro impresionista. Antes de que pudiera responder, sin embargo, el hombre se remangó los pantalones, se quitó los zapatos y vadeó descalzo el lago para acercarse a mí. Al verlo apoyándose en su largo bastón para mantener el equilibrio pensé en san Cristóbal mártir cruzando el río con el Niño Jesús a cuestas. Sin embargo, cuando el hombre se acercó, me di cuenta de que lo que llevaba sobre los hombros era en realidad una mochila de lona.

Vestía un holgado traje de excursionista y un sombrero de ala ancha y flexible. Recordaba un poco a Leslie Howard, pensé, el actor de cine. Debía de tener unos cincuenta y algo, calculé, más o menos la edad de papá, pero de aspecto más atildado.

Con su cuaderno de bocetos impermeable en la mano, constituía la viva imagen del artista ilustrador ambulante: la vieja Inglaterra y todo eso.

—¿Estás bien? —repitió.

Fue entonces cuando me di cuenta de que la primera vez no le había contestado.

—Perfectamente, gracias —respondí, balbuciendo en exceso para compensar mi posible grosería anterior—. Me ha pillado la lluvia.

—Ya lo veo —dijo el hombre—. Estás saturada de agua.

—Más que saturada, lo que estoy es empapada —lo corregí. En lo referente a la química, era una purista.

El hombre abrió su mochila y sacó una capelina impermeable como las que llevan los excursionistas en las islas Hébridas. Me la colocó sobre los hombros y entré en calor de inmediato.

—No hacía falta…, pero gracias —dije.

Permanecimos el uno junto al otro en silencio mientras caía la lluvia, contemplando el lago y escuchando el rumor del aguacero. Al cabo de un rato, el hombre dijo:

—Puesto que al parecer estamos los dos abandonados en una isla, no creo que pase nada si nos presentamos.

Traté de situar su acento: Oxford, con un deje bastante particular. ¿Escandinavo, tal vez?

—Me llamo Flavia —dije—. Flavia de Luce.

—Y yo soy Pemberton. Frank Pemberton. Encantado de conocerte, Flavia.

¿Pemberton? ¿No era entonces el hombre que había llegado al Trece Patos justo cuando yo huía de Tully Stoker? No quería que se descubriera mi visita a la posada, así que guardé silencio. Nos dimos un apretón de manos bastante pasado por agua y luego cada cual apartó de inmediato la suya, como hacen los desconocidos después de haberse tocado.

Seguía lloviendo. Al cabo de un rato, el hombre dijo:

—La verdad es que ya sabía quién eras.

—¡Ah, sí?

—Ajá. Para cualquiera interesado en las mansiones inglesas, el nombre De Luce es bastante conocido. De hecho, tu familia aparece en *Quién es quién*.

—¿Y a usted le interesan las mansiones inglesas, señor Pemberton?

El hombre se echó a reír.

—Se trata de interés profesional, me temo. En realidad, estoy escribiendo un libro sobre el tema. Creo que lo titularé *Las casas señoriales de Pemberton: un paseo por el tiempo*. Como título, impresiona bastante, ¿no crees?

—Supongo que depende de a quién quiera usted impresionar —dije—, pero sí, impresiona... bastante, quiero decir.

—Resido principalmente en Londres, claro, pero llevo ya una buena temporada recorriendo esta parte del país y tomando notas en mis cuadernos. Me gustaría echarle un vistazo a la finca y entrevistar a tu padre. De hecho, ese es el motivo de mi visita.

—No creo que eso sea posible, señor Pemberton —dije—. Verá, es que se ha producido una repentina muerte en Buckshaw y papá está..., bueno, está ayudando a la policía en sus investigaciones.

Sin pensarlo, había copiado una frase que recordaba de los seriales radiofónicos, aunque no me di cuenta de su trascendencia hasta el momento de pronunciarla.

—¡Madre de Dios! —exclamó—. ¿Una muerte repentina?

Espero que no sea nadie de la familia.

—No —dije—. Se trata de un perfecto desconocido. Pero dado que lo encontraron en el jardín de Buckshaw, mi padre tiene que…

En ese momento dejó de llover tan de improviso como había empezado. Salió el sol para trazar un arco iris en la hierba mojada y cantó un cuco, exactamente como sucede después de la tormenta en la *Sinfonía pastoral* de Beethoven. Lo juro.

—Lo entiendo perfectamente —dijo el hombre—. No quisiera molestar. Si el coronel De Luce quiere ponerse en contacto conmigo en algún otro momento, me hospedo en el Trece Patos, en Bishop's Lacey. Estoy seguro de que al señor Stoker no le importará hacerme llegar el mensaje.

Me quité la capelina y se la devolví.

—Muchas gracias —dije—. Tengo que volver a casa. Regresamos vadeando juntos el lago, como un par de bañistas que veranean junto al mar.

—Ha sido un placer conocerte, Flavia —dijo el hombre—. Confío en que con el tiempo lleguemos a ser buenos amigos. Lo observé mientras se alejaba paseando por la hierba en dirección a la avenida de los castaños, hasta que finalmente lo perdí de vista.

11

Encontré a Daffy en la biblioteca, encaramada en lo más alto de una escalera con ruedas.

—¿Dónde está papá? —le pregunté.

Daffy siguió leyendo como si yo no existiera.

—¿Daffy?

Mi caldero interno empezó a hervir: era una olla en la que burbujeaba una pócima secreta que en cuestión de instantes podía transformar a Flavia *la Invisible* en Flavia *el Mismísimo Demonio*.

Agarré la escalera por uno de los peldaños y le di una buena sacudida primero y un buen empujón después para que empezara a rodar. Una vez iniciado el movimiento, no me resultó difícil mantenerlo. Daffy se agarró a la parte superior como una lapa paralizada mientras yo empujaba el trasto por la larga habitación.

—¡Para, Flavia! ¡Para!

Cuando empezamos a aproximarnos a la entrada a una velocidad inquietante, frené, rodeé la escalera y luego la empujé con fuerza en la dirección opuesta. A todo esto, Daffy se tambaleaba en la parte superior como el vigía de un barco ballenero en pleno vendaval del Atlántico Norte.

—¿Dónde está papá? —grité.

—Aún está en el estudio con el inspector. ¡Para! ¡Para ya!

En vista de que mi hermana se estaba poniendo más blanca que el papel decidí parar.

Daffy bajó tambaleándose de la escalera y saltó con cuidado al suelo. Por un segundo, creí que iba a embestirme, pero tardó bastante más de lo normal en recuperar el equilibrio.

—A veces me das miedo —me dijo.

Estuve a punto de contestar que a veces me daba miedo hasta a mí misma, pero entonces recordé que en ocasiones el silencio hace más daño que las palabras, así que me mordí la lengua. Aún se le veía el blanco de los ojos, como si fuera un caballo de tiro desbocado, por lo que decidí sacar partido de la situación.

—¿Dónde vive la señorita Mountjoy?

Daffy me observó, perpleja.

—La señorita bibliotecaria Mountjoy —añadí.

—No tengo ni idea —respondió Daffy—. No he ido a la biblioteca del pueblo desde que era niña.

Con los ojos aún muy abiertos, Daffy me observó por encima de sus gafas.

—Quiero pedirle consejo sobre lo que hay que hacer para ser bibliotecaria.

Era una mentira perfecta. Daffy suavizó la mirada y casi me observó con respeto.

—No sé dónde vive —contestó—. Pregúntale a la señorita Cool, de la confitería. Ella sabe todo lo que se cuece en Bishop's Lacey.

—Gracias, Daffy —dije, mientras mi hermana se dejaba caer en un mullido sillón de orejas—. Eres un lince.

Una de las principales comodidades de vivir cerca de un pueblo es que, cuando hace falta, se puede llegar en muy poco tiempo. Volé montada en Gladys, pensando que tal vez no sería mala idea llevar un diario de vuelo, como les obligan a hacer a los pilotos de los aeroplanos. Para entonces, Gladys y yo ya teníamos unos cuantos cientos de horas de vuelo, la mayoría de ellas en el trayecto de ida y vuelta a Bishop's Lacey. De vez en cuando, le ataba una cesta de pícnic a los faldones negros traseros y nos aventurábamos incluso más lejos.

En una ocasión habíamos viajado toda la mañana para llegar hasta una posada en la que, según se decía, había dormido Richard Mead una noche en 1747. Richard (o Dick, como yo lo llamaba a veces) era el autor de *A Mechanical Account of Poisons in Several Essays*. Publicado en 1702, era el primer libro en inglés sobre el tema, y yo poseía una primera edición que era la joya de mi biblioteca de química. En la galería de retratos de mi habitación tenía una imagen suya pegada al espejo, junto a las de Henry Cavendish, Robert Bunsen y Carl Wilhelm Scheele, mientras que Daffy y Feely tenían fotos de Charles Dickens y Mario Lanza, respectivamente.

La confitería de Bishop's Lacey se hallaba en High Street, apretujada entre la empresa de pompas fúnebres y la pescadería. Apoyé a Gladys contra la luna del escaparate y giré el pomo.

Maldije entre dientes: la puerta estaba cerrada a cal y canto. ¿Por qué el universo conspiraba en mi contra de aquella manera? Primero el armario, luego la biblioteca y ahora la confitería. Mi vida se estaba convirtiendo en un largo pasillo de puertas cerradas.

Ahuequé las manos, las apoyé en el cristal y contemplé el interior en penumbra. Tal vez la señorita Cool hubiera salido, o tal vez hubiera tenido que atender una urgencia familiar, como el resto de los habitantes de Bishop's Lacey. Cogí el pomo con ambas manos y sacudí la puerta con fuerza, aunque sabía perfectamente que era inútil.

Recordé entonces que la señorita Cool vivía en un par de habitaciones en la parte de atrás de la tienda. A lo mejor se le había olvidado abrir la puerta, me dije. Es lo que les pasa a veces a los ancianos: que se vuelven seniles, y entonces…

Pero… ¿y si había muerto mientras dormía?, pensé. O algo peor… Eché un vistazo a ambos lados de High Street, pero la calle estaba desierta. ¡Un momento! Me había olvidado por completo de Bolt Alley, un túnel húmedo y estrecho de adoquines y ladrillo que daba a los jardines de la parte de atrás de las tiendas. ¡Claro! Me dirigí hacia allí a toda prisa.

Bolt Alley olía a su propio pasado, que según se dice incluía en otros tiempos un famoso tugurio. Me estremecí involuntariamente cuando el sonido de mis propios pasos retumbó en las paredes cubiertas de musgo y en el techo, del que goteaba agua. Intenté no tocar los apestosos ladrillos manchados de verde que tenía a ambos lados, ni respirar el aire rancio. Poco después, llegué al otro lado del pasadizo y salí de nuevo al sol.

El minúsculo jardín de la señorita Cool estaba rodeado por un muro bajo de ladrillos, medio en ruinas. La puerta, de madera, estaba cerrada por dentro.

Salté el muro, fui directamente a la puerta y la golpeé ruidosamente con la palma de la mano. Pegué la oreja a la madera, pero no percibí ningún movimiento en el interior. Salí del camino, pasé sobre la hierba sin cortar, me acerqué a una ventana y pegué la nariz a la parte baja de un cristal tiznado de hollín. Sin embargo, me tapaba la vista la parte de atrás de un tocador.

En un rincón del jardín divisé una caseta de perro bastante deteriorada: era, al parecer, lo único que quedaba de Geordie, el collie de la señorita Cool, que había muerto tras ser atropellado por un coche en High Street.

Tiré del combado armazón hasta que se soltó de la tierra apelmazada, lo arrastré por el jardín y lo coloqué directamente bajo la ventana. A continuación, me subí encima.

Una vez en la parte superior de la caseta solo tuve que dar otro paso hasta conseguir trepar al alféizar de la ventana, sobre cuya pintura descascarillada mantuve un precario equilibrio con brazos y piernas extendidos, como el hombre de Vitrubio de Leonardo da Vinci: con una mano me sujeté firmemente a un postigo mientras con la otra trataba de limpiar un poco el mugriento cristal para mirar a través de él.

El interior de la pequeña habitación se hallaba en penumbra, pero había la suficiente luz como para distinguir la figura tendida en la cama…, y también para distinguir el rostro pálido que me observaba y su boca abierta en un horrendo óvalo.

—¡Flavia! —exclamó la señorita Cool, poniéndose en pie de un salto. El cristal de la ventana amortiguó el sonido de sus palabras—. ¿Qué diantre…?

Cogió su dentadura postiza de un vaso y se la colocó a toda prisa en la boca. Después desapareció durante un segundo. En el momento en que saltaba al suelo oí el ruido del cerrojo de la puerta al descorrerse, tras lo cual la puerta se abrió hacia adentro y me mostró a la señorita Cool con aspecto de tejón atrapado. Vestía una bata de andar por casa y se aferraba la garganta con una mano, que abría y cerraba espasmódicamente.

—¿Qué diantre…? —repitió—. ¿Qué ocurre?

—La puerta de delante está cerrada —dije—, y no he podido entrar.

—Pues claro que está cerrada —contestó—. Los domingos siempre está cerrada. Estaba descansando un rato.

Se frotó los ojillos negros, aún entornados por culpa de la luz. Poco a poco, empecé a darme cuenta de que tenía razón: era domingo. Aunque tenía la sensación de que habían pasado siglos, en realidad había sido aquella misma mañana cuando había ido a St. Tancred con mi familia.

Supongo que adopté una expresión de abatimiento.

—¿Qué te pasa, querida? —me dijo la señorita Cool—. ¿Es por ese espantoso suceso en Buckshaw?

O sea, que lo sabía.

—Espero que hayas tenido el suficiente sentido común como para mantenerte alejada del escenario…

—Sí, claro que sí, señorita Cool —dije con una sonrisa de arrepentimiento—. Pero es que me han pedido que no hable del tema, supongo que lo entiende.

Era una mentira, y de las buenas.

—Eres una niña muy obediente —dijo, levantando la mirada y dirigiéndola hacia las cortinas cerradas de las ventanas de una hilera colindante de casas, todas las cuales daban directamente a su patio—. Este no es un buen sitio para hablar. Será mejor que entres.

Me condujo a través de un estrecho pasillo, en uno de cuyos extremos se hallaba la minúscula habitación de la señorita Cool y, en el otro, una pequeñísima salita.

Y, de repente, me encontré en la tienda, tras el mostrador que hacía las veces de oficina de correos del pueblo. Además de ser la única repostera de Bishop's Lacey, la señorita Cool era también la jefa de la oficina de correos, lo que significaba que sabía todo lo que valía la pena saber. Excepto química, claro.

Me observó atentamente mientras yo echaba un vistazo a mi alrededor y contemplaba con interés las hileras de estantes, en los cuales se alineaban tarros de cristal llenos de palitos de marrubio, caramelos de menta y fideos de colores para repostería.

—Lo siento, pero no puedo trabajar en domingo porque acabaría en los tribunales. Es la ley, ya lo sabes.

Sacudí la cabeza con aire triste.

—Lo siento —dije—, no me acordaba de que era domingo.

No pretendía asustarla.

—Bueno, tampoco ha sido para tanto —repuso la mujer, recuperando de repente su carácter parlanchín y revoloteando por toda la tienda, toqueteando inútilmente esto o lo otro—. Dile a tu padre que pronto se editará otro juego de sellos, pero que no vale la pena hacerse muchas ilusiones, al menos en mi opinión. La misma efigie del rey Jorge, bendito sea, pero con distintos colores.

—Muchas gracias, señorita Cool —le dije—. Puede estar usted segura de que se lo diré.

—En mi opinión, la gente de la central de correos de Londres podría inventarse algo mejor —prosiguió—, pero por lo que he oído, se están reservando todas las ideas para el año que viene, cuando se celebre el Festival de Gran Bretaña.

—Quería preguntarle si podría usted decirme dónde vive la señorita Mountjoy —le solté a bocajarro.

—¿Tilda Mountjoy? —dijo, entornando los ojos—. ¿Y qué quieres de ella, si puede saberse?

—Me ha ayudado mucho en la biblioteca y se me ha ocurrido que podría llevarle unos caramelos para darle las gracias. Le ofrecí a la señorita Cool una edulcorada sonrisa que encajaba muy bien con la emoción descrita. Aquella sí que era una mentira descarada: la verdad es que ni siquiera se me había ocurrido pensar en ello hasta ese momento, cuando vi que podía matar dos pájaros de un tiro.

—Ah, sí —dijo la señorita Cool—. La pobre Margaret Pickery ha tenido que marcharse a Nether—Wolsey para ayudar a su hermana: la Singer, la aguja, el dedo, los gemelos, el marido díscolo, la bebida, las facturas… A Tilda Mountjoy le ha llegado una inesperada y gratificante oportunidad de ser útil a los demás… Caramelos ácidos —dijo de repente—. Sea domingo o no, los caramelos ácidos son siempre la mejor elección.

—Pues deme seis peniques de caramelos —dije— y un chelín de palitos de marrubio —añadí.

El marrubio era mi vicio secreto.

La señorita Cool se dirigió de puntillas a la parte delantera de la tienda y bajó las persianas.

—Que esto quede entre tú y yo —dijo en tono de complicidad.

Metió los caramelos ácidos en una bolsa morada de papel, de un color tan fúnebre que casi parecía pedir a gritos que la llenaran con una o dos cucharadas de arsénico o nuez vómica.

—Un chelín y seis peniques —dijo mientras envolvía en papel los palitos de marrubio.

Le di dos chelines y, mientras ella rebuscaba en los bolsillos, dije:

—Está bien así, señorita Cool, quédese el cambio.

—Eres muy amable —respondió ella con una mirada radiante mientras introducía otro palito de marrubio en el envoltorio—. Si yo tuviera hijos, ya me gustaría que fueran la mitad de considerados y generosos que tú.

Le dediqué una media sonrisa y me guardé el resto para mí mientras la mujer me indicaba cómo llegar a casa de la señorita Mountjoy.

—Villa Sauce —me dijo—. No tiene pérdida: es la casa naranja.

Villa Sauce era, tal y como había dicho la señorita Cool, de color naranja, del mismo tono que el sombrerillo rojo escarlata de una seta cabeza de muerte cuando empieza a pasarse. La casa estaba oculta en sombras, bajo las amplias faldas verdes de un gigantesco sauce llorón cuyas ramas sacudía la brisa de forma inquietante, obligándolas casi a barrer el suelo cual ejército de brujescas escobas. El movimiento me recordó una pieza del siglo XVII que Feely a veces tocaba y cantaba —debo admitir que con muy dulce voz— cuando estaba pensando en Ned:

The willow-tree will twist, and the willow-tree will twine,
O I wish I was in the dear youth's arms that once had
the heart of mine.[5]

La canción se llamaba *The Seeds of Love,* aunque el amor no era lo primero que me venía a la mente

---

5 «Las ramas del sauce se enredan y se trenzan. / Ah, ojalá pudiera estar entre los tiernos brazos del joven que una vez me robó el corazón». (*The Seeds of Love* [Las semillas del amor]). *[N. de la T.]*

cuando veía un sauce, sino más bien lo contrario: siempre me recordaban a Ofelia (la de Shakespeare, no la mía), que se había ahogado muy cerca de uno de esos árboles.

A excepción de una pequeña franja de césped, no más grande que un pañuelo, el sauce llorón llenaba todo el jardín vallado de la señorita Mountjoy. Incluso en el umbral de la puerta se percibía la humedad que impregnaba todo el lugar: los lánguidos brazos del árbol formaban una especie de campana de cristal verde a través de la cual penetraba muy poca luz, cosa que producía la extraña sensación de hallarse bajo el agua. El musgo de color verde intenso convertía el escalón de la puerta en una especie de esponja de piedra, mientras que diversas manchas de humedad extendían sus dedos negros y tristes por la pintura naranja de la fachada.

En la puerta había una aldaba de latón oxidado que representaba el rostro burlón del Duende de Lincoln. La levanté y llamé suavemente a la puerta dos veces. Mientras esperaba, miré distraída hacia arriba, por si descubría a alguien observándome a escondidas entre las cortinas. Pero no: las polvorientas cortinas de encaje ni siquiera se movían, como si en el interior de aquella casa no hubiera ni gota de aire.

A mi izquierda partía un sendero de adoquines viejos y gastados que desaparecía por uno de los lados de la casa. Esperé uno o dos minutos frente a la puerta y luego seguí el sendero.

La puerta trasera estaba prácticamente sepultada tras los largos zarcillos de las hojas del sauce, que al moverse emitían un susurro de ligera impaciencia, como el telón verde chillón de un teatro a punto de levantarse.

Ahuequé las manos y las apoyé en una de las minúsculas ventanas. Si me ponía de puntillas...

—¿Qué estás haciendo aquí? Giré en redondo.

La señorita Mountjoy se hallaba fuera del círculo de ramas de sauce, contemplándome. El follaje solo me permitía ver franjas verticales de su rostro, pero lo que vi me puso los pelos de punta.

—Soy yo, señorita Mountjoy... Flavia —dije—. Quería darle las gracias por haberme ayudado en la biblioteca.

Las ramas del sauce susurraron cuando la señorita Mountjoy se introdujo bajo el manto de vegetación con unas tijeras de podar en la mano. No dijo nada, pero sus ojos, que en aquel rostro arrugado parecían dos pasas iracundas, no me perdieron de vista ni un solo instante.

Retrocedí cuando la mujer se plantó en el sendero y me impidió la huida.

—Sé muy bien quién eres —dijo—. Eres Flavia Sabina Dolores de Luce..., la hija pequeña de Jacko.

—¿Sabe que es mi padre? —exclamé.

—Pues claro que lo sé, jovencita. A mi edad se saben muchas cosas.

Por algún motivo, y sin que pudiera hacer nada para evitarlo, la verdad salió disparada como si fuera el tapón de corcho de una botella.

—Lo de «Dolores» era mentira —dije—. A veces me invento cosas.

La señorita Mountjoy dio un paso hacia mí.

—¿Por qué has venido? —me preguntó, en un tono que era más bien un susurro ronco.

Me metí de inmediato una mano en el bolsillo en busca de la bolsa de caramelos.

—Le he traído unos caramelos ácidos —dije— para pedirle disculpas por haber sido tan maleducada. Por favor, acéptelos.

Emitió una especie de silbido estridente y supuse que debía considerarlo una carcajada.

—Seguro que ha sido una recomendación de la señorita Cool, ¿verdad?

Igual que el tonto del pueblo en una pantomima, asentí una media docena de veces.

—Me apenó mucho saber cómo había muerto su tío…, el señor Twining —dije. Y era cierto—. Me apenó de verdad. No es justo.

—¿Justo? Desde luego que no fue justo —respondió ella—. Y, sin embargo, tampoco fue injusto. Ni siquiera fue perverso. ¿Sabes lo que fue?

Por supuesto que lo sabía. Ya lo había oído antes, pero no estaba allí para discutirlo con ella.

—No —susurré.

—Fue un asesinato —dijo ella—. Un asesinato, lisa y llanamente.

—¿Y quién lo asesinó? —le pregunté.

A veces, hasta a mí me sorprendía el descaro de mi propia lengua. Una mirada bastante vaga cruzó por el rostro de la señorita Mountjoy como una nube que cruza ante la luna: fue como si hubiera dedicado media vida a ensayar el papel y, de repente, cuando se hallaba en el escenario bajo los focos, hubiera olvidado lo que tenía que decir.

—Aquellos muchachos… —empezó al fin—. Aquellos muchachos odiosos y detestables. Jamás los olvidaré, jamás olvidaré sus mejillas sonrosadas y su inocencia infantil.

—Uno de aquellos muchachos era mi padre —dije muy despacio.

En ese momento, su mirada estaba perdida en el pasado. Lentamente, volvió los ojos hacia el presente y los fijó en mí.

—Sí —dijo—. Laurence de Luce. Jacko. A tu padre lo llamaban Jacko. Un apodo de la infancia, pero incluso el juez de instrucción lo llamó así: «Jacko». Lo pronunció con una voz tan dulce durante la investigación, casi como si lo acariciara... como si aquel nombre tuviera subyugado a todo el tribunal. —¿Mi padre prestó declaración durante la investigación?

—Pues claro que testificó..., lo mismo que los otros chicos. Era lo que se hacía en aquella época. Lo negó todo, claro, negó cualquier responsabilidad en el asunto. Un valioso sello había desaparecido de la colección del director y lo único que dijo fue: «¡Oh, no, señor, yo no he sido, señor!». Como si al sello le hubieran salido de repente unos asquerosos dedos y se hubiera robado a sí mismo.

Estaba a punto de decirle «Mi padre no es ningún ladrón, ni tampoco un mentiroso», cuando de repente intuí que nada de lo que yo dijera podría cambiar sus arraigadas convicciones.

—¿Por qué se ha marchado de la iglesia esta mañana? —le pregunté.

La señorita Mountjoy retrocedió como si acabara de arrojarle un vaso de agua fría en plena cara.

—Tú no tienes pelos en la lengua, ¿verdad?

—No —respondí—. Tenía algo que ver con lo que dijo el vicario acerca de rezar por el desconocido que hay entre nosotros, ¿verdad? El hombre cuyo cadáver encontré en el jardín de Buckshaw.

La señorita Mountjoy bisbiseó entre dientes, como una tetera.

—¿Tú encontraste el cadáver? ¿Tú?

—Sí —respondí.

—Entonces, dime una cosa… ¿Era pelirrojo?

Cerró los ojos y los mantuvo cerrados mientras aguardaba mi respuesta.

—Sí —respondí—. Era pelirrojo.

—Demos gracias al Señor por lo que nos concede —susurró, antes de volver a abrir los ojos. Me pareció que su respuesta no solo era extraña, sino también muy poco cristiana.

—No lo entiendo —repuse. Y era cierto.

—Lo reconocí de inmediato —dijo la señorita Mountjoy—. A pesar de los años transcurridos supe quién era en cuanto vi aquella mata de pelo rojo saliendo del Trece Patos. Y por si con eso no bastara, sus aires arrogantes, su soberbio engreimiento, sus glaciales ojos azules…, cualquiera de esas cosas me habría bastado para saber que Horace Bonepenny había vuelto a Bishop's Lacey.

Tuve la sensación de que nos estábamos adentrando en unas aguas mucho más profundas de lo que yo creía.

—Tal vez ahora entiendas por qué no podía rezar por el eterno reposo de la pérfida alma de aquel muchacho…, de aquel hombre. —Me arrebató la bolsa de caramelos ácidos, se metió uno en la boca y se guardó el resto—. Al contrario —prosiguió—, rezo para que en este mismo instante se esté achicharrando en el infierno.

Y, tras esas palabras, entró en su húmeda Villa Sauce y cerró de un portazo.

¿Quién diantre era Horace Bonepenny? ¿Y por qué había regresado a Bishop's Lacey?

Solo se me ocurría una persona que pudiera aclarármelo.

Mientras pedaleaba por la avenida de castaños en dirección a Buckshaw me fijé en que el Vauxhall azul ya no estaba frente a la puerta de la casa, lo que significaba que el inspector Hewitt y sus hombres ya se habían marchado.

Estaba empujando a Gladys hacia la parte de atrás de la casa cuando oí un golpeteo metálico procedente del invernadero. Me acerqué a la puerta y eché un vistazo al interior: era Dogger.

Estaba sentado sobre un cubo puesto boca abajo, golpeándolo con una paleta. Clang…, clang…, clang…, clang… Igual que cuando la campana de St. Tancred anunciaba el funeral de algún vejestorio de Bishop's Lacey, el sonido se prolongaba interminablemente, como si estuviera tañendo las campanadas de toda una vida: clang…, clang…, clang…, clang…

Dogger estaba de espaldas a la puerta y era obvio que no me había visto. Me alejé sigilosamente hacia la puerta de la cocina, donde armé un buen alboroto al dejar caer a Gladys, que se estrelló con un fuerte golpe metálico contra el escalón de piedra.

—Lo siento, Gladys —susurré. A continuación exclamé en voz lo bastante alta para que se me oyera desde el invernadero—: ¡Diantre! —Fingí entonces que acababa de ver a Dogger a través del cristal—. Ah, hola, Dogger —canturreé—. Precisamente lo estaba buscando.

No se volvió de inmediato, así que fingí que estaba rascando un poco de barro de la suela de mi zapato hasta que Dogger se recobró del susto.

—Señorita Flavia —dijo muy despacio—. Todo el mundo la estaba buscando.

—Bueno, pues aquí estoy.

Era mejor llevar el peso de la conversación hasta que Dogger se repusiera.

—He estado hablando en el pueblo con alguien que me ha hablado de una persona de la que tal vez usted pueda contarme algo. Dogger me ofreció un amago de sonrisa.

—Ya sé que no me estoy explicando muy bien, pero…

—Sé a qué se refiere —dijo.

—Horace Bonepenny —le solté a bocajarro—. ¿Quién es Horace Bonepenny?

Al oír mis palabras, Dogger empezó a temblar como una rana durante un experimento consistente en conectarle una corriente galvánica a la espina dorsal. Se humedeció los labios y se secó frenéticamente la boca con un pañuelo de bolsillo. Me di cuenta de que la mirada se le estaba volviendo borrosa y que titilaba tanto como las estrellas justo antes del amanecer. Al mismo tiempo, parecía estar realizando un gran esfuerzo por mantener el control, aunque sin demasiado éxito.

—No se preocupe, Dogger —le dije—. No importa. Olvídelo.

Intentó ponerse en pie, pero fue incapaz de levantarse del cubo puesto del revés.

—Señorita Flavia —dijo—, hay preguntas que deben hacerse y hay preguntas que no deben hacerse.

Allí estaba otra vez: como si se tratara de una ley, esas palabras brotaron con naturalidad de los labios de Dogger, pero también con un aire de irrevocabilidad, como si fuera el mismísimo Isaías quien las había pronunciado.

Sin embargo, esos pocos vocablos parecieron dejarlo agotado, así que Dogger suspiró y se cubrió la cara con las manos. En ese momento sentí la imperiosa necesidad de echarle los brazos al cuello y abrazarlo, pero sabía que Dogger no estaba preparado, por lo que me limité a ponerle una mano en el hombro. Al hacerlo, me di cuenta de que ese simple gesto me resultaba mucho más reconfortante a mí que a él.

—Voy a buscar a papá —dije—. Lo ayudaremos a ir hasta su habitación.

Dogger volvió muy despacio el rostro hacia mí y vi en él la máscara blanca de una tragedia. Cuando habló, sus palabras sonaron como si alguien estuviera frotando una piedra contra otra:

—Se lo han llevado, señorita Flavia. La policía se lo ha llevado.

12

Feely y Daffy estaban sentadas en un floreado sofá del salón, la una en brazos de la otra, ululando igual que sirenas antiaéreas. Ya me había adentrado unos cuantos pasos en el salón para unirme a ellas cuando Ophelia me vio.

—¿Dónde has estado, mala bestia? —me dijo entre dientes al tiempo que se ponía en pie de un salto y se acercaba a mí como un gato montés. Tenía los ojos hinchados y rojos como los catadióptricos de las bicicletas—. Todo el mundo te estaba buscando. Pensábamos que te habías ahogado. Ah, no sabes cuánto he rezado para que fuera así.

«Bienvenida al hogar, Flave», pensé.

—A papá lo han arrestado —dijo Daffy como si fuera lo más normal del mundo—. Se lo han llevado.

—¿Adónde? —pregunté.

—¿Y cómo quieres que lo sepamos? —me escupió Ophelia con desdén—. A donde se lleven a los detenidos, supongo. ¿Dónde has estado?

—¿Bishop's Lacey o Hinley?

—¿Qué quieres decir? Habla más claro, so estúpida.

—Bishop's Lacey o Hinley —repetí—. La comisaría de Bishop's Lacey solo tiene una sala, así que no creo que lo hayan llevado allí. La policía del condado está en Hinley, por lo que lo más probable es que lo hayan llevado a Hinley.

—Lo acusarán de asesinato —dijo Ophelia—, ¡y luego lo ahorcarán!

Se echó a llorar de nuevo y dio media vuelta. Durante un segundo, casi la compadecí.

Al salir del salón y dirigirme al vestíbulo vi a Dogger subiendo muy despacio la escalinata oeste, como un condenado que estuviera subiendo los escalones del patíbulo.

¡Era mi oportunidad!

Esperé hasta que Dogger desapareció en lo alto de la escalinata, después entré sigilosamente en el estudio de papá y eché el cerrojo sin hacer ruido. Era la primera vez en mi vida que entraba yo sola en aquella estancia.

Una pared entera estaba consagrada a los álbumes de sellos de papá, gruesos volúmenes de piel cuyo color indicaba el reinado de los distintos monarcas: negro para la reina Victoria, rojo para Eduardo VII, verde para Jorge V y azul para nuestro actual monarca, el rey Jorge VI. Recordé un delgado volumen de color rojo escarlata, situado entre el álbum verde y el azul, que contenía solo unos cuantos artículos: las nueve variantes conocidas de los cuatro sellos emitidos con la efigie del rey Eduardo VIII, antes de que este se largara con aquella aristócrata estadounidense.

Me constaba que a papá le producían un inagotable placer las incontables y diminutas variaciones de sus papelitos de colores, pero desconocía por completo los detalles. Solo cuando papá se emocionaba lo suficiente con algún cotilleo banal publicado en *The London Philatelist,* lo bastante interesante como para que nos lo contara extasiado durante el desayuno, descubríamos algo más de su reducido mundo. Aparte de esas raras ocasiones, tanto mis hermanas como yo éramos unas auténticas ignorantes en cuestión de sellos de correos, a diferencia de papá: el pobre se entretenía muchísimo colocando sus trocitos de papel de colores, cosa que hacía con un fervor más inquietante que el que llevaba a otros hombres a colgar de la pared cabezas de venado o de tigre. En la pared opuesta a la que ocupaban los álbumes había un aparador de estilo jacobino cuya superficie y cajones estaban llenos hasta los topes de material filatélico: fijasellos, odontómetros, bandejas esmaltadas para humedecer los sellos, botellitas de fluido para revelar las filigranas, goma de borrar, sobres, arandelas de refuerzo, pinzas para sellos y una lámpara ultravioleta.

En el extremo más alejado de la habitación, frente a las puertaventanas que daban a la galería, se hallaba el escritorio de papá: una mesa de biblioteca tan grande como un campo de fútbol que en otros tiempos tal vez hubiera prestado servicio en la contaduría de Scrooge y Marley. Sospeché de inmediato que los cajones estaban cerrados con llave… y no me equivoqué.

Me pregunté en qué parte de una habitación llena de sellos escondería papá un sello. No me cabía la menor duda de que lo había escondido…, que es exactamente lo mismo que habría hecho yo. Papá y yo compartíamos la pasión por la privacidad y me di cuenta de que mi padre jamás sería tan estúpido como para esconderlo en un lugar obvio.

Más que mirar encima de las cosas, o en el interior de las cosas, lo que hice fue tumbarme en el suelo, como si fuera un mecánico inspeccionando los bajos de un coche, y deslizarme de espaldas por toda la habitación, examinando la parte inferior de los muebles. Miré debajo del escritorio, debajo de la mesa, debajo de la papelera y debajo de la silla Windsor de papá. Miré también debajo de la alfombra turca y detrás de las cortinas. Miré detrás del reloj y en la parte de atrás de todos los cuadros que colgaban de la pared.

Había demasiados libros como para comenzar a buscar entre ellos, así que me puse a pensar en aquellos en los que probablemente nadie buscaría. ¡Claro! ¡La Biblia! Sin embargo, tras ojear rápidamente la versión autorizada del rey Jaime, no encontré más que un viejo folleto de la iglesia y una tarjeta de condolencias escrita con motivo del fallecimiento de algún De Luce de la época de la Gran Exposición.

Y entonces me acordé de que papá había arrancado el sello del pico de la agachadiza chica y se lo había guardado en el bolsillo del chaleco. Tal vez lo hubiera dejado allí con la intención de deshacerse de él más tarde.

¡Sí, claro! El sello no estaba allí. ¡Qué estúpida había sido al pensar que estaría allí! El estudio al completo encabezaba, desde luego, la lista de escondites demasiado obvios. Sentí de golpe la certeza, como si fuera una ola que me empapaba, y supe, gracias a lo que Feely y Daffy denominaban incorrectamente «intuición femenina», que el sello estaba en otra parte.

Tratando de no hacer ruido, giré la llave y salí al vestíbulo. Mis hermanas las Raritas aún estaban llorando en el salón: sus voces aumentaban o disminuían de intensidad según las notas de rabia o de dolor. Podría haberme quedado a escuchar junto a la puerta, pero no quise. Tenía cosas más importantes que hacer.

Subí por la escalinata oeste con el sigilo de una sombra y me dirigí al ala sur.

Tal y como imaginaba, la habitación de papá se hallaba casi a oscuras cuando entré. En muchas ocasiones, había contemplado las ventanas de aquella estancia desde el jardín, y siempre había visto las gruesas cortinas cerradas.

Una vez dentro, la habitación parecía tan melancólica como un museo fuera de horas de visita. La poderosa fragancia de las colonias y las lociones de papá me hizo pensar en sarcófagos abiertos y vasos canopos que en otros tiempos hubieran contenido especias. Las patas delicadamente talladas de un lavamanos estilo reina Ana se me antojaron casi indecentes en comparación con la siniestra cama gótica del rincón, como si un chambelán viejo y avinagrado estuviera contemplando dispépticamente a su querida mientras esta se bajaba las medias de seda por sus largas y lozanas piernas.

Hasta los dos relojes de la estancia parecían hablar de tiempos pasados. Sobre la repisa de la chimenea había una aberración de similor, cuyo péndulo de latón, como si del filo curvo de *El pozo y el péndulo* se tratara, marcaba el tiempo y resplandecía débilmente al final de cada oscilación, iluminado por la luz tenue de la estancia. Junto a la cama, un precioso reloj de estilo georgiano expresaba en silencio su desacuerdo: sus agujas marcaban las tres y quince, mientras que las del reloj de péndulo indicaban las tres y doce.

Crucé la larga habitación hasta el otro extremo y me detuve: el vestidor de Harriet —al que solo se podía acceder desde la habitación de papá— era territorio prohibido. Papá nos había educado para respetar el santuario en que había convertido aquel espacio el día que se enteró de la muerte de Harriet. Y nos había educado haciéndonos creer, aunque jamás llegara a decírnoslo abiertamente, que si violábamos aquella norma seríamos conducidas en fila india hasta el fondo del jardín, donde se nos colocaría frente al muro y se nos fusilaría sumariamente.

La puerta de la habitación de Harriet estaba tapizada en paño verde, lo que le confería el aspecto de una mesa de billar puesta de pie. La empujé suavemente y se abrió con un inquietante silencio.

La estancia era un derroche de luz. A través de los ventanales que ocupaban tres de sus lados, el sol penetraba a raudales, difuminado por incontables guirnaldas de tela italiana de encaje, e iluminaba una habitación que podría haber sido perfectamente el escenario de una obra de teatro sobre los duques de Windsor. En la superficie del aparador aguardaban un buen número de cepillos y peines de Fabergé, como si Harriet acabara de entrar en la habitación de al lado para darse un baño. Los frascos de perfume diseñados por Lalique estaban rodeados de vistosos brazaletes de baquelita y ámbar, mientras que un llamativo calientaplatos y una tetera de plata esperaban pacientemente, listos para prepararle su té matutino. Una única rosa amarilla se marchitaba en un esbelto jarrón de cristal.

Sobre una bandeja ovalada vi una minúscula botellita de cristal que no contenía más de una o dos gotitas de perfume. La cogí, le quité el tapón y me la acerqué con gesto lánguido a la nariz. Olía a florecillas azules, a praderas y a hielo.

Me embargó una emoción muy particular... o, mejor dicho, me atravesó, como si yo fuera un paraguas que trata de recordar lo que se siente cuando lo abren bajo la lluvia. Me fijé en la etiqueta y vi que constaba de una única palabra: «Miratrix».

Vi también una pitillera con las iniciales «H. de L.», junto a un espejo de mano en cuya parte de atrás estaba grabada la imagen de Flora, la de *La primavera* de Botticelli. Nunca antes, en las reproducciones que había visto del original, me había fijado en que Flora parecía embarazada y muy feliz de estarlo. ¿Sería papá quien le había regalado aquel espejo a Harriet cuando estaba embarazada de una de nosotras? Y si ese era el caso, ¿de cuál? ¿De Feely, de Daffy o de mí? Me pareció bastante improbable que se tratara de mí: tener una tercera niña difícilmente podía considerarse un regalo de los dioses..., sobre todo en lo que respecta a papá.

No, seguramente se trataba de Ophelia, la primogénita, la que parecía haber llegado a este mundo con un espejo en la mano..., tal vez ese mismo espejo.

Junto a una de las ventanas había una silla de mimbre que constituía un rincón perfecto para leer, y allí mismo, al alcance de la mano, se hallaba la reducida biblioteca de Harriet. Se había traído los libros de su época de estudiante en Canadá y de los veranos que pasaba en Boston con una tía suya: *Ana de Tejas Verdes* y *Jane of Lantern Hill* estaban junto a *Penrod* y *Merton of the Movies,* mientras que al final del estante se hallaba un gastado ejemplar de *Awful Disclosures of Maria Monk.* No había leído ninguno de aquellos libros, pero por lo poco que sabía de Harriet, seguro que todos ellos hablaban de espíritus libres y de renegadas.

Muy cerca, sobre una mesita redonda, descubrí un álbum de fotos. Abrí la tapa y me fijé en que las páginas eran de grueso papel negro y que, debajo de cada foto en blanco y negro, figuraba una leyenda escrita a mano con tiza blanca: «Harriet a los dos años en Morris House»; «Harriet a los quince años en la Academia Femenina de la señorita Bodycote (1930, Toronto, Canadá)»; «Harriet con el avión Blithe Spirit, su De Havilland Gipsy Moth (1938)»; «Harriet en el Tíbet (1939)».

Las fotos mostraban la evolución de Harriet desde que era un querubín regordete con una mata de pelo rubio hasta convertirse en una muchacha alta, delgada y sonriente (completamente plana, al parecer), vestida con un traje de hockey; o en una estrella de cine de rubio flequillo que apoyaba despreocupadamente una mano, cual Amelia Earhart, en el borde de la cabina del Blithe Spirit. No había ni una sola fotografía de papá, ni tampoco de ninguna de nosotras.

En todas las fotos, las facciones de Harriet eran el resultado de coger las de Feely, las de Daffy y las mías, meterlas en un tarro y sacudirlas a base de bien para después redistribuirlas y diseñar el rostro sonriente, seguro de sí mismo y al mismo tiempo increíblemente tímido, de aquella aventurera.

Mientras contemplaba ese rostro, intentando descubrir el alma de Harriet a través del papel fotográfico, alguien llamó a la puerta con suavidad.

Se produjo un silencio y en seguida volvieron a llamar. De repente, la puerta empezó a abrirse.

Era Dogger, que introdujo muy despacio la cabeza en la habitación.

—¿Coronel De Luce? —dijo—. ¿Está usted aquí?

Me quedé helada y apenas me atreví a respirar. Dogger no movió ni un solo músculo, pero miró hacia el frente, como suelen hacer los sirvientes bien adiestrados que conocen el lugar que ocupan, y confió en que su oído le dijera si estaba o no interrumpiendo algo.

Pero… ¿a qué jugaba? ¿Acaso no acababa de decirme que la policía se había llevado a papá? ¿Por qué diantre, entonces, esperaba encontrarlo allí, en el vestidor de Harriet? ¿Tan confuso estaba Dogger? ¿O es que me estaba vigilando de cerca?

Entreabrí ligeramente los labios y respiré despacio por la boca para que no me delatara un díscolo silbido de la nariz, y al mismo tiempo recé en silencio para que no me entraran ganas de estornudar.

Dogger se quedó allí durante lo que me pareció una eternidad, como un cuadro vivo. En la biblioteca había visto grabados de aquella antigua forma teatral, según la cual los actores debían blanquearse el rostro con afeites y polvos antes de adoptar poses inmóviles, a menudo de naturaleza provocativa, que supuestamente representaban escenas de las vidas de los dioses.

Transcurrido un rato, justo cuando ya empezaba a entender cómo se siente un conejo cuando se queda paralizado, Dogger retiró muy despacio la cabeza y cerró la puerta sin hacer ruido.

¿Me habría visto? Y, en el caso de que me hubiera visto, ¿estaba fingiendo que no había sido así?

Aguardé y escuché, pero no me llegó ningún ruido de la habitación de al lado. Sabía que Dogger no se quedaría allí mucho, así que cuando consideré que había transcurrido el tiempo suficiente, abrí la puerta y eché un vistazo.

La habitación de papá estaba tal y como yo la había dejado. Los dos relojes seguían marcando el paso del tiempo, pero me pareció —supongo que por el susto— que el tictac se oía mucho más. Al darme cuenta de que disponía de una oportunidad que jamás se me volvería a presentar, empecé la búsqueda utilizando el mismo método que había empleado en el estudio, pero dado que la habitación de papá era tan espartana como seguramente lo fue la tienda de campaña de Leónidas, la verdad es que no me llevó mucho tiempo.

El único libro de la habitación era un catálogo de Stanley Gibbons para una subasta de sellos que iba a celebrarse dentro de tres meses. Le di la vuelta y pasé ávidamente las páginas, pero no encontré nada.

Sorprendentemente, en el armario de papá había muy poca ropa: un par de viejas chaquetas de *tweed* con coderas de piel (los bolsillos estaban vacíos), dos jerséis de lana y unas cuantas camisas. Rebusqué en los zapatos y en un par de botas militares de agua, pero tampoco encontré nada.

Con una punzada de dolor, me di cuenta de que, aparte de esa ropa, lo único que tenía papá era su traje de los domingos, que seguramente aún llevaba puesto cuando el inspector Hewitt se lo había llevado (me negaba a decir que lo habían «arrestado»).

Tal vez hubiera escondido el Penny Black agujereado en algún otro sitio, como la guantera del Rolls-Royce de Harriet. Que yo supiera, incluso podría haberlo destruido. Y pensándolo bien, la verdad es que tenía sentido. El sello estaba roto y, por tanto, no tenía ningún valor. Había algo en él, sin embargo, que había alterado a papá, así que no era descabellado pensar que le hubiese pegado fuego el mismo viernes, nada más regresar a su habitación.

Eso, por supuesto, habría dejado un rastro: cenizas de papel quemado en el cenicero y una cerilla consumida en la papelera. No me fue difícil comprobarlo, ya que tanto el cenicero como la papelera estaban justo delante de mí…, aunque ambos vacíos.

Tal vez hubiera arrojado las pruebas al inodoro.

Me estaba aferrando a unas posibilidades remotas, estaba claro. «Déjalo ya —me dije—; que se encargue la policía. Vuelve a tu querido laboratorio y sigue trabajando en la obra de tu vida».

Pensé, con cierto entusiasmo pero solo durante un instante, en las gotas mortales que podrían destilarse a partir de los especímenes presentes en la Exposición Primaveral de Jardinería: ¿qué alegre veneno podría extraerse del junquillo y qué mortal licor del narciso? Hasta el tejo común de cementerio, tan exaltado por poetas y parejas de enamorados, contenía en sus semillas y en sus hojas suficiente taxina como para aniquilar a la mitad de la población de Inglaterra.

Y, sin embargo, tales placeres tendrían que esperar. Me debía a mi padre; sobre mis hombros había recaído la responsabilidad de ayudarlo, especialmente en esos momentos en que él no podía ayudarse a sí mismo. Sabía que debía acudir a su lado, estuviera donde estuviese, y depositar mi espada a sus pies, de la misma forma que un escudero medieval juraba servir a su caballero. Y aunque no pudiera ayudarlo, siempre podría sentarme a su lado. Me di cuenta en ese momento, con una inesperada y penetrante punzada de dolor, de que lo echaba muchísimo de menos.

Se me ocurrió de repente una idea: ¿a cuántos kilómetros de distancia estaba Hinley? ¿Era posible llegar hasta allí antes de que anocheciera? Y aunque lo consiguiera,

¿me permitirían verlo? El corazón empezó a latirme muy de prisa, como si alguien me hubiera obligado a beber té de dedalera.

Era hora de irse. Ya llevaba allí demasiado rato. Consulté el reloj que estaba a la cabecera de la cama: marcaba las tres y cuarenta. El péndulo de la repisa de la chimenea seguía oscilando solemnemente y marcaba las tres y treinta y siete.

Papá debía de estar demasiado angustiado como para darse cuenta, supuse, porque en lo referente a la hora era generalmente un maniático. Me acordé del tono militar que utilizaba para dar órdenes a Dogger (aunque no a nosotras): «Llévele los gladiolos al vicario a las trece cero cero, Dogger —decía—. Lo está esperando. Vuelva a las trece cuarenta y cinco y ya decidiremos qué hacer con las lentejas de agua».

Contemplé los dos relojes con la esperanza de que se me ocurriera algo. En uno de sus inusuales momentos comunicativos, papá nos había contado que lo que le enamoró de Harriet fue su capacidad reflexiva. «Ciertamente destacable en una mujer, si lo pensamos bien», había dicho.

Y de repente lo vi: uno de los relojes se había parado. Llevaba exactamente tres minutos parado. El reloj de la repisa de la chimenea.

Me acerqué lentamente a él como si en realidad estuviera acechando a un pájaro. La siniestra caja oscura le daba el aspecto de una carroza fúnebre victoriana, de esas con tanto tirador, tanto cristal y tanto barniz negro. Noté que mi propia mano se acercaba al reloj y me pareció blanca y pequeña en la penumbra de la habitación; noté cómo mis dedos tocaban la gélida parte frontal y cómo mi pulgar abría el pestillo plateado. El péndulo de latón estaba ahora muy cerca de mis dedos, oscilando de un lado a otro con su horrendo tictac. Casi me daba miedo tocarlo. Cogí aire con fuerza y agarré el péndulo fluctuante. Debido a la inercia, se retorció en mi mano durante un segundo, como si fuera un pececillo; como el corazón delator antes de detenerse.

Palpé la parte trasera del pesado latón y me di cuenta de que había algo pegado, algo sujeto con cinta adhesiva: era un paquetito. Tiré con los dedos hasta que se soltó y me cayó en la palma de la mano. Antes incluso de retirar los dedos de las entrañas del reloj, ya intuía lo que estaba a punto de ver…, y no me equivoqué. Allí, sobre la palma de la mano, reposaba un sobrecito de papel siliconado en cuyo interior se veía claramente un sello de correos Penny Black. Un Penny Black con un agujero en el centro, como el que podría haber dejado el pico de una agachadiza chica muerta. ¿Qué tenía ese sello para haber atemorizado tanto a mi padre?

Lo saqué del sobre para observarlo mejor: en primer lugar, teníamos a la reina Victoria con un agujero en la cabeza. Puede que no fuera muy patriótico, pero tampoco era como para impresionar de aquella manera a un hombre hecho y derecho. No, debía de haber algo más.

¿Qué era lo que diferenciaba ese sello de cualquier otro de su misma clase? Al fin y al cabo, ¿no los habían impreso a millones, todos idénticos? ¿O no lo eran?

Recordé aquella ocasión en que mi padre —con el objetivo de ampliar nuestras miras— nos había comunicado que a partir de ese día las noches de los miércoles estarían dedicadas a una serie de charlas (que él mismo nos daría) de obligada asistencia, las cuales tratarían sobre diversos aspectos del gobierno británico. La «Serie A», como él la denominó, llevaba el predecible título de «La historia del sistema de correos Penny Post».

Los sellos de correos, nos había contado papá, se imprimían en hojas de doscientos cuarenta: veinte filas horizontales de doce, lo cual no me resultó difícil de recordar porque 20 es el número atómico del calcio y 12 el del magnesio, así que lo único que tenía que hacer era pensar en CaMg. Cada sello de la hoja llevaba un identificador propio de dos letras, que empezaba con «AA» en el sello de la esquina superior izquierda e iba avanzando alfabéticamente de izquierda a derecha, hasta que se llegaba a «TL» en la esquina inferior derecha de la última fila, es decir, la vigésima.

Ese método, nos contó papá, lo había ideado correos para evitar falsificaciones, aunque no quedaba del todo claro cómo debían evitarlo. Se había generalizado el temor, nos dijo, de que había cientos de falsificadores que trabajaban sin descanso día y noche, desde Land's End hasta John O'Groats, para producir copias con las que estafar penique a penique a su victoriana majestad.

Contemplé de cerca el sello que tenía en la mano. En la parte inferior, bajo la cabeza de la reina Victoria, se podía leer el valor del sello: «ONE PENNY».[6] A la izquierda de esas dos palabras estaba la letra «B» y a la derecha, la letra «H».

Leído de corrido, decía así: «B ONE PENNY H».

«BH». Luego el sello procedía de la segunda fila de la hoja impresa, octava columna de la derecha. Dos-ocho. ¿Significaba eso algo? Dejando aparte el hecho de que 28 es el número atómico del níquel, no se me ocurría nada.

---

6   Un penique, en inglés. *[N. de la T.]*

¡Y entonces lo vi claro! No era un número: ¡era una palabra!

¡Bonepenny! Pero no Bonepenny a secas, ¡sino Bonepenny, H.! ¡Horace Bonepenny!

Ensartado en el pico de la agachadiza chica (¡sí!, ¡el apodo de papá en el colegio era «Jacko»!),[7] el sello había servido a la vez como tarjeta de visita y como amenaza de muerte..., amenaza que papá había detectado y comprendido a simple vista.

El pico del pájaro había perforado la cabeza de la reina, pero había dejado el nombre del remitente a la vista de cualquiera que supiera verlo.

Horace Bonepenny. El *difunto* Horace Bonepenny. Devolví el sello a su escondite.

En la cima de la colina, un poste de madera podrida —último vestigio de una horca del siglo XVIII— señalaba dos direcciones opuestas. Sabía perfectamente que podía llegar a Hinley por la carretera de Doddingsley, o bien por otra carretera algo más larga pero menos transitada que pasaba por el pueblo de St. Elfrieda. La primera opción me permitiría llegar más rápido; la otra, escasamente utilizada, reducía el riesgo de que me vieran en el caso de que alguien informara de mi desaparición.

—Ja, ja, ja —exclamé en tono claramente irónico. ¿Quién se iba a tomar tantas molestias?

Aun así, tomé la carretera de la derecha y conduje a Gladys hacia St. Elfrieda. Era bajada todo el camino, así que fui ganando velocidad. Cuando pedaleé hacia atrás,

---

7 «Agachadiza» es, en inglés, *jack,* de ahí el juego de palabras entre *jack* y *Jacko.* [N. de la T.]

el cambio Sturmey-Archer de tres marchas que llevaba Gladys en la rueda trasera emitió un sonido como el que producirían un montón de iracundas serpientes de cascabel escupiendo veneno. Imaginé que me seguían y que intentaban morderme los talones. ¡Fue increíble! No me había sentido tan en forma desde el día en que por primera vez conseguí extraer, tras sucesivos procesos de extracción y evaporación, curare sintético de una cala obtenida en el estanque de nenúfares del vicario.

Apoyé los pies en el manillar de la bicicleta y dejé que Gladys me guiara. Mientras descendíamos a toda velocidad por la polvorienta colina, entoné al más puro estilo tirolés una cancioncilla:

They call her the lass
With the delicate air...[8]

---
8 «La llaman la moza / de exquisita presencia». [N. de la T.]

13

Al llegar a los pies de Okashott Hill pensé de repente en papá y me invadió de nuevo la tristeza. ¿De verdad creían que había asesinado a Horace Bonepenny? Y, si así era, ¿cómo lo había hecho? Si papá lo había asesinado justo debajo de la ventana de mi habitación, debía de haberlo hecho con el sigilo más absoluto y, la verdad, me costaba bastante imaginar a papá matando a alguien sin levantar la voz.

Pero antes de que pudiera seguir especulando, la carretera se niveló y después torció en dirección a Cottesmore y a Doddingsley Magna. A la sombra de un viejo roble se hallaba el banco de una parada de autobús, en el cual descubrí una figura conocida: un viejo gnomo vestido con pantalones bombachos, con el aspecto de un George Bernard Shaw que se hubiera encogido al lavarlo. Estaba allí sentado, con los pies colgando a diez centímetros del suelo. Se lo veía tan tranquilo que era como si hubiera nacido en aquel banco y llevara allí toda su vida.

Era Maximilian Brock, uno de nuestros vecinos de Buckshaw, y recé para que no me hubiera visto. En Bishop's Lacey se rumoreaba que Max, que ya se había jubilado del mundo de la música, se ganaba en secreto la vida escribiendo —bajo seudónimos femeninos como Lala Dupree— escandalosas historias que se publicaban en revistas estadounidenses como *Confidential Confessions* y *Red Hot Romances*.

Debido a que metía las narices en los asuntos de todo el que se cruzaba en su camino y luego convertía en oro periodístico todo lo que extraía, a Max lo llamaban, por lo menos a sus espaldas, «La bomba del pueblo». Pero dado que en otros tiempos había sido el profesor de piano de Feely, era alguien a quien no podía ignorar educadamente.

Me detuve en la cuneta poco profunda y fingí que no lo había visto mientras manipulaba la cadena de Gladys. Con un poco de suerte seguiría mirando hacia el otro lado y yo podría ocultarme tras el seto hasta que se hubiese marchado.

—¡Flavia! *Haroo, mon vieux*.

¡Maldición! ¡Me había descubierto! Ignorar un *haroo* de Maximilian —aunque lo hubiera pronunciado desde el banco de la parada del autobús— equivalía a ignorar el undécimo mandamiento. Fingí que acababa de verlo y le dediqué una sonrisa de lo más falsa mientras me acercaba a él empujando a Gladys por la hierba.

Maximilian había vivido durante muchos años en las islas del canal de la Mancha, donde había sido pianista de la Sinfónica de Alderney, puesto que según él requería mucha paciencia y una buena provisión de novelas de detectives.

Según me había contado una vez Maximilian en la Exposición Anual de Flores de St. Tancred, mientras charlábamos sobre la delincuencia, lo único que había que hacer en Alderney para que la ley cayera con todo su peso sobre alguien era plantarse en medio de la plaza del pueblo y gritar: *«Haroo, haroo, mon prince. On me fait tort!»*. Era una especie de «¡Al ladrón!», y significa, básicamente, «¡Atención, mi príncipe, alguien me está agraviando!». O, dicho de otro modo, alguien está cometiendo un delito contra mí.

—¿Cómo estás, mi pequeño pelícano? —me preguntó Max, y ladeó la cabeza como una urraca que espera una respuesta antes incluso de que se la ofrezcan.

—Bien —dije con cautela, mientras recordaba que Daffy me había dicho en una ocasión que Max era como una araña: mordía a sus víctimas para paralizarlas y no las dejaba hasta haberles chupado hasta la última gota de jugo… suyo y de sus familiares.

—¿Y tu padre, el bueno del coronel?

—Está muy ocupado entre unas cosas y otras —dije, y noté que el corazón me daba una voltereta dentro del pecho.

—¿Y la señorita Ophelia? —prosiguió Max—. ¿Aún se maquilla como una mala pécora y luego se contempla a sí misma en el servicio de té?

Ese comentario era demasiado personal, incluso para mí.

No era asunto suyo, pero sabía muy bien que Maximilian era capaz de montar en cólera en cualquier momento. Feely lo llamaba a veces, siempre a sus espaldas, «Rumpelstiltskin» y Daffy lo llamaba «Alexander Pope», o cosas peores…

Aun así, a mí me parecía que Maximilian, a pesar de sus desagradables hábitos, o tal vez porque teníamos una estatura similar, era un interlocutor interesante e instructivo…, siempre y cuando no se confundiese su diminuto tamaño con debilidad.

—Está muy bien, gracias —le dije—. Esta mañana tenía un estupendo color de piel. —No añadí «y exasperante»—. Max —empecé a decir antes de que tuviera tiempo de colarme otra pregunta—, ¿cree usted que yo podría aprender esa tocata tan bonita de Paradisi?

—No —respondió él sin la más mínima vacilación—. No tienes las manos de una gran artista. Tienes las manos de una envenenadora.

Sonreí. Era una broma privada entre nosotros. Y estaba claro que aún no sabía nada del asesinato en Buckshaw.

—¿Y la otra? —me preguntó—. Daphne, la hermana torpe.

«Torpe» era una referencia al talento de Daffy o, mejor dicho, a la ausencia del mismo, al piano: una lucha eterna y dolorosa por colocar unos dedos muy poco dispuestos sobre unas teclas que parecían querer evitar el contacto. La batalla de Daffy con el piano era como la de la gallina que se enfrenta al zorro, una batalla perdida que siempre acababa en un mar de lágrimas. Y aun así, la guerra se prolongaba debido a la insistencia de papá.

Un día, cuando encontré a Daffy llorando en el banco del piano, con la cabeza apoyada en la tapa cerrada, le susurré «Ríndete, Daffy». Y ella me saltó encima como un gallo de pelea.

Incluso había intentado animarla. Cada vez que la oía tocando el Broadwood entraba en el salón, me apoyaba en el piano y contemplaba a lo lejos, como si su forma de tocar me hubiera hechizado. Por lo general, Daffy me ignoraba, pero una vez, cuando le dije «¡Qué pieza tan hermosa! ¿Cómo se titula?», a punto estuvo de aplastarme los dedos con la tapa. «¡Es la escala en sol mayor!», chilló antes de abandonar corriendo el salón.

La vida no resultaba fácil en Buckshaw.

—Está bien —respondí—. Leyendo a Dickens a toda mecha.

Es imposible hablar con ella.

—Ah —dijo Maximilian—, el bueno de Dickens.

Al parecer, no se le ocurrió nada más para ampliar el tema, así que aproveché aquel silencio momentáneo.

—Max —le dije—, usted es un hombre de mundo…

Al oír esas palabras se pavoneó un poco y se irguió todo lo que un hombre de su estatura podía erguirse.

—Pero no un hombre de mundo cualquiera…, un *boulevardier* —dijo.

—Exacto —le dije, mientras me preguntaba qué significaría esa palabra—. ¿Ha estado alguna vez en Stavanger? —le pregunté, lo que ahorraba tener que consultar el atlas.

—¿Stavanger, en Noruega?

A punto estuve de gritar en voz alta «¡Bingo!». ¡Horace Bonepenny había estado en Noruega! Respiré hondo para recobrar la calma, con la esperanza de que Maximilian lo interpretara como un gesto de impaciencia.

—Sí, claro, en Noruega —dije en tono condescendiente—. ¿Es que hay alguna otra Stavanger?

Durante un segundo creí que se me iba a echar encima. Entornó los ojos y noté un escalofrío, mientras los nubarrones que anunciaban uno de los legendarios berrinches de Maximilian tapaban el sol. Pero entonces se le escapó una risita, que sonó igual que el agua de un manantial gorgoteando en un vaso.

—Stavanger es la primera piedra en el Camino a Hell...,[9] que es una estación de tren —dijo—. Hice todo el trayecto hasta Trondheim y luego seguí hasta Hell, que, lo creas o no, es un pueblecito de Noruega desde el que los turistas suelen enviar postales a sus amigos con el mensaje «¡Ojalá estuvieras aquí!», y donde interpreté el concierto para piano en la menor de Grieg, quien por cierto era medio escocés y medio noruego. Su abuelo era de Aberdeen, pero se marchó asqueado después de la batalla de Culloden..., aunque supongo que poco debió de faltarle para cambiar de idea al descubrir que no había hecho más que reemplazar los estuarios por los fiordos.

»Debo admitir que en Trondheim tuvimos mucho éxito: críticos benévolos, público atento... Pero es que esa gente ni siquiera entiende su propia música. También interpretamos a Scarlatti, para llevar un poco de sol italiano a esos nevosos climas del norte. Y aun así, en el intervalo oí a un viajante de comercio dublinés decirle a un amigo: «A mí todo me suena a Grieg, Thor».

Sonreí atentamente, aunque esa vieja hazaña la había oído contar como mínimo cuarenta y cinco veces.

—Ah, pero eso fue en los viejos tiempos, claro está, antes de la guerra. ¡Stavanger! Sí, claro que he estado allí, pero... ¿por qué lo preguntas?

—¿Y cómo llegó hasta allí? ¿En barco?

Horace Bonepenny había salido vivo de Noruega y ahora estaba muerto en Inglaterra. Quería saber dónde había estado entre uno y otro momento.

---

9   En el original, *Road to Hell*. Hell es el nombre de una población noruega, pero en inglés ese término significa «infierno», por lo que traducido literalmente sería «camino al infierno». *[N. de la T.]*

—Pues claro, en barco. No estarás pensando en escaparte de casa, ¿verdad, Flavia?

—Es que anoche, durante la cena, tuvimos una discusión... o, mejor dicho, una pelea... sobre esa cuestión.

Esa era una de las formas de sacarle el máximo partido a una mentira: revestirla de sinceridad.

—Ophelia pensaba que había que embarcar en Londres, papá insistía en que era Hull, y Daphne votó por Scarborough, pero solo porque allí está enterrada Anne Brontë.

—Newcastle-upon-Tyne —dijo Maximilian—. En realidad, se embarca en Newcastle-upon-Tyne.

Se oyó un rumor a lo lejos cuando apareció el autobús de Cottesmore, que se acercó tambaleándose de un lado a otro por un sendero entre los setos igual que si fuera una gallina caminando por la cuerda floja. Se detuvo delante del banco y resolló trabajosamente, como si se hubiera rendido a la dura vida que llevaba en las colinas. La puerta de hierro se abrió con un lastimero quejido.

—Ernie, *mon vieux* —saludó Maximilian—. ¿Has subido hoy algún pasaje interesante?

—Arriba —dijo Ernie, mirando a través del parabrisas.

Si había captado la broma, no lo dio a entender.

—Hoy no subo, Ernie. Solo estoy usando tu banco para descansar los riñones.

—Los bancos son para uso exclusivo de los viajeros que esperan el autobús. Lo dice el reglamento, Max, y lo sabes perfectamente.

—Es cierto, lo sé, Ernie. Gracias por recordármelo.

Max se dejó resbalar por el banco y apoyó los pies en el suelo.

—Adiós —dijo.

Se ladeó un poco el sombrero y se alejó caminando como si fuera Charlie Chaplin.

La puerta del autobús se cerró con un chirrido mientras Ernie metía una marcha, tras lo cual el vehículo arrancó a regañadientes, entre quejidos y sacudidas. Así, cada cual se fue por su lado: Ernie y su autobús a Cottesmore, Max a su casa y Gladys y yo a Hinley.

La comisaría de policía de Hinley estaba en un edificio que en otros tiempos había sido una posada de posta. Incómodamente apretujada entre un pequeño parque y un cine, la fachada de entramado de madera sobresalía hacia la calle como si de una frente prominente de poblado entrecejo se tratara. La luz azul colgaba del saliente del tejado. En uno de los lados se veía un anexo construido más tarde, pintado de un anodino color marrón, que se pegaba al edificio principal como el estiércol se pega a un vagón de tren. Supuse que era allí donde estaban los calabozos.

Tras dejar a Gladys pastando en un aparcamiento para bicicletas donde abundaban las Raleigh negras de aspecto oficial, subí los gastados escalones y entré por la puerta principal. Sentado a una mesa había un sargento de uniforme que revolvía papeles y se rascaba la escasa cabellera con la punta afilada de un lápiz. Le sonreí y pasé de largo.

—Alto ahí, alto ahí —exclamó—. ¿Adónde crees que vas, jovencita? —me preguntó. Al parecer, es típico de los policías hablar formulando preguntas. Le sonreí como si no hubiera entendido nada y me acerqué a una puerta abierta al otro lado de la cual se veía un oscuro pasillo. Mucho más rápido de lo que imaginaba, el sargento se puso en pie de un salto y me agarró del brazo. Me había pillado. No me quedaba más remedio que echarme a llorar.

Detestaba tener que hacerlo, pero era la única arma que tenía al alcance.

Diez minutos más tarde estábamos los dos —el agente de policía Glossop y yo— bebiendo chocolate en la sala de té de la comisaría. Me había dicho que tenía una hija igualita a mí (cosa que me permití dudar), de nombre Elizabeth.

—Ah, sí, nuestra Lizzie ayuda mucho a su pobre madre —dijo—, teniendo en cuenta que aquí mi parienta, o sea, la señora Glossop, va y se me cae de la escalera en el manzanar y se rompe una pata hace dos semanas.

Lo primero que pensé fue que el agente Glossop había leído demasiados números de los cómics infantiles *The Beano* y *The Dandy;* es decir, que estaba exagerando un poquitín solo para entretenerme. Sin embargo, su expresión sincera y su ceño fruncido no tardaron en hacerme cambiar de opinión: aquel era el auténtico agente Glossop y no me iba a quedar más remedio que utilizar el mismo método con él.

Así pues, me eché a llorar otra vez y le dije que yo no tenía madre porque se había muerto en un accidente de alpinismo en el Tíbet, que estaba lejísimos, y que la echaba mucho de menos.

—Bueno, bueno, jovencita —dijo—. Aquí está prohibido llorar. Le resta un poco de dignidad al entorno, por así decirlo, así que será mejor que te limpies esos lagrimones o tendré que encerrarte en el calabozo.

Le ofrecí una débil sonrisa que él me devolvió afectuosamente.

Durante mi representación, varios detectives habían entrado en la sala para tomarse un té y un bollo, y todos me habían dedicado en silencio una solidaria sonrisa. Por lo menos, no me habían hecho preguntas.

—¿Puedo ver a mi padre, por favor? —le pregunté—. Se llama coronel De Luce y creo que lo tienen ustedes aquí detenido.

El agente Glossop se quedó boquiabierto y me di cuenta de que había jugado mi baza demasiado pronto. Me enfrentaba, pues, con la burocracia.

—Espera aquí —me pidió, y salió a un estrecho pasillo en cuyo extremo se hallaba, al parecer, un muro de barrotes negros de acero.

En cuanto salió el agente eché un rápido vistazo a mi alrededor: me hallaba en una deprimente habitacioncilla cuyos muebles estaban tan gastados que sin duda se los habían comprado directamente a cualquier vendedor ambulante. Las patas de las mesas y de las sillas estaban tan astilladas y llenas de muescas que daba la sensación de que llevaban siglos soportando las patadas en las espinillas propinadas por agentes del Estado equipados con botas reglamentarias.

En un vano intento de darle un aire más alegre a la estancia, alguien había pintado de color verde manzana un pequeño armario de madera, pero el fregadero era una reliquia con tantas manchas de herrumbre que parecía sacado de la prisión de Wormwood Scrubs. En el escurridero se amontonaban tazas desportilladas y platillos agrietados. Reparé entonces en que los parteluces de la ventana eran, en realidad, barrotes de hierro que solo habían conseguido disimular a medias. La estancia despedía un olor acre y extraño que percibí nada más entrar: olía como si alguien se hubiera dejado en un cajón una tarrina de pasta de anchoas Gentleman's Relish, que con los años se había podrido.

Recordé algunos fragmentos de una composición de la opereta *Los piratas de Penzance*. «La vida del policía no es nada fácil», había cantado en la radio la compañía de ópera D'Oyly Carte y, como siempre, Gilbert y Sullivan tenían razón. De repente, pensé en huir. Aquella misión era una absoluta insensatez, poco más que un impulso para salvar a papá que había brotado de la parte más prehistórica de mi cerebro.

«Levántate y dirígete hacia la puerta —me dije—. Nadie se va a dar cuenta de que te has ido».

Escuché en silencio durante un instante, ladeando la cabeza igual que Maximilian para potenciar mi ya de por sí aguzado oído. Desde algún lugar distante me llegaba el zumbido de unas voces graves, como si fueran abejas en una colmena lejana.

Fui deslizando muy despacio los pies, primero uno y luego el otro como si fuera una sensual señorita bailando el tango, y me detuve bruscamente junto a la puerta. Desde donde me hallaba solo veía una esquina de la mesa que el sargento tenía en el vestíbulo y, por suerte para mí, no vi ningún codo policial apoyado en dicha esquina.

Me arriesgué a echar un vistazo. El pasillo estaba desierto, así que proseguí con mi tango hasta llegar a la puerta, cosa que hice sin novedad, y salí a plena luz del sol. Aunque no era ninguna prisionera, experimenté una maravillosa sensación de fuga.

Me dirigí tranquilamente hasta el aparcamiento de bicicletas. Diez segundos más y emprendería el camino de vuelta a casa. Y entonces, como si acabaran de arrojarme un cubo de agua helada en plena cara, me quedé inmóvil, paralizada por la sorpresa: ¡Gladys había desaparecido! Casi lo grité en voz alta.

Allí estaban todas las bicicletas oficiales, con sus luces no oficiales y sus cestas para llevar asuntos gubernamentales…, pero ¡Gladys había desaparecido!

Miré hacia todas partes y, por algún motivo, las calles me parecieron distintas y más aterradoras ahora que iba a pie. ¿Hacia dónde estaba mi casa? ¿Por dónde se llegaba a la carretera?

Por si no tuviera bastantes problemas, encima se acercaba una tormenta. En el cielo, hacia el oeste, se amontonaban los nubarrones negros, mientras que los que tenía directamente sobre la cabeza ya presentaban la amenazadora tonalidad violácea de los moretones. Me invadió primero el miedo y después la rabia. ¿Cómo había podido ser tan tonta de dejar a Gladys sin atar en un lugar desconocido? ¿Cómo iba a volver a casa? ¿Qué iba a ser de la pobre Flavia?

Feely me había dicho una vez que una nunca debía mostrarse vulnerable cuando se hallaba en un ambiente desconocido, pero… «¿cómo se consigue?», me pregunté. En eso estaba pensando cuando alguien me apoyó una pesada mano en el hombro y me dijo:

—Será mejor que me acompañes.

Era el inspector Hewitt.

—Eso sería bastante irregular —dijo el inspector—, y poco apropiado.

Estábamos sentados en su despacho, que era una habitación larga y estrecha que en otros tiempos había sido el bar de la posada de posta. La sala resultaba extraordinariamente pulcra: lo único que le faltaba era una aspidistra en una maceta y un piano.

El mobiliario lo componían un archivador y una mesa de diseño bastante vulgar, una silla, un teléfono y una pequeña estantería sobre la cual se veía la foto enmarcada de una mujer con un abrigo de pelo de camello, sentada en el parapeto de un pintoresco puente de piedra. En cierta manera, me esperaba algo más.

—Tu padre permanecerá aquí hasta que obre en nuestro poder cierta información. Llegado ese momento, lo más probable es que sea trasladado a otro lugar que no puedo revelarte. Lo siento, Flavia, pero lo de verlo es totalmente imposible.

—¿Está detenido? —le pregunté.

—Me temo que sí.

—Pero… ¿por qué?

No era una buena pregunta y lo supe nada más pronunciarla, pues el inspector Hewitt me estaba observando como si fuera una cría.

—Mira, Flavia —dijo—, sé que estás preocupada y lo entiendo. No tuviste la oportunidad de ver a tu padre antes de… Bueno, no estabas en Buckshaw cuando trajimos aquí a tu padre. Estos asuntos nunca son fáciles para un agente de policía, la verdad, pero tienes que entender que a veces hay cosas que como amigo haría sin dudar, pero que tengo prohibidas como representante de su majestad.

—Ya lo sé —repuse—. El rey Jorge VI no es muy amigo de las frivolidades.

El inspector Hewitt me contempló con tristeza. Se levantó de su mesa y se acercó a la ventana, donde permaneció largo rato observando los nubarrones que se iban acercando, con las manos unidas a la espalda.

—No —dijo al fin—, el rey Jorge VI no es muy amigo de las frivolidades.

Y entonces, de repente, se me ocurrió una idea. Como si hubiera estallado un relámpago, todo encajó a la perfección, igual que en las imágenes de las películas que, reproducidas hacia atrás, las piezas de un rompecabezas van ocupando su lugar hasta completar el puzle.

—¿Puedo ser sincera con usted, inspector? —le pregunté.

—Desde luego —me dijo—. Adelante.

—El cadáver que apareció en Buckshaw era el de un hombre que llegó a Bishop's Lacey el viernes tras viajar desde Stavanger, en Noruega. Debe usted liberar de inmediato a mi padre, inspector, porque no fue él, ¿sabe usted?

Aunque se había quedado un tanto perplejo, el inspector se recobró en seguida y me dedicó una sonrisa condescendiente.

—¿No fue él?

—No —dije—. Fui yo. Yo maté a Horace Bonepenny.

14

Era absolutamente perfecto. No había nadie que pudiese demostrar lo contrario.

Diría que me había despertado en plena noche por culpa de un ruido extraño fuera de la casa. Que había ido abajo y luego había salido al jardín, donde me había topado con un merodeador: un ladrón, tal vez, que se proponía robar los sellos de papá. Tras un breve forcejeo lo había derrotado.

Un momento, Flavia: la última parte parecía un tanto rocambolesca. Horace Bonepenny medía más de metro noventa y podría haberme aplastado con dos dedos. No, habíamos forcejeado y él había muerto: un problema de corazón, seguramente, resultado de alguna dolencia padecida en la infancia. Fiebre reumática, por ejemplo. Sí, exacto. Una insuficiencia cardíaca congestiva retardada, como Beth en *Mujercitas*. Le recé en silencio a san Tancredo para que obrara un milagro:

«Por favor, san Tancredo, que la autopsia de Bonepenny confirme mi mentirijilla».

—Yo maté a Horace Bonepenny —repetí, como si el hecho de decirlo dos veces le diera más credibilidad.

El inspector Hewitt cogió aire con fuerza y luego lo expulsó por la nariz.

—Cuéntamelo todo —pidió.

—Oí un ruido en plena noche, salí al jardín y alguien que estaba en la oscuridad me atacó...

—Un momento —dijo—. ¿En qué parte de la oscuridad?

—En la oscuridad detrás del cobertizo. Estaba forcejeando para que me soltara cuando de repente oí un borboteo en su garganta, como si hubiera sufrido una insuficiencia cardíaca congestiva debida a un brote de fiebre reumática padecido en la infancia... o algo así.

—Ya —dijo el inspector Hewitt—. ¿Y luego qué hiciste?

—Entré de nuevo en casa y fui a buscar a Dogger. El resto ya lo sabe usted, creo.

Pero un momento... Yo sabía que Dogger no le había contado al inspector que ambos habíamos escuchado a escondidas la discusión de papá con Horace Bonepenny. Aun así, no era muy creíble que Dogger le dijera al inspector que yo lo había despertado a las cuatro de la mañana, pero no le hubiera dicho que acababa de matar a un hombre. ¿O sí lo era?

Necesitaba tiempo para resolver esa cuestión.

—Forcejear con un agresor no se puede considerar asesinato —dijo el inspector.

—No —admití—, pero es que no se lo he contado todo.

Repasé a la velocidad del rayo mi fichero mental: venenos desconocidos para la ciencia (demasiado lento); hipnotismo letal (ídem); técnicas secretas y prohibidas de jiu-jitsu (poco creíble; demasiado complicado de explicar). De repente, empecé a darme cuenta de que para ser un mártir había que poseer un gran talento imaginativo, pues no bastaba con la labia.

—Pero es que me da vergüenza —dije al fin.

«Cuando tengas dudas —me dije—, recurre al sentimentalismo». Me sentí muy orgullosa de mí misma por haber encontrado esa salida.

—Ajá —dijo el inspector—. Bueno, vamos a dejarlo de momento. ¿Le dijiste a Dogger que habías matado al merodeador?

—No, creo que no. Estaba tan alterada por todo lo sucedido, ¿sabe usted?

—¿Se lo contaste más tarde?

—No, supuse que sus nervios no soportarían algo así.

—Bueno, todo lo que dices es muy interesante —repuso el inspector Hewitt—, pero los detalles son un poco escasos.

Sabía bien que me hallaba al borde de un precipicio: un paso más y ya no habría vuelta atrás.

—Hay más —dije—, pero...

—¿Pero?

—No pienso contarle ni una palabra más si no me deja hablar con mi padre.

Tuve la sensación de que el inspector Hewitt estaba intentando tragarse algo que se negaba a bajar. Abrió la boca como si en su garganta se hubiera formado algún tipo de obstrucción y luego la cerró de nuevo. Tragó saliva y a continuación hizo algo que me pareció admirable, tanto que tomé buena nota mental de añadirlo a mi repertorio de trucos: se sacó un pañuelo del bolsillo y transformó su asombro en un estornudo.

—En privado —añadí. El inspector Hewitt se sonó ruidosamente la nariz y se acercó de nuevo a la ventana, desde donde miró hacia ninguna parte en concreto con las manos de nuevo a la espalda. Empecé a intuir lo que significaba esa actitud: que estaba reflexionando.

—De acuerdo —dijo con brusquedad—. Ven conmigo.

Bajé de mi silla de un alegre brinco y lo seguí. Ya en la puerta, me impidió salir al pasillo con un brazo y se volvió hacia mí para dejar caer la otra mano sobre mi hombro tan suavemente como si fuera una pluma.

—Estoy a punto de hacer algo de lo que tal vez me arrepienta —declaró—. Me juego el puesto. No me dejes en mal lugar, Flavia… Por favor, no me dejes en mal lugar.

—¡Flavia! —exclamó papá. Estaba claro que se había quedado de piedra al verme allí, pero lo estropeó al añadir—: Lléveseme a la niña, inspector. Se lo ruego, sáquela de aquí.

Me dio la espalda y se dedicó a contemplar la pared. Aunque la puerta de la habitación estaba pintada con esmalte de color amarillento, era más que obvio que estaba revestida de acero. Cuando el inspector la había abierto, me había permitido comprobar que la estancia en realidad no era más que un pequeño despacho con un catre plegable y un lavabo sorprendentemente limpio. Gracias a Dios, no habían encerrado a papá en una de las celdas con rejas que había visto antes.

El inspector Hewitt me hizo un gesto brusco con la barbilla, como si quisiera decirme «Tú verás», y luego cerró la puerta tan silenciosamente como pudo. No oí el ruido de ninguna llave al girar en la cerradura, ni tampoco el de ningún cerrojo al correr, aunque tal vez amortiguaron el sonido el intenso resplandor procedente del exterior y el repentino estallido de un trueno.

Papá debió de pensar que me había marchado con el inspector, porque se sobresaltó al volverse y comprobar que yo aún seguía allí.

—Vete a casa, Flavia —dijo.

Aunque permanecía con la espalda rígida, totalmente erguido, su voz sonaba cansada y sin fuerzas. Intentaba ser el impasible caballero inglés de siempre, impávido ante el peligro, y me di cuenta, con una punzada de dolor, de que su actitud me hacía odiarlo y quererlo al mismo tiempo.

—Está lloviendo —dije, señalando la ventana. Las nubes se habían abierto, como ya habían hecho antes en el disparate arquitectónico, y había empezado a llover con fuerza. Se oía claramente el ruido de las gruesas gotas al rebotar como balas en el alféizar de la ventana. En un árbol que había al otro lado de la calle, un solitario grajo se sacudía como un paraguas mojado—. No puedo volver a casa hasta que pare. Además, alguien se ha llevado a Gladys.

—¿Gladys? —repitió, observándome como una criatura marina extinguida que surge de las profundidades más remotas.

—Mi bicicleta —le aclaré.

Papá asintió con gesto ausente y supe que no me había oído.

—¿Quién te ha traído? —preguntó—. ¿Él?

Indicó la puerta con el pulgar para referirse al inspector Hewitt.

—He venido yo sola.

—¿Tú sola? ¿Desde Buckshaw?

—Sí —dije.

Al parecer, aquello era más de lo que papá alcanzaba a comprender, así que se volvió de nuevo hacia la ventana.

No pude evitar fijarme en que había adoptado la misma postura que el inspector Hewitt, con las manos unidas a la espalda.

—Tú sola. Desde Buckshaw —dijo, como si por fin lo hubiera entendido.

—Sí.

—¿Y Daphne y Ophelia?

—Están bien las dos —lo tranquilicé—. Te echan muchísimo de menos, claro, pero entre las dos se ocupan de todo hasta que vuelvas a casa.

«Si dices una mentira, tu madre expira».

Eso era lo que solían cantar las niñas cuando saltaban a la cuerda en el cementerio. Bueno, pues como mi madre ya había expirado, tampoco iba a pasar nada, ¿verdad? Y, ¿quién sabe?, a lo mejor hasta me servía de algo en el cielo.

—¿Hasta que vuelva a casa? —dijo al fin papá, como si se le hubiera escapado un suspiro—. Me temo que aún falta un poco para eso... No..., me temo que aún falta bastante.

De la pared, junto a una ventana de barrotes, colgaba el calendario de un verdulero de Hinley: el almanaque mostraba una foto del rey Jorge y otra de la reina Isabel, cada cual herméticamente encerrado en su burbuja privada, pero vestidos de tal guisa que lo primero que pensé fue que el fotógrafo los había sorprendido por azar mientras se dirigían a un baile de disfraces en el castillo de algún principito bávaro.

Papá lanzó una mirada furtiva al calendario y empezó a caminar sin sosiego de un lado a otro de la pequeña habitación, pero evitó mirarme en todo momento. Tuve la sensación de que había olvidado mi presencia, pues empezó a emitir irregulares murmullos salpicados de vez en cuando con un resoplido de indignación, como si se estuviera defendiendo ante un tribunal invisible.

—Acabo de confesar —dije.

—Ya, ya —asintió papá, pero siguió caminando de un lado a otro y murmurando para sus adentros.

—Le he dicho al inspector Hewitt que yo maté a Horace Bonepenny.

Papá se detuvo en seco, como si hubiera topado con una espada. Se volvió hacia mí y me observó con esos formidables ojos azules que tan a menudo se convertían en su arma favorita a la hora de batallar con sus hijas.

—¿Y qué sabes tú de Horace Bonepenny? —me preguntó en un tono gélido.

—Pues bastante, la verdad —dije.

Y entonces ocurrió algo sorprendente: se le escapó todo el aire de golpe. Primero tenía los carrillos hinchados como las caras de los vientos que soplan en los mapas medievales y luego, de repente, tan chupados como los de un vendedor de caballos. Se sentó en el borde del catre y extendió todos los dedos de una mano para recuperar la calma.

—Oí la discusión que tuvisteis en el estudio —admití—. Siento haber escuchado a escondidas. No era mi intención, pero oí voces en plena noche y bajé al vestíbulo. Sé que intentó chantajearte... Oí la pelea. Y por eso le he dicho al inspector Hewitt que yo lo maté.

Esa vez sí le llegó la información a papá.

—¿Matarlo? —preguntó—. ¿Qué quieres decir con matarlo?

—No quería que pensaran que habías sido tú —expliqué.

—¿Yo? —exclamó papá, levantándose como una bala de la cama—. ¡Madre de Dios! Pero… ¿qué te ha hecho pensar que yo maté a ese hombre?

—No pasa nada —repuse—. Se lo merecía, probablemente. No se lo contaré nunca a nadie, te lo prometo.

Se lo juré por mi vida y papá me miró como si fuera una horrenda y viscosa criatura recién salida de un cuadro de El Bosco.

—Flavia —dijo—, préstame mucha atención: aunque admito que me hubiese gustado hacerlo, yo no maté a Horace Bonepenny.

—¿No?

Apenas podía creérmelo. Ya que había sacado la conclusión de que mi padre había cometido un asesinato, también era mala pata tener que admitir ahora que estaba equivocada. Aun así, recordé que Feely me había dicho una vez que la confesión fortalece el espíritu…, si bien me lo había dicho mientras me retorcía el brazo para obligarme a confesar qué había hecho con su diario.

—Oí lo que dijiste acerca de haber matado al director de vuestra residencia, el señor Twining. Fui a la biblioteca y busqué en los periódicos de la época. Hablé con la señorita Mountjoy, que es la sobrina del señor Twining, y ella recordaba haber visto los nombres de Jacko y Horace Bonepenny en la investigación. Sé que Bonepenny se alojaba en el Trece Patos y que trajo una agachadiza muerta de Noruega, escondida en una tarta.

Papá sacudió la cabeza de un lado a otro con expresión triste; no era un gesto de admiración hacia mi talento como detective, sino más bien el gesto de un oso herido de bala que se resiste a caer al suelo.

—Es cierto —dijo—, pero... ¿de verdad crees a tu padre capaz de cometer un asesinato a sangre fría?

Al reflexionar sobre esa cuestión durante un instante —pero reflexionar de verdad—, me di cuenta de lo estúpida que había sido. ¿Cómo era posible que no me hubiera dado cuenta antes? El asesinato a sangre fría era una de las muchas cosas de las que mi padre era incapaz.

—Pues... no —me atreví a decir.

—Flavia, mírame —pidió, pero cuando lo miré a los ojos vi, durante un breve e inquietante segundo, mis propios ojos devolviéndome la mirada, así que la desvié hacia otra parte—. Horace Bonepenny no era precisamente una buena persona, pero no merecía morir. Nadie merece morir —dijo papá. Se le fue apagando la voz, como si fuera una lejana transmisión en onda corta, y supe que ya no hablaba solo conmigo—. Ya hay demasiada muerte en el mundo —añadió. Se sentó de nuevo, contemplándose las manos, se frotó un pulgar con el otro y por último encajó los dedos como si fueran los piñones del engranaje de un vetusto reloj—. ¿Y Dogger? —dijo al cabo de un rato.

—Él también estaba allí —admití—. En la puerta de tu estudio...

Papá dejó escapar un lamento.

—Eso era lo que me temía —susurró—. Eso era lo que más temía.

Y entonces, mientras una cortina de lluvia azotaba los cristales de la ventana, papá empezó a hablar.

15

Al principio, las desacostumbradas palabras de papá brotaron despacio y en tono vacilante: arrancaron a regañadientes, como si fueran oxidados vagones de mercancías en la vía del tren, pero al poco cogieron velocidad y avanzaron a un paso constante.

—Mi padre era un hombre al que no resultaba fácil querer —dijo—. Me envió a un internado cuando yo tenía once años y desde entonces lo vi en muy pocas ocasiones. Es raro, ¿sabes? Jamás conocí sus gustos hasta que en su funeral uno de los portadores del féretro comentó por casualidad que la pasión de mi padre era el *netsuke*. Tuve que buscarlo en el diccionario.

—Son pequeños objetos japoneses tallados en marfil —expliqué—. Salen en una de las historias de Austin Freeman sobre el doctor Thorndyke.

Papá me ignoró y siguió hablando.

—Aunque Greyminster estaba a pocos kilómetros de Buckshaw, en aquellos tiempos era lo mismo que estar en la Luna. Fue una suerte tener un director como el doctor Kissing, un hombre delicado que creía que administrar dosis diarias de latín, rugby, críquet e historia no podía perjudicar a ningún niño. En conjunto, nos trataban bien.

»Como la mayoría, al principio fui un muchacho solitario: me encerraba en los libros y lloraba entre los setos en cuanto podía escaparme. Sin duda, me consideraba el muchacho más infeliz del mundo. Pensaba que había en mí algo horrendo, la causa de que mi padre me hubiera apartado tan despiadadamente de su lado. Creí que si conseguía averiguar de qué se trataba, tal vez tuviera la oportunidad de ponerle remedio y de compensar de algún modo a mi padre.

»De noche, en el dormitorio, me acurrucaba bajo las mantas con una linterna eléctrica y me observaba el rostro en un espejo de afeitar robado. No veía nada especialmente raro, pero, en fin, no era más que un crío y no estaba preparado para juzgar esa clase de cosas.

»Pero el tiempo fue pasando, como es su deber, y poco a poco fui dejándome arrastrar por la vida en el internado. Se me daba bien la historia, pero era un negado para los libros de Euclides, lo que me colocaba más o menos en un término medio: no llamaba la atención ni por ser demasiado brillante ni por ser demasiado estúpido.

»Pronto descubrí que la mediocridad era el mejor camuflaje, el tono que mejor protegía. A los muchachos que no suspendían, pero que tampoco destacaban, nadie les hacía caso: ni el director con sus exigencias o sus deseos de prepararlos para la gloria, ni los gamberros del colegio que quisieran convertirlos en chivos expiatorios. Ese hecho, en sí tan sencillo, fue el primer descubrimiento fundamental de mi vida.

»Fue cuando tenía catorce años, creo, cuando por fin empecé a demostrar cierto interés por las cosas que me rodeaban y, como todos los muchachos de mi edad, gozaba de un insaciable apetito por todo lo misterioso. Así pues, cuando el director de mi residencia, el señor Twining, nos propuso formar un club de prestidigitación, ardí en deseos de ingresar en él.

»El señor Twining era más amable que hábil: no puede decirse que fuera un mago refinado, lo admito, pero ejecutaba sus trucos con tal vivacidad y tan noble entusiasmo que hubiera sido muy grosero por nuestra parte negarle atronadoras y juveniles ovaciones.

»Por las noches nos enseñaba a convertir el vino en agua empleando únicamente un pañuelo y un poco de papel secante de color; o a conseguir que un chelín marcado desapareciera de un vaso tapado justo antes de extraerlo de la oreja de Simpkins. Aprendimos la importancia de la "cháchara", es decir, la forma de hablar del prestidigitador, y nos enseñó una espectacular manera de barajar las cartas de modo que el as de corazones quedara siempre al final.

»No es necesario decir que el señor Twining era popular: tal vez sea más apropiado decir "querido", aunque en aquella época muy pocos de nosotros habíamos experimentado ese sentimiento lo bastante como para identificarlo.

»El momento de gloria de Twining llegó cuando el director, el doctor Kissing, le propuso que organizara un espectáculo de prestidigitación para el Día de los Padres, una idea brillante a la que Twining se entregó en cuerpo y alma.

»Puesto que a mí me salía muy bien un truco de ilusionismo llamado "La resurrección de Tchang Fu", el señor Twining deseaba que lo representara a modo de final apoteósico del espectáculo. El truco requería dos personas, por lo que me permitió elegir al ayudante que yo quisiera..., y así fue cómo conocí a Horace Bonepenny.

»Horace había llegado a nuestro colegio desde St. Cuthbert's, tras un escándalo en dicha escuela por algo relacionado con un dinero desaparecido: creo que en realidad no eran más que un par de libras, aunque en aquella época parecía una fortuna. Admito que Bonepenny me inspiraba lástima. Tenía la sensación de que se habían excedido con él, sobre todo cuando me contó que su padre era el hombre más cruel del mundo y que había hecho cosas atroces en nombre de la disciplina. Espero que todo esto no te resulte demasiado ordinario, Flavia.

—No, claro que no —dije, acercando un poco mi silla—. Sigue, por favor.

—Ya por entonces, Horace era un muchacho extraordinariamente alto y con una mata de pelo rojo como el fuego. Tenía los brazos demasiado largos para la chaqueta del uniforme, de forma que las muñecas le sobresalían más allá de los puños de las mangas, como si fueran dos palos desnudos. «Bony»,[10] lo llamaban los otros chicos, y se burlaban de él sin piedad por su aspecto. Por si eso fuera poco, tenía unos dedos larguísimos, delgados y blancos, como si de los tentáculos de un pulpo albino se tratara, y la piel clara, casi desteñida, que suele caracterizar a los pelirrojos. Se decía que si tocaba a alguien lo envenenaba. Él lo exageraba un poco, claro está, y jugaba a agarrar torpemente a los chicos que correteaban a su alrededor burlándose de él, siempre lejos de su alcance.

---

10 En inglés, «huesudo». [N. de la T.]

»Una noche, tras jugar a liebres y sabuesos, Bonepenny estaba descansando apoyado en los escalones de una cerca, jadeando como un zorro, cuando un niño llamado Potts se acercó a él de puntillas y le propinó un doloroso golpe en plena cara. En realidad solo pretendía tocarlo, como cuando juegas al corre que te pillo, pero la cosa se le fue de las manos. Cuando los otros chicos vieron que Bonepenny, el temido monstruo, estaba aturdido y que le sangraba la nariz, se abalanzaron sobre él, y Bony pronto terminó en el suelo, donde empezaron a aporrearlo, patearlo y golpearlo salvajemente. Fue entonces cuando casualmente pasé por allí.

»—¡Quietos! —grité tan alto como pude.

»Para mi sorpresa, la escaramuza cesó de golpe. Los muchachos empezaron a levantarse, uno a uno, de aquel mar de brazos y piernas. Algo en mi voz los impulsó a obedecer de inmediato. Tal vez el hecho de que me hubieran visto realizar trucos de prestidigitación me otorgaba un aire invisible de autoridad, no lo sé, pero lo que sí sé es que, cuando les ordené que regresaran a Greyminster, desaparecieron en el anochecer como una manada de lobos.

»—¿Estás bien? —le pregunté a Bony mientras lo ayudaba a ponerse en pie.

»—Ligeramente tierno, pero solo en uno o dos sitios bastante separados entre sí... como la carne de vaca de Carnforth —dijo, y ambos nos echamos a reír. Carnforth era el infame carnicero de Hinley cuya familia suministraba a Greyminster, desde la época de las guerras napoleónicas, la carne dura como suela de zapato para el asado de los domingos.

»Me di cuenta en seguida de que Bony estaba más maltrecho de lo que parecía, pero se comportaba como un valiente. Le ofrecí el hombro para que se apoyara en mí y lo ayudé a regresar renqueando a Greyminster.

»A partir de ese día, Bony se convirtió en mi sombra. Adoptó los mismos intereses que yo y, al hacerlo, casi se convirtió en una persona distinta. Había momentos, de hecho, en los que tenía la sensación de que Bony se estaba convirtiendo en *mí;* que allí, ante mis propios ojos, estaba la parte de mí mismo que durante tantas noches había buscado en el espejo.

»Lo que sí sé es que jamás estábamos mejor que cuando estábamos juntos: lo que uno de nosotros no podía hacer, el otro lo conseguía con facilidad. Bony tenía unas dotes innatas para las matemáticas, por lo que no tardó en desvelarme los misterios de la geometría y de la trigonometría. Lo convertía en un juego, hasta el punto de que pasábamos muchas horas de diversión calculando contra qué sala de estudio se estrellaría el reloj de la Residencia Anson cuando lo hiciéramos caer con la gigantesca palanca de vapor que íbamos a inventar. En otra ocasión, calculamos por triangulación una ingeniosa serie de túneles que, a una señal dada, se desmoronarían simultáneamente, lo que provocaría que Greyminster y todos sus habitantes se precipitaran a un abismo dantesco donde los atacarían las avispas, avispones, abejas y gusanos con los que planeábamos infestarlo.

¿Avispas, avispones, abejas y gusanos? ¿Era mi padre el que hablaba? De repente, me di cuenta de que lo escuchaba con una reverencia desacostumbrada.

—Cómo íbamos a hacer todas esas cosas no quedaba claro —prosiguió—, pero lo importante era que mientras yo me iba familiarizando con el bueno de Euclides y sus libros de proposiciones, Bony se estaba revelando, con un poco de ayuda, como un prestidigitador nato. Era gracias a los dedos, claro: aquellos apéndices largos y blancos parecían tener vida propia, y no transcurrió mucho tiempo antes de que Bonepenny dominara por completo el arte de la prestidigitación. Los objetos más diversos aparecían y desaparecían entre sus dedos con tanta elegancia y rapidez que ni siquiera yo, que sabía perfectamente cómo se realizaban los trucos de ilusionismo, creía lo que veía.

»Y a medida que aumentaban sus dotes como prestidigitador, lo mismo sucedía con su autoestima. Gracias a la magia se convirtió en un nuevo Bony, más seguro de sí mismo, más desenvuelto, y tal vez también más descarado. Incluso le cambió la voz. Si hasta entonces tenía la voz estridente de un crío, a partir de ese momento fue como si hablara (por lo menos cuando estaba actuando) con una laringe de caoba pulida: su voz, hipnótica y profesional, siempre encandilaba a los espectadores.

»El truco de "La resurrección de Tchang Fu" funcionaba de la siguiente manera: yo me ponía un quimono de seda exageradamente grande que había encontrado en un mercadillo parroquial, una hermosa prenda de color rojo sangre decorada con dragones chinos y misteriosas inscripciones. Me pintarrajeaba la cara con tiza amarilla y me colocaba alrededor de la cabeza una fina goma elástica para dar la sensación de tener los ojos rasgados. Después cogía un par de envolturas de tripa para las salchichas, de las que utilizaba Carnforth, las barnizaba y las cortaba en forma de largas uñas, lo que le daba al disfraz un toque repugnante. Lo único que faltaba para completar mi atuendo era un poco de corcho quemado, unos cuantos trozos de cordel deshilachado a modo de barba y una horrorosa peluca.

»Pedía un voluntario entre el público: un cómplice, desde luego, que había ensayado de antemano. Lo hacía subir al escenario y explicaba, con una alegre voz cantarina de acento mandarín, que me disponía a matarlo, a enviarlo al País de los Felices Ancestros. Al anunciar tal cosa como si fuera lo más normal del mundo, el público inevitablemente reprimía un grito y, antes de que los espectadores tuvieran tiempo de recobrarse, yo sacaba una pistola de entre los pliegues del quimono, la apuntaba al corazón de mi cómplice y apretaba el gatillo.

»Una pistola de salida puede provocar un horrible estruendo si se dispara en un espacio cerrado, así que la detonación resultaba de lo más terrorífica. Mi ayudante se llevaba las manos al pecho y apretaba con una de ellas un cucurucho de papel lleno de kétchup, que brotaba de forma horripilante entre sus dedos. Luego se miraba el pecho y se quedaba boquiabierto de incredulidad:

»—¡Ayúdame, Jacko! —chillaba—. El truco ha salido mal! ¡Estoy herido! —A continuación, caía muerto de espaldas.

»Para entonces, los espectadores contemplaban la escena aturdidos, muy erguidos en sus butacas. Algunos se habían puesto de pie, otros lloraban. Yo levantaba una mano para tranquilizarlos.

»—¡*Silensio!* —decía entre dientes, observándolos con una mirada atroz—. *Ancestlos quielen silensio.*

»Algunos espectadores dejaban escapar una risilla nerviosa, pero en general todos estaban mudos de asombro. De la oscuridad sacaba una sábana enrollada y la extendía sobre mi cómplice aparentemente muerto, dejando a la vista solo su rostro vuelto hacia el techo.

»Bien, la sábana en sí era un objeto bastante curioso, que yo mismo había fabricado con el mayor secreto. Estaba dividida en tres partes a lo largo gracias a dos delgadas varillas de madera cosidas en el interior de dos estrechos bolsillos, que recorrían la tela en toda su longitud. Una vez enrollada la sábana a lo largo, las varillas resultaban invisibles.

»Yo me agachaba y, utilizando el amplio quimono como pantalla, aprovechaba el momento para quitarle los zapatos a mi asistente (cosa fácil, pues él se había aflojado disimuladamente los cordones antes de que yo lo eligiera entre el público) y los clavaba, con las puntas hacia arriba, en el extremo de las varillas.

»Los zapatos, claro, estaban preparados a tal efecto, pues les habíamos practicado un agujero en cada tacón, agujero en el cual se insertaba un clavo que se empujaba hasta introducirlo en el extremo de la varilla. El resultado era de lo más convincente: un cadáver con la boca abierta tendido en el suelo, cuya cabeza sobresalía de uno de los extremos de la sábana y los zapatos, que apuntaban al techo, del otro.

»Si las cosas salían según lo previsto, para entonces ya se habrían empezado a filtrar enormes manchas rojas a la sábana, a la altura del pecho del "cadáver". Y, si no, siempre podía echar un poco más de kétchup gracias a un segundo cucurucho de papel que llevaba cosido a la manga.

»En ese momento venía lo más importante. Pedía que apagaran las luces *("Ancestlos quielen osculidad total")* y, ya en penumbra, provocaba un par de fogonazos con polvo de magnesio. Gracias a ese truco deslumbraba al público durante un instante, cosa que mi ayudante aprovechaba para arquear la espalda y, mientras yo colocaba bien la sábana, apoyar los pies en el suelo y ponerse en cuclillas. Los zapatos, claro está, seguían sobresaliendo de un extremo de la sábana, con lo que daba la sensación de que continuaba tendido en posición horizontal.

»Proseguía yo entonces con mis paparruchas orientales, sacudiendo los brazos e invocando a mi cómplice para que regresara del país de los muertos. Mientras yo farfullaba un cántico inventado, mi ayudante empezaba a levantarse muy despacio hasta ponerse completamente de pie y se apoyaba sobre los hombros las varillas de madera, mientras los zapatos seguían sobresaliendo por un extremo de la sábana.

»Lo que el público veía, claro está, era un cuerpo envuelto en una sábana que se elevaba en el aire y se quedaba allí flotando, a un metro y medio del suelo.

»A continuación, yo suplicaba a los Felices Ancestros que lo devolvieran al País de los Espíritus Vivientes, para lo cual hacía diversos pases de magia con la mano. Después disparaba un último fogonazo con polvo de magnesio y mi ayudante arrojaba la sábana, saltaba en el aire y aterrizaba sobre los pies.

»La sábana, con los zapatos clavados y las varillas cosidas, iba a parar a la oscuridad, tras lo cual a mi ayudante y a mí no nos quedaba más que saludar al público en mitad de una atronadora ovación. Y dado que llevaba calcetines negros, nadie reparaba en que el "muerto" había perdido los zapatos.

»Así era "La resurrección de Tchang Fu", y así era como planeaba representarla el Día de los Padres. Bony y yo nos íbamos con todo el material al lavadero, donde instruía a mi amigo en los entresijos del truco de ilusionismo. Sin embargo, pronto resultó obvio que Bony no era el cómplice perfecto. Por mucho entusiasmo que demostrara, era demasiado alto. La cabeza y los pies le sobresalían en exceso de mi sábana amañada, y ya era demasiado tarde para fabricar otra. Y, por otro lado, estaba el hecho incontestable de que, si bien Bony era un genio con las manos, seguía teniendo el cuerpo y las extremidades de un niño torpe y desgarbado. Las rodillas de cigüeña le temblaban sin remedio cuando supuestamente tenía que levitar, y durante un ensayo llegó incluso a caerse de espaldas, echando estrepitosamente todo el truco por tierra, sábana y zapatos incluidos.

»Yo no sabía qué hacer. Elegir otro ayudante suponía herir los sentimientos de Bony, pero era mucho esperar que consiguiera interpretar su parte a la perfección en los pocos días que quedaban antes de la actuación. Me hallaba al borde de la desesperación, pero fue el propio Bony quien dio con la solución.

»—¿Por qué no intercambiamos los papeles? —propuso tras una caída especialmente nefasta con todo el material—. Déjame intentarlo. Yo me pongo el manto del brujo y tú levitas.

»Tengo que admitir que era brillante. Con la cara pintada de tiza amarilla y aquellas manos largas y delgadas que sobresalían del quimono rojo (manos que aún resultaban más horrendas gracias a unas uñas de varios centímetros hechas de piel de salchicha), Bony era la figura más imponente que jamás haya pisado un escenario.

»Y dado que era un mimo nato, no le costó en absoluto imitar la voz cascada y estridente de un viejo mandarín. Su cháchara oriental era incluso mejor que la mía y, desde luego, la imagen de aquellos dedos quebradizos moviéndose en el aire como si fueran insectos palo no era nada fácil de olvidar.

»La representación en sí fue magistral. Con la escuela al completo y todos los padres como público, Bony representó un espectáculo que ninguno de ellos podrá olvidar jamás. Unas veces resultaba exótico, y otras, siniestro. Cuando me eligió como ayudante entre el público, hasta yo me estremecí un poco ante aquella amenazadora figura que me hacía señas más allá de las candilejas.

»Y cuando apretó el gatillo y me disparó en el pecho, ¡estalló el caos! Yo había tomado la precaución de calentar el depósito de kétchup y mezclarlo con un poco de agua, con lo que la mancha resultó espantosamente real.

»A uno de los padres (el padre de Giddings) tuvo que retenerlo literalmente el señor Twining, quien ya había previsto que algún crédulo espectador saliera disparado hacia el escenario.

»—Tranquilo, caballero —le susurró Twining al oído—. No es más que un truco de ilusionismo. Estos muchachos ya lo han hecho muchas veces.

»El señor Giddings regresó a regañadientes a su asiento, escoltado y con la cara aún roja de indignación. A pesar de ello, fue lo bastante caballero como para acercarse a nosotros tras la actuación y darnos un malhumorado apretón de manos.

»Tras el sangriento despliegue en el momento de la muerte, la escena de la levitación previa a la resurrección fue casi un timo, si es que puede llamarse así, aunque le arrancó otro sentido aplauso a un público de almas cándidas que sintieron alivio al ver que el desventurado voluntario había resucitado. Tuvimos que salir siete veces a saludar, aunque sé muy bien que en seis de esas ocasiones el público reclamaba a mi compañero.

»Bony absorbió la adulación como si fuera una esponja seca. Una hora después de que hubo finalizado el espectáculo aún seguía estrechando manos y recibiendo en la espalda palmadas de una multitud de madres y padres fascinados, que al parecer se morían por tocarlo. Y, sin embargo, tuve la sensación de que me lanzaba una mirada extraña cuando le pasé un brazo por los hombros: una mirada con la que, durante apenas un instante, me dio a entender que no me conocía de nada.

»Durante los días siguientes, me di cuenta de que en Bony se había operado un cambio. Se había convertido en un prestidigitador seguro de sí mismo y se comportaba como si yo no fuera más que un simple ayudante suyo. Empezó a hablarme de otra manera y adoptó una actitud distante, como si nunca hubiera sido tímido.

»Supongo que podría decirse que prescindió de mí…, o al menos eso fue lo que pensé. A menudo lo veía con otro chico mayor que nosotros, Bob Stanley, que nunca había despertado mis simpatías. Stanley tenía uno de esos rostros angulosos y de mandíbula cuadrada que quedan bien en las fotos pero que en la vida real resultan demasiado crueles. Tal y como había hecho conmigo, Bony adoptó algunos de los rasgos de Stanley, lo mismo que el papel secante absorbe la letra de una carta. Sé que fue por entonces cuando Bony empezó a fumar, y sospecho que también a beber.

»Un día me di cuenta, un tanto sorprendido, de que Bony ya no me agradaba. Algo había cambiado en su interior o tal vez había aflorado. En ciertas ocasiones lo sorprendía mirándome fijamente en clase: al principio, sus ojos me parecían los de un viejo mandarín, pero luego, cuando se posaban en mí, se volvían fríos como los de un reptil. Empecé a sentirme como si me hubieran robado algo, de una forma que no alcanzaba a comprender. Pero lo peor aún estaba por llegar.

Mi padre guardó silencio y esperé a que prosiguiera con la historia, pero en lugar de eso permaneció sentado, contemplando la lluvia sin verla. Me pareció que lo indicado era callar y dejarlo con sus pensamientos, fueran los que fuesen, pero sabía que, al igual que había sucedido con Horace Bonepenny, algo había cambiado entre nosotros.

Allí estábamos los dos, mi padre y yo, encerrados en una habitación minúscula y manteniendo por primera vez algo que podía interpretarse como una conversación. Estábamos hablando casi como adultos, casi como seres humanos, casi como padre e hija. Y aunque no se me ocurría nada que decir, de repente quise que aquella conversación continuara hasta que se apagara la última estrella.

Deseé poder abrazar a mi padre, pero no pude. Ya hacía algún tiempo que había descubierto que en el carácter de la familia De Luce había algo que ahuyentaba toda muestra externa de afecto entre sus miembros, toda declaración abierta de cariño. Lo llevábamos en la sangre.

Así que nos quedamos allí sentados, mi padre y yo, como dos viejecitas en un té parroquial. No era la mejor manera de vivir la propia vida, pero tendríamos que conformarnos.

16

El fogonazo de un relámpago borró todo rastro de color de la estancia y llegó acompañado del ensordecedor estallido de un trueno. Los dos nos encogimos.

—Tenemos la tormenta justo encima —dijo papá.

Asentí para tranquilizarlo y darle a entender que, a pesar de las circunstancias, estábamos juntos. Después eché un vistazo a mi alrededor: la bombilla desnuda que pendía sobre nuestras cabezas, la puerta de acero, el catre y la lluvia que caía en el exterior le daban a aquel cubículo profusamente iluminado un extraño parecido con la sala de mandos del submarino de la película *We Dive at Dawn*. Imaginé que el fragor vibrante del trueno era el sonido de cargas de profundidad que explotaban justo sobre nuestras cabezas y, de repente, ya no temí tanto por papá. Por lo menos, éramos aliados. Jugué a creer que mientras nos quedáramos muy quietos y yo permaneciera en silencio, nada ni nadie podría hacernos daño.

Papá prosiguió como si no se hubiera producido ninguna interrupción.

—Bony y yo nos distanciamos mucho —dijo—. Aunque los dos seguimos formando parte del Círculo de Magia del señor Twining, cada cual persiguió sus propios intereses. A mí me apasionaba escenificar trucos espectaculares, como serrar a una dama por la mitad, hacer desaparecer una jaula llena de vivaces canarios y cosas por el estilo. Por supuesto, la mayoría de esos efectos no estaban al alcance de mi presupuesto de estudiante, pero a medida que pasaba el tiempo me bastaba con leer al respecto y aprender cómo se ponían en práctica.

»Bony, sin embargo, se pasó a los trucos que requerían una destreza aún mayor con las manos: efectos sencillos, que podían ponerse en práctica delante mismo de las narices del espectador sin tener que recurrir a demasiados artilugios. Era capaz de conseguir, ante los ojos de cualquiera, que un despertador niquelado desapareciera en una de sus manos y apareciera en la otra. Jamás quiso enseñarme cómo lo hacía.

»Fue más o menos en aquella época cuando al señor Twining se le ocurrió la idea de crear la Sociedad Filatélica, que era otra de sus pasiones. Estaba convencido de que si aprendíamos a coleccionar, catalogar y fijar sellos de todo el mundo, también aprenderíamos mucho sobre historia, geografía y pulcritud, por no hablar ya del hecho de que los debates periódicos fomentarían la seguridad en sí mismos de los miembros más tímidos del club. Y puesto que Twining era un ferviente coleccionista, no veía motivo alguno para que sus muchachos no se entusiasmaran con la idea.

»Su colección era la octava maravilla del mundo, o eso me parecía a mí. Se había especializado en los sellos británicos y, sobre todo, en las variaciones de color de la tinta de impresión. Poseía el asombroso talento de deducir el día (y, en algunas ocasiones, incluso la hora) en que se había impreso un ejemplar concreto. Le bastaba con comparar las microscópicas fisuras y variaciones producidas por el desgaste y la tensión en los clichés de impresión para extraer una sorprendente cantidad de información.

»Las hojas de sus álbumes eran auténticas obras maestras. ¡Qué colores! Y cuántas variaciones en una misma página, como si fueran pinceladas de la paleta de Turner.

»La colección empezaba, claro está, con los sellos negros de 1840, pero el negro pronto se convertía en marrón, el marrón en rojo, el rojo en naranja y el naranja en estridente carmín o en índigo y rojo veneciano. Un derroche de vivos colores, con los que podría pintarse el florecimiento del mismísimo Imperio británico. ¡Eso sí que es cubrirse de gloria!

Jamás había visto a papá tan animado. De repente, volvía a ser un niño: su rostro se había transformado y relucía como una lustrosa manzana. Pero eso que había dicho sobre la gloria…, ¿dónde lo había oído yo? ¿No era eso lo que le decía Humpty Dumpty a Alicia? Permanecí en silencio, tratando de adivinar las conexiones que en ese momento debían de estar estableciéndose en la mente de papá.

—Y, sin embargo —prosiguió—, no era el señor Twining quien poseía la colección filatélica más valiosa de Greyminster. Ese honor le correspondía al doctor Kissing, cuya colección, aunque no era muy extensa, era selecta…, y puede que también de incalculable valor.

»El doctor Kissing no era, como quizá podría esperarse del director de uno de los mejores internados privados de este país, un hombre de ilustre cuna o de familia adinerada. Se quedó huérfano al nacer y lo crio su abuelo, un hombre que trabajaba en una fundición de campanas en el East End londinense, barrio que en aquella época era más conocido por sus lamentables condiciones de vida que por sus organizaciones benéficas, más famoso por su delincuencia que por sus oportunidades educativas.

»Cuando tenía cuarenta y ocho años, el abuelo del doctor Kissing perdió el brazo derecho en un espantoso accidente con metal fundido. Dado que ya no podía ejercer su oficio, no le quedó otro remedio que echarse a las calles a pedir limosna, apurada situación en la que se vio inmerso durante casi tres años.

»Cinco años antes, en 1840, la firma londinense Perkins, Bacon & Petch había sido designada por el Tesoro Público como única casa de impresión de los sellos británicos.

»El negocio les fue muy bien. Solo en los primeros doce años tras la designación imprimieron más de dos mil millones de sellos, la mayoría de los cuales acabaron tirados en las papeleras de todo el mundo. Hasta Charles Dickens comentó la ingente producción de efigies de la reina.

»Por suerte, fue precisamente en la imprenta que dicha compañía tenía en Fleet Street donde el abuelo del doctor Kissing encontró finalmente un empleo… como barrendero. Aprendió a manejar la escoba con una sola mano mucho mejor que la mayoría de los hombres con dos y, puesto que creía a pies juntillas en el respeto, la puntualidad y la responsabilidad, no tardó mucho tiempo en convertirse en uno de los empleados más apreciados de la compañía. De hecho, el doctor Kissing me contó en una ocasión que el socio más antiguo de la firma, el mismísimo Joshua Butters Bacon, siempre llamaba a su abuelo "Campanero", como muestra de respeto hacia su antiguo oficio.

»Cuando el doctor Kissing aún era un niño, su abuelo solía llevarse a casa sellos rechazados o descartados debido a alguna irregularidad durante el proceso de impresión. Aquellos "trocitos de papel", como él los llamaba, se convertían muy a menudo en sus únicos juguetes. Se pasaba horas y horas ordenando y reordenando los trocitos de colores según el tono o según variaciones demasiado sutiles para apreciarlas a simple vista. Su mejor regalo, me dijo, fue una lupa que su abuelo le regateó a un vendedor ambulante después de haber empeñado a cambio de un chelín el anillo de boda de su propia madre.

»Todos los días, en el trayecto de ida y vuelta al internado, el muchacho entraba en todas las tiendas y oficinas que encontraba y se ofrecía a barrer el suelo a cambio de los sobres timbrados que arrojaban a las papeleras.

»En aquella época, aquellos trocitos de papel se convirtieron en el núcleo de una colección que con el tiempo sería la envidia de la realeza. Muchos años más tarde, cuando ya era director de Greyminster, el doctor Kissing seguía conservando la lupa que le había regalado su abuelo.

»"Los placeres sencillos son los mejores", solía decirnos.

»El joven Kissing aprovechó la tenacidad con que la vida lo había dotado de niño y fue obteniendo una beca tras otra, hasta el día en que el viejo Campanero, hecho un mar de lágrimas, vio a su nieto licenciarse en Oxford con las mejores notas.

»Bien, ciertos individuos que se las dan de entendidos aseguran que los sellos de correos más raros son los ejemplares anormales o mutilados que inevitablemente resultan del proceso de impresión, pero eso no es cierto. Da igual las sumas que dichas monstruosidades alcancen cuando se ponen a la venta en el mercado: para el verdadero coleccionista no son más que material de desecho.

»No, las rarezas son los sellos que se han puesto oficialmente en circulación, de forma legal o no, pero en cantidades muy limitadas. A veces salen a la venta unos cuantos miles de sellos antes de que se detecte un problema. Otras veces son solo unos pocos centenares, como ocurre cuando una única hoja consigue eludir el Tesoro Público.

»Pero en toda la historia del servicio de correos y telégrafos del Reino Unido existe una sola ocasión, una sola, en que una hoja de sellos haya sido radicalmente distinta de sus millones de compañeras. Así fue cómo ocurrió:

»En junio de 1840, un joven camarero medio loco llamado Edward Oxford había disparado dos revólveres, casi a bocajarro, contra la reina Victoria y el príncipe Alberto cuando estos viajaban en un carruaje descubierto. Por suerte, ambos disparos erraron el blanco, y la reina, que por entonces estaba embarazada de cuatro meses de su primer hijo, resultó ilesa.

»Algunos creyeron que el intento de asesinato formaba parte de un complot organizado por el movimiento cartista, mientras que otros lo consideraban una conspiración de los partidarios de la Casa de Orange para colocar al duque de Cumberland en el trono de Inglaterra. Lo segundo se acercaba a la verdad más de lo que el gobierno creía, o más de lo que estaba dispuesto a admitir. Aunque Oxford pagó su delito al pasarse los siguientes veintisiete años encerrado en Bedlam (donde, dicho sea de paso, parecía más cuerdo que la mayoría de los internos y que muchos de los doctores), quienes lo habían adiestrado seguían en libertad, ocultos en la invisibilidad de la metrópoli. Tenían otras liebres a las que soltar.

»En el otoño de 1840, la firma Perkins, Bacon & Petch contrató a un aprendiz de tipógrafo llamado Jacob Tingle. Dado que era, ante todo, un ser muy ambicioso, el joven Jacob progresó en su oficio a pasos agigantados.

»Lo que sus jefes aún no sabían era que el tal Jacob Tingle era en realidad un simple peón en un peligrosísimo juego… del que solo tenían conocimiento sus siniestros maestros.

Si había algo que me llamaba la atención en aquel relato era la forma en que mi padre le hacía cobrar vida. Casi me parecía estar tocando a los caballeros con sus almidonados cuellos y sus chisteras, a las damas con sus faldas de miriñaque y sus gorritos. Y a medida que los personajes de su relato cobraban vida, lo mismo le sucedía a papá.

—La misión de Jacob Tingle era un gran secreto: debía imprimir, utilizando para ello todos los medios que tuviera a su alcance, una hoja, una única hoja, de sellos Penny Black. Y debía hacerlo con la llamativa tinta de color naranja que se le había proporcionado a tal efecto. En una taberna situada junto al cementerio de St. Paul, un hombre con un sombrero de ala ancha, que permanecía sentado en la penumbra y hablaba en guturales susurros, le había entregado la botellita de tinta y una iguala.

»Una vez que hubiera impreso aquella hoja bastarda, Tingle debía esconderla en una resma de Penny Black normales, de los que se enviaban a las oficinas de correos de toda Inglaterra. En cuanto lo hubiera hecho, su misión habría terminado y el destino se encargaría del resto.

»Tarde o temprano, en algún lugar de Inglaterra, aparecería una hoja de sellos de color naranja, los cuales transmitirían un mensaje muy claro para quien tuviera ojos: "Estamos entre vosotros", dirían los sellos. "Nos movemos entre vosotros a nuestro antojo y sin que nos veáis".

»El servicio de correos y telégrafos, ajeno a la conspiración, no tendría oportunidad alguna de retirar de la circulación los sellos incendiarios. Y en cuanto salieran a la luz, la noticia de su existencia correría como la pólvora. Ni siquiera el gobierno de su majestad podría mantenerlo en secreto. El resultado sería el terror en su máxima expresión.

»Aunque su mensaje llegó muy tarde, un agente secreto se había infiltrado en las filas de los conspiradores y había informado de que el descubrimiento de los sellos de color naranja constituiría la señal para que los conspiradores de todas partes iniciaran una nueva oleada de ataques individuales contra la familia real.

»Parecía un plan perfecto. Si fracasaba, sus autores solo tenían que dejar pasar el tiempo y volver a intentarlo otro día. Pero no hubo necesidad de volver a intentarlo, porque el plan funcionó como un reloj.

»El día después de haberse reunido con el desconocido junto al cementerio de St. Paul se produjo una espectacular, si bien sospechosa, deflagración en un callejón que estaba justo detrás de Perkins, Bacon & Petch. Cuando los tipógrafos y el personal administrativo se precipitaron al exterior para ver el fuego, Jacob sacó con mucha serenidad la botellita de tinta de color naranja que llevaba oculta en el bolsillo, entintó el cliché con un rodillo que había escondido en un estante, tras una hilera de frascos con productos químicos, colocó una hoja de papel afiligranado humedecido e imprimió la hoja. Puede decirse que hasta le resultó demasiado fácil.

»Cuando los otros empleados regresaron a sus puestos, Jacob ya había ocultado la hoja de color naranja entre sus hermanas negras, había limpiado el cliché, había ocultado los trapos sucios y estaba preparando ya la siguiente tirada de sellos ordinarios. En ese momento apareció el viejo Joshua Butters Bacon, que se acercó al joven y lo felicitó por haber demostrado tanta calma ante el peligro. El anciano le dijo que llegaría lejos en el oficio.

»Y entonces el destino lo fastidió todo, como tiene por costumbre. Lo que los conspiradores no podían haber previsto era que el hombre del sombrero de ala ancha iba a ser embestido esa misma noche en Fleet Street, bajo la lluvia, por un caballo de tiro fugitivo, como tampoco podían haber previsto que con su último aliento abrazaría de nuevo —la fe en la que lo habían educado y confesaría la conspiración (incluido el asunto de Jacob Tingle) a un policía envuelto en una capelina negra, que el moribundo confundió con la sotana de un sacerdote católico.

»Para entonces, sin embargo, Jacob Tingle ya había realizado su sucia labor y la hoja de sellos de color naranja ya viajaba, en el correo de la noche, hacia algún rincón desconocido de Inglaterra. Espero que todo esto no te parezca demasiado aburrido, Harriet.

¿Harriet? ¿Papá me había llamado «Harriet»?

No es raro que los padres con unas cuantas hijas reciten de un tirón todos los nombres, por orden de edad, cuando quieren llamar a la menor, así que ya estaba acostumbrada a que me llamaran «Ophelia Daphne Flavia, caray». Pero… ¿Harriet? ¡Jamás! ¿Había sido un simple *lapsus linguae* o acaso papá creía de verdad que le estaba contando aquella historia a Harriet?

Quise darle una paliza y dejarlo para el arrastre; quise abrazarlo; quise morirme.

Me di cuenta de que el sonido de mi voz podía romper el hechizo, así que sacudí lentamente la cabeza de un lado a otro, como si estuviera a punto de caérseme. En el exterior, el viento azotaba las enredaderas que bordeaban la ventana, mientras seguía lloviendo a mares.

—Se lanzó el grito de «¡Al ladrón!» —prosiguió al fin mi padre, y yo dejé de contener la respiración—. Se enviaron telegramas a los jefes de todas las oficinas de correos del territorio. Llegaran donde llegasen los sellos de color naranja, debían guardarse de inmediato bajo llave e informar en seguida al Tesoro Público de su paradero.

»Dado que a las ciudades se habían enviado las remesas más grandes de Penny Black, se creía que lo más probable es que los sellos de color naranja aparecieran en Londres o Manchester, o tal vez en Sheffield o Bristol. Sin embargo, dio la casualidad de que no aparecieron en ninguna de esas ciudades.

»Escondido en uno de los rincones más remotos de Cornualles se encuentra el pueblo de St. Mary-in-the-Marsh, un lugar en el que jamás había ocurrido nada y tampoco se esperaba que ocurriera nada.

»El jefe de la oficina de correos era un tal Melville Brown, un anciano caballero que ya había superado en unos cuantos años la edad habitual de jubilación, pero que intentaba sin demasiado éxito ahorrar una parte de su mísero sueldo para "que lo ayudara a pagarse el entierro", como le contaba a todo aquel que quisiera escuchar.

»Como era de esperar, ya que St. Mary-in-the-Marsh se hallaba lejos de los caminos trillados en más de un sentido, el jefe de correos Brown no había recibido la directriz telegrafiada del Tesoro Público, así que se llevó una buena sorpresa unos cuantos días más tarde cuando, después de haber desembalado una pequeña remesa de Penny Black, procedió a contarlos para comprobar que el pedido cuadrara y se encontró, literalmente, con los sellos de color naranja entre los dedos.

»Obviamente, detectó al instante los sellos de color naranja. ¡Alguien había cometido un tremendo error! No había recibido, como hubiera sido de esperar, un folleto oficial de "Instrucciones para los jefes de correos" en el que se comunicara el cambio de color de los Penny Black. No, aquel era un asunto de suma importancia, aunque Brown no acabara de entender de qué se trataba.

»Durante un segundo (solo un segundo, fíjate bien), Brown pensó que aquella hoja de sellos de extraño color podía tener un valor superior al nominal. Pocos meses después de que se introdujo el Penny Black, mucha gente, sobre todo de Londres, por lo que él había oído decir, gente que no tenía nada mejor que hacer con su tiempo, había empezado a coleccionar sellos de correos autoadhesivos y a colocarlos en unos libritos. Un sello impreso fuera de registro o con los números de control invertidos podía llegar a valer una o dos libras, así que una hoja entera…

»Pero Melville Brown era uno de esos seres humanos que abundan tan poco como los arcángeles: era un hombre honrado. Así pues, procedió de inmediato a telegrafiar al Tesoro Público y, en menos de una hora, salió de Paddington un mensajero ministerial con la misión de recuperar los sellos y llevarlos de vuelta a Londres.

»El gobierno tenía intenciones de destruir de inmediato los sellos defectuosos, cosa que se disponía a hacer con toda la solemnidad oficial de una misa pontifical de réquiem. Joshua Butters Bacon, sin embargo, propuso que los sellos se conservaran en los archivos de la imprenta, o incluso en el Museo Británico, para que las futuras generaciones pudieran estudiarlos.

»A la reina Victoria, sin embargo, que, como dicen los estadounidenses, tenía bastante de urraca, se le ocurrió otra idea. Pidió que le entregaran uno solo de aquellos sellos como recordatorio del día en que se había salvado de las balas de un asesino. Los demás sellos debían ser destruidos por el directivo de rango más alto de la compañía que los había impreso.

»¿Quién se atrevía a decirle que no a la reina? Por aquella época, con las tropas británicas a punto de invadir Beirut, el primer ministro, el vizconde Melboume (de quien se decía que en otros tiempos había mantenido un idilio con su majestad), tenía otras cosas en que pensar. Así que se dio carpetazo al asunto.

»Y así fue cómo la única hoja de sellos Penny Black de color naranja quedó reducida a cenizas en una vinagrera, en el despacho del director ejecutivo de Perkins, Bacon & Petch. Pero antes de encender la cerilla, Joshua Butters Bacon había recortado con una precisión quirúrgica (te hablo de una época en que aún no se había introducido el dentado) dos ejemplares: de una esquina de la hoja recortó el sello marcado como "AA" para la reina y de la otra esquina, en el mayor de los secretos, recortó para sí el sello marcado como "TL".

»Esos dos sellos recibirían un día, en el mundo del coleccionismo, el nombre de Vengadores del Ulster, aunque durante muchos años antes de que se conocieran con ese nombre, su mera existencia fue un secreto de Estado.

»Años más tarde, cuando tras la muerte de Bacon retiraron su mesa, cayó al suelo un sobre que de alguna manera estaba oculto detrás de ella. Como seguramente ya habrás adivinado, el barrendero que lo encontró era Ringer, el abuelo del doctor Kissing. Muerto el anciano Bacon, pensó el hombre, ¿qué mal había en llevarle a su nietecito de tres años, para que jugara un rato, el vistoso sello de color naranja que descansaba dentro del sobre?

Noté cómo la sangre se me agolpaba en las mejillas y recé para que mi padre no se diera cuenta. ¿Cómo podía, sin empeorar aún más la situación, decirle que los dos Vengadores del Ulster, uno marcado como «AA» y el otro como «TL», estaban en ese preciso instante, metidos de cualquier manera, en el fondo de mi bolsillo?

17

Una parte de mí ardía literalmente en deseos de sacar del bolsillo los dos sellos malditos y depositarlos en la mano de mi padre, pero le había dado mi palabra de honor al inspector Hewitt. No podía depositar en la mano de mi padre nada que hubiera sido robado, nada que pudiera incriminarlo aún más.

Por suerte, papá parecía ajeno a todo. Ni siquiera el fogonazo de otro relámpago, seguido de un seco restallido y del prolongado fragor del trueno, consiguieron devolverlo al presente.

—El Vengador del Ulster marcado como TL —prosiguió— se convirtió obviamente en la piedra angular de la colección del doctor Kissing. Era de todos sabido que solo existían dos sellos de ese tipo. El otro, el ejemplar marcado como AA, había pasado a la muerte de la reina Victoria a su hijo Eduardo VII y, a la muerte de este, a su hijo Jorge V, en cuya colección permaneció hasta que hace muy poco fue robado a plena luz del día en una exposición de sellos. Aún no ha sido recuperado.

«¡Ja!», pensé.

—¿Y el sello marcado como TL? —pregunté en voz alta.

—El TL, como ya te he contado, permaneció a salvo en el despacho del director de Greyminster. El doctor Kissing lo sacaba de vez en cuando, «en parte para presumir», nos contó en una ocasión, «y en parte para recordar mi humilde origen en el caso de que alguna vez me crea por encima de los demás».

»Sin embargo, casi nunca mostraba a nadie el Vengador del Ulster. Tal vez solo a los filatelistas de más prestigio. Se decía que el mismísimo rey se había ofrecido en una ocasión a comprarle el sello, oferta que Kissing rechazó con amabilidad pero también con firmeza. En vista de que no le había salido bien, el rey le suplicó entonces, a través de su secretario personal, un permiso especial para ver el "fenómeno naranja", como él lo llamaba. Kissing accedió de inmediato y la cosa acabó con una visita secreta y nocturna a Greyminster de su difunta alteza real. Uno no puede dejar de preguntarse, claro está, si trajo consigo el AA, de modo que los dos sellos pudieran estar juntos de nuevo, aunque fuera solo durante unas pocas horas. Tal vez ese sea uno de los mayores misterios de la filatelia.

Me palpé ligeramente el bolsillo y sentí un cosquilleo en los dedos al notar el leve crujido del papel.

—El director de nuestra residencia, el señor Twining, recordaba muy bien la ocasión, y mencionó, en un tono conmovedor, que las luces del estudio del director permanecieron mucho rato encendidas durante aquella noche de invierno. Y eso me lleva de nuevo, ¡ay!, a Horace Bonepenny.

Por el tono distinto de su voz supe que papá había viajado de nuevo al pasado. Noté un escalofrío en la espalda: estaba a punto de descubrir la verdad.

—Por aquella época, Bony se había convertido en un prestidigitador más que consumado. Era por entonces un joven atrevido y prepotente, de modales descarados, que por lo general se salía siempre con la suya gracias a un recurso simple: avasallar más que los demás.

»Aparte de la asignación que le pasaban los abogados de su padre, se sacaba un buen sobresueldo actuando en Greyminster y alrededores, primero en fiestas infantiles y más tarde, a medida que crecía la seguridad en sí mismo, en conciertos para hombres y en cenas políticas. Para entonces, ya había tomado a Bob Stanley como único ayudante, y de vez en cuando corrían rumores de sus extravagantes actuaciones.

»Sin embargo, en aquella época lo veía muy poco fuera de clase. Puesto que el Círculo de Magia se le había quedado pequeño, lo abandonó y, según se decía, iba por ahí haciendo comentarios despectivos a propósito de "esos bobos aficionados" que aún seguían siendo miembros.

»Dado que la asistencia era cada vez menor, el señor Twining acabó por anunciar que iba a abandonar "los salones del ilusionismo", como él llamaba al Círculo de Magia, para concentrar todos sus esfuerzos en la Sociedad Filatélica.

»Recuerdo la noche (era a principios de otoño, la primera reunión del año) en que Bony se presentó por sorpresa, con una enorme sonrisa que dejaba sus dientes al descubierto y una actitud de falsa camaradería. No lo había visto desde que había terminado el anterior trimestre y, de repente, me pareció una criatura demasiado grande y extraña para aquel sitio.

»—Vaya, Bonepenny —dijo el señor Twining—, qué inesperado placer. ¿Qué le trae de nuevo por estos humildes lares?

»—¡Los pies! —gritó Bony, lo que nos hizo reír a la mayoría.

»Y entonces, de repente, dejó a un lado esa actitud y se convirtió de nuevo en el muchacho atento y humilde de siempre.

»—Señor —dijo—, he estado pensando mucho durante las vacaciones y sería fantástico que usted pudiera persuadir al director para que nos enseñe ese sello tan raro que posee.

»El señor Twining frunció el ceño.

»—"Ese sello tan raro", como usted lo llama, Bonepenny, es una de las joyas de la filatelia británica y, desde luego, jamás se me ocurriría proponer que lo sacaran para que lo viera un bergante tan descarado como usted.

»—Pero, ¡señor! ¡Piense en el futuro! Cuando seamos mayores..., cuando tengamos nuestra propia familia...

»Al oír esas palabras, los demás intercambiamos muecas y nos dedicamos a restregar la punta de los pies contra la alfombra.

»—Sería como la escena de *Enrique V*, señor —prosiguió Bony—. ¡Aquellas familias de vuelta en Inglaterra, maldiciéndose en el lecho porque no estuvieron en Greyminster para echarle un vistazo al famoso Vengador del Ulster! Por favor, señor. ¡Por favor!

»—Le subiré un punto por su audacia, pero también le daré un buen coscorrón por su parodia de Shakespeare. Aun así...

»Todos nos dimos cuenta de que el señor Twining empezaba a ablandarse. Una de las puntas del bigote se le curvó ligeramente hacia arriba.

»—Por favor, señor —pedimos todos a coro.

»—Bueno... —dijo el señor Twining.

»Y así fue cómo se acordó. El señor Twining habló con el doctor Kissing, y el ilustre director, halagado por el hecho de que a sus muchachos les interesara tan misterioso objeto, accedió en seguida. Se decidió que la visita tendría lugar el siguiente domingo al atardecer, después de misa, y que se realizaría en los aposentos privados del director. Solo estaban invitados los miembros de la Sociedad Filatélica. Para rematar la velada, la señora Kissing nos ofrecería chocolate y galletas.

»La habitación estaba cargada de humo. Bob Stanley, que había acudido con Bony, fumaba un pitillo con todo descaro y a nadie parecía importarle. Aunque los alumnos de secundaria tenían ciertos privilegios, era la primera vez que veía a uno de ellos fumar delante del director. Yo fui el último en llegar, y el señor Twining ya había llenado el cenicero de colillas de cigarrillos Will's Gold Flake, los cuales fumaba sin parar cuando no estaba en clase.

»El doctor Kissing, como la mayoría de los auténticos directores de escuela, era un *showman* nada desdeñable. Charlaba de esto y de lo otro, del tiempo, de los resultados del críquet, de los fondos donados por exalumnos, del mal estado en que se encontraban las tejas de la Residencia Anson... Lo que hacía, claro está, era tenernos en vilo.

»Solo cuando consiguió ponernos a todos nerviosos como grillos, dijo:

»—Vaya por Dios, casi se me olvida... Han venido ustedes a echarle un vistazo a mi famoso papelito.

»Para entonces, estábamos todos a punto de entrar en ebullición, como si el salón estuviera lleno de teteras. El doctor Kissing se dirigió a la caja fuerte empotrada en la pared y ejecutó una complicada danza con los dedos en la rueda de la cerradura de combinación.

»La puerta se abrió tras un par de clics. El doctor Kissing metió dentro una mano y sacó una pitillera..., ¡una vulgar pitillera de cigarrillos Gold Flake! Eso provocó ciertas risas, te lo aseguro. No pude evitar preguntarme si había tenido el descaro de sacar ese mismo recipiente en presencia del rey.

»Hubo cierto revuelo y luego, mientras el director abría la tapa, el silencio se impuso en el salón. Allí dentro, dispuesto sobre un lecho de papel secante, había un minúsculo sobre: demasiado pequeño, podría pensarse, demasiado insignificante como para contener un tesoro de tal magnitud.

»Con un elegante ademán, el doctor Kissing sacó del bolsillo de su chaleco unas pinzas para sellos y, tras retirar la estampilla con tanto cuidado como si fuera un zapador retirando la espoleta de una bomba no detonada, la depositó sobre el papel.

»Todos nos agolpamos a su alrededor, empujándonos unos a otros para ver mejor.

»—Con cuidado, muchachos —dijo el doctor Kissing—. No olviden sus modales. Caballeros hasta la muerte.

»Y allí estaba el histórico sello, con el mismo aspecto que cabía esperar y al mismo tiempo mucho más... mucho más fascinante. Apenas podíamos creer que nos halláramos en la misma habitación que el Vengador del Ulster.

»Bony estaba justo detrás de mí, apoyado en mi hombro. Notaba su aliento cálido en la mejilla y me pareció percibir un tufillo a pastel de cerdo y clarete, así que me pregunté si habría estado bebiendo.

»Y entonces ocurrió algo que no olvidaré hasta el día de mi muerte..., y tal vez ni siquiera entonces. Bony se abalanzó hacia adelante, cogió el sello y lo sostuvo en alto entre el índice y el pulgar, como un sacerdote alzando la Sagrada Hostia.

»—¡Mire lo que hago, señor! —gritó—. ¡Un truco!

»Nos quedamos todos tan petrificados que nadie se movió y, antes de que pudiéramos siquiera parpadear, Bony sacó una cerilla de madera del bolsillo, la encendió con la uña del pulgar y la acercó a una de las esquinas del Vengador del Ulster. El sello empezó a ennegrecer y luego se arrugó; una pequeña llamarada recorrió su superficie e, instantes después, no quedaba nada de él a excepción de un tiznajo de ceniza negra en la palma de la mano de Bony. El muchacho levantó ambas manos y con una voz siniestra comenzó a cantar: "En polvo y cenizas te convertirás, si no eres del rey, ¡serás de Satanás!".

»Fue un momento atroz. Todos nos quedamos mudos de asombro. El doctor Kissing observaba la escena boquiabierto, y el señor Twining, gracias al cual estábamos allí, parecía haber recibido un disparo en pleno corazón.

»—¡Es un truco, señor! —exclamó Bony con aquella mueca de osario tan característica en él—. Bien, ahora tenéis que ayudarme todos a recuperarlo. Si nos cogemos de las manos y rezamos juntos…

»Me ofreció su mano derecha, al mismo tiempo que le ofrecía la izquierda a Bob Stanley.

»—Formad un círculo —ordenó—. Cogeos de las manos y formad un círculo de oración.

»—¡Basta! —le ordenó el doctor Kissing—. Acabe con esta tontería de una vez y devuelva el sello a su caja, Bonepenny.

»—Pero, señor —dijo Bony, y juraría que vi un destello en sus dientes a la luz de las llamas de la chimenea—, si no colaboramos todos, la magia no funciona. Así es la magia, ¿sabe?

»—Devuelva... el... sello... a... su... caja... —silabeó muy despacio el doctor Kissing, con una expresión tan horrenda como las de los rostros de las trincheras tras una batalla.

»—Bueno, pues tendré que hacerlo yo solo —dijo Bony—, pero déjeme advertirle de que así es mucho más difícil.

»Jamás lo había visto tan seguro ni tan pagado de sí mismo. Se arremangó la chaqueta y apuntó hacia el techo, todo lo alto que pudo, sus dedos largos y blancos.

»—¡Oh, reina naranja, vuelve a nuestro lado, vuelve y dinos dónde has estado!

»Tras esas palabras chasqueó los dedos y apareció un sello donde un instante antes no había nada. Un sello de color naranja. La expresión del doctor Kissing se suavizó un tanto y casi sonrió. El señor Twining me clavó con fuerza los dedos en el omóplato y me di cuenta de que hasta ese momento había estado aferrándose a mí como si le fuera la vida en ello.

»Bony bajó el sello para verlo de cerca y se lo acercó casi hasta la punta de la nariz. Al mismo tiempo, sacó rápidamente del bolsillo trasero una lupa de exagerado tamaño y examinó el recién aparecido sello con los labios fruncidos.

»Y, de repente, adoptó la voz de Tchang Fu, el viejo mandarín, y, a pesar de que Bony no llevaba maquillaje alguno, juro que vi su piel amarilla, sus largas uñas y su quimono rojo de dragones.

»—Oh, oh. *Honolables ancestlos, envial otlo sello* —dijo mientras nos lo mostraba para que lo inspeccionáramos.

Era un vulgar sello emitido por Hacienda de Estados Unidos, un sello corriente de la época de la guerra civil como los que la mayoría de nosotros teníamos en nuestros álbumes.

»Lo dejó caer revoloteando al suelo, se encogió de hombros y, de nuevo, dirigió la mirada a lo alto. "Oh, reina naranja, vuelve a nuestro lado…", empezó a decir de nuevo, pero el doctor Kissing lo agarró por los hombros y lo sacudió como si fuera un bote de pintura.

»—El sello —le ordenó, tendiéndole una mano—. Ya.

»Uno tras otro, Bony volvió del revés los bolsillos de sus pantalones.

»—No lo encuentro, señor —dijo—. Parece que algo ha salido mal.

»Rebuscó en ambas mangas, se pasó un largo dedo por el interior del cuello de la camisa y, de repente, se operó en él una transformación: un segundo después, no era más que un crío asustado con aspecto de querer huir de allí lo antes posible.

»—Siempre ha funcionado, señor —balbució—. Lo he hecho cientos de veces.

»Empezó a ponerse muy rojo y creí que iba a echarse a llorar.

»—Regístrenlo —ladró el doctor Kissing.

»Varios de los muchachos, bajo la supervisión del señor Twining, se lo llevaron al cuarto de baño, donde lo registraron de arriba abajo, desde el pelo rojo hasta los zapatos marrones.

»—El chico dice la verdad —admitió el señor Twining cuando por fin regresaron—. Es como si el sello hubiera desaparecido.

»—¿Desaparecido? —inquirió el doctor Kissing—. ¿Desaparecido? ¿Cómo va a *desaparecer* un maldito sello? ¿Está usted absolutamente seguro?

»—*Absolutamente* seguro —dijo el señor Twining.

»Se registró la habitación entera: se levantó la alfombra, se apartó la mesa, se pusieron patas arriba los objetos decorativos, pero todo en vano. Finalmente, el doctor Kissing cruzó la habitación hasta el rincón donde Bony permanecía sentado, con la cabeza enterrada entre las manos.

»—Explíquese usted, Bonepenny —le exigió.

»—No... no puedo, señor. Debe de haberse quemado. Se supone que tenía que sustituirlo, ¿no?, pero debo de haber..., no sé..., no puedo...

»Y se echó a llorar.

»—Váyase usted a dormir, joven —le gritó el doctor Kissing—. ¡Salga de esta casa y váyase a dormir!

»Era la primera vez que lo oíamos levantar la voz por encima del nivel de una agradable conversación, y debo decir que nos conmocionó a todos. Miré a Bob Stanley y me di cuenta de que se estaba balanceando hacia adelante y hacia atrás sobre las puntas de los pies, tan tranquilo como si estuviera esperando un tranvía.

»Bony se puso en pie y cruzó muy despacio la habitación hacia mí. Me fijé en sus ojos enrojecidos mientras él me cogía una mano. Me la estrechó casi sin fuerzas, pero fui incapaz de devolverle el gesto.

»—Lo siento, Jacko —dijo, como si yo, y no Bob Stanley, fuera su cómplice.

»No fui capaz de mirarlo a los ojos. Volví la cabeza hasta que tuve la certeza de que ya no estaba a mi lado.

»En cuanto Bony salió a hurtadillas de la habitación, echando un vistazo por encima del hombro con el rostro exangüe, el señor Twining trató de disculparse ante el director, pero al parecer solo sirvió para empeorar las cosas.

»—¿Quiere usted que llame a sus padres, señor?

»—¿A sus padres? No, señor Twining, creo que no es a sus padres a quien debemos llamar.

»El señor Twining permaneció en el centro de la habitación, retorciéndose las manos. Solo Dios sabe qué ideas se le pasaron en ese momento por la cabeza al pobre hombre. Ni siquiera recuerdo lo que pensé yo.

»Al día siguiente era lunes. Yo estaba cruzando el patio interior, luchando contra un fuerte viento junto a Simpkins, que parloteaba sin cesar sobre el Vengador del Ulster. La noticia había corrido como un reguero de pólvora y en todas partes se veían corrillos de muchachos con las cabezas muy juntas, agitando con nerviosismo las manos mientras comentaban los últimos, y muy probablemente falsos, rumores.

»Cuando estábamos a unos cincuenta metros de la Residencia Anson, alguien gritó:

»—¡Mirad! ¡Allí arriba, en la torre! ¡Es el señor Twining!

»Levanté la mirada y vi al pobre infeliz en el tejado del campanario. Se aferraba al parapeto como un murciélago herido y su toga aleteaba al viento. Un rayo de sol se abrió paso entre las raudas nubes, iluminándolo por detrás como si fuera un foco de teatro. Parecía como si todo su cuerpo irradiara luz, y el pelo que le sobresalía bajo el birrete semejaba, al resplandor del amanecer, un disco de cobre, como la aureola de un santo en un manuscrito ilustrado.

»—¡Cuidado, señor! —le gritó Simpkins—. ¡Las tejas están en muy mal estado!

»El señor Twining dirigió la mirada hacia sus pies como si acabara de despertarse de un sueño, como si lo desconcertara encontrarse de repente a veinticinco metros del suelo. Contempló las tejas y, durante un segundo, permaneció completamente inmóvil.

»Y, entonces, se irguió cuan alto era, sujetándose tan solo con las yemas de los dedos. Levantó el brazo derecho para realizar el saludo romano, mientras los faldones de su capa aleteaban como si se tratara de la toga de algún antiguo césar en las murallas.

»—*Vale!* —gritó—. Adiós.

»Durante un segundo, creí que se había alejado del parapeto. Tal vez Twining hubiera cambiado de idea, o tal vez fuera solo el sol que me deslumbró. Un segundo más tarde, sin embargo, lo vi girar en el aire. Uno de los muchachos contó más tarde a un periodista que Twining parecía un ángel descendiendo del cielo, pero no es verdad. Se precipitó al suelo en picado, como una piedra dentro de un calcetín. No existe una forma agradable de describirlo.

Papá hizo una larga pausa, como si le faltaran las palabras. Contuve el aliento.

—El sonido que produjo su cuerpo al estrellarse contra los adoquines —dijo por fin— me ha perseguido en sueños hasta el día de hoy. He visto y oído cosas en la guerra, pero nada que se le parezca. Nada que se le parezca ni remotamente.

»Era un buen hombre y nosotros lo asesinamos. Horace Bonepenny y yo lo asesinamos. Fuimos tan culpables como si lo hubiéramos empujado con nuestras propias manos desde lo alto de la torre.

—¡No! —exclamé, alargando un brazo para rozarle la mano a mi padre—. ¡Tú no tuviste nada que ver!

—Desde luego que sí, Flavia.

—¡No! —repetí, aunque algo desconcertada por mi propia audacia. ¿Era yo quien le hablaba así a papá?—. Tú no tuviste nada que ver. Fue Horace Bonepenny quien destruyó el Vengador del Ulster.

Papá sonrió, pero su sonrisa era triste.

—No, cariño, no lo hizo. Cuando volví a mi estudio aquel domingo por la noche y me quité la chaqueta, encontré un rastro pegajoso en uno de los puños de la camisa. Supe de inmediato qué significaba: cuando Bony me había cogido de la mano para formar el círculo de oración, que no era más que una maniobra de distracción, había introducido el índice bajo la manga de mi chaqueta y me había pegado el Vengador del Ulster al puño. Pero... ¿por qué a mí? ¿Por qué no a Bob Stanley? Por un motivo muy claro: si nos hubieran registrado a todos, el sello habría aparecido en mi manga y Bony se habría declarado inocente. ¡No es de extrañar que no lo encontraran cuando lo registraron de pies a cabeza!

»Por supuesto, Bony recuperó el sello al estrecharme la mano antes de irse. Era un maestro de la prestidigitación, no lo olvides, y dado que yo había sido en otros tiempos su cómplice, habría resultado lógico que volviera a serlo. ¿Quién lo habría puesto en duda?

—¡No!

—Sí. —Sonrió papá—. Ya no queda mucho que contar. Aunque nunca pudo demostrarse nada en su contra, Bony no regresó a Greyminster después de aquel trimestre. Alguien me contó que se había marchado al extranjero para huir de algún otro asunto desagradable, y no puedo decir que me sorprendiera. Tampoco me sorprendió saber, años más tarde, que a Bob Stanley lo habían echado de la escuela de medicina y que había terminado en Estados Unidos, donde había abierto una tienda de filatelia. Al parecer, era una de esas empresas de venta por correo que se anuncian en las revistas de historietas y venden a los adolescentes paquetes de sellos. Sin embargo, y según parece, ese negocio no era más que una tapadera para otros asuntos más turbios con adinerados coleccionistas.

»En cuanto a Bony, no supe nada de él durante treinta años. Pero el mes pasado fui a Londres para asistir a una exposición internacional de sellos organizada por la Real Sociedad Filatélica, no sé si te acuerdas. Uno de los mayores atractivos de la exposición era la exhibición al público de unos cuantos sellos pertenecientes a su majestad, es decir, la colección del rey, entre ellos, el extraordinario Vengador del Ulster: AA, el hermano gemelo del sello del doctor Kissing.

»No le dediqué más que un rápido vistazo, pues los recuerdos que me traía no eran muy agradables. Había otras piezas expuestas que deseaba ver, así que no le concedí al Vengador del Ulster más que unos pocos segundos de mi tiempo.

»Justo antes de que la exposición cerrara sus puertas por ese día, me hallaba yo en el extremo más alejado de la sala, contemplando un pliego de sellos que me apetecía comprar, cuando por casualidad miré hacia el otro lado y vi una mata de pelo rojísimo… que solo podía pertenecer a una persona.

»Era, por supuesto, Bony. Estaba soltando una perorata a un reducido grupo de coleccionistas que se habían congregado ante el sello del rey. Mientras contemplaba la escena, el debate se fue acalorando: algo de lo que estaba diciendo Bony había agitado a uno de los comisarios de la exposición, que sacudía de un lado a otro la cabeza con gesto vehemente mientras las voces iban subiendo de tono.

»No creía que Bony me hubiera visto…, ni tampoco deseaba que me viera. Casualmente, en ese momento apareció Jumbo Higginson, un antiguo amigo del ejército que me invitó a cenar y a tomar una copa. El bueno de Jumbo…, no era esa la primera vez que aparecía justo a tiempo.

Una sombra cruzó por la mirada de papá y me di cuenta de que se había esfumado en el interior de una de esas madrigueras de conejo que tan a menudo se lo tragaban. A veces me preguntaba si algún día aprendería a convivir con los repentinos silencios de mi padre, pero justo entonces, como un juguete de cuerda atascado que cobra vida de repente al darle un golpecito con el dedo, papá prosiguió con su historia como si no se hubiera producido ninguna interrupción.

—Esa noche en el tren, cuando abrí el periódico y leí que alguien había sustituido el Vengador del Ulster del rey por una falsificación, cosa que al parecer había hecho a la vista del público, de varios filatelistas de intachable reputación y de un par de vigilantes de seguridad, supe de inmediato no solo quién había perpetrado el robo, sino también, al menos a grandes rasgos, cómo lo había hecho.

»Y entonces, cuando el viernes pasado apareció la agachadiza chica muerta en el umbral de la puerta, supe que era cosa de Bony. En Greyminster me llamaban Jack Snipe;[11] "Jacko", para abreviar. Las letras de las esquinas del Penny Black me indicaron su nombre. Es complicado de explicar.

---

11 «Agachadiza chica», en inglés. *[N. de la T.]*

—B One Penny H —dije—. Bonepenny. Horace. En Greyminster, a él lo llamaban Bony y a ti Jacko, para abreviar. Sí, eso ya lo había entendido hace rato.

Papá me miró como si fuera un áspid que no sabía muy bien si estrechar entre sus brazos o arrojar por la ventana. Se frotó varias veces el labio superior con el dedo índice, como si quisiera sellar herméticamente la boca, pero después prosiguió:

—Ni siquiera el hecho de saber que Bony merodeaba por allí cerca me había preparado para el tremendo sobresalto que me llevé al ver su rostro blanco y cadavérico, surgido de repente de la oscuridad al otro lado de la ventana de mi estudio. Pasaba de la medianoche. Tendría que haberme negado a hablar con él, obviamente, pero me amenazó de tal manera… Me exigió que le comprara los dos Vengadores del Ulster: el que acababa de robar y el que había hecho desaparecer años atrás de la colección del doctor Kissing. Se le había metido en la cabeza, fíjate, que yo era rico. «Es la mejor oportunidad de inversión de toda tu vida», me dijo.

»Cuando le contesté que no tenía dinero, me amenazó con decir a las autoridades que yo había planeado el robo del primer Vengador del Ulster y había encargado la sustracción del segundo. Dijo que Bob Stanley estaba dispuesto a respaldar esa versión. Al fin y al cabo, el coleccionista de sellos era yo, no él.

»Y… ¿acaso no había estado yo presente cuando habían robado ambos sellos? El muy malvado incluso insinuó que tal vez ya hubiera, *tal vez* ya hubiera, ¡fíjate!, colocado los dos Vengadores del Ulster entre los sellos de mi colección.

»Tras la discusión, estaba demasiado alterado como para irme a dormir. Después de que Bony se hubo marchado, me pasé horas y horas deambulando por mi estudio, repasando mentalmente la situación una y otra vez. En parte, siempre me había sentido responsable de la muerte del señor Twining. Es terrible admitirlo, pero es así. Fue mi silencio el que condujo al pobre hombre al suicidio. Si en el colegio hubiera tenido las agallas y la fortaleza necesarias para comunicar mis sospechas, Bonepenny y Stanley jamás se habrían salido con la suya, y el señor Twining no habría sentido el impulso de quitarse la vida. Ya ves, Flavia, el silencio es un lujo que a veces sale caro.

»Después de un buen rato y de reflexionar detenidamente, decidí, en contra de todos mis principios, acceder al chantaje. Vendería mis colecciones, todo lo que tenía, para comprar su silencio. Debo confesarte, Flavia, que esa decisión me avergüenza más que cualquier otra cosa que haya hecho en toda mi vida. Cualquier otra cosa.

Ojalá hubiera sabido qué decir, pero por una vez en mi vida me faltaban las palabras, así que me quedé allí sentada como un trapo, sin atreverme siquiera a mirar a mi padre a los ojos.

—En algún momento ya de madrugada, tal vez fueran las cuatro, puesto que se veían ya las primeras luces del amanecer, apagué la lámpara con la intención de dirigirme a pie hasta el pueblo, despertar a Bonepenny en su habitación de la posada y acceder a sus peticiones.

»Pero algo me detuvo. No sé cómo explicarlo, pero es lo que sucedió. Salí a la galería, pero en lugar de rodear la casa hasta el camino de entrada, como tenía planeado, la cochera me atrajo igual que si fuese un imán.

«¡Vaya!», pensé. Entonces no había sido papá el que había salido por la puerta de la cocina. En lugar de eso, había salido por la galería de su estudio, había pasado por la parte exterior del muro del jardín y se había dirigido a la cochera. Ni siquiera había puesto los pies en el jardín. No había pasado junto al moribundo Horace Bonepenny.

—Necesitaba pensar —prosiguió papá—, pero era incapaz de concentrarme.

—Y por eso te metiste en el Rolls de Harriet —le solté.

A veces tendría que pegarme un tiro a mí misma. Papá me observó con la misma mirada triste que debe de dirigirle el gusano al pájaro mañanero antes de que este lo despedace con el pico.

—Sí —dijo muy despacio—. Estaba cansado. Recuerdo que lo último que pensé fue que, en cuanto Bony y Bob Stanley descubrieran que estaba en bancarrota, renunciarían a mí y buscarían a alguien más solvente. Aunque tampoco es que quiera ver a otros en este mismo apuro… Y creo que entonces me dormí. No lo sé, y supongo que tampoco importa. Aún estaba allí cuando la policía me encontró.

—¿En bancarrota? —le pregunté en tono de asombro. No pude evitarlo—. Pero papá, tienes Buckshaw.

Él me observó con los ojos húmedos: nunca antes le había visto esa expresión al mirarlo a la cara.

—Buckshaw era de Harriet, ¿sabes? Cuando ella murió, murió intestada. No dejó testamento. El impuesto sobre sucesiones…, bueno, el impuesto sobre sucesiones nos va a llevar a la ruina.

—Pero ¡si Buckshaw es tuyo! —repuse—. Ha pertenecido a la familia durante siglos.

—No —dijo papá con tristeza—. No es mío en absoluto. Mira, Harriet ya era una De Luce cuando me casé con ella. Éramos primos terceros. Buckshaw era suyo. No me queda nada para invertir en ese sitio. Ni un real. Como te he dicho, estoy prácticamente en bancarrota.

Se oyó un golpeteo metálico en la puerta y acto seguido el inspector Hewitt entró en la habitación.

—Lo siento, coronel De Luce —dijo—. El jefe de policía, como sin duda usted ya sabrá, insiste muchísimo en que se cumpla la ley al pie de la letra. Les he concedido todo el tiempo que puedo concederles sin jugarme el puesto.

Papá asintió con tristeza.

—Vamos, Flavia —dijo el inspector dirigiéndose a mí—. Te llevaré a casa.

—Aún no puedo irme a casa —repliqué—. Me han robado la bicicleta. Quiero presentar una denuncia.

—Tu bicicleta está en el maletero de mi coche.

—¿Ya la ha encontrado? —pregunté. ¡Aleluya! ¡Gladys estaba sana y salva!

—Es que no la habían robado —dijo el inspector—. Te vi aparcarla ahí fuera y le dije al agente Glossop que la guardara en un lugar seguro.

—¿Para que no pudiera escaparme?

Papá arqueó una ceja ante aquella impertinencia mía, pero no dijo nada.

—En parte, sí —dijo el inspector Hewitt—, pero sobre todo porque aún está lloviendo a mares y hasta llegar a Buckshaw te queda un buen rato de darle a los pedales cuesta arriba.

Le di a papá un silencioso abrazo al cual, a pesar de permanecer tieso como el tronco de un roble, no pareció oponerse.

—Intenta portarte bien, Flavia —me dijo.

¿Que intentara portarme bien? ¿Eso era lo único que se le ocurría? Estaba claro que nuestro submarino había subido a la superficie, que sus ocupantes habían sido arrancados de las inmensas profundidades marinas y que la magia se había quedado allí abajo.

—Me esforzaré —dije dando media vuelta—. Me esforzaré de verdad.

—No debes ser muy dura con tu padre —me aconsejó el inspector Hewitt mientras reducía la marcha para girar en el indicador que señalaba hacia Bishop's Lacey.

Lo miré y vi su cara iluminada desde abajo por el débil resplandor del salpicadero del Vauxhall. Los limpiaparabrisas, como si fueran guadañas negras, se deslizaban a uno y otro lado del cristal bajo la inquietante luz de la tormenta.

—¿Cree usted sinceramente que mi padre asesinó a Horace Bonepenny? —le pregunté.

Tardó siglos en responder y, cuando lo hizo, su respuesta me pareció impregnada de una profunda tristeza.

—¿Quién más había allí, Flavia? —preguntó.

—Yo... —dije—, por ejemplo.

El inspector Hewitt accionó el interruptor del desempañador para que limpiara el vaho que nuestras palabras estaban formando en los cristales.

—No pretenderás que me crea esa historia de la pelea y los problemas cardíacos, ¿verdad? Porque no me lo creo. No fue eso lo que mató a Horace Bonepenny.

—Entonces, ¡la tarta! —exclamé con repentina inspiración—. ¡La tarta estaba envenenada!

—¿La envenenaste? —me preguntó con una media sonrisa.

—No —admití—, pero ojalá lo hubiera hecho.

—Era una tarta la mar de normal —dijo el inspector—. Ya he recibido el informe del analista.

¿Una tarta la mar de normal? Desde luego, ese era el mejor elogio que recibirían jamás los dulces de la señora Mullet.

—Como ya has deducido tú misma —prosiguió el inspector—, Bonepenny se tomó la libertad de comer un trozo de tarta varias horas antes de morir, pero... ¿cómo lo has sabido?

—¿Y quién, sino un desconocido, iba a comerse esa porquería? —le pregunté con un tono lo bastante desdeñoso como para enmascarar mi decepción al darme cuenta de repente de que había cometido un error: Bonepenny no se había envenenado con la tarta de la señora Mullet. Había sido muy pueril por mi parte imaginar tal cosa—. Siento haber dicho lo que he dicho —admití—, es que me ha salido así. Debe de pensar usted que soy tonta de remate.

El inspector Hewitt tardó en responder. Finalmente, dijo:

—Si por dentro la tarta no es dulce, ¿a quién le importan los pliegues de la masa?

»Mi madre solía decir eso —añadió.

—¿Y qué significa? —le pregunté.

—Significa que... Bueno, ya hemos llegado a Buckshaw. Seguro que están muy preocupados por ti.

—Ah —dijo Ophelia con su habitual desinterés—, ¿habías salido? Pues ni nos hemos dado cuenta, ¿verdad, Daffy?

A Daffy se le veía tanto el blanco de los ojos que parecía un caballo. Estaba aterrorizada, pero intentaba disimularlo.

—No —murmuró, antes de zambullirse de nuevo en la lectura de *Bleak House*.

Desde luego, era una lectora voraz.

Si me hubieran preguntado, con mucho gusto les habría hablado de mi visita a papá, pero no me preguntaron nada. Si la situación en la que se hallaba papá iba a motivar quejas, yo no quería participar, eso lo tenía muy claro. Feely, Daffy y yo éramos tres larvas en tres capullos distintos, y a veces no podía evitar preguntarme por qué. Charles Darwin ya había señalado que la lucha más feroz por la supervivencia se daba siempre en la propia tribu y, como quinto o sexto hijo que era —con tres hermanas mayores, además—, es obvio que sabía muy bien de qué hablaba.

Para mí, era una cuestión de química elemental: sabía muy bien que una sustancia tiende a diluirse por la acción de disolventes de composición química similar a la de dicha sustancia. No existía una explicación racional: era la naturaleza y punto. Había sido un día muy largo y me notaba los párpados molidos, como si los hubieran utilizado a modo de rastrillos para recoger ostras.

—Me parece que me voy a la cama —dije—. Buenas noches, Feely. Buenas noches, Daffy.

Mi intento de sociabilidad recibió el silencio como respuesta y una especie de gruñido. Mientras subía la escalera, Dogger apareció como por arte de magia en lo alto, provisto de una palmatoria que parecía rescatada de una subasta de objetos en Manderley.

—¿Coronel De Luce? —susurró.

—El coronel está bien, Dogger —respondí.

Él asintió con gesto preocupado y ambos nos dirigimos con paso cansino a nuestros respectivos aposentos.

18

Greyminster School holgazaneaba al sol, como si estuviera soñando con su esplendor de antaño. El lugar era exactamente tal y como me lo había imaginado: espléndidos edificios antiguos de piedra, cuidados prados verdes que descendían hacia el lánguido río e inmensos campos vacíos de deporte de los que parecían brotar los ecos silenciosos de partidos de críquet, cuyos jugadores llevaban ya mucho tiempo muertos.

Apoyé a Gladys contra un árbol en el camino lateral por el que me había adentrado en los terrenos del colegio. Tras un seto se oía el motor al ralentí de un ocioso tractor de cuyo conductor no había ni rastro.

Desde la capilla llegaban, flotando sobre los prados, las voces de los muchachos del coro. A pesar de que era una radiante mañana de sol, cantaban:

> *Softly now the light of day*
> *Fades upon my sight away...*[12]

---
12 «Lentamente, la luz del día / se va apagando ante mis ojos». *[N. de la T.]*

Me quedé escuchando unos instantes, hasta que de repente cesaron las voces. Luego, tras una pausa, comenzó a sonar de nuevo el órgano, un tanto irritado, y el coro empezó desde el principio.

Mientras caminaba despacio sobre la hierba de lo que sin duda papá habría llamado «el patio interior», los ventanales del colegio me observaban con frialdad y, de repente, experimenté la extraña sensación que debe de experimentar un insecto cuando lo colocan bajo el microscopio —es decir, la sensación de tener sobre la cabeza una lente invisible—, y percibí también algo extraño en la luz.

A excepción de un estudiante que pasó corriendo y de un par de profesores con toga negra que caminaban con las cabezas muy juntas, los amplios prados y los sinuosos senderos de Greyminster se hallaban desiertos bajo un cielo intensamente azul. El lugar en sí tenía un aire ligeramente irreal, como una imagen Agfacolor desmesuradamente ampliada: la clase de fotografías que se ven en libros con títulos del estilo *La Inglaterra pintoresca*.

El caserón de piedra caliza que se hallaba en el lado este del patio interior —el que tenía una torre del reloj— debía de ser la Residencia Anson, me dije: el lugar en el que había vivido mi padre.

A medida que me acercaba, levanté una mano para protegerme los ojos del resplandor del sol. Desde algún lugar allí arriba, entre las tejas y las almenas, se había precipitado el señor Twining a los adoquines entre los que había hallado la muerte. Antiquísimos adoquines que estaban a pocas decenas de metros del lugar donde me hallaba.

Caminé por la hierba para echar un vistazo, pero me decepcionó no encontrar manchas de sangre. Por supuesto, era lógico que no las hubiera después de tantos años.

Era de esperar que las hubieran limpiado lo antes posible: seguramente, antes incluso de que el maltrecho cuerpo del señor Twining hubiera hallado algo parecido al reposo eterno.

Esos adoquines no tenían ninguna historia que contar, a no ser la de su continuo desgaste tras dos siglos de ilustres pisadas. El sendero, que discurría pegado a los muros de la Residencia Anson, medía apenas dos metros de ancho.

Incliné la cabeza hacia atrás y contemplé la torre del reloj. Vista desde ese ángulo, se elevaba vertiginosamente, formando un escarpado muro de piedra que terminaba muy arriba, en una filigrana de elegante y decorativa mampostería. Las nubes blancas y mullidas que pasaban lánguidamente sobre los parapetos producían la extraña sensación de que la estructura al completo se inclinaba…, caía…, se desmoronaba sobre mí. La ilusión me mareó un poco y tuve que apartar la vista.

Unos desgastados escalones invitaban a subir desde el sendero adoquinado y conducían bajo una entrada en forma de arco hasta una puerta de doble hoja. A mi izquierda se hallaba la portería, cuyo ocupante estaba en ese momento encorvado sobre un teléfono. Ni siquiera se molestó en mirar cuando entré disimuladamente.

Un frío y oscuro pasillo iniciaba ante mí su recorrido hasta lo que parecía el infinito: me adentré por él, levantando cuidadosamente los pies para que las suelas de los zapatos no chirriaran sobre el suelo de pizarra.

A cada lado del pasillo descubrí una galería de rostros sonrientes, algunos de estudiantes y otros de profesores, que iban desapareciendo en la oscuridad. Todos aquellos rostros, cada uno en su marco negro barnizado, pertenecían a miembros de Greyminster que habían dado su vida por la patria. «Para que otros puedan vivir», decía en un pergamino dorado. Al final del pasillo, separadas de los otros retratos, vi las fotografías de tres muchachos cuyos nombres estaban grabados en rojo en pequeños rectángulos de bronce. Bajo los rectángulos se podía leer lo siguiente: «Desaparecido en combate».

¿«Desaparecido en combate»? Me pregunté por qué no estaba allí la foto de papá, pues por lo general mi padre estaba tan ausente como aquellos jóvenes, cuyos huesos descansaban en alguna parte de Francia. Ese pensamiento me hizo sentir un poco culpable, pero no era ninguna mentira.

Creo que fue en ese momento, en aquel sombrío vestíbulo de Greyminster, cuando empecé a ser consciente del verdadero alcance del carácter distante de papá. El día anterior había sentido la imperiosa necesidad de echarle los brazos al cuello y estrujarlo tanto como pudiera, pero en ese momento entendí que la íntima escena del calabozo no había sido en realidad un diálogo, sino tan solo un atormentado monólogo. No hablaba conmigo, sino con Harriet. Y, como ya había sucedido con el moribundo Horace Bonepenny, mi papel no había sido más que el de un involuntario confesor.

Greyminster, el lugar donde habían empezado los problemas de mi padre, se me antojó en ese momento frío, remoto y muy poco hospitalario.

Más allá de las fotos, en la penumbra, divisé una escalinata que conducía al primer piso. Subí por ella y me hallé en otro corredor que, como el que había dejado abajo, recorría el edificio en toda su longitud. Aunque las puertas que se veían a ambos lados estaban cerradas, estaban provistas de un pequeño panel de cristal que me permitía echar un vistazo al interior: todas las habitaciones eran aulas…, y todas exactamente iguales.

Al final del pasillo se veía una habitación esquinera que parecía más interesante. El rótulo de la puerta decía: «Laboratorio de química». Probé suerte y la puerta se abrió. ¡La maldición se había roto!

No sé qué me esperaba, pero desde luego no me esperaba aquello: mesas de madera manchadas, sosos matraces, retortas empañadas, tubos de ensayo desportillados, mecheros Bunsen de baja calidad y una tabla periódica de elementos a todo color, colgada de la pared, que contenía un ridículo error tipográfico por el cual se habían intercambiado las posiciones del arsénico y el selenio. Lo detecté de inmediato y, tras coger un trozo de tiza azul de la repisa inferior de la pizarra, me tomé la libertad de corregirlo, para lo cual tracé una flecha de dos puntas. «¡ESTÁ MAL!», escribí bajo la flecha, y subrayé dos veces las palabras.

Eso que llamaban laboratorio no se podía ni comparar con el que yo tenía en Buckshaw, y esa constatación me hizo henchir el pecho de orgullo. En ese momento, lo único que quería era volver a casa a toda prisa para poder estar en mi laboratorio, acariciar mis relucientes objetos de cristal y preparar un veneno perfecto.

Pero tales placeres tendrían que esperar, pues primero debía llevar a cabo otra tarea.

De vuelta en el corredor, deshice lo andado y me dirigí nuevamente al centro del edificio. Si no me equivocaba, en ese momento me encontraba justo debajo de la torre del reloj, por lo que la entrada no podía andar muy lejos.

Abrí una puertecita disimulada en el revestimiento de madera de la pared, que al principio me había parecido un armario para guardar escobas y demás, y me topé con una empinada escalera de piedra. El corazón me dio un vuelco.

Y entonces vi el cartel. Unos cuantos escalones más arriba, cerraba el paso una cadena de la que colgaba un cartel escrito a mano: «Acceso a la torre estrictamente prohibido».

Subí como una bala. Era como estar en el interior de la concha de un nautilo. La escalera subía y subía en espiral, girando sobre sí misma en estrechas vueltas idénticas. Resultaba imposible ver qué había por delante, y también, a decir verdad, qué se dejaba atrás. Lo único que veía eran los pocos escalones que tenía justo delante y justo detrás.

Durante un rato me dediqué a contar los escalones en voz baja mientras subía, pero al cabo de un rato decidí que necesitaba hasta ese aliento para impulsar las piernas. El ascenso era empinadísimo, y pronto me dio flato. Me detuve unos instantes a descansar.

La poca luz que había procedía, al parecer, de las estrechas ventanas, separadas entre sí por una vuelta completa de escalera. Deduje que a ese lado de la torre se hallaba el patio interior. Y, con la respiración aún algo entrecortada, seguí subiendo.

Y entonces, tan abrupta como inesperadamente, la escalera terminó sin más en una puertecita de madera. Era tan pequeña como la que utilizaría un enano del bosque para entrar en el tronco de un roble: apenas una trampilla redondeada en la parte superior con una hendidura de hierro para una llave maestra. Y, por supuesto, la muy estúpida estaba cerrada. Se me escapó un resoplido de indignación y me senté en el último escalón, respirando trabajosamente.

—¡Maldición! —exclamé, y el eco de las paredes me devolvió la palabra a un volumen sorprendente.

—¿Hola? —me llegó una voz hueca y sepulcral, acompañada por el rumor de pasos más abajo.

—¡Maldición! —repetí, esta vez entre dientes. Me habían descubierto.

—¿Quién hay ahí arriba? —quiso saber la voz.

Me tapé la boca para reprimir la necesidad de responder. Cuando los dedos me rozaron los dientes, se me ocurrió una idea. Papá me había dicho en una ocasión que algún día me alegraría de haber tenido que llevar aparatos en los dientes, y tenía razón. Había llegado el día. Sirviéndome de los pulgares y de los índices a modo de doble par de pinzas, tiré del aparato tan fuertemente como pude, hasta que los hierros se soltaron con un satisfactorio «clic» y cayeron en mi mano.

Mientras los pasos se acercaban más y más, en su implacable ascenso hasta el lugar en el que me hallaba atrapada, junto a la puerta cerrada, doblé el alambre en forma de L y le hice un bucle en la parte superior. A continuación, introduje en la cerradura mi ya inservible ortodoncia. Papá me iba a dar unos cuantos latigazos por ello, pero no me quedaba más opción.

La cerradura era antigua y nada sofisticada. Sabía que podía forzarla…, pero necesitaba tiempo.

—¿Quién es? —preguntó la voz—. Sé que estás ahí, puedo oírte. El acceso a la puerta está prohibido. Baja en seguida, muchacho.

«¿Muchacho?», pensé. O sea, que en realidad no me había visto.

Moví con cuidado el alambre y lo doblé hacia la izquierda. Como si lo hubieran engrasado esa misma mañana, el pestillo se retiró suavemente hacia atrás. Abrí la puerta, entré y volví a cerrarla en silencio. No tenía tiempo de volver a pasar el pestillo y, por otro lado, quienquiera que estuviese subiendo por la escalera seguramente tenía la llave.

Me hallaba en un lugar tan oscuro como una carbonera, pues las estrechas ventanas finalizaban en lo alto de la escalera.

Los pasos se detuvieron al otro lado de la puerta. Caminé de puntillas hacia un lado y me pegué a la pared de piedra.

—¿Quién está ahí? —preguntó la voz—. ¿Quién es? Entonces introdujo una llave en la cerradura, saltó el pasador, se abrió la puerta y un hombre asomó la cabeza por la abertura. Dirigió a uno y otro lado el haz de luz de la linterna que llevaba, iluminando un curioso laberinto de escaleras de mano que ascendían retorciéndose en la oscuridad. Enfocó la linterna hacia las escaleras, una por una, e hizo subir el haz de luz peldaño a peldaño, hasta que desapareció en la oscuridad de las alturas.

No moví ni un solo músculo, ni siquiera parpadeé. Gracias a la visión periférica, me hice una idea del aspecto del hombre cuya silueta se recortaba contra la puerta abierta: pelo cano y aterrador mostacho. Se hallaba tan cerca de mí que podría haberlo tocado con solo extender una mano.

Se produjo una pausa que duró una eternidad.

—Otra vez esas puñeteras ratas —dijo al fin, como si hablara consigo mismo.

Cerró la puerta de golpe y me dejó a oscuras. Oí el tintineo de unas llaves y el sonido del pestillo al ocupar de nuevo su sitio. Estaba encerrada.

Supongo que debería haber gritado, pero no lo hice. No estaba en absoluto desesperada. De hecho, más bien estaba empezando a divertirme.

Sabía que podía volver a forzar la cerradura y descender de nuevo la escalera, pero seguramente solo conseguiría caer en las garras del portero. Dado que no podía quedarme para siempre donde estaba, la única opción era seguir subiendo. Extendí ambos brazos al frente, como si fuera sonámbula, y fui poniendo un pie delante del otro muy despacio, hasta que toqué con los dedos la más cercana de las escaleras que había iluminado la linterna del hombre. Y empecé a subir.

No tiene mucho secreto subir una escalera a oscuras. A veces, incluso es preferible eso antes que ver el abismo que se abre a los pies de uno. Pero a medida que iba subiendo, los ojos se me fueron acostumbrando a la oscuridad… o semioscuridad. Las minúsculas rendijas de la piedra y la madera abrían aquí y allá agujeritos de luz, que pronto me permitieron vislumbrar el contorno de la escalera, negro sobre negro a la luz gris de la torre.

Los peldaños terminaron abruptamente y me encontré en una pequeña plataforma de madera, como si fuera un marinero en las jarcias. A mi izquierda, otra escalera ascendía en la oscuridad.

La zarandeé un poco y, aunque crujió de forma un tanto amenazadora, me pareció lo bastante sólida. Cogí aire con fuerza, apoyé el pie en el peldaño inferior y comencé a subir. Un minuto más tarde ya había llegado a lo alto, una plataforma más pequeña e inestable. Otra escalera más, esta aún más estrecha y endeble que las anteriores, tembló de un modo inquietante cuando apoyé un pie e inicié mi lento y sigiloso ascenso. A mitad de camino empecé a contar los peldaños:

—Diez [aproximadamente]..., once..., doce..., trece...

Me golpeé la cabeza contra algo y, durante unos instantes, no vi nada que no fueran las estrellas. Me aferré desesperadamente a los peldaños: la cabeza me dolía como si fuera un melón reventado y la escalera hecha de palillos me vibraba entre las manos como la cuerda de un arco que se acaba de disparar. Me sentía como si me hubieran arrancado la cabellera.

Cuando levanté una mano para palparme la cabeza rota, me topé con un tirador de madera. Empujé con las pocas fuerzas que me quedaban y la trampilla se levantó.

En un santiamén, salté al tejado de la torre, parpadeando como un búho a pleno sol. Desde la plataforma cuadrada del centro, las tejas de pizarra descendían con elegancia hacia los cuatro puntos cardinales.

La vista era poco menos que espléndida: al otro lado del patio interior, más allá del tejado de pizarra de la capilla, se abría un panorama de diversas tonalidades de verde que se superponían hasta perderse en la brumosa distancia.

Bizqueando aún, me acerqué un poco más al parapeto y a punto estuve de perecer en el intento. De pronto se abrió un enorme agujero a mis pies y tuve que agitar los brazos como aspas de molino para no caer en él. Mientras me balanceaba junto al borde, divisé una escalofriante imagen de los adoquines allá abajo, cuyo color negro relucía iluminado por el sol. El hueco medía casi medio metro de ancho y tenía a su alrededor un reborde de uno o dos centímetros. Aproximadamente cada tres metros, salvaba el vacío una estrecha pasarela de piedra que unía el parapeto al tejado. Aquella abertura, obviamente, estaba pensada para que hiciera las veces de desagüe de emergencia en caso de lluvias torrenciales.

Salté con cuidado el hueco y eché un vistazo entre las almenas, que me llegaban más o menos a la cintura. Abajo, la hierba del patio interior se extendía en tres direcciones distintas.

Dado que el sendero de adoquines estaba pegado a los muros de la Residencia Anson, no era visible debido a las almenas que sobresalían. «Qué extraño», pensé. Si el señor Twining hubiera saltado desde esas almenas, por lógica tendría que haber caído sobre la hierba.

A menos, claro está, que en los treinta años que habían transcurrido desde el día de su muerte, el patio interior hubiera sufrido importantes cambios paisajísticos. Tras otra vertiginosa mirada a través de la abertura que tenía justo detrás, concluí que no: los adoquines de allí abajo y los tilos que los flanqueaban eran claramente antiguos. El señor Twining había caído por ese agujero. Sin la menor duda.

De repente oí un ruido a mi espalda y me volví. En el centro del tejado había un cadáver, que oscilaba colgado de una horca. Tuve que hacer un esfuerzo para no gritar.

Igual que el cuerpo maniatado de un salteador de caminos que había visto una vez en las páginas del *Newgate Calendar*, aquella cosa giraba y se balanceaba impulsada por una repentina brisa. Y entonces, sin avisar, pareció como si le estallara la barriga: las entrañas salieron volando, convertidas en una retorcida cuerda roja, blanca y azul.

Con un sonoro «crac», las vísceras se desplegaron y, de repente, justo sobre mi cabeza, en lo más alto del mástil, ondeó al viento la bandera del Reino Unido. Mientras me recobraba del susto, me fijé en que la bandera estaba colocada de forma que pudiera subirse y bajarse desde abajo, tal vez desde la portería misma, gracias a un ingenioso sistema de cables y poleas que culminaban en una funda de lona impermeable…, que era lo que yo había tomado por un cuerpo colgado de una horca.

Sonreí tontamente mientras pensaba en lo boba que era y me acerqué al mecanismo para observarlo mejor. Aparte de lo ingenioso que resultaba el artilugio en términos mecánicos, no tenía mayor interés.

Me había vuelto de nuevo con la intención de dirigirme al hueco cuando tropecé y caí de bruces al suelo. Me golpeé la cabeza contra el reborde del abismo.

Podría haberme roto hasta el último hueso del cuerpo y no me atrevía a moverme. Miles de kilómetros más abajo, o por lo menos eso me pareció, vi un par de figuras pequeñas como hormigas que salían de la Residencia Anson y empezaban a cruzar el patio interior.

Lo primero que pensé fue que aún estaba viva. Pero luego, a medida que remitía el terror, lo sustituyó la rabia: rabia por lo torpe y estúpida que era, pero también rabia hacia la bruja invisible que estaba malogrando mi vida con una interminable serie de puertas cerradas, espinillas raspadas y codos despellejados.

Me levanté muy despacio y me sacudí el polvo. No solo mi vestido daba pena, sino que además había conseguido arrancarme media suela del zapato izquierdo. La causa de tales daños no fue difícil de localizar: había tropezado con el afilado borde de una teja saliente que, arrancada de su sitio, se hallaba ahora suelta en el tejado, como si fuera una de las tablas en las que Moisés había recibido los Diez Mandamientos.

«Será mejor que vuelva a ponerla en su sitio —pensé—. De lo contrario, los habitantes de la Residencia Anson no tardarán en descubrir que el agua de lluvia les cae directamente en la cabeza, y la culpa no será sino mía».

La teja pesaba más de lo que parecía y tuve que ponerme de rodillas para intentar colocarla de nuevo en su sitio. Tal vez se hubiera torcido, o tal vez se hubieran combado las tejas de los lados. Fuera lo que fuese, el caso es que la pieza se negaba a entrar en la oscura cavidad de la cual yo la había arrancado con el pie.

No me resultaría muy difícil introducir la mano en el hueco para comprobar si había alguna obstrucción, pero entonces recordé que en tales grutas suelen anidar arañas y escorpiones.

Cerré los ojos e introduje los dedos. En el fondo de la cavidad palpé algo…, algo blando. Retiré la mano de golpe y me arrodillé para echar un vistazo en el interior, pero en aquel agujero no se veía nada, aparte de oscuridad.

Con mucho cuidado, volví a meter los dedos y, sirviéndome del índice y el pulgar, tiré despacio de lo que estaba en el fondo del agujero. Al poco salió casi sin esfuerzo, desplegándose igual que antes se había desplegado la bandera sobre mi cabeza. Era un trozo de aherrumbrada tela negra —alpaca, creo que se llama—, cubierta de moho: la toga de un profesor. Y enrollado dentro, tan arrugado que ya no servía para nada, había un birrete universitario.

En ese preciso instante supe, sin la más mínima duda, que aquellos objetos habían tenido algo que ver con la muerte del señor Twining. No sabía qué ni cómo, pero desde luego pensaba averiguarlo.

Sabía que debería haber dejado las cosas allí, que debería haberme dirigido al teléfono más cercano para llamar al inspector Hewitt. Y, sin embargo, lo primero que me vino a la cabeza fue lo siguiente: ¿cómo iba a salir de Greyminster sin que nadie me viera?

Y entonces, como suele suceder cuando se está en apuros, la respuesta se me ocurrió de repente. Metí las manos en las mangas de la mohosa toga, alisé como pude la arrugada parte superior del birrete y me lo encasqueté. Luego, como un enorme murciélago negro, descendí muy despacio y muy peligrosamente, entre el aleteo de los faldones de la toga, por la cascada de temblorosas escaleras de mano hasta llegar a la puerta cerrada.

La ganzúa que me había fabricado con los aparatos de los dientes había funcionado antes, y tenía que volver a funcionar ahora. Mientras manipulaba la cerradura con el alambre, le ofrecí una silenciosa plegaria al dios que se ocupa de tales asuntos.

Tras un buen rato escarbando, un alambre doblado y un par de maldiciones, alguien escuchó por fin mi plegaria y el pestillo se deslizó con un hostil graznido.

En menos que canta un gallo estaba al final de la escalera, escuchando a través de la puerta de abajo, contemplando el largo vestíbulo por una rendija. El lugar estaba vacío y en silencio.

Abrí la puerta, salí sigilosamente al pasillo y recorrí a toda prisa la galería de muchachos perdidos, para después pasar frente a la portería vacía y salir finalmente a la luz del día. Había estudiantes por todas partes, o eso me parecía, que charlaban, holgazaneaban, paseaban y reían. Disfrutaban del aire libre, sabedores de que el trimestre estaba a punto de finalizar.

Mi primer instinto fue encogerme bajo la toga y el birrete y tratar de cruzar el patio interior con el mayor disimulo posible. ¿Me descubrirían? Pues claro que me descubrirían: para aquellos muchachos de voraz apetito, yo destacaría tanto como el reno herido que cierra el rebaño.

¡No! Echaría los hombros hacia atrás y, como un muchacho que sale tarde en la carrera de obstáculos, echaría a correr, con la cabeza bien alta, hacia el callejón. Mi única preocupación era que alguien advirtiera que bajo la toga llevaba un vestido.

Pero nadie se dio cuenta: de hecho, nadie se molestó siquiera en prestarme un poco de atención. Cuanto más me alejaba del patio interior, más segura me sentía, pero también sabía que en el espacio abierto mi presencia resultaría más notoria.

Unos cuantos pasos delante de mí, un viejo roble se asentaba cómodamente en un prado, como si llevara descansando allí desde los tiempos de Robin Hood. En el momento exacto en que me disponía a tocarlo («¡Salvada!»), una mano surgió de detrás del tronco y me agarró la muñeca.

—¡Ay! ¡Suélteme! ¡Me hace daño! —grité de inmediato. Quien fuera me soltó el brazo de golpe, cuando yo aún no había terminado de volverme para enfrentarme a mi agresor. Era el sargento detective Graves, que parecía tan sorprendido como yo.

—Bueno, bueno —dijo sonriendo muy despacio—. Bueno, bueno, bueno, bueno, bueno.

Me disponía a hacer un mordaz comentario, pero lo pensé mejor. Sabía que le caía bien al sargento, y lo cierto es que podría necesitar su ayuda.

—Al inspector le gustaría disfrutar de tu compañía, si eres tan amable —dijo, señalando a un grupo de personas que estaban hablando en el callejón donde había dejado a Gladys. El sargento Graves no dijo nada más, pero mientras caminábamos, me empujó suavemente delante de él en dirección al inspector Hewitt, como un leal terrier que le ofrece a su amo una rata muerta. La suela rota de mi zapato daba lengüetazos como la de Charlot vagabundo y, aunque el inspector reparó en el detalle, fue lo bastante considerado como para ahorrarme los comentarios.

El sargento Woolmer sobresalía por encima del Vauxhall con un rostro tan adusto y escarpado como el monte Cervino. En la sombra que proyectaba se hallaban un hombre nervudo con la piel tostada por el sol que iba vestido con un mono de trabajo y un arrugado caballerete de mostacho blanco que, al verme, apuntó nerviosamente al aire con un dedo.

—¡Es él! —dijo—. ¡Ese es!

—¿Está seguro? —le preguntó el inspector Hewitt, mientras me quitaba el birrete de la cabeza y me retiraba la toga de los hombros con el gesto deferente de un *valet*.

Los ojos azul claro del hombre estuvieron a punto de salirse de sus órbitas.

—Pero... ¡si no es más que una cría! —exclamó. Me entraron ganas de darle una bofetada.

—Sí, es ella —aseguró el hombre del rostro tostado por el sol.

—El señor Ruggles tiene motivos para creer que has subido a la torre —dijo el inspector, señalando con el mentón al hombre del mostacho blanco.

—¿Y qué? —repuse—. Solo estaba echando un vistazo.

—El acceso a la torre está prohibido —dijo el señor Ruggles con voz atronadora—. ¡Prohibido! Y así se indica en el cartel. ¿Es que no sabes leer?

Me encogí de hombros con un grácil gesto.

—Si hubiera sabido que no eras más que una cría, te habría perseguido por la escalera —dijo. Y luego, en un aparte con el inspector Hewitt, añadió—: Mis rodillas ya no son lo que eran. Sabía que estabas ahí arriba —prosiguió—, pero he fingido que no para poder llamar a la policía. Y no me digas que no has forzado la cerradura. Esa cerradura es parte de mi trabajo y estoy tan seguro de que la puerta estaba cerrada con llave como lo estoy de que esto es Fludd's Lane. ¡Quién lo iba a decir! ¡Una cría! —repitió, y chasqueó la lengua mientras sacudía la cabeza con gesto de incredulidad.

—¿Has forzado la cerradura? —me preguntó el inspector. Aunque intentó disimularlo, me di cuenta de que estaba perplejo—. ¿Dónde has aprendido a hacer eso?

No podía decírselo, claro. Tenía que proteger a Dogger al precio que fuera.

—Muy lejos de aquí, hace mucho tiempo —dije.

El inspector me observó con una mirada acerada.

—Puede que haya quien se conforme con una respuesta de ese tipo, Flavia, pero desde luego yo no.

«Otra vez el discursito ese de que el rey Jorge no es muy amigo de las frivolidades», pensé, pero no: el inspector Hewitt había decidido aguardar mi respuesta, tardara esta lo que tardase.

—En Buckshaw no hay muchos pasatiempos —expliqué—. A veces hago cosas para no aburrirme.

El inspector sostuvo en alto la toga y el birrete.

—¿Y por eso te has puesto este disfraz? ¿Para no aburrirte?

—No es un disfraz —respondí—. Para que lo sepa, los he encontrado debajo de una teja suelta en el tejado de la torre. Están relacionados con la muerte del doctor Twining, estoy segurísima.

Si al señor Ruggles antes casi se le habían salido los ojos de las órbitas, al oír mi comentario prácticamente se le cayeron de la cabeza.

—¿El señor Twining? —dijo—. ¿El mismo señor Twining que saltó desde la torre?

—El señor Twining no saltó —repuse. No pude resistir la tentación de devolverle la pelota a aquel desagradable hombrecillo—. Estaba...

—Muchas gracias, Flavia —dijo el inspector Hewitt—. Ya es suficiente. No queremos robarle más tiempo, señor Ruggles, sé que está usted muy ocupado.

El señor Ruggles se hinchó como una paloma buchona y, tras saludar al inspector con la cabeza y obsequiarme a mí con una impertinente sonrisa, se alejó caminando sobre la hierba hacia su territorio.

—Muchas gracias por la información, señor Plover —añadió el inspector volviéndose hacia el hombre que llevaba el mono de trabajo, el cual había permanecido en silencio todo el rato.

El señor Plover hizo una pequeña reverencia y regresó a su tractor sin decir ni una palabra.

—Nuestros espléndidos colegios privados son como ciudades en miniatura —dijo el inspector, agitando una mano—. El señor Plover te consideró una intrusa en el instante preciso en que apareciste en este callejón. Ni siquiera se molestó en perder el tiempo acudiendo al portero.

¡Vaya con el tipo! ¡Y vaya con Ruggles, también! En cuanto llegara a casa, les enviaría una buena jarra de gaseosa de color rosa para demostrarles que no estaba resentida. Ya no era temporada de anémonas, por lo que la anemonina quedaba descartada. Por otro lado, y aunque no era muy frecuente, se podía encontrar belladona siempre y cuando uno supiera exactamente dónde buscarla.

El inspector Hewitt le entregó el birrete y la toga al sargento Graves, que ya había sacado de su maletín varias hojas de papel de seda.

—Genial —comentó—. Puede que la niña nos haya ahorrado un paseíllo entre las tejas.

El inspector le lanzó una mirada que habría detenido a un caballo desbocado.

—Lo siento, señor —dijo el sargento con las mejillas encendidas mientras reanudaba la tarea de envolver.

—Cuéntame con todo detalle cómo has encontrado estas cosas —dijo el inspector Hewitt, como si no hubiera pasado nada—. No te dejes nada…, y tampoco te inventes nada.

Mientras yo hablaba, él iba anotándolo todo con su rápida y minúscula caligrafía. Puesto que siempre me sentaba frente a Feely cuando ella escribía en su diario durante el desayuno, me había convertido en toda una experta en leer al revés, pero las notas del inspector Hewitt no eran más que delicadas hormiguitas que desfilaban por la página.

Se lo conté todo, desde los crujidos de las escaleras hasta mi resbalón casi fatal; desde la teja suelta y lo que se ocultaba debajo hasta mi brillante huida. Cuando terminé, lo vi garabatear un par de símbolos junto a mi relato de los hechos, aunque desconocía su significado. El inspector cerró su cuaderno de golpe.

—Gracias, Flavia —dijo—. Me has sido de gran ayuda.

Bueno, por lo menos había tenido el detalle de admitirlo.

Me quedé allí expectante, aguardando a que añadiera algo más.

—Me temo que las arcas del rey Jorge no están lo bastante llenas como para que podamos llevarte a casa dos veces en veinticuatro horas —dijo—, así que esperaremos hasta que te marches.

—¿Tengo que volver a traer el té? —le pregunté.

Se quedó allí plantado, con los pies firmemente apoyados en la tierra y una mirada en el rostro que tal vez no significara nada.

Un minuto más tarde, los neumáticos Dunlop de Gladys zumbaban alegremente sobre el asfalto, mientras el inspector Hewitt «y sus secuaces», como habría dicho Daffy, iban quedándose más y más atrás. Sin embargo, aún no había recorrido ni medio kilómetro cuando el Vauxhall se colocó a mi altura y me rebasó. Saludé con alborozo a sus ocupantes cuando pasaron de largo, pero los rostros que me contemplaron desde las ventanillas se me antojaron más bien lúgubres. Unas decenas de metros más allá se encendieron las luces de freno y el coche se detuvo en el arcén. El inspector bajó su ventanilla justo cuando los alcancé.

—Te llevamos a casa. El sargento Graves cargará tu bicicleta en el maletero.

—¿Ha cambiado de opinión el rey Jorge, inspector? —le pregunté con altivez.

Por su rostro cruzó una mirada que hasta ese momento no le había visto. Me atrevería a jurar que era de preocupación.

—No —dijo—, el rey Jorge no ha cambiado de opinión, pero yo sí.

19

No es que pretenda hacerme la víctima, pero esa noche dormí el sueño de los condenados. Soñé con torrecillas y escarpadas cornisas azotadas por la lluvia, que el viento traía desde el océano mezclada con el perfume de las violetas. Una mujer pálida, ataviada con un vestido isabelino, aparecía junto a mi cama y me susurraba al oído que las campanas repicarían. En el sueño aparecía también un viejo lobo de mar con chaqueta de hule, sentado sobre una montaña de redes de pescador que remendaba con una aguja, mientras a lo lejos, sobre el mar, un minúsculo aeroplano volaba hacia el sol poniente.

Cuando por fin me desperté, ya había salido el sol y yo tenía un horrible resfriado. Antes de bajar a desayunar ya había utilizado todos los pañuelos de mi cajón y había dejado para el arrastre una impoluta toalla de baño. Huelga decir que estaba de un humor de perros.

—No te me acerques —dijo Feely mientras yo caminaba a tientas hacia el extremo más alejado de la mesa, sorbiéndome los mocos y resoplando igual que una orca.

—¡Muere, bruja! —conseguí decir, haciendo una cruz con los dos índices.

—¡Flavia!

Empecé a juguetear con mis cereales, removiéndolos con la punta de una tostada. A pesar de que los pedacitos de pan quemado cambiaban un poco la cosa, la porquería pastosa de mi bol seguía sabiendo a cartón.

Noté una especie de sacudida, un salto en mis pensamientos, como si se tratara de una película de cine mal montada. Me había quedado dormida en la mesa.

—¿Qué pasa? —oí que preguntaba Feely—. ¿Te encuentras bien?

—Está en uno de sus irritantes sueños sobre la disipación u orgía *hesternales* —dijo Daffy.

Daffy había empezado a leer recientemente *Pelham*, de Bulwer-Lytton. Todas las noches antes de acostarse leía unas pocas páginas y, hasta que lo terminara, lo más probable es que siguiera martirizándonos durante el desayuno con oscuras frases de una prosa más tiesa y envarada que un palo.

Recordé que «*hesternal*» significaba «de ayer». Estaba echando otra cabezadita sobre el resto de la frase cuando de repente Feely se levantó de un salto de la mesa.

—¡Madre de Dios! —exclamó, enrollándose rápidamente la bata en torno al cuerpo como si de una especie de mortaja se tratara—. ¿Quién diantre es ese?

Una silueta se recortaba contra la puertaventana y nos observaba con las manos apoyadas en el cristal.

—Es el escritor ese —dije—. El de las mansiones. Pemberton. Feely soltó un chillido y subió como una bala al piso de arriba, donde, como yo sabía muy bien, se pondría su ceñido conjunto azul de jersey y rebeca a juego, se aplicaría un poco de maquillaje para disimular las imperfecciones matutinas y bajaría la escalera como si flotara, al tiempo que fingía ser otra persona: Olivia de Havilland, por ejemplo. Era lo que hacía siempre que aparecía en nuestro territorio un desconocido del sexo opuesto.

Daffy le echó un vistazo sin demasiado interés y luego siguió leyendo. Como siempre, todo me lo dejaban a mí.

Salí a la galería y cerré las puertas tras de mí.

—Buenos días, Flavia —dijo un sonriente Pemberton—. ¿Has dormido bien?

¿Que si había dormido bien? ¿Qué clase de pregunta era esa? Allí estaba yo, en la galería, con las legañas aún pegadas a los ojos, el pelo convertido en una madriguera de ratas y la nariz chorreando como un río de truchas. Además, lo de interesarse por la calidad del sueño de los demás, ¿no era algo reservado a quienes habían pasado la noche bajo el mismo techo? No estaba muy segura. Tendría que consultarlo en el libro de Isabella Beeton *Todo lo que las damas tienen que saber sobre etiqueta*. Feely me lo había regalado para mi último cumpleaños, pero aún seguía bajo la pata más corta de mi cama.

—No del todo mal —respondí—. Me he resfriado.

—Vaya, sí que lo siento. Tenía la esperanza de poder entrevistar hoy a tu padre para que me hablara de Buckshaw. No quiero hacerme pesado, pero no puedo quedarme muchos días. Desde la guerra, el precio del alojamiento cuando se está fuera de casa, aunque sea en mesones tan humildes como el Trece Patos, es sencillamente escandaloso. A nadie le gusta decir que no le alcanza el dinero, pero los pobres estudiosos como yo acabamos cenando pan y queso la mayoría de las noches.

—¿Ha desayunado usted, señor Pemberton? —le pregunté—. Estoy segura de que la señora Mullet podrá prepararle algo.

—Eres muy amable, Flavia —dijo—, pero el patrón Stoker me ha obsequiado con un verdadero banquete: dos salchichas y un huevo. Además, temo por los botones de mi chaleco.

No entendí el significado de esas palabras, pero el resfriado me había puesto de malhumor y no me apetecía descubrirlo.

—Quizá yo pueda responder a sus preguntas —repuse—. Papá está retenido... —¡Sí, eso era! «¡Eres un lince, Flavia!»—. Papá está retenido en la ciudad.

—Ah, no creo que te interesen mucho esos temas: son espinosas preguntas acerca de tuberías de desagüe, sobre las leyes de propiedad privada mediante concesión legal... y otras cuestiones por el estilo. Pensaba incluir un apéndice sobre los cambios arquitectónicos que realizaron Antony y William de Luce en el siglo XIX. «Una casa dividida» y todo eso.

—He oído hablar de apéndices que se quitan —farfullé—, pero es la primera vez que oigo hablar de un apéndice que se pone.

Aunque me chorreaba la nariz, aún era capaz de lanzar estocadas y esquivar los golpes de los mejores espadachines. Un ruidoso y húmedo estornudo estropeó el efecto.

—Tal vez podría entrar y echar un vistazo rápido, tomar unas cuantas notas... No molestaré a nadie.

Estaba intentando pensar en algún sinónimo de «no» cuando oí el gruñido de un motor y al cabo de un momento apareció Dogger al volante de nuestro viejo tractor, que avanzaba entre los árboles del fondo de la avenida, arrastrando una gran cantidad de abono hacia el jardín. El señor Pemberton, quien de inmediato advirtió que yo estaba observando por encima de su hombro, se volvió para ver qué estaba mirando. Cuando vio que Dogger se acercaba a nosotros, lo saludó afablemente con la mano.

—Es el bueno de Dogger, ¿no? El leal siervo de la familia. Dogger había frenado y se había vuelto para averiguar a quién estaba saludando Pemberton. Como no vio a nadie, se levantó el sombrero a modo de saludo y luego se rascó la cabeza. Bajó del tractor y se acercó a nosotros arrastrando los pies por el prado.

—Escucha, Flavia —dijo Pemberton, consultando su reloj de pulsera—, he perdido la noción del tiempo. Le prometí a mi editor que nos encontraríamos en Nether Eaton para ver un panteón que al parecer es bastante singular: ambas manos expuestas, verjas muy particulares… Al bueno de Quarrington le fascinan los panteones, así que será mejor que no le dé plantón, porque en ese caso, bueno, *Panteones y tracerías de Pemberton* no pasará nunca de ser un simple proyecto.

Se echó al hombro su mochila de artista y empezó a bajar los escalones, deteniéndose junto a la esquina de la casa para cerrar los ojos y llenarse los pulmones del aire matutino.

—Saluda de mi parte al coronel De Luce —dijo, y se marchó.

Dogger subió los escalones arrastrando los pies, como si no hubiera pegado ojo en toda la noche.

—¿Visitas, señorita Flavia? —dijo, quitándose el sombrero y secándose la frente con la manga.

—Un tal señor Pemberton —respondí—. Está escribiendo un libro sobre mansiones o panteones o no sé qué. Quería entrevistar a papá acerca de Buckshaw.

—Ese nombre no me suena de nada —dijo Dogger—, pero tampoco es que yo lea mucho. Aun así, señorita Flavia...

Sabía que iba a soltarme un sermón, con parábolas y espeluznantes ejemplos incluidos, sobre lo de hablar con desconocidos, pero no. Lo único que hizo fue toquetear el ala de su sombrero con el dedo índice y allí nos quedamos los dos, contemplando los prados como un par de vacas. Mensaje enviado, mensaje captado. Ah, el bueno de Dogger. Esa era su forma de enseñar.

Había sido Dogger, por ejemplo, quien se había armado de paciencia para enseñarme a forzar cerraduras cuando en una ocasión lo había sorprendido manipulando la puerta del invernadero. Había perdido la llave durante uno de sus «episodios» y estaba muy atareado con los dientes doblados de un viejo tenedor de cocina que había encontrado en una maceta. Le temblaban las manos como una mala cosa. Cuando Dogger estaba así, siempre tenía la sensación de que si acercaba un dedo y lo tocaba, me electrocutaría. Aun así, me había ofrecido a ayudarlo y, al cabo de pocos minutos, ya me estaba enseñando cómo se hacía.

—Es muy fácil, señorita Flavia —dijo tras mi tercer intento—. Lo único que tiene que hacer es no olvidar las tres «T»: torsión, tensión y tenacidad. Imagine usted que vive dentro de la cerradura. Escuche lo que dicen sus dedos.

—¿Dónde aprendió a hacerlo? —le pregunté, fascinada cuando el pasador saltó con un chasquido.

La verdad es que, una vez pillado el truco, resultaba asombrosamente fácil.

—Muy lejos de aquí, hace mucho tiempo —respondió Dogger mientras entraba en el invernadero y fingía estar muy ocupado para evitar más preguntas.

Aunque la luz del sol entraba a raudales por las ventanas de mi laboratorio, me costaba pensar como Dios manda. En mi mente se arremolinaban las cosas que papá me había contado y las que yo había descubierto por mis propios medios acerca de la muerte del señor Twining y de Horace Bonepenny.

¿Qué significado tenían la toga y el birrete que había encontrado ocultos bajo las tejas de la Residencia Anson? ¿A quién pertenecían y por qué los habían dejado allí?

Según la versión de papá, y la publicada en las páginas del *Hinley Chronicle*, el señor Twining llevaba su toga cuando se había precipitado a la muerte desde las alturas. Que ambas versiones estuvieran equivocadas parecía bastante improbable.

Y luego, por supuesto, estaba el robo del Vengador del Ulster que pertenecía a su majestad y también el de su hermano gemelo, el que había pertenecido al doctor Kissing.

¿Dónde estaría el señor Kissing?, me pregunté. ¿Lo sabría la señorita Mountjoy? Al parecer, lo sabía casi todo. ¿Era posible que Kissing aún estuviera vivo? Lo cierto es que tenía mis dudas al respecto: ya habían transcurrido treinta años desde el día en que creyó ver convertirse en humo su amado sello.

Mi mente era un remolino, mi cerebro estaba aturullado y no podía pensar con claridad. Tenía los senos del cráneo taponados, me lloraban los ojos y empezaba a notar un espantoso dolor de cabeza. Tenía que aclararme las ideas.

Era culpa mía: no debería haberme mojado los pies. La señora Mullet solía decir: «Si mantienes la cabeza fría y los pies calientes, no estornudas ni te castañetean los dientes». Cuando uno pillaba un resfriado, solo se podía hacer una cosa, así que bajé arrastrándome hasta la cocina, donde encontré a la señora Mullet preparando la masa para una tarta.

—Tiene usted mocos —me dijo, sin apartar siquiera la mirada del rodillo de amasar—. Le prepararé una buena taza de caldo de pollo.

Desde luego, cuando quería era de lo más perspicaz. Al pronunciar las palabras «caldo de pollo» bajó la voz hasta convertirla casi en un susurro y me lanzó una mirada de complicidad por encima del hombro.

—Caldo caliente de pollo —dijo—. Es un secreto que me contó la señora Jacobson durante el té del Instituto Femenino. Creo que el secreto lleva en su familia desde el Éxodo. Pero yo no le he dicho nada, ¿eh?

Había otra cuestión relativa a la sabiduría popular que fascinaba a la señora Mullet, y era el eucalipto. Había obligado a Dogger a cultivarlo en el invernadero y tenía por costumbre esconder ramitas de dicho árbol por todos los rincones de Buckshaw a modo de talismanes contra los catarros o la gripe.

«Ni gripe ni resfriados, y no es guasa, si tienes eucalipto en casa», solía canturrear con aire triunfal. Y era cierto. Desde que se había dedicado a esconder las cerosas hojitas verde oscuro en los lugares más insospechados de la casa, ninguna de nosotras había estornudado ni una sola vez.

Hasta entonces. Por tanto, era obvio que algo había fallado.

—No, gracias, señora Mullet —le dije—. Es que acabo de cepillarme los dientes.

Era mentira, pero fue lo único que se me ocurrió a bote pronto. Además de darme un aire de mártir, mi respuesta tenía la ventaja añadida de mejorar mi imagen en el terreno de la higiene personal. Al salir, afané de la despensa una botella de gránulos amarillos en cuya etiqueta podía leerse «Esencia de pollo Partington» y recuperé de un aplique del vestíbulo unas cuantas hojas de eucalipto.

Ya en el laboratorio cogí un frasco de bicarbonato sódico que el tío Tar, con su hermosa caligrafía de trazo tembloroso, había etiquetado como *«Sal aeratus»*, pero también —dada su habitual meticulosidad— como «bicarb. sód.», para no confundirlo con el bicarbonato de potasio, también denominado a veces *«sal aeratus»*. Sin embargo, el «bicarb. pot.» se sentía más a gusto en los extintores que en el estómago humano.

Yo conocía la sustancia como $NaHCO_3$, que era lo que los campesinos llamaban «bicarbonato de sosa». Recordaba haber oído en alguna parte que esos mismos pueblerinos creían en el poder de una buena dosis de sales alcalinas para acabar hasta con el peor de los resfriados.

En el fondo, me dije, era pura lógica química pensar que si las sales eran una cura, y el caldo de pollo también, ¿acaso una buena taza de caldo efervescente de pollo no tendría un asombroso poder reconstituyente? ¡Era alucinante! Lo patentaría y se convertiría en el primer antídoto del mundo contra el resfriado común: *Delicuescencia De Luce: la fórmula de la sopa de Flavia*.

Incluso me permití canturrear discretamente mientras medía un cuarto de litro de agua potable en un vaso de precipitados y lo colocaba sobre la llama para que se calentara. Al mismo tiempo, herví en un matraz con tapón los trozos machacados de hojas de eucalipto y contemplé las gotas de aceite color paja que no tardaron en formarse en el extremo del serpentín.

Cuando el agua empezó a hervir, la aparté del calor y la dejé enfriar durante varios minutos; después le añadí dos cucharaditas colmadas de Esencia de Pollo Partington y una cucharada de mi amigo $NaHCO_3$.

Removí el preparado a base de bien y dejé que echara espuma por el borde del vaso de precipitados, como si fuera el Vesubio. Me tapé la nariz con los dedos y me metí entre pecho y espalda la mitad del brebaje.

¡Refresco de pollo! «¡Oh, Señor, protégenos a todos los que avanzamos penosamente por la viña de la química experimental!».

Destapé el matraz y vertí el agua de eucalipto, hojas y todo, en lo que quedaba de la sopa amarilla. Luego me quité el suéter, me tapé con él la cabeza, improvisando así una especie de campana extractora de humos, e inhalé el alcanforado vapor del eucalipto de ave. En algún rincón de la bochornosa caverna que era mi cabeza tuve la sensación de que los senos del cráneo levantaban las manos y se rendían. Empecé a sentirme mejor.

En ese momento, alguien llamó bruscamente a la puerta y me dio un tremendo susto. Era tan raro que alguien se dejara caer por aquella parte de la casa, que el toc-toc en la puerta se me antojó tan inesperado como esos espeluznantes acordes de órgano en las películas de terror cuando se abre una puerta y revela una galería de cadáveres. Descorrí el cerrojo y allí estaba Dogger, estrujando su sombrero cual lavandera irlandesa. Me di cuenta de que había sufrido uno de sus episodios.

Me acerqué a él, le toqué las manos y al instante dejaron de temblarle. Me había fijado, aunque no utilizaba a menudo ese hecho, de que en ciertos momentos una simple caricia decía cosas que no podían expresarse con palabras.

—¿Cuál es la contraseña? —le pregunté, uniendo los dedos y colocando ambas manos sobre la cabeza.

Durante unos cinco segundos y medio, Dogger se quedó perplejo, pero luego relajó lentamente los músculos de la mandíbula y sonrió. Como un autómata, unió los dedos e imitó mi gesto.

—Lo tengo en la punta de la lengua —dijo con la voz entrecortada—. Ya me acuerdo, es «arsénico».

—Cuidado no se lo trague —respondí—. Es un veneno.

En un notable alarde de fuerza de voluntad, Dogger se obligó a sí mismo a sonreír. El ritual se había observado como era debido.

—Pase, amigo —dije, abriendo la puerta de par en par. Dogger entró y contempló a su alrededor maravillado, como si de repente se hubiera visto transportado al laboratorio de un alquimista de la antigua Sumeria. Hacía tanto tiempo que no visitaba aquella parte de la casa que ya casi ni recordaba la habitación.

—Cuánto cristal —dijo con voz temblorosa.

Aparté del escritorio el viejo sillón Windsor de Tar y lo sujeté hasta que Dogger se hubo acomodado entre sus brazos de madera.

—Siéntese. Le preparé algo.

Llené de agua un matraz limpio y le coloqué encima una malla metálica. Dogger se sobresaltó ante el discreto «pop» que hizo el mechero Bunsen cuando le apliqué la llama.

—Ya está —dije—. Listo en un segundo.

Lo mejor de los objetos de cristal de laboratorio es que en ellos se puede hervir el agua a la velocidad de la luz. Eché una cucharadita de hojas negras en un vaso de precipitados. En cuanto adquirió una tonalidad rojo oscuro se lo di a Dogger, que lo miró con escepticismo.

—No pasa nada —le dije—. Es Tetley's.

Bebió su té con cautela, soplando sobre la superficie del líquido para que se enfriara. Mientras bebía, recordé que existe un motivo por el cual los ingleses nos regimos más por el ritual del té que por el palacio de Buckingham o el gobierno de su majestad: aparte del alma, lo único que nos diferencia de los simios es que sabemos preparar el té..., o eso le dijo el vicario a papá, quien a su vez se lo dijo a Feely, quien a su vez se lo dijo a Daffy, quien a su vez me lo dijo a mí.

—Gracias —dijo Dogger—, ahora ya me siento mucho mejor. Pero tengo que contarle algo, señorita Flavia.

Me encaramé al borde del escritorio, tratando de adoptar un aire de camaradería.

—Dispare —le dije.

—Bueno —empezó a decir Dogger—, usted sabe que hay veces en que yo..., o sea, que de vez en cuando tengo momentos en que...

—Claro que lo sé, Dogger —repuse—. ¿Acaso no lo sabemos todos?

—No lo sé. No me acuerdo. Verá usted, lo que pasa es que cuando yo estaba...

Giró los ojos, como una vaca camino del matadero.

—Creo que podría haberle hecho algo a alguien. Pero resulta que han arrestado al coronel por ello.

—¿Se refiere usted a Horace Bonepenny?

Se oyó un estrépito de cristales cuando Dogger dejó caer al suelo su vaso de precipitados lleno de té. Fui corriendo a buscar un trapo y, por algún extraño y ridículo motivo, le sequé las manos, que apenas estaban mojadas.

—¿Qué sabe usted de Horace Bonepenny? —me preguntó, agarrándome con fuerza la muñeca.

Si no hubiera procedido de Dogger, el gesto me habría aterrorizado.

—Lo sé todo —respondí, aflojándole lentamente los dedos—. Busqué información sobre él en la biblioteca. Hablé con la señorita Mountjoy y papá me contó toda la historia el domingo por la tarde.

—¿Vio usted al coronel De Luce el domingo por la tarde? ¿En Hinley?

—Sí —dije—. Fui hasta allí en bicicleta. Le dije a usted que estaba bien. ¿No se acuerda?

—No —contestó Dogger, sacudiendo la cabeza—. A veces no me acuerdo de las cosas.

¿Era posible? ¿Podría haberse topado Dogger con Horace Bonepenny en alguna parte de la casa, o en el jardín, para después forcejear con él y provocarle la muerte? ¿Se había tratado de un accidente? ¿O acaso había algo más?

—Cuénteme qué ocurrió —le pedí—. Cuénteme todo lo que recuerde.

—Yo estaba durmiendo —explicó Dogger—. Oí voces…, voces muy fuertes. Me levanté y me dirigí al estudio del coronel. Vi a alguien en el vestíbulo.

—Era yo —le dije—. Yo estaba en el vestíbulo.

—Era usted —dijo—. Usted estaba en el vestíbulo.

—Sí. Y usted me dijo que me largara.

—¿Sí?

Dogger parecía perplejo.

—Sí, me dijo que volviera a la cama.

—Salió un hombre del estudio —prosiguió Dogger de repente—. Me oculté detrás del reloj y pasó frente a mí. Si hubiera alargado un brazo, lo habría tocado.

Estaba claro que había dado un salto en el tiempo hasta un momento en que yo ya había vuelto a la cama.

—Pero no lo… no lo tocó usted, ¿verdad?

—No, entonces no. Lo seguí hasta el jardín. No me vio. Me quedé pegado al muro, detrás del invernadero. El hombre estaba junto a los pepinos… comiendo algo… Estaba nervioso…, hablaba solo…, un lenguaje obsceno… No parecía darse cuenta de que se había apartado del camino. Y entonces estallaron los fuegos artificiales.

—¿Fuegos artificiales? —le pregunté.

—Sí, ya sabe usted, girándulas, cohetes y todo eso. Supuse que había una feria en el pueblo. Estamos en junio, y en junio suelen celebrar una feria.

No se había celebrado ninguna feria, de eso estaba segura. Antes recorrería todo el Amazonas con unas zapatillas de tenis rotas que perderme un tiro al blanco o la oportunidad de atiborrarme de bollos de frutos secos o fresas con nata. No, yo estaba muy al día de las fechas de las ferias.

—¿Y qué pasó entonces? —le pregunté.

Ya nos ocuparíamos más tarde de los detalles.

—Supongo que me quedé dormido —dijo Dogger—. Cuando me desperté, estaba tendido sobre la hierba, que estaba húmeda. Me levanté y me fui a la cama. No me encontraba bien. Supongo que tuve uno de esos ataques míos. No me acuerdo.

—¿Y cree usted que, durante ese ataque suyo, pudo matar a Horace Bonepenny?

Dogger asintió con aire triste y se tocó la parte posterior de la cabeza.

—¿Quién más había allí? —preguntó.

¿Quién más había allí? ¿Dónde había oído eso antes? ¡Claro! ¿Acaso el inspector Hewitt no había utilizado esas mismas palabras pero referidas a papá?

—Baje la cabeza, Dogger —le pedí.

—Lo siento, señorita Flavia. Si maté a alguien, no era mi intención.

—Incline la cabeza.

Dogger se hundió en el sillón y se inclinó hacia adelante. Cuando le aparté el cuello de la camisa, dio un respingo. En la nuca, en la zona posterior e inferior de la oreja, tenía un formidable y oscuro cardenal con la forma y el tamaño del tacón de una bota. Se encogió de nuevo cuando se lo toqué.

Se me escapó un silbido.

—¿Fuegos artificiales, dice usted? —le pregunté—. No eran fuegos artificiales, Dogger; lo que pasó fue que lo dejaron fuera de combate. ¿Y lleva usted dos días dando vueltas por ahí con ese cardenal en el cuello? Debe de dolerle mucho.

—Duele, señorita Flavia, pero los he tenido peores.

Supongo que lo observé con cara de incredulidad.

—Me he mirado los ojos en el espejo —añadió—. Las pupilas están del mismo tamaño. Una pequeña conmoción, pero no es grave. Me pondré bien.

Estaba a punto de preguntarle dónde había obtenido esos conocimientos cuando él se apresuró a añadir:

—Pero es solo lo que he leído por ahí.

De repente, se me ocurrió una pregunta aún más importante.

—Dogger, ¿cómo pudo usted matar a alguien si estaba inconsciente?

Se quedó inmóvil, con el aspecto de un niño a punto de ser castigado con la palmeta. Abrió y cerró la boca en varias ocasiones, pero no llegó a decir nada.

—¡Lo atacaron! —dije—. ¡Alguien lo golpeó con una bota!

—No, no creo, señorita —repuso con aire triste—. Verá usted, aparte de Horace Bonepenny, en el jardín no había nadie más que yo.

20

Me había pasado los tres últimos cuartos de hora intentando convencer a Dogger para que me dejara ponerle una bolsa de hielo en la nuca, pero no hubo manera. Lo único que servía en esos casos, me dijo, era descansar, tras lo cual se alejó rumbo a su habitación.

Desde mi ventana, veía a Feely tumbada en una manta en el césped del sur, tratando de desviar la luz del sol hacia los dos lados de su cara con un par de ejemplares del *Picture Post*. Cogí unos viejos binoculares del ejército que pertenecían a papá y observé detenidamente la piel de su rostro. Tras mirarla un rato, abrí mi cuaderno de notas y apunté lo siguiente:

> *Lunes, 5 de junio de 1950, 9.15 horas. El aspecto del sujeto sigue siendo normal. 54 horas desde la administración. ¿Solución demasiado diluida? ¿Sujeto inmune? Es sabido que los esquimales de la isla de Baffin son inmunes a la hiedra venenosa. ¿Significa eso lo que yo creo que significa?*

Pero no tenía la cabeza para esas cosas. Era difícil convertir a Feely en objeto de estudio cuando no hacía más que pensar en papá y en Dogger. Necesitaba poner en orden mis ideas. Abrí el cuaderno por una página en blanco y escribí:

Posibles sospechosos:

PAPÁ: Es quien tiene el mejor móvil. Conoce al muerto prácticamente de toda la vida; amenazado con desvelar secretos; se sabe que discutió con la víctima poco antes del asesinato. Nadie conoce cuál era su paradero en el momento en que se cometió el crimen. El insp. Hewitt lo ha detenido y acusado de asesinato, ¡así que ya sabemos de quién sospecha el inspector!

DOGGER: Es una especie de enigma. No sé mucho de su pasado, pero sí sé que es extremadamente fiel a papá. Oyó la discusión de papá con Bonepenny (pero yo también) y tal vez decidiera eliminar la amenaza de desvelar secretos. Dogger sufre de «episodios» durante y después de los cuales experimenta pérdidas de memoria. ¿Pudo matar a Bonepenny durante uno de esos episodios? ¿Pudo tratarse de un accidente? Pero, si es así, ¿quién le golpeó en la cabeza?

LA SEÑORA MULLET: Carece de móvil, a no ser que quisiera vengarse de la persona que dejó una agachadiza chica muerta en la puerta de la cocina. Demasiado vieja.

DAPHNE DE LUCE y OPHELIA GERTRUDE DE LUCE (¡Tu secreto ha quedado desvelado, Gertie!): ¡Menuda risa! Están tan absortas, la una en sus libros y la otra en sus espejos, que ni siquiera matarían a una cucaracha que se paseara por su plato. No conocían al muerto, no hay móvil y, además, dormían a pierna suelta cuando a Bonepenny le llegó la hora. Caso cerrado en lo que se refiere a ese par de taradas.

MARY STOKER: Móvil: Bonepenny intentó propasarse con ella en el Trece Patos. ¿Pudo seguirlo hasta Buckshaw y cargárselo en el huerto de pepinos? Parece poco probable.

TULLY STOKER: Bonepenny se alojaba en el Trece Patos. ¿Se enteró Tully de lo ocurrido con Mary y decidió vengarse? ¿O un huésped que paga es más importante que el honor de una hija?

NED CROPPER: Ned está coladito por Mary (y también por otras). Sabía lo ocurrido entre Mary y Bonepenny. Tal vez decidió liquidarlo. Buen móvil, pero no hay pruebas de que estuviera en Buckshaw esa noche. ¿Podría haber matado a Bonepenny en otro sitio y llevarlo hasta allí en una carretilla? Entonces, también podría haberlo hecho Tully. ¡O Mary!

LA SEÑORITA MOUNTJOY: Móvil perfecto: cree que Bonepenny y papá mataron a su tío, el señor Twining. El problema es la edad: no me imagino a la señorita Mountjoy forcejeando con alguien de la estatura y la fuerza de Bonepenny. A menos, claro está, que utilizara alguna clase de veneno. Pregunta: ¿cuál fue la causa oficial de la muerte? ¿Me lo diría el inspector Hewitt?

INSPECTOR HEWITT: Oficial de policía. Lo incluyo solo para que la lista sea justa, completa y objetiva. No estaba en Buckshaw en el momento del crimen y tampoco tiene un móvil conocido (pero... ¿también estudió en Greyminster?).

SARGENTOS DETECTIVE WOOLMER y GRAVES: Ídem.

FRANK PEMBERTON: Llegó a Bishop's Lacey después del asesinato.

MAXIMILIAN BROCK: Chiflado; demasiado viejo; no hay móvil.

Leí la lista entera tres veces para asegurarme de que no se me había escapado nada. Y entonces caí en la cuenta: se me ocurrió algo que dio alas a mi mente. ¿Acaso no era diabético Horace Bonepenny? Había encontrado sus ampollas de insulina en el maletín del Trece Patos, pero faltaba la jeringuilla. ¿La había perdido? ¿Se la habían robado?

Lo más probable era que hubiera viajado en ferry desde Stavanger, Noruega, hasta Newcastle-upon-Tyne, y desde allí en tren hasta York, donde habría tenido que cambiar de tren y coger otro a Doddingsley. Y desde Doddingsley habría cogido un autobús o un taxi hasta Bishop's Lacey.

Y, por lo que yo sabía, ¡durante todo ese tiempo no había comido nada! La tarta que había encontrado en su habitación (como demostraba la pluma incrustada) era la que había utilizado para ocultar la agachadiza muerta y pasarla de contrabando a Inglaterra. ¿No le había dicho Tully Stoker al inspector que su huésped se había tomado una copa en el bar? Sí... pero ¡no había hablado en ningún momento de comida!

¿Y si, después de llegar a Buckshaw y de amenazar a papá, había salido de la casa por la cocina —cosa que podía afirmarse casi con toda seguridad— y había visto la tarta de crema en el alféizar de la ventana? ¿Y si se había servido un trozo, lo había devorado y había salido al jardín, donde le había dado un ataque? Las tartas de crema de la señora Mullet siempre producían ese efecto en los habitantes de Buckshaw..., ¡y eso que ni siquiera éramos diabéticos!

¿Y si había sido la tarta de crema de la señora Mullet la causante de la muerte? ¿Y si se había tratado tan solo de un absurdo accidente? ¿Y si todos los que estaban en mi lista eran inocentes? ¿Y si a Bonepenny no lo habían asesinado?

«Pero si eso fuera cierto, Flavia —me dijo una vocecilla queda y tristona que procedía de mi interior—, ¿por qué iba el inspector Hewitt a detener a papá y a formular cargos contra él?».

Aunque todavía me goteaba la nariz y aún me lloraban los ojos, pensé que tal vez la pócima de pollo estuviera empezando a hacerme efecto. Leí de nuevo mi lista de sospechosos y pensé hasta que tuve la sensación de que me iba a estallar la cabeza.

No llegaba a ninguna conclusión. Finalmente, decidí salir, sentarme en la hierba, respirar un poco de aire fresco y ocupar la mente en algo completamente distinto: pensaría, por ejemplo, en el óxido nitroso, N_2O, también llamado «gas de la risa»..., algo que Buckshaw y sus habitantes necesitaban desesperadamente.

El gas de la risa y el asesinato formaban una extraña pareja, pero... ¿era realmente tan extraña?

Pensé en mi heroína, Marie Anne Paulze Lavoisier, una de las lumbreras de la química, cuyo retrato, junto con el de otros genios inmortales, colgaba del espejo de mi habitación: imaginé su pelo, que parecía un globo de aire caliente, y a su marido, que la observaba con admiración sin que pareciera importarle el ridículo peinado de ella. Marie era una mujer que sabía muy bien que la tristeza y la estupidez van demasiado a menudo de la mano. Recordé una historia que había leído: durante la Revolución francesa, Marie y Antoine se hallaban en el laboratorio de este. Acababan de taponar con brea y cera de abeja todos los orificios corporales del ayudante de ambos, lo habían envuelto en una especie de tela de seda esmaltada y le habían pedido que respirara a través de una pajita en los instrumentos de medición de Lavoisier. Y justo entonces, mientras Marie Anne dibujaba la escena, las autoridades habían echado la puerta abajo, habían irrumpido en el laboratorio y se habían llevado a su esposo a la guillotina.

En una ocasión, le había contado a Feely esa siniestra y a la vez divertida historia. «Por lo general, son las personas que viven en casas pequeñas las que necesitan heroínas», me había respondido con altivez.

Pero seguía sin llegar a ninguna conclusión. Mis pensamientos se amontonaban unos sobre otros, como la paja en un pajar. Necesitaba encontrar un catalizador de alguna clase, como había hecho Kirchoff, por ejemplo, quien había descubierto que, si se hervía almidón en agua, seguía siendo almidón, pero que si se le añadían unas cuantas gotas de ácido sulfúrico se transformaba en glucosa. En una ocasión había repetido el experimento para convencerme de que funcionaba, y sí, funcionaba. Las cenizas a las cenizas; el algodón al azúcar. Una pequeña ventana a la Creación.

Regresé a la casa, que me pareció extrañamente silenciosa. Me detuve junto a la puerta del salón y escuché, pero no oí a Feely sentada al piano ni a Daffy pasando hojas, así que abrí la puerta.

La sala estaba vacía. Y entonces recordé que mis hermanas habían comentado durante el desayuno que tenían intención de ir paseando hasta Bishop's Lacey para enviarle a papá las cartas que le habían escrito. Aparte de la señora Mullet, que se hallaba en las profundidades de su cocina, y de Dogger, que estaba arriba descansando, me hallaba sola en los pasillos de Buckshaw quizá por primera vez en mi vida.

Puse la radio para que me hiciera compañía y, mientras se iban calentando las lámparas, las notas de una opereta inundaron la estancia. Era *El Mikado* de Gilbert y Sullivan, una de mis piezas favoritas. ¿No sería maravilloso, había pensado yo en alguna ocasión, que Feely, Daffy y yo pudiéramos ser tan felices y vivir tan despreocupadas como Yum-Yum y sus dos hermanas?

> *Three little maids from school are we,*
> *Pert as a school—girl well can be*
> *Filled to the brim with girlish glee,*
> *Three little maids from school!*[13]

Sonreí mientras las tres cantaban:

> *Everything is a source of fun.*
> *Nobody is safe, for we care for none!*
> *Life is a joke that's just begun!*
> *Three little maids from school!*[14]

---

13 «Tres muchachitas que hacen novillos somos, / coquetas como todas las niñas, / rebosantes de alegría juvenil, / ¡tres muchachitas que hacen novillos!» *[N. de la T.]*

14 «Todo nos parece divertido / nadie está a salvo, pues a nadie respetamos. / ¡La vida es un juego que acaba de empezar! / ¡Tres muchachitas que hacen novillos!» *[N. de la T.]*

Transportada por la música, me dejé caer en un mullido sillón con las piernas colgando sobre uno de los brazos, que es la postura que ideó la Naturaleza para escuchar música, y por primera vez en muchos días noté cómo se me relajaban los músculos del cuello.

Supongo que debí de echar una cabezadita, o tal vez no fuera más que un ensueño. No lo sé, pero sí sé que, cuando me recobré, Koko, el Honorable Señor Verdugo de Titipú, estaba cantando:

> *He's made to dwell*
> *In a dungeon cell*[15]

Las palabras me recordaron de inmediato a papá y se me llenaron los ojos de lágrimas. Aquello no era ninguna opereta, pensé, ni la vida era un juego que acababa de empezar, ni Feely, Daffy y yo estábamos haciendo novillos. Éramos tres muchachas cuyo padre había sido acusado de asesinato. Me levanté de un salto para apagar la radio, pero cuando me disponía a tocar el botón, del altavoz brotó la tétrica voz del Honorable Señor Verdugo:

> *My object all sublime*
> *I shall achieve in time*
> *To let the punishment fit the crime*
> *The punishment fit the crime...*[16]

Que el castigo fuera acorde con el delito. «¡Pues claro! ¡Flavia, Flavia, Flavia! ¿Cómo es que no se te ha ocurrido antes?».

---

15 «Vivirá en una mazmorra». *[N. de la T.]*

16 «Mi sublime objetivo / en su día alcanzaré..., / que el castigo sea acorde con el delito..., / acorde con el delito». *[N. de la T.]*

Como un cojinete de bola que cae en un vaso de cristal tallado, algo hizo clic en mi mente y supe a ciencia cierta cómo habían asesinado a Horace Bonepenny.

Solo necesitaba un último detallito (bueno, tal vez dos; tres a lo sumo) para envolver todo el asunto cual caja de bombones de cumpleaños y regalárselo al inspector Hewitt con lazos rojos y todo. En cuanto escuchara mi historia de principio a fin, sacaría a papá de la celda en menos que canta un gallo.

La señora Mullet seguía en la cocina con la mano dentro de un pollo.

—Señora Mullet —le dije—, ¿puedo hablar en confianza con usted?

Me miró y se secó las manos en el delantal.

—Por supuesto, querida —respondió—. ¿No lo hace usted siempre?

—Es sobre Dogger.

Se le heló la sonrisa en la cara mientras daba media vuelta y empezaba a pelearse con un trozo de cordel de carnicería con el que estaba intentando atar al animal.

—Ya no hacen las cosas como antes —dijo cuando se le rompió el cordel—. Ni siquiera el cordel. Fíjese usted que la semana pasada le dije a mi Alf, le dije: «Ese cordel el cual me compras en la papelería…».

—Por favor, señora Mullet —le supliqué—. Hay algo que necesito saber. ¡Es un asunto de vida o muerte! ¡Por favor!

Me observó por encima de sus gafas como haría un coadjutor y, por primera vez en presencia de la señora Mullet, me sentí como una cría.

—Una vez me dijo usted que Dogger había estado en la cárcel, que había tenido que comer ratas y que lo habían torturado.

—Así es, querida —respondió—. Mi Alf dice que no tendría que haberlo contado. No debemos hablar nunca de ese tema. El pobre Dogger tiene los nervios destrozados.

—¿Y cómo lo sabe? Lo de la cárcel, quiero decir.

—Mi Alf también estuvo en el ejército, ¿sabe usted? Sirvió durante algún tiempo con el coronel y con Dogger, pero no habla nunca de eso. La mayoría de ellos no hablan de eso. Mi Alf regresó a casa sano y salvo, sin más problemas que unas cuantas pesadillas, pero no todos tuvieron esa suerte. Es como una hermandad, ¿sabe usted?, me refiero al ejército: como un solo hombre extendido por todo el planeta, como si fuera una capa de mermelada. Siempre saben dónde están sus antiguos compañeros y qué les ha pasado. Es espeluznante…, como si tuvieran telepatía o algo así.

—¿Dogger mató a alguien? —le pregunté a bocajarro.

—No me cabe la menor duda, querida. Todos ellos. Al fin y al cabo, era su trabajo, ¿no?

—Aparte del enemigo.

—Dogger le salvó la vida a su padre, ¿sabe usted? —dijo—. Y en más de un sentido. Era enfermero o algo así, y muy bueno, por cierto. Dicen que le sacó una bala del pecho a su padre de usted, al lado mismo del corazón. Justo cuando lo estaba cosiendo, un tipo de las Fuerzas Aéreas perdió la cabeza por culpa de la neurosis de guerra y trató de matar a machetazos a todos los que estaban en el hospital de campaña. Dogger se lo impidió. La señora Mullet ató el último nudo y utilizó unas tijeras para cortar el extremo del cordel.

—¿Se lo impidió?

—Sí, querida, se lo impidió.

—Quiere usted decir que lo mató...

—Dogger no se acordaba después. Había sufrido uno de sus ataques, ¿sabe usted?, y...

—Y papá cree que ha vuelto a ocurrir: ¡que Dogger ha vuelto a salvarle la vida matando a Horace Bonepenny! ¡Y por eso ha cargado él con las culpas!

—No lo sé, querida, se lo aseguro. Pero algo así sería muy propio de él.

Entonces tenía que ser eso, no había otra explicación. ¿Qué era lo que había dicho papá cuando yo le había contado que Dogger también había escuchado a escondidas su discusión con Bonepenny? «Eso era lo que más temía», habían sido sus palabras exactas.

La verdad es que resultaba extraño, casi absurdo, como una historia digna de Gilbert y Sullivan. Yo había intentado cargar con la culpa para proteger a papá. Papá cargaba con la culpa para proteger a Dogger. La pregunta era: ¿a quién protegía Dogger?

—Muchas gracias, señora Mullet —le dije—. Mantendré esta conversación en el terreno confidencial. En el más absoluto secreto.

—De mujer a mujer, ¿no? —repuso con una horrenda sonrisa lasciva.

«De mujer a mujer» me parecía excesivo. Demasiado íntimo, demasiado denigrante. Algo en mi interior, que no era precisamente noble, surgió de las profundidades y en un abrir y cerrar de ojos me transformé en Flavia, *la Vengadora de las Coletas*. Mi misión era darle una lección a aquella aterradora e implacable máquina de hacer tartas.

—Sí —asentí—, de mujer a mujer. Y ya que hablamos de mujer a mujer, creo que es un buen momento para decirle que aquí, en Buckshaw, a nadie le gusta la tarta de crema. De hecho, no podemos ni verla.

—Vaya por Dios. Lo sé muy bien —dijo.

—¿Lo sabe?

Me había dejado tan perpleja que no se me ocurrieron más de dos palabras.

—Pues claro que lo sé. «Los cocineros lo saben todo», dicen, y yo no voy a ser menos. Sé perfectamente que los De Luce y las tartas de crema no se llevan bien desde los tiempos en que Harriet aún vivía.

—Pero...

—¿Por qué las sigo haciendo? Porque a mi Alf le gusta de vez en cuando comerse una rica tarta de crema. La señorita Harriet me decía siempre: «A los De Luce nos gusta más el altivo ruibarbo y las quisquillosas grosellas, mientras que a su Alf es un hombre dulce y afable que prefiere la crema. Me gustaría que de vez en cuando hiciera usted una tarta de crema para recordarnos nuestros modales altaneros, y cuando arruguemos la nariz, pues bien, llévele usted la tarta a su Alf a modo de azucarada disculpa». Y no me cuesta reconocer que, en los más de veinte años que han pasado desde entonces, me he llevado a casa un considerable número de disculpas.

—Entonces, seguro que ya no necesita más —repuse.

Y acto seguido puse pies en polvorosa.

21

Me detuve en el corredor, me quedé completamente inmóvil y escuché. Gracias a los suelos de parqué y al revestimiento de madera de las paredes, Buckshaw transmitía el sonido casi mejor que el Royal Albert Hall. Incluso en el silencio más absoluto, Buckshaw tenía su propio e incomparable silencio, un silencio que me creía capaz de reconocer en cualquier parte.

Con el mayor sigilo posible, cogí el teléfono y con el dedo golpeé dos veces el botón de la horquilla.

—Quiero hacer una llamada a larga distancia a Doddingsley. Lo siento, no tengo el número, pero necesito hablar con la posada. Se llama Red Fox o Ring and Funnel, no me acuerdo, pero creo que tiene una R y una F.

—Un momento, por favor —dijo una voz aburrida pero eficiente al otro lado de la línea crepitante.

«No debería ser muy difícil», me dije. Dado que estaba justo delante de la estación de tren, la «RF» o como se llamara era la posada más próxima a la estación. Y, por otro lado, Doddingsley no era precisamente una metrópoli.

—Solo figuran dos entradas, una para Grapes y otra para Jolly Coachman.

—Esa es —dije—. ¡El Jolly Coachman!

El «arf» debió de salirme del fango que borboteaba en lo más profundo de mi mente.

—El número es Doddingsley, dos, tres —dijo la voz—. Por si lo necesita en el futuro.

—Muchas gracias —murmuré mientras los timbrazos iniciaban una giga al otro lado de la línea.

—Doddingsley, dos, tres. Jolly Coachman. ¿Quién llama? Le habla Cleaver.

Cleaver, deduje, era el patrón.

—Sí, quisiera hablar con el señor Pemberton, por favor. Es muy importante.

Había aprendido que todos los obstáculos, incluso los potenciales, se salvaban antes si se fingía apremio.

—No está —dijo Cleaver.

—Oh, vaya —me lamenté, exagerando un poquitín—. Qué lástima que se me haya escapado. ¿Puede usted decirme cuándo se ha marchado? Así sabré a qué hora esperarlo.

«Flave —me dije—, te mereces llegar al Parlamento».

—Se fue el sábado por la mañana. Hace tres días.

—Ah, gracias —respondí con voz ronca, en un tono capaz de engañar al mismísimo papa de Roma—. Ha sido usted muy amable.

Colgué y devolví el auricular a su horquilla con tanta suavidad como si fuera un pollito recién salido del cascarón.

—¿Se puede saber qué estás haciendo? —me preguntó una voz apagada.

Giré sobre mis talones y me topé con Feely, que llevaba una bufanda de invierno enrollada en torno a la parte inferior de la cara.

—¿Qué haces? —repitió—. Sabes muy bien que no debes usar el instrumento.

—¿Qué haces *tú*? —repliqué, eludiendo su pregunta—. ¿Vas a montar en trineo?

Feely intentó agarrarme y, al hacerlo, se le cayó la bufanda, que dejó al descubierto sus labios rojos e hinchados, vivo retrato del trasero de un mandril camerunés.

Estaba demasiado fascinada como para reír. La hiedra venenosa que había inyectado en el pintalabios de Feely había convertido su boca en un cráter lleno de ampollas que no tenía nada que envidiarle al del monte Popocatépetl. Por fin había funcionado mi experimento. ¡Debía anunciarlo a bombo y platillo!

Por desgracia, no tenía tiempo para ponerme a escribir. Mi cuaderno de notas tendría que esperar.

Maximilian, vestido con unos pantalones de cuadros en tonos crema, estaba encaramado en el borde del abrevadero de piedra situado a la sombra de la cruz del mercado, con los pies colgando en el aire como Humpty Dumpty. Era tan pequeño que ni siquiera lo había visto.

—*Haroo, mon vieux, Flavia!* —exclamó.

Empujé a Gladys hasta detenerla junto a la punta de sus zapatos de charol. ¡Atrapada otra vez! Sería mejor sacar partido de la situación.

—Hola, Max —saludé—. Quiero hacerle una pregunta.

—¡Vaya, vaya! —dijo—. ¿Así por las buenas? ¡Una pregunta! ¿Sin preámbulos? ¿Sin hablarme de tus hermanas? ¿Sin cotilleos de las más famosas salas de conciertos del mundo?

—Bueno —dije, un tanto azorada—, he escuchado *El Mikado* en la radio.

—¿Y qué tal, dinámicamente hablando? Gilbert y Sullivan tienden siempre a los gritos, cosa que no deja de resultar alarmante.

—Instructivo —respondí.

—¡Ajá! Debes decirme en qué sentido. El bueno de Arthur compuso la música más sublime jamás escrita en esta isla sitial del cetro: como la canción *The Lost Chord*, por ejemplo. G. y S. me fascinan a más no poder. ¿Sabías que la inmortal pareja se separó por una desavenencia acerca del precio de una alfombra?

Lo observé de cerca para ver si me estaba tomando el pelo, pero parecía sincero.

—Desde luego, me muero por sacarte toda la información posible acerca de las recientes desgracias en Buckshaw, mi querida Flavia, pero sé que tus labios están sellados por la modestia, la lealtad y la legalidad..., y no necesariamente en ese orden. ¿Me equivoco?

Asentí.

—Venga esa pregunta para el oráculo.

—¿Estudió usted en Greyminster?

Max gorjeó como un canario.

—Oh, no, querida. Me temo que no acudí a un lugar tan espléndido. Me eduqué en el continente, en París, para ser más exactos, y no precisamente en un internado. Mi primo Lombard, sin embargo, es exalumno de Greyminster. Siempre habla muy bien de ese colegio..., cuando no está en las carreras o jugando a las cartas en Montfort's.

—¿Le ha hablado alguna vez del director, el doctor Kissing?

—¿El hombre de los sellos? Vaya, mi querida niña, pero si apenas habla de otra cosa. Adoraba al anciano caballero. Siempre dice que gracias al bueno de Kissing hoy es lo que es…, que, por cierto, no es gran cosa, pero en fin…

—Supongo que ya no vive… Me refiero al doctor Kissing, claro. Sería ya muy anciano, ¿no? Me apuesto lo que sea a que ya lleva muchos años muerto.

—Pues perderás todo tu dinero —dijo Max alegremente—. ¡Hasta el último penique!

Rook's End se hallaba medio oculto entre los pliegues de un acogedor lecho formado por Squires Hill y el Jack O'Lantern. Este último constituía una curiosa ondulación del paisaje que, de lejos, se asemejaba a un túmulo de la Edad del Hierro, pero al acercarse resultaba considerablemente mayor y con forma de calavera.

Dirigí a Gladys hacia Pooker's Lane, que pasaba junto a la mandíbula de la calavera, o extremo oriental. Al final del callejón vi unos espesos setos que flanqueaban la entrada a Rook's End.

Una vez que dejé atrás esos tristes vestigios de tiempos mejores, me encontré con prados poco cuidados y generosos en malas hierbas que se extendían hacia el este, el oeste y el sur. A pesar del sol, en las sombras sobre la hierba crecida aún flotaban jirones de niebla. De vez en cuando, en la vasta extensión de hierba aparecía una de esas inmensas hayas, cuyos enormes troncos y ramas mustias siempre me recordaban una familia de abatidos elefantes deambulando en solitario por las llanuras africanas.

Bajo las hayas, dos ancianas damas deambulaban en animada conversación, como si estuvieran compitiendo por el papel de lady Macbeth. Una de ellas llevaba un camisón transparente de muselina y una cofia que parecía sacada del siglo XVIII, mientras que su compañera, ataviada con un vestido suelto de color azul cianuro, lucía unos pendientes de latón del tamaño de platos hondos.

La casa en sí era lo que románticamente llaman «un caserón». En otros tiempos el hogar ancestral de la familia De Lacey, de la cual tomaba su nombre Bishop's Lacey (y que, según se dice, guarda un lejano parentesco con la familia De Luce), la casa había venido a menos. De ser en otros tiempos la mansión de un ingenioso y próspero hugonote que comerciaba con hilos, había pasado a ser lo que era en ese momento: un hospital privado al que Daffy habría bautizado como Bleak House. Casi deseé que Daffy estuviera allí conmigo.

Los dos automóviles que acumulaban polvo en el patio delantero eran el testimonio de la escasez tanto de personal como de visitantes. Dejé caer a Gladys junto a una vieja araucaria y empecé a subir los mohosos y gastados escalones de la puerta principal.

Un cartel escrito a mano decía «Llamen, por favor», así que accioné con fuerza el tirador esmaltado. En algún lugar del interior, un ruido metálico y sordo, como si llamaran al ángelus con un cencerro, anunció mi llegada a personas desconocidas.

Como no pasaba nada, volví a llamar. Al otro lado del prado, las dos ancianas fingían tomar el té entre afectadas reverencias, sujetando con dedos encorvados sus tazas y sus platillos invisibles.

Pegué la oreja a la enorme puerta, pero aparte de una especie de murmullo, que sin duda era el aliento del edificio, no oí nada. Abrí de un empujón y entré.

Lo primero que percibí fue el olor que despedía aquel lugar: una mezcla de repollo, cojines plastificados, agua de lavar los platos y muerte. Bajo ese hedor, como si fuera una tela impermeable, detecté el poderoso olor del desinfectante que usaban para fregar el suelo —parecía dimetil bencil cloruro de amonio—, un ligero tufillo a almendras amargas que recordaba extraordinariamente al ácido cianhídrico, el gas utilizado en las cámaras de gas estadounidenses para exterminar a los asesinos.

El vestíbulo de entrada estaba pintado del típico verde manzana de los manicomios: paredes verdes, carpintería verde y techos verdes. Los suelos estaban cubiertos de linóleo marrón de mala calidad, tan lleno de épicos boquetes que parecía sacado del Coliseo romano. Cada vez que pisaba una de esas purulentas llagas marrones, el material emitía un silbido tan desagradable que tomé nota mental de averiguar si el color podía provocar náuseas.

Junto a la pared más alejada, un anciano sentado en una silla de ruedas cromada miraba hacia arriba con la boca abierta, como si esperara que en cualquier momento se obrara una especie de milagro cerca del techo.

A un lado había un mostrador vacío a excepción de una campana plateada y una tarjeta emborronada que decía «Llamen, por favor», lo que insinuaba una presencia oficial pero invisible.

Le di a la campanilla cuatro vigorosos golpes: a cada «din» del aparato, el anciano parpadeó visiblemente, pero no apartó los ojos del vacío que pendía sobre su cabeza.

De repente, como si hubiera surgido de un panel secreto en el revestimiento de madera, se materializó ante mí una mujer de talla menuda. Llevaba un uniforme blanco y una cofia azul, bajo la cual se afanaba en ocultar, con un dedo índice, lacios y húmedos mechones de su melena color paja.

Tenía cara de estar tramando algo y de saber perfectamente que yo lo sabía.

—¿Sí? —dijo con su vocecilla débil, aunque en el tono diligente propio de los hospitales.

—Vengo a ver al doctor Kissing —dije—. Soy su bisnieta.

—¿El doctor Isaac Kissing? —me preguntó.

—Sí —asentí—, el doctor Isaac Kissing. ¿Es que acaso tienen más de uno?

Sin decir palabra, el Fantasma Blanco giró sobre sus talones y yo la seguí bajo un arco hasta un estrecho solárium que daba la vuelta a todo el edificio. Más o menos a mitad de la galería, se detuvo, señaló algo con un dedo como el fantasma del tercer día en *Cuento de Navidad* y desapareció.

En el extremo más alejado de la estancia de altos ventanales, bajo el único rayo de sol que conseguía traspasar la densa penumbra del lugar, un anciano permanecía sentado en una silla de ruedas de mimbre. Una especie de halo de humo azul flotaba sobre su cabeza. A su lado, en una mesilla, una desordenada pila de periódicos amenazaba con caer al suelo.

Llevaba una especie de bata de color gris, un poco como la de Sherlock Holmes, con la diferencia de que la del anciano parecía de piel de leopardo debido a las muchas quemaduras de cigarrillo. Bajo la bata, se veía un mohoso traje negro y un cuello de celuloide, alto y de puntas, que parecía muy antiguo. Coronaba su rizada y larga melena de color gris amarillento una especie de casquete de terciopelo color ciruela. De sus labios colgaba un cigarrillo encendido, cuyas cenizas grises pendían como una babosa momificada.

—Hola, Flavia —dijo—. Te estaba esperando.

Había transcurrido una hora, una hora durante la cual había entendido de verdad, por primera vez en mi vida, lo que habíamos perdido en la guerra.

Lo cierto, sin embargo, es que el doctor Kissing y yo no habíamos empezado lo que se dice con buen pie.

—Te advierto de entrada que no me siento especialmente cómodo hablando con niñas —me comunicó.

Me mordí el labio y mantuve la boca cerrada.

—A los niños no les desagrada que los conviertan en hombres hechos y derechos a base de palmeta o de cualquier otra estratagema, pero las niñas, inhabilitadas por la Naturaleza, si es que puede decirse así, para soportar tal brutalidad física, son siempre una especie de *terra incognita*. ¿No crees?

Me di cuenta de que era una de esas preguntas que no necesitan respuesta, así que curvé las comisuras de los labios en una sonrisa que, esperaba, se pareciera a la de la Mona Lisa o, por lo menos, indicara el necesario civismo.

—Así que eres la hija de Jacko —dijo—. Pues no te pareces mucho a él, la verdad.

—La gente dice que me parezco a mi madre, Harriet —repuse.

—Ah, sí, Harriet. Qué desgracia. Qué terrible debió de ser para todos vosotros.

Se inclinó un poco y tocó una lupa que ocupaba una peligrosa posición sobre la montaña de periódicos que el anciano tenía a su lado. Con el mismo movimiento, abrió una pitillera de Players que estaba sobre la mesa y cogió un cigarrillo.

—Me esfuerzo por mantenerme al día de lo que ocurre en el mundo a través de la mirada de esos impenetrables garabatos. Debo admitir que mis propios ojos, que ya llevan noventa y cinco años en este desfile, están un poco cansados después de todo lo que han visto. Aun así, consigo mantenerme informado de los nacimientos, muertes, matrimonios y condenas que se producen en nuestras tierras. Y aún sigo suscrito al *Punch* y al *Lilliput*, claro. Según creo, tienes dos hermanas, ¿verdad? ¿Daphne y Ophelia?

Confesé que sí, que ese era el caso.

—A Jacko siempre le gustó mucho lo exótico, si no recuerdo mal. No me sorprendió mucho leer que había puesto a sus dos primeras hijas los nombres de una histérica de Shakespeare y de un acerico griego, respectivamente.

—¿Cómo dice?

—Daphne, a quien Eros le disparó una flecha para que se enamorara de él antes de que su padre la convirtiera en un árbol.

—Me refería a la loca —dije—. Ophelia.

—Como una cabra —dijo mientras aplastaba la colilla del cigarrillo en un cenicero rebosante y, a continuación, encendía otro pitillo—. ¿No estás de acuerdo?

Los ojos que me observaban desde aquel rostro ajado eran tan brillantes y redondos como los de cualquier maestro que, puntero en mano, hubiera contemplado su clase desde la pizarra. Supe que mi plan había surtido efecto: ya no era una «niña». Mientras que la Daphne de la mitología se había transformado en un simple laurel, yo me había convertido en un chico de cuarto curso.

—En realidad, no, señor —repuse—. Creo que Shakespeare veía a Ophelia como un símbolo de algo…, como las hierbas y las flores que ella recoge.

—¿Eh? —dijo—. ¿De qué hablas?

—Es simbólico, señor. Ophelia es la víctima inocente de una familia de instintos asesinos cuyos miembros están demasiado absortos en sí mismos. Por lo menos, es lo que yo creo.

—Ya —dijo—. Muy interesante. Aun así —añadió de repente—, me resultó halagador comprobar que tu padre aún recordaba lo suficiente de sus clases de latín como para llamarte Flavia, la del pelo dorado.

—Lo tengo más bien castaño.

—Ah.

Al parecer, habíamos llegado a uno de esos puntos muertos que tanto abundan en las conversaciones con los ancianos. Estaba empezando a pensar que se había quedado dormido cuando, de repente, abrió los ojos.

—Bueno —dijo al fin—, será mejor que me lo enseñes.

—¿Perdón, señor?

—Mi Vengador del Ulster. Será mejor que me lo enseñes. Porque lo has traído, ¿verdad?

—Yo..., sí, señor... Pero ¿cómo...?

—Deduzcamos —dijo en el mismo tono de voz que podría haber empleado para decir «oremos»—. Horace Bonepenny, en otros tiempos joven prestidigitador y artista del fraude durante muchos años, aparece muerto en el jardín de Jacko de Luce, su antiguo compañero del colegio. ¿Por qué? El chantaje parece el móvil más probable. Por tanto, supongamos que se trata de chantaje. En cuestión de pocas horas, la hija de Jacko se dedica a hurgar en los archivos de Bishop's Lacey y descubre noticias sobre el fallecimiento de mi querido colega, el señor Twining, que Dios tenga en su gloria. ¿Que cómo lo sé? Creo que es obvio.

—La señorita Mountjoy —dije.

—Muy bien, querida. Tilda Mountjoy, ciertamente, que no solo ha sido mis ojos sino también mis oídos en el pueblo y alrededores durante el último cuarto de siglo.

¡Debería haberlo imaginado! ¡La señorita Mountjoy era una espía!

—Pero prosigamos. El último día de su vida, el ladrón Horace Bonepenny decide hospedarse en el Trece Patos. Ese estúpido joven..., bueno, joven ya no tanto, pero sí estúpido..., consigue que lo maten. Recuerdo que en una ocasión le dije al señor Twining que ese chico acabaría mal. No sé si señalar que mis pronósticos fueron acertados. El muchacho en cuestión siempre me dio mala espina.

»Pero me estoy apartando del tema. Poco después de que Bonepenny hubo iniciado su viaje a la eternidad, una joven doncella registra su habitación. No me atrevo a pronunciar en voz alta el nombre de dicha doncella, pero añadiré que en este preciso instante está recatadamente sentada ante mí, jugueteando con algo que lleva en el bolsillo y que no puede ser más que un pedacito de papel del color de la mermelada de naranja, en el cual puede verse la efigie de su difunta majestad y las letras de control TL. *Quod erat demonstrandum.* QED.

—QED —dije y, sin pronunciar otra palabra, saqué del bolsillo el sobre de papel siliconado y se lo entregué.

Con manos temblorosas —aunque no hubiera sabido decir si le temblaban por la edad o por la emoción— y utilizando el finísimo papel a modo de improvisadas pinzas, el doctor Kissing retiró la lengüeta del sobre con sus dedos manchados de nicotina. Cuando aparecieron las esquinas de los Vengadores del Ulster, no pude evitar fijarme en que los sellos y los dedos manchados de nicotina del anciano eran prácticamente del mismo color.

—¡Madre de Dios! —dijo, visiblemente alterado—. Has encontrado el sello AA. Supongo que sabes que pertenece a su majestad. Lo robaron de una exposición en Londres hace apenas unas semanas. La noticia salió en los periódicos.

Me lanzó una mirada acusadora por encima de sus gafas, pero los relucientes tesoros que tenía entre manos no tardaron en acaparar de nuevo su atención. Al parecer, se olvidó por completo de mi presencia.

—Buenas, mis queridos amigos —susurró como si yo no estuviera allí—. Ha transcurrido mucho tiempo. —Cogió la lupa y los examinó atentamente, primero uno y luego el otro—. Y tú, mi querido TL: menuda historia podrías contar…

—Horace Bonepenny los tenía los dos —intervine—. Los encontré en la posada, en su equipaje.

—¿Registraste su equipaje? —me preguntó el doctor Kissing sin apartar la vista de la lupa—. ¡Caray! La policía no se pondrá precisamente a dar saltos de alegría por los prados comunales cuando se entere…, y me atrevería a decir que tú tampoco.

—No es del todo cierto que registrara su equipaje —repuse—. Había ocultado los sellos bajo una pegatina en el exterior de un baúl.

—Que, por supuesto, tú estabas toqueteando inocentemente cuando por casualidad los sellos te cayeron en la mano.

—Sí —dije—, así fue exactamente cómo ocurrió.

—Dime una cosa —me interrumpió de repente, volviéndose para mirarme a los ojos—: ¿sabe tu padre que estás aquí?

—No —dije—. A papá lo acusan de asesinato. Lo tienen detenido en Hinley.

—¡Madre de Dios! ¿Lo hizo?

—No, pero al parecer todo el mundo cree que sí. Durante un tiempo, hasta yo lo pensé.

—Ya —asintió—. ¿Y ahora qué piensas?

—No lo sé —respondí—. A veces pienso una cosa y a veces otra. Estoy hecha un lío.

—Todo es siempre un lío antes de aclararse. Dime una cosa, Flavia: ¿qué es lo que más te interesa en el universo? ¿Cuál es tu mayor pasión?

—¡La química! —dije sin vacilar ni un segundo.

—¡Así me gusta! —exclamó el doctor Kissing—. En mis tiempos, formulé esa misma pregunta a un ejército de hotentotes y siempre parloteaban de esto y de lo otro. Cháchara y balbuceos, nada más. En cambio, tú lo has dicho en una sola palabra.

El mimbre emitió un horrendo crujido cuando el anciano se volvió un poco en su silla para mirarme. Durante un espantoso momento, llegué a creer que se había hecho añicos la columna vertebral.

—Nitrito de sodio —dijo—. Sin duda sabes qué es el nitrito de sodio, ¿no?

¿Que si sabía qué era? El nitrito de sodio era el antídoto en los casos de envenenamiento por cianuro, y me sabía sus distintas reacciones igual que me sé mi nombre. Pero... ¿por qué lo había elegido el doctor Kissing como ejemplo? ¿Tenía telepatía o algo así?

—Cierra los ojos —pidió—. Imagina que tienes en la mano un tubo de ensayo medio lleno con una solución al treinta por ciento de ácido clorhídrico. Le añades una pequeña cantidad de nitrito de sodio. ¿Qué se observa?

—No me hace falta cerrar los ojos —dije—. Se vuelve de color naranja…, naranja y turbio.

—¡Excelente! Del mismo color que estos díscolos sellitos, ¿no es así? ¿Y luego?

—Transcurrido cierto tiempo, digamos veinte o treinta minutos, se aclara.

—Se aclara. A las pruebas me remito.

Como si acabaran de quitarme un gran peso de encima, sonreí con un aire bastante bobo.

—Debió de ser usted un profesor fantástico, señor —señalé.

—Sí, lo fui… en mis tiempos. Y ahora tú me has devuelto mi querido tesoro —dijo, contemplando los sellos de nuevo.

Con eso no había contado, la verdad es que ni se me había ocurrido pensarlo. Lo único que pretendía era descubrir si el dueño del Vengador del Ulster aún vivía. Después de eso, mi intención era llevárselo a papá, que se lo entregaría a la policía, que, a su debido tiempo, ya se preocuparía de que el sello regresara a manos de su legítimo propietario. El doctor Kissing percibió de inmediato mi vacilación.

—Permíteme que te formule otra pregunta —dijo—. ¿Qué habría pasado si hubieras llegado aquí hoy y hubieras descubierto que la había diñado, por así decirlo, que ya había hallado el eterno reposo?

—¿Quiere usted decir si hubiera muerto, señor?

—Esa es la palabra que estaba buscando: muerto. Sí.

—Supongo que le habría dado el sello a mi padre.

—¿Para que se lo quedara?

—Papá sabría qué hacer con él.

—Me atrevería a decir que la persona indicada para decidir tal cosa es el dueño del sello, ¿no te parece?

Sabía que la respuesta a esa pregunta era sí, pero no podía decirlo. Sabía también que, por encima de cualquier otra cosa, lo que más deseaba era regalarle el sello a papá, aunque no podía regalárselo porque no era mío. Por otro lado, también deseaba darle los dos sellos al inspector Hewitt, pero... ¿por qué?

El doctor Kissing encendió otro cigarrillo y miró por la ventana. Al cabo de un rato sacó uno de los sellos del sobre y me dio el otro.

—Este es el AA —dijo—. «No es mío, no me pertenece», como dice una antigua canción. Que tu padre haga con él lo que le plazca, pues no me corresponde a mí decidir.

Cogí el Vengador del Ulster y lo envolví con mucho cuidado en mi pañuelo.

—Por otro lado, el maravilloso TL sí es mío. Mío y de nadie más, sin la menor sombra de duda.

—Supongo que se alegrará usted de poder volver a pegarlo en su álbum, señor —dije en tono de resignación mientras me guardaba su sello gemelo en el bolsillo.

—¿Mi álbum? —Soltó una ronca carcajada que acabó en ataque de tos—. Mis álbumes, como dijo el querido y difunto Dowson, se los llevó el viento.

Volvió de nuevo la vista hacia la ventana y contempló sin verlo el prado del exterior, donde las dos ancianas seguían revoloteando y correteando como dos mariposas exóticas bajo las hayas, entre cuyas ramas brillaba el sol.

¡He olvidado mucho, Cynara! Se lo llevó el viento.
Al torrente de rosas en tumulto me lancé bailando
para alejar tus lirios pálidos y perdidos de mi mente.
Pero estaba desolado y afligido por una antigua
pasión, sí.
Todo el tiempo, porque el baile no terminaba.
¡Te he sido fiel, Cynara!, a mi manera.

—Es de *Non Sum Qualis Eram Bonae Sub Regno Cynarae*. ¿Lo conoces?

Negué con la cabeza.

—Es muy bonito —dije.

—Permanecer recluido en un sitio así —dijo el doctor Kissing, haciendo un gesto vago con el brazo— es, a pesar de toda esta triste decrepitud, una verdadera ruina financiera, como puedes imaginar.

Me miró como si acabara de contar un chiste. Como no respondí, señaló la mesa.

—Coge uno de esos álbumes. El de encima servirá.

Reparé entonces en un pequeño estante colocado bajo el tablero de la mesa, en el que descansaban dos gruesos álbumes encuadernados. Soplé el polvo y le di el álbum de encima al doctor Kissing.

—No, no..., ábrelo tú misma.

Abrí el libro por la primera página, que contenía dos sellos, uno negro y el otro rojo. Por las marcas de residuos de goma y las líneas rectas, supuse que la página había estado llena de sellos en otros tiempos. Pasé a la página siguiente... y luego a la siguiente. Lo único que quedaba del álbum era una masa informe, unas cuantas hojas medio vacías y saqueadas que hasta un niño habría escondido avergonzado.

—Es caro conservar un corazón que aún late. Uno se va deshaciendo de su vida de pedacito cuadrado en pedacito cuadrado. Ya ves que no queda gran cosa, ¿verdad?

—Pero el Vengador del Ulster —dije—, ¡debe de valer una fortuna!

—Desde luego —convino el doctor Kissing, contemplando una vez más su tesoro a través de la lupa—. Uno lee en las novelas acerca de indultos que llegan cuando la trampilla ya se ha abierto —prosiguió—, acerca de caballos cuyo corazón se detiene pocos centímetros después de la meta…

Se rio sin entusiasmo y sacó un pañuelo para secarse los ojos.

—«¡Demasiado tarde! ¡Demasiado tarde!, exclamó la doncella»…, y todo eso. «El toque de queda no sonará esta noche». ¡Qué burla la del destino! —prosiguió a media voz—. ¿Quién lo dijo? Cyrano de Bergerac, ¿no?

Durante una fracción de segundo pensé en lo mucho que a Daffy le habría gustado charlar con aquel anciano caballero; pero solo durante una fracción de segundo. Luego me encogí de hombros.

Con una expresión ligeramente risueña, el doctor Kissing se apartó el cigarrillo de los labios, y rozó con el extremo encendido una de las esquinas del Vengador del Ulster. De repente me sentí como si me hubieran arrojado una bola de fuego en plena cara, como si me hubieran atado alambre de espino en torno al pecho. Parpadeé y luego, paralizada por el horror, contemplé cómo empezaba a arder el sello, para luego convertirse en una minúscula llama que se extendió lenta pero inexorablemente por el juvenil rostro de la reina Victoria.

Cuando la llama llegó a los dedos del doctor Kissing, el anciano abrió la mano y dejó caer al suelo las negras cenizas. Bajo el dobladillo de su bata asomó un bruñido zapato negro cuya punta el anciano posó suavemente sobre los restos del sello. Inmediatamente después, la giró unas cuantas veces y aplastó las cenizas.

En solo tres estruendosos latidos del corazón, el Vengador del Ulster se convirtió en poco más que un manchurrón negro en el linóleo de Rook's End.

—El sello que tienes en el bolsillo acaba de duplicar su valor —dijo el doctor Kissing—. Guárdalo bien, Flavia. Ahora es único en el mundo.

22

Siempre que estoy al aire libre y siento la necesidad de ponerme a pensar, me tumbo de espaldas, extiendo brazos y piernas hasta parecer un asterisco y contemplo el cielo. Durante los primeros minutos, por lo general me entretengo observando mis «partículas flotantes», esas minúsculas cadenas retorcidas de proteínas que nadan de un lado a otro de nuestro campo visual como si de pequeñas y oscuras galaxias se tratara. Cuando no tengo prisa, hago el pino para sacudirlas un poco y luego me tumbo de nuevo a contemplar el espectáculo, como si fuera una película de animación.

Ese día, sin embargo, tenía demasiadas cosas en la cabeza, así que nada más salir de Rook's End, cuando apenas había pedaleado un par de kilómetros, me tumbé en el talud cubierto de hierba y contemplé fijamente el cielo veraniego.

No conseguía apartar de mis pensamientos algo que papá me había dicho, a saber: que los dos, él y Horace Bonepenny, habían matado al señor Twining. Que ambos eran los responsables de su muerte. Si aquella no hubiera sido más que otra de las absurdas ideas de mi padre, la habría descartado de inmediato, pero había algo más: la señorita Mountjoy también creía que ellos habían matado a su tío, y así me lo había comunicado.

No costaba mucho darse cuenta de que papá se sentía claramente culpable. Al fin y al cabo, él se hallaba entre quienes tanto habían insistido en ver la colección de sellos del doctor Kissing, y su amistad de otros tiempos con Bonepenny lo convertía, a pesar de haberse enfriado, en una especie de cómplice indirecto. Pero aun así…

No, tenía que haber algo más, pero no se me ocurría qué podía ser.

Seguí tumbada en la hierba, contemplando la azul bóveda celeste tan intensamente como los faquires de la India, acuclillados en pilares, contemplaban el sol antes de que los civilizáramos, pero no podía pensar como Dios manda. Justo encima de mí, el sol era como un gran cero blanco que resplandecía sobre mi cabeza hueca.

Me imaginé colocándome mi ficticio gorro de pensar, calándomelo hasta las orejas como tantas veces había ensayado. Era un gorro alto y de forma cónica, como los de los magos, decorado con ecuaciones y fórmulas químicas: una cornucopia de ideas.

Pero nada.

¡Un momento! ¡Sí! ¡Claro! Papá no había hecho nada. ¡Nada! Había sabido —o por lo menos sospechado— desde el principio que Bonepenny había robado el preciado sello del director y, sin embargo, no se lo había contado a nadie.

Era un pecado de omisión: una de esas ofensas del catálogo eclesiástico de delitos del cual siempre hablaba Feely y que, al parecer, era aplicable a todo el mundo excepto a ella.

Sin embargo, la culpa de papá era moral y, por tanto, no tenía interés para mí. Aun así, era innegable: papá había guardado silencio, y con su silencio tal vez había hecho creer al piadoso Twining que debía cargar con la culpa y pagar con su vida aquella deshonra.

Seguro que en su momento se comentó la noticia. Los oriundos de esta parte de Inglaterra no nos caracterizamos precisamente por nuestra reticencia, más bien lo contrario. A lo largo del último siglo, Herbert Miles, poeta de Hinley y amante de las lagunas, se había referido a nosotros como «esa bandada de gansos que chismorrean alegremente entre la gozosa vegetación». Y lo cierto es que no andaba del todo errado. A la gente le gusta hablar —sobre todo si hablar supone responder a las preguntas de los demás— porque hace que se sientan necesarios. A pesar de que la señora Mullet guardaba en una alacena de la despensa un ejemplar, manchado de salsa de asado, de *Preguntar de todo sobre todo,* yo ya había descubierto hacía mucho que la mejor forma de obtener respuestas sobre cualquier tema era acercarse a la primera persona que apareciera y preguntárselo. Preguntar sin reservas.

No podía interrogar a papá sobre su silencio en aquel momento de su infancia. Y aunque me atreviera, que no me atrevía, papá estaba recluido en un calabozo y era más que probable que se quedara allí. Tampoco podía interrogar a la señorita Mountjoy, que me había dado con la puerta en las narices porque para ella yo no era más que la cálida sangre de un asesino a sangre fría. Dicho de otra manera, que estaba sola.

Durante todo el día, algo había estado sonando en algún rincón de mi mente, como si de un gramófono en una habitación lejana se tratara. Si consiguiera sintonizar bien la melodía… La extraña sensación se había iniciado justo cuando hojeaba la pila de periódicos en el cobertizo del foso, detrás de la biblioteca. Era algo que había dicho alguien, pero… ¿qué?

A veces, intentar atrapar un pensamiento fugaz es como intentar atrapar un pájaro dentro de casa. Uno lo acecha, se acerca de puntillas, intenta agarrarlo… y el pájaro se marcha, siempre cuando uno casi lo roza con los dedos, y sus alas…

¡Sí! ¡Sus alas!

«Parecía un ángel que estuviera descendiendo», había dicho uno de los muchachos de Greyminster. Toby Lonsdale, sí, ese era su nombre. ¡Un comentario bastante extraño acerca de un profesor que se precipitaba al vacío! Además, papá había comparado al señor Twining, justo antes de que saltara, con un santo con aureola como los de los manuscritos ilustrados.

El problema era que no había buscado lo suficiente en los archivos. En el *Hinley Chronicle* se decía claramente que las investigaciones policiales sobre la muerte del señor Twining, y el robo del sello del doctor Kissing, proseguían. ¿Y la nota necrológica? Habría aparecido más tarde, desde luego, pero… ¿qué decía?

En menos de lo que un cordero muerto da los últimos coletazos, estaba ya sobre el sillín de Gladys, pedaleando frenéticamente hacia Bishop's Lacey y Cow Lane.

No vi el cartel de «CERRADO» hasta hallarme a un par de metros de la entrada de la biblioteca. «¡Claro! Flavia, a veces parece que tengas tapioca en lugar de cerebro, en eso Feely no se equivocaba». Era martes, así que la biblioteca no volvería a abrir hasta el jueves a las diez de la mañana.

Mientras empujaba despacio a Gladys en dirección al río y el cobertizo del foso, pensé en las ñoñas historias que contaban en *La hora de los niños:* esos instructivos cuentos morales como el de la pequeña locomotora («Creo que puedo..., creo que puedo...»), capaz de arrastrar un tren de mercancías al otro lado de una montaña solo porque creía que podía, creía que podía. Y porque jamás se rindió. No rendirse jamás era la llave del éxito.

¿La llave? Le había devuelto la llave del cobertizo del foso a la señorita Mountjoy, de eso me acordaba perfectamente. Pero... ¿y si por casualidad existía un duplicado? Una llave de repuesto escondida bajo el alféizar de alguna ventana para usarse en caso de que alguien muy olvidadizo se fuera de vacaciones a Blackpool con la llave original en el bolsillo... Dado que Bishop's Lacey no destacaba (por lo menos, no hasta hacía unos cuantos días) por ser un caldo de cultivo de la delincuencia, la posibilidad de que hubiera una llave escondida no era desdeñable.

Pasé los dedos sobre el dintel de la puerta, busqué bajo las macetas de geranios que flanqueaban el sendero e incluso levanté un par de piedras de aspecto sospechoso.

Nada.

Hurgué en las grietas del muro de piedra que iba desde el callejón hasta la puerta.

Nada. Nada de nada.

Apoyé ambas manos en el cristal de una ventana para mirar y vi las pilas de periódicos que dormían en sus cunas. Tan cerca y, sin embargo, tan lejos. Estaba tan furiosa que hasta habría sido capaz de escupir, cosa que hice.

¿Qué habría hecho Marie Anne Paulze Lavoisier?, me pregunté. ¿Se habría quedado allí echando humo y espuma como los diminutos volcanes que resultan de prenderle fuego a una pila de dicromato de amonio? En cierta manera, lo dudaba. Marie Anne dejaría a un lado la química y embestiría la puerta.

Giré sin piedad el pomo y me precipité al interior de la estancia. ¡Algún idiota había estado allí y se había dejado la odiosa puerta abierta! Deseé que nadie me hubiera visto y me alegré de haberlo deseado, porque eso me recordó de inmediato que lo mejor era meter dentro a Gladys, no fuera que pasara por allí algún chismoso y la viera.

Evité los bordes del foso, cubierto de tablones, y lo rodeé con cautela para dirigirme a los estantes de periódicos amarillentos. No me costó mucho localizar los números del *Hinley Chronicle* que me interesaban. Sí, allí estaba. Tal y como yo imaginaba, la nota necrológica del señor Twining había aparecido el viernes posterior a la publicación de la noticia sobre su muerte:

> Twining, Grenville, licenciado en Letras por la Universidad de Oxford, falleció repentinamente el pasado lunes en Greyminster School, cerca de Hinley, a la edad de setenta y dos años. Halla el eterno reposo junto a sus padres, Marius y Dorothea Twining, de Winchester, Hants. Deja una sobrina, Matilda Mountjoy, de Bishop's Lacey. El funeral tuvo lugar en la capilla de Greyminster, donde el reverendo canónigo Blake-Soames, rector de St. Tancred, Bishop's Lacey, y el capellán de Greyminster oficiaron la misa. Fueron numerosos los tributos florales.

Pero... ¿dónde lo habían enterrado? ¿Habían devuelto su cadáver a Winchester para que descansara junto a sus padres? ¿Lo habían enterrado en Greyminster? Por algún motivo, tenía mis dudas. Me parecía mucho más probable que su tumba estuviera en el cementerio de St. Tancred, a poco más de dos minutos a pie de donde me hallaba.

Lo mejor era dejar a Gladys en el cobertizo del foso, pues no tenía mucho sentido llamar innecesariamente la atención. Si caminaba agachada y me mantenía tras el seto que bordeaba el camino de sirga, no me resultaría difícil llegar desde el cobertizo al cementerio sin que me viera nadie.

Cuando abrí la puerta, un perro ladró. La señora Fairweather, presidenta de la sección femenina de la Cofradía del Altar, estaba al final del callejón con su corgi. Cerré despacio la puerta antes de que ella o el perro me vieran. Observé por una esquina de la ventana y vi al perro olisquear el tronco de un roble mientras la señora Fairweather mantenía la mirada perdida en la distancia, fingiendo que no sabía lo que estaba ocurriendo al otro extremo de la correa.

¡Maldición! No me iba a quedar más remedio que esperar hasta que el perro terminara de hacer sus cosas. Eché un vistazo a la habitación. A ambos lados de la puerta habían colocado improvisadas estanterías, de corte tan basto y maderas tan combadas que parecían la obra de un carpintero inepto aunque bienintencionado.

Las estanterías de la derecha almacenaban generaciones enteras de anticuados libros de referencia, como *Crockford's Clerical Directory, Hazells' Annual, Whitaker's Almanack, Kelly's Directories* o *Brassey's Naval Annual*. Los libros se amontonaban unos junto a otros en estantes de madera sin pintar, y sus elegantes tapas, que en otros tiempos habían sido rojas, azules o negras, aparecían ahora desteñidas por efecto del tiempo y de la luz diurna que se filtraba en la estancia. Todos olían a ratoncillo.

Las estanterías de la derecha mostraban hileras y más hileras de volúmenes idénticos encuadernados en gris, todos ellos con el mismo título en el lomo de elaboradas letras góticas grabadas en pan de oro: *The Greyminsterian*. Recordé entonces que aquellos eran los anuarios del internado de papá. Incluso corrían unos cuantos de ellos por casa. Cogí uno del estante antes de darme cuenta de que era del año 1942. Lo devolví a su sitio y fui pasando el dedo por el lomo del resto de los volúmenes, hacia la izquierda: 1930-1925...

¡Allí estaba! 1920. Me temblaron las manos cuando cogí el libro y lo hojeé rápidamente desde el final hasta el principio. En sus páginas abundaban los artículos sobre críquet, remo, atletismo, becas, rugby, fotografía e historia natural. Por lo que estaba viendo, no había ni un solo artículo dedicado al Círculo de Magia ni a la Sociedad Filatélica. Repartidas entre las páginas había fotografías en las que hileras y más hileras de muchachos sonreían y, en algunos casos, hacían muecas a la cámara.

En el lado opuesto de la portada había un retrato fotográfico con un borde negro. En él aparecía un caballero de aspecto distinguido con toga y birrete, sentado con aire informal en el borde de una mesa. En una de las manos tenía una gramática latina y miraba al fotógrafo con una expresión ligeramente risueña. Bajo la foto, una leyenda decía así: «Grenville Twining, 1848-1920».

Y eso era todo. Ninguna alusión a los sucesos que habían rodeado su muerte, ningún panegírico ni entrañable recuerdo de su persona. ¿Se habría producido entonces una conspiración de silencio?

Tenía que haber algo más de lo que se veía a simple vista. Empecé a pasar lentamente las páginas, escudriñando los artículos y leyendo los pies de foto que iba encontrando. Cuando ya había pasado más o menos dos tercios de las páginas, me encontré con el nombre «De Luce». En la fotografía aparecían tres muchachos en mangas de camisa y gorro del colegio sentados en la hierba junto a una cesta de mimbre, la cual reposaba sobre una manta en la que habían dispuesto lo que parecía un pícnic: una hogaza de pan, un tarro de mermelada, tartas, manzanas y jarras de cerveza de jengibre.

El pie de foto decía así: «Ornar Khayyam revisitado. La tienda de golosinas de Greyminster nos trata a cuerpo de rey. De izquierda a derecha: Haviland de Luce, Horace Bonepenny y Robert Stanley posan para un cuadro vivo sacado de las páginas del poeta persa».

No había ninguna duda de que el muchacho de la izquierda, sentado sobre la manta con las piernas cruzadas, era papá, que parecía mucho más alegre, jovial y despreocupado de lo que yo lo había visto jamás. En el centro, el muchacho alto y desgarbado que fingía estar a punto de zamparse un sándwich era Horace Bonepenny: lo habría reconocido incluso sin el pie de foto. Sus llameantes rizos rojos aparecían en la imagen como una fantasmal aureola blanca en torno a su cabeza. No pude evitar un escalofrío al recordar el aspecto que tenía el cadáver de Bonepenny.

Un poco apartado de sus compañeros, el tercer muchacho parecía estar esforzándose por mostrar su mejor perfil, a juzgar por el ángulo extraño en que mantenía la cabeza vuelta. Poseía un inquietante atractivo, como la sugerente belleza de una estrella del cine mudo, y era algo mayor que los otros dos. Curiosamente, tuve la sensación de que ya había visto antes esa cara. De pronto, me sentí como si alguien acabara de meterme una lagartija por el cuello. Pues claro que había visto antes esa cara... ¡y no hacía mucho! El tercer muchacho de la foto era la persona que, tan solo dos días antes, se me había presentado con el nombre de Frank Pemberton. El mismo Frank Pemberton que se había refugiado conmigo de la lluvia bajo el disparate arquitectónico de Buckshaw; el mismo Frank Pemberton que esa misma mañana me había dicho que tenía que ir a ver un panteón en Nether Eaton.

Uno tras otro, los hechos fueron encajando y, al igual que Saúl, vi tan claro como si se me hubieran caído las escamas de los ojos: Frank Pemberton era Bob Stanley, y Bob Stanley era «El Tercer Hombre», por decirlo de alguna forma. Él había asesinado a Horace Bonepenny en el huerto de pepinos. Estaba tan segura que me hubiera jugado mi propia vida.

A medida que las piezas iban encajando, mi corazón empezó a latir como si estuviera a punto de estallar. Desde el principio había percibido algo sospechoso en Pemberton, pero era una cuestión en la que no había vuelto a pensar desde el domingo, en el disparate arquitectónico. Era algo que había dicho, pero... ¿qué?

Habíamos hablado del tiempo y nos habíamos presentado. Él había admitido que ya sabía quién era yo, que nos había buscado en el *Quién es quién*. ¿Qué necesidad tenía de hacer tal cosa si conocía a papá prácticamente de toda la vida? ¿Sería esa la mentira que me había hecho mover las invisibles antenas?

Y luego me acordé de su acento. Apenas perceptible, pero...

Me había hablado de su libro: *Las casas señoriales de Pemberton: un paseo por el tiempo*. Verosímil, supongo. ¿Qué más había dicho? Nada importante, que si estábamos los dos abandonados en una isla desierta, que si tendríamos que ser amigos…

El trocito de leña que había estado consumiéndose lentamente en algún rincón de mi mente se convirtió de golpe en una llamarada.

«Confío en que con el tiempo lleguemos a ser buenos amigos».

¡Esas habían sido sus palabras exactas! Pero… ¿dónde las había oído yo antes? Como una pelota sujeta al extremo de una goma elástica, mis pensamientos regresaron a un día de invierno. Aunque aún era temprano, los árboles al otro lado de la ventana del salón habían pasado ya del amarillo al naranja y del naranja al gris, y el cielo, del azul cobalto al negro.

La señora Mullet había traído un plato de panecillos tostados y había corrido las cortinas. Feely estaba sentada en el sofá, contemplando su propia imagen en la parte posterior de una cucharilla, mientras que Daffy estaba despatarrada sobre el viejo sillón de papá, junto al fuego. Nos estaba leyendo en voz alta un fragmento de *Penrod*, libro que había requisado del estante de libros infantiles que se conservaba intacto en el vestidor de Harriet.

Penrod Schofield tenía doce años, es decir, era un año y unos pocos meses mayor que yo, pero teníamos una edad lo bastante similar como para que despertara en mí cierto interés. Para mí, Penrod era una especie de Huckleberry Finn transportado en el tiempo hasta la primera guerra mundial y situado en una ciudad estadounidense del Medio Oeste. Aunque el libro estaba lleno de caballerizas, callejones, altas cercas de madera y camionetas de reparto que en aquella época aún eran de tiro, la historia en sí se me antojaba tan extraña como si se desarrollara en Plutón. Feely y yo habíamos escuchado fascinadas la lectura de *Scaramouche*, de *La isla del tesoro* y de *Historia de dos ciudades*, pero había algo en Penrod que hacía que su mundo nos pareciera tan lejano como la última glaciación. Feely, que veía los libros en términos de compases musicales, decía que estaba escrito en clave de do.

Aun así, mientras Daffy se abría paso entre sus páginas, nos habíamos reído en una o dos ocasiones, aquí y allá, cuando Penrod se rebelaba ante sus padres o las autoridades. Recuerdo haberme preguntado qué tenía aquel muchacho problemático para haber despertado la imaginación, y quizá el amor, de una joven Harriet de Luce. Tal vez entonces pudiera empezar a averiguarlo.

La escena más divertida, recordé, era aquella en la que a Penrod le presentaban al mojigato reverendo Kinosling, que le daba una palmadita en la cabeza y le decía: «Confío en que lleguemos a ser buenos amigos». Esa era la clase de condescendencia de la que yo hacía gala en mi vida, y supongo que me reí demasiado alto.

La cuestión, sin embargo, tenía que ver con el hecho de que *Penrod* era un libro estadounidense, escrito por un autor estadounidense. Probablemente, no era tan conocido en Inglaterra como lo era al otro lado del océano. ¿Era posible que Pemberton —o Bob Stanley, que, según acababa de averiguar, era su verdadero nombre— se hubiera topado con el libro, o con la frase, en Inglaterra? Era posible, claro que sí, pero parecía poco probable. Y... ¿no me había contado papá que Bob Stanley —el mismo Bob Stanley que se había convertido en cómplice de Horace Bonepenny— se había marchado a Estados Unidos y había montado un turbio negocio relacionado con los sellos de correos?

¡Ese acento apenas perceptible de Pemberton era estadounidense! ¡Un exalumno de Greyminster con un toque del Nuevo Mundo! ¡Qué estúpida había sido!

Eché otro vistazo por la ventana y descubrí que tanto la señora Fairweather como su perro habían desaparecido y que Cow Lane estaba desierto. Dejé el anuario abierto sobre la mesa, salí sigilosamente por la puerta y, tras rodear el cobertizo del foso, me dirigí al río.

Un siglo antes, el río Efon había formado parte de un sistema de canales, del cual ya no quedaba gran cosa aparte del camino de sirga. Al pie de Cow Lane se conservaban aún los restos medio podridos de los pilotes que en otros tiempos habían bordeado el dique, pero a medida que fluían hacia la iglesia, las aguas del río habían sobrepasado sus deteriorados confines y en algunos lugares se habían desbordado para formar amplias charcas, una de las cuales se hallaba precisamente en el centro de una zona pantanosa tras la iglesia de St. Tancred.

Salté la puerta de la entrada techada del camposanto para entrar en el cementerio propiamente dicho, donde las vetustas lápidas se inclinaban peligrosamente como boyas flotantes en un océano de hierba tan alta que tuve que abrirme paso a través de él como si fuera un bañista con el agua hasta la cintura en la orilla del mar.

Las tumbas más antiguas, y las de los difuntos feligreses más acaudalados en vida, eran las que se hallaban más cerca de la iglesia, mientras que allí, junto a la pared de piedra suelta, se encontraban las de los sepelios más recientes.

Había también un estrato vertical. Los cinco siglos de uso constante habían otorgado al cementerio el aspecto de una abultada hogaza, una hinchada hogaza verde de pan recién horneado que se elevaba considerablemente sobre el nivel del resto del terreno. Me estremecí de placer al pensar en los mohosos restos que yacían bajo mis pies.

Durante un rato, curioseé sin rumbo fijo entre las lápidas, leyendo los apellidos que tan a menudo había oído mencionar en Bishop's Lacey: Coombs, Nesbit, Barker, Hoare y Carmichael. Allí, bajo una lápida con un grabado de un corderito, descansaba el pequeño William, hijo de Tully Stoker, que de haber sobrevivido tendría ya treinta años y sería el hermano mayor de Mary. El pequeño William había muerto a los cinco meses y cuatro días «de garrotillo», como decía la lápida, en la primavera de 1919, un año antes de que el señor Twining se precipitara al vacío desde la torre del reloj en Greyminster. Era bastante probable, pues, que el profesor también estuviera enterrado por allí cerca.

Por un momento, creí haberlo encontrado: una lápida negra terminada en forma piramidal en la que habían grabado toscamente el nombre de Twining. Pero al inspeccionar más de cerca la lápida, resultó que ese Twining era un tal Adolphus que había desaparecido en el mar en 1809. La lápida estaba asombrosamente bien conservada, tanto que no pude resistirme a la tentación de pasar los dedos por la fría superficie pulida.

—Que descanses, Adolphus —dije—, estés donde estés.

Sabía que la lápida del señor Twining —en caso de que la tuviera, lo cual me parecía más que probable— no sería uno de esos especímenes de arenisca erosionada que se inclinaban como irregulares dientes marrones, ni tampoco uno de esos inmensos monumentos con pilares, flácidas cadenas y fúnebres rejas de hierro fundido que señalaban las parcelas de las familias más acaudaladas y aristocráticas de Bishop's Lacey (cosa que incluía a un considerable número de difuntos de la familia De Luce).

Me puse en jarras y me quedé allí plantada, hundida hasta la cintura entre los hierbajos que cercaban el cementerio. Al otro lado del muro de piedra se hallaba el camino de sirga y, más allá aún, el río. En algún lugar allí atrás había desaparecido la señorita Mountjoy tras huir de la iglesia, justo después de que el vicario nos pidió que rezáramos por el eterno reposo del alma de Horace Bonepenny. Pero... ¿adónde se había dirigido?

Salté de nuevo la puerta de la entrada techada, esta vez hacia el camino de sirga. Desde allí veía perfectamente las pasaderas, que asomaban aquí y allá entre serpentinas de algas, justo bajo la superficie del río que fluía lentamente. Las piedras seguían un sinuoso trazado por la amplia charca hasta llegar a una arenosa orilla en el extremo más alejado, más allá de la cual partía un seto de zarzamoras que bordeaba un campo perteneciente a la hacienda Malplaquet.

Me quité los zapatos y los calcetines y apoyé un pie en la primera piedra. El agua estaba más fría de lo que esperaba. Aún me goteaba un poco la nariz y me lloraban los ojos, así que por un momento me cruzó por la mente la idea de que probablemente moriría de neumonía dentro de uno o dos días y me convertiría, en menos de lo que se tarda en decir «¡Jesús!», en inquilina permanente del cementerio de St. Tancred. Agitando los brazos como si fuera un código de señales, fui avanzando con cuidado por el agua y resbalé torpemente en el barro de la orilla. Me agarré a una mata de largos hierbajos y conseguí subir por el dique, que en realidad era un terraplén de tierra prensada que se alzaba entre el río y el campo colindante.

Me senté a recuperar el aliento y limpiarme el fango de los pies con un puñado de la hierba que crecía en matas junto al seto. No muy lejos de allí, un escribano cerillo que cantaba su monótona canción se quedó callado de repente. Presté atención, pero lo único que se oía era el lejano murmullo propio del campo: la cantinela de la distante maquinaria agrícola.

Después de volver a ponerme los calcetines y los zapatos, me sacudí el polvo y eché a andar junto al seto, que al principio me pareció una impenetrable maraña de zarzas y espinas. Y justo entonces, cuando estaba a punto de dar media vuelta, lo encontré: una angosta abertura entre los matorrales, poco más que una grieta, en realidad. Me abrí paso a través de ella y salí al otro lado del seto.

Unos cuantos metros más atrás, en la dirección del cementerio, algo sobresalía de la hierba. Me acerqué con cautela y noté cómo se me erizaba el vello de la nuca, a modo de primitiva alarma.

Era una lápida, y en ella, toscamente grabado, se leía el nombre de Grenville Twining. En la base inclinada de la piedra había una única palabra: «*Vale!*».

«*Vale!*»... ¡La palabra que el señor Twining había gritado desde lo alto de la torre! La palabra que Horace Bonepenny me había exhalado en plena cara al morir. Y entonces, como si de repente me empapara una ola, caí en la cuenta: la mente moribunda de Bonepenny había querido confesar el asesinato de Twining, y el destino le había proporcionado la única palabra capaz de hacer tal cosa. Dado que yo había escuchado esa confesión, me había convertido en el único ser vivo que podía relacionar ambas muertes. A excepción, tal vez, de Bob Stanley, mi señor Pemberton.

Al pensar en ello, un escalofrío me recorrió la espalda. En la lápida del señor Twining no había fecha alguna, como si quien lo había enterrado allí hubiese querido borrar su historia. Daffy nos había leído relatos que hablaban de suicidas a los que se enterraba fuera del cementerio o en alguna encrucijada, pero la verdad es que yo nunca me los había creído del todo, y los consideraba más bien chismes eclesiásticos. Y, sin embargo, no pude dejar de preguntarme si, lo mismo que Drácula, el señor Twining yacía bajo mis pies envuelto en su capa de profesor.

Pero la toga que yo había encontrado en el tejado de la torre de la Residencia Anson, toga que en esos momentos obraba en poder de la policía, no era la del señor Twining: papá había dicho muy claramente que el señor Twining llevaba su toga cuando se precipitó al vacío. Y lo mismo le había dicho Toby Lonsdale al *Hinley Chronicle*.

¿Acaso se equivocaban los dos? Papá había admitido que, después de todo, cabía la posibilidad de que el sol lo hubiera deslumbrado. ¿Qué más me había dicho?

Recordé las palabras exactas que había utilizado para describir a Twining cuando este se hallaba de pie sobre el parapeto: «Parecía como si toda su cabeza irradiara luz; el pelo era como un disco de cobre al resplandor del amanecer; como la aureola de un santo en un manuscrito ilustrado».

Y, entonces, me empapó el resto de la verdad, como una nauseabunda oleada: había sido Horace Bonepenny quien se había encaramado a las almenas. Horace Bonepenny, el del pelo rojo fuego; Horace Bonepenny, el imitador; Horace Bonepenny, el mago.

¡Todo había sido un estudiado truco de ilusionismo!

La señorita Mountjoy tenía razón. *Él* había matado a su tío. Bonepenny y su cómplice, Bob Stanley, debían de haber engañado al señor Twining para que subiera al tejado de la torre, seguramente con la falsa promesa de que iban a devolverle el sello robado, escondido allí arriba.

Papá me había hablado de los extraños cálculos matemáticos de Bonepenny. Gracias a sus incursiones arquitectónicas, era de esperar que estuviera tan familiarizado con las tejas de la torre como con su propia habitación. Cuando el señor Twining los había amenazado con contar la verdad, lo habían matado, probablemente golpeándole la cabeza con un ladrillo. Tras una caída tan horrenda, sin duda hubiera resultado imposible detectar el golpe mortal. Y luego habían escenificado el suicidio: todo, hasta el último detalle, planeado a sangre fría. Tal vez incluso lo hubieran ensayado.

Quien se había estrellado contra los adoquines había sido el señor Twining, pero Bonepenny era quien había trepado a las almenas al amanecer y, ataviado con una toga y un birrete que no le pertenecían, había gritado «*Vale!*» a los muchachos que lo observaban desde el patio interior. «*Vale!*»…, una palabra que solo podía insinuar un suicidio.

Después de eso, Bonepenny se había agazapado tras el parapeto mientras Stanley arrojaba el cuerpo por la abertura del desagüe en el tejado. A cualquier espectador del patio, medio deslumbrado por el sol, le habría parecido que el anciano se había precipitado desde el parapeto. No era más que la Resurrección de Tchang Fu representada en un escenario mucho más amplio, con deslumbramiento incluido.

¡Qué convincente había resultado el truco!

Y, durante todos aquellos años, papá había creído que su silencio era lo que había impulsado al señor Twining a cometer suicidio, que él era el único responsable de la muerte del pobre hombre… ¡Qué espantosa y horrenda carga había soportado!

Durante treinta años, hasta el momento en que yo había encontrado las pruebas bajo las tejas de la Residencia Anson, a nadie se le había ocurrido pensar que se tratara de un asesinato. Y los criminales casi habían conseguido salirse con la suya.

Me apoyé en la lápida del señor Twining para recobrarme.

—Veo que lo has encontrado —dijo alguien, cuya voz me heló la sangre, a mi espalda.

Giré sobre mis talones y me encontré cara a cara con Frank Pemberton.

23

Cuando en una novela o en una película alguien se encuentra cara a cara con un asesino, las primeras palabras de este siempre tienen un tono amenazador y, por lo general, proceden de alguna obra de Shakespeare.

«Bueno, bueno —suele decir entre dientes el asesino—, los viajes terminan con el encuentro de los amantes». O bien: «Dicen que tan sabios y tan jóvenes no viven nunca mucho tiempo».

Pero Frank Pemberton no dijo nada parecido; de hecho, fue más bien lo contrario:

—Hola, Flavia —me saludó con una sonrisa torcida—. Qué curioso encontrarte aquí.

Las arterias me palpitaban como locas y ya casi notaba el rubor que me afloraba a las mejillas, las cuales, a pesar de los escalofríos, quemaban tanto como una parrilla. Un único pensamiento reinaba en mi mente: «Que no se me escape… Que no se me escape… No debo darle a entender que sé que es Bob Stanley».

—Hola —dije con la esperanza de que no me temblara la voz—. ¿Qué tal el panteón?

Supe de inmediato que no conseguiría engañar a nadie excepto a mí misma. Pemberton me observaba igual que un gato observa al canario de la familia cuando se quedan solos en casa.

—¿El panteón? Ah, una obra en mármol blanco —respondió—. Se parecía curiosamente a un mazapán de almendra, pero más grande, claro.

Decidí seguirle el juego hasta que se me ocurriera un plan.

—Espero que le gustara a su editor.

—¿Mi editor? Ah, sí, el bueno de...

—Quarrington —dije.

—Sí. Eso, Quarrington. Estaba entusiasmado.

Pemberton —aún seguía pensando en él como Pemberton— dejó su mochila en el suelo y empezó a desabrochar las correas de cuero de su portafolio.

—Vaya —dijo—. Hace calor, ¿verdad?

Se quitó la chaqueta, se la echó despreocupadamente al hombro y señaló con el pulgar la lápida del señor Twining.

—¿Qué tiene de interesante?

—Era profesor de mi padre —dije.

—¡Ah!

Se sentó y se apoyó en la base de la piedra con tanta tranquilidad como si él fuera Lewis Carroll y yo Alicia y estuviéramos merendando a orillas del río Isis.

¿Qué sabía?, me pregunté. Esperé a que hiciera un movimiento de apertura, con la esperanza de aprovechar ese tiempo para pensar.

Empecé a planear mi huida. Si salía por piernas de allí, ¿conseguiría dejarlo atrás? No parecía muy probable. Si intentaba llegar al río, me alcanzaría antes de que hubiera tenido tiempo de recorrer la mitad del camino. Si echaba a correr por el campo en dirección a la hacienda Malplaquet, tendría menos oportunidades de encontrar ayuda que si echaba a correr hacia High Street.

—Tu padre es una especie de filatelista, ¿verdad? —dijo de repente, mirando despreocupadamente hacia la granja.

—Colecciona sellos, sí. ¿Cómo lo sabe?

—Mi editor, el bueno de Quarrington, lo ha comentado por casualidad esta mañana en Nether Eaton. Al parecer, tenía la idea de pedirle a tu padre que escribiera una historia sobre no sé qué desconocido sello de correos, pero no sabía muy bien cómo planteárselo. La verdad es que no he entendido gran cosa…, me supera…, demasiado técnico. Le he dicho que a lo mejor debería hablar contigo.

Era todo mentira y lo supe al instante. Como mentirosa profesional que soy, detecté los reveladores indicios de una patraña antes incluso de que hubiera terminado de hablar: el exceso de detalles, el relato precipitado y el hecho de que lo disfrazara de charla informal.

—Dicen que ese sello vale un dineral, ¿sabes? —añadió—. El bueno de Quarrington es un potentado desde que se casó con los millones de los Norwood, pero que no se entere de que te lo he contado… Supongo que a tu padre no le vendría mal un poco de calderilla para comprar unas cuantas chucherías, ¿verdad? Debe de costar un ojo de la cara mantener una casa como Buckshaw.

Aquello ya era demasiado. ¿Acaso me tomaba por tonta?

—Mi padre está muy ocupado últimamente —dije—, pero ya se lo comentaré.

—Ah, claro, esa… muerte repentina de la que hablaste… La policía y toda la pesca. Debe de ser un solemne tostón.

¿Pensaba hacer algún movimiento o más bien planeaba quedarse allí sentado a charlar hasta que anocheciera? Tal vez no era mala idea que yo tomara la iniciativa. Por lo menos, así contaría con la ventaja de la sorpresa, pero… ¿cómo?

Recordé entonces un consejo fraternal que en una ocasión nos había dado Feely a Daffy y a mí: «Si alguna vez se os acerca un hombre, le dais una patada en los cataplines y echáis a correr como locas». Aunque en su momento me había parecido una información muy útil, tenía un problema: que no sabía dónde estaban localizados los cataplines. Tendría que pensar en otra cosa.

Restregué contra la arena la punta del zapato. Podía coger un puñado de tierra y arrojársela a los ojos antes de que tuviera tiempo de darse cuenta. Lo vi observarme fijamente. Después se puso en pie y se sacudió el polvo del trasero de los pantalones.

—A veces, la gente hace las cosas precipitadamente y luego se arrepiente —dijo como para entablar conversación. ¿Se refería a Horace Bonepenny o a sí mismo? ¿O tal vez me estaba advirtiendo de que no hiciese un movimiento estúpido?—. Te vi en el Trece Patos, ¿sabes? Estabas en el vestíbulo consultando el registro cuando mi taxi paró delante de la puerta.

¡Recórcholis! O sea, que al final resulta que sí me había visto alguien.

—Tengo unos amigos que trabajan allí —contesté—: Ned y Mary. A veces me paro a saludarlos.

—¿Y siempre registras las habitaciones de los huéspedes?

Nada más pronunciar Pemberton esas palabras, me puse roja como un tomate.

—Lo que imaginaba —dijo el hombre—. Mira, Flavia, voy a serte sincero. Un socio mío tenía algo que no le pertenecía: era mío. Y ahora, tengo la certeza de que, aparte de mi socio, tú y la hija del patrón sois las dos únicas personas que entraron en esa habitación. También sé que Mary Stoker no tenía ningún motivo en especial para coger ese sello. ¿Qué debo pensar?

—¿Se refiere usted a ese sello antiguo? —le pregunté.

Aquella iba a ser una actuación de funambulista, y yo ya me estaba poniendo las mallas. Pemberton se relajó al instante.

—¿Lo admites? —dijo—. Vaya, eres incluso más lista de lo que imaginaba.

—Estaba en el suelo, debajo del baúl —respondí—. Debió de caerse. Yo estaba ayudando a Mary a limpiar la habitación. Se le había olvidado hacer unas tareas, y su padre, ¿sabe usted?, es muy...

—Ya veo. O sea, que robaste mi sello y te lo llevaste a casa.

Me mordí el labio, hice un mohín y me froté los ojos.

—Yo no lo robé. Pensaba que se le había caído a alguien. Bueno, eso no es del todo cierto: sabía que se le había caído a Horace Bonepenny, pero como estaba muerto, creía que ya no iba a necesitarlo. Pensé en regalárselo a mi padre para que se le pasara el enfado por lo del jarrón Tiffany. Ya está, ya lo sabe todo.

Pemberton silbó.

—¿Un jarrón Tiffany?

—Fue sin querer —aclaré—. Pero no tendría que haber jugado a tenis dentro de casa.

—Bueno —dijo—, pues, entonces, problema solucionado, ¿no? Me devuelves el sello y nos olvidamos del asunto, ¿de acuerdo?

Asentí alegremente.

—Voy corriendo a casa a buscarlo.

Pemberton soltó una carcajada muy poco afable y se dio una palmada en la pierna. Cuando recobró la calma, dijo:

—Eres muy buena, ¿sabes?, para la edad que tienes… Me recuerdas a mí mismo. ¡Dice que va corriendo a casa a buscarlo!

—De acuerdo, pues —dije—. Le diré dónde lo he escondido y puede ir a buscarlo usted mismo. Yo me quedo aquí, le doy mi palabra de exploradora.

Lo saludé al estilo de los exploradores, es decir, levantando tres dedos de la mano. No le dije, sin embargo, que técnicamente ya no formaba parte de esa organización, concretamente desde que me habían expulsado por manipular hidróxido férrico para ganar mi insignia de servicio doméstico. A nadie parecía haberle importado el hecho de que se tratara del antídoto en caso de envenenamiento por arsénico.

Pemberton echó un vistazo a su reloj de pulsera.

—Se está haciendo tarde —dijo—, no nos queda tiempo para cortesías.

Algo en su rostro había cambiado, como si hubiera corrido una cortina. De repente, la atmósfera se volvió gélida. Se abalanzó sobre mí y me agarró la muñeca, cosa que me hizo gritar de dolor. Sabía que en cuestión de segundos me retorcería el brazo a la espalda, así que me rendí sin vacilar.

—Lo escondí en el vestidor de mi padre, en Buckshaw —farfullé—. Hay dos relojes en la habitación: uno grande en la repisa de la chimenea y otro más pequeño en la mesilla de noche. El sello está escondido en la parte de atrás del péndulo del reloj que está en la repisa de la chimenea.

Y entonces sucedió algo espantoso, espantoso pero también, como se verá en seguida, maravilloso, todo a la vez: estornudé.

El catarro había permanecido adormecido durante la mayor parte del día. Me había dado cuenta de que, igual que los catarros suelen experimentar cierto alivio cuando uno duerme, prácticamente desaparecen cuando uno está demasiado preocupado como para prestarles atención. El mío volvió de repente y con ganas.

Olvidando momentáneamente que el Vengador del Ulster estaba escondido en su interior, fui a coger mi pañuelo. Pemberton, sobresaltado, debió de pensar que ese repentino movimiento era el preludio de mi huida..., o tal vez que me disponía a atacarlo. Fuera lo que fuese, el caso es que al acercarme el pañuelo a la nariz, antes incluso de que tuviera tiempo de desplegarlo, Pemberton me desvió la mano con un gesto veloz como el rayo, hizo una bola con el pañuelo y me lo introdujo, sello incluido, en la boca.

—Bueno —dijo—, vamos a ver.

Se quitó la chaqueta que aún llevaba sobre el hombro y la extendió como si fuera el capote de un torero. Lo último que vi, cuando Pemberton me cubrió con ella la cabeza fue la lápida del señor Twining y la palabra *«Vale!»* grabada en la parte baja. «¡De ti me despido!».

Noté que algo me ceñía las sienes y supuse que Pemberton estaba utilizando las correas de su portafolio para asegurar la chaqueta e impedir que se moviera.

Me cargó sobre uno de sus hombros y cruzó el río como si fuera un carnicero con media res. Antes de que la cabeza dejara de darme vueltas, Pemberton ya me había depositado de nuevo en el suelo. Me agarró de la nuca con una mano y con la otra me sujetó la parte superior del brazo como si tuviera tenazas en lugar de dedos. Después me empujó sin miramientos para que caminara delante de él por el camino de sirga.

—Tú limítate a ir poniendo un pie delante del otro hasta que te diga que pares.

Intenté gritar pidiendo ayuda, pero me estaba atragantando por culpa del pañuelo húmedo que tenía en la boca, así que lo único que me salió fue una especie de gruñido canallesco. Ni siquiera podía decirle que me estaba haciendo mucho daño.

De repente me di cuenta de que estaba más asustada de lo que jamás había estado en mi vida. Mientras caminaba dando traspiés, recé para que alguien nos viera. Si alguien nos veía, seguramente gritaría y, a pesar de tener la cabeza envuelta en la chaqueta de Pemberton, sin duda oiría los gritos. Lo único que tendría que hacer entonces sería apartarme bruscamente de él y echar a correr hacia el lugar del que procedieran las voces. Pero si hacía tal cosa antes de tiempo me arriesgaba a caer de cabeza al río y a que Pemberton me dejara allí para que me ahogara.

—Quieta ahí —ordenó de repente, después de que me hubo obligado a recorrer lo que a mí me pareció un centenar de metros—. No te muevas.

Obedecí.

Lo oí manipular algo que producía un sonido metálico y, un instante más tarde, me pareció percibir el chirrido de una puerta al abrirse. ¡El cobertizo del foso!

—Sube un escalón —dijo—. Muy bien…, ahora tres pasos al frente. Quieta.

La puerta se cerró a nuestra espalda con un crujido de madera, como si fuera la tapa de un ataúd.

—Vacíate los bolsillos —pidió Pemberton.

Solo tenía uno, el del suéter, y en él no había nada a excepción de la llave que abría la puerta de la cocina de Buckshaw. Papá siempre había insistido en que la lleváramos encima a todas horas en el caso hipotético de que se produjera alguna emergencia y, dado que a veces realizaba inspecciones por sorpresa, yo jamás salía de casa sin la llave. Cuando volví del revés el bolsillo, la llave cayó sobre el suelo de madera, donde rebotó y resbaló. Un instante más tarde se oyó un débil cling al aterrizar la llave sobre el suelo de hormigón.

—Maldición —dijo.

¡Bien! La llave había caído al foso, estaba segura de ello. Pemberton tendría que apartar los tablones que lo cubrían y descender al interior. Aún tenía las manos libres: me arrancaría la chaqueta de la cabeza, correría hacia la puerta, me sacaría el pañuelo de la boca y gritaría como una posesa mientras me dirigía corriendo hacia High Street, que estaba a menos de un minuto de distancia.

No me había equivocado. Casi de inmediato, oí el inconfundible sonido que hacían los pesados tablones de madera al arrastrarlos sobre el suelo. Pemberton gruñía mientras los retiraba de la boca del foso. Tenía que estar muy atenta al echar a correr, porque si daba un paso en la dirección equivocada, me caería por el agujero y me partiría el cuello. No me había movido desde que habíamos entrado por la puerta, que, si no me equivocaba, estaba justo detrás de mí, lo que significaba que el foso estaba delante. Así pues, tenía que girar ciento ochenta grados a ciegas.

O bien Pemberton era un adivino consumado o bien detectó un movimiento casi imperceptible de mi cabeza, porque antes de que pudiera hacer nada se plantó a mi lado y me hizo dar media docena de vueltas, como si estuviéramos jugando a la gallinita ciega y yo fuera, precisamente, la gallina. Cuando por fin me soltó, estaba tan mareada que apenas me tenía en pie.

—Bueno, ahora vamos a bajar —dijo—. Cuidado dónde pisas.

Sacudí rápidamente la cabeza de un lado a otro, pensando mientras hacía tal cosa en el ridículo aspecto que debía de tener envuelta en su chaqueta de *tweed*.

—Veamos, Flavia, pórtate bien. Si obedeces, no te haré ningún daño. En cuanto tenga entre mis manos el sello de Buckshaw te soltaré. De lo contrario…

«¿De lo contrario?»…

—… me veré obligado a hacer algo muy desagradable.

La imagen de Horace Bonepenny espirando su último aliento en mi rostro flotó ante mis ojos tapados y no me cupo duda de que Pemberton era más que capaz de cumplir con su amenaza.

Me arrastró por el codo hacia un punto que, supuse, debía de ser el borde del foso.

—Ocho escalones —dijo—. Yo los cuento. No te preocupes, te tengo cogida.

Di un paso hacia el vacío.

—Uno —dijo Pemberton cuando mi pie tocó algo sólido. Me quedé allí, tambaleándome.

—Así, despacio… Dos…, tres…, vamos, ya estás casi a la mitad.

Extendí un brazo y palpé el borde del foso, que estaba casi a la altura de mis hombros. Cuando noté en las rodillas desnudas el aire frío del foso, empezó a temblarme el brazo como si fuera una rama muerta azotada por un viento invernal. Se me hizo un nudo en la garganta.

—Bien… Cuatro…, cinco…, dos más y ya estamos.

Pemberton bajaba los escalones de uno en uno, arrastrando los pies detrás de mí. Estudié la posibilidad de agarrarle el brazo con fuerza y arrojarlo al foso. Con suerte, se partiría la crisma contra el hormigón y yo saltaría sobre su cuerpo hacia mi libertad.

De repente, Pemberton se quedó inmóvil y me clavó los dedos en los músculos del brazo. Yo ahogué un grito y él aflojó un poco la mano.

—Calla —dijo con un gruñido que no admitía réplica.

Fuera, en Cow Lane, se acercaba un camión que circulaba marcha atrás. Sus engranajes gemían con un lamento que aumentaba y disminuía de intensidad. ¡Venía alguien!

Pemberton permaneció completamente inmóvil. Su respiración jadeante resonaba en el frío silencio del foso. Dado que tenía la cabeza envuelta en su chaqueta, solo oí las voces débiles que llegaban del exterior y el sonido metálico de la puerta trasera del camión.

Por extraño que parezca, en ese momento pensé en Feely. ¿Por qué, me preguntaría, no había gritado? ¿Por qué no me había arrancado la chaqueta de la cabeza y le había dado un buen mordisco a Pemberton en el brazo? Feely querría conocer todos los detalles, y le dijera lo que le dijese yo, ella me rebatiría cada argumento como si fuera el mismísimo presidente del Tribunal Supremo.

Lo cierto es que ya me costaba bastante respirar... El pañuelo, de recio y resistente algodón, estaba tan apretujado en el interior de mi boca que la mandíbula empezaba a dolerme a base de bien. Tenía que respirar a través de la nariz, tapada por el catarro, y ni siquiera respirando hondo conseguía inhalar más oxígeno del estrictamente necesario para mantenerme en pie.

Sabía que en cuanto empezara a toser estaría perdida. Incluso el más mínimo esfuerzo hacía que me diera vueltas la cabeza. Aparte de eso, me dije, los dos hombres que estaban fuera junto a un camión con el motor al ralentí no podían oír nada que no fuera el motor. A menos que consiguiera provocar un gran estruendo, jamás me oiría nadie. Entretanto, lo mejor para mí era permanecer quieta y en silencio para ahorrar energía. Alguien cerró la puerta del camión con un fuerte sonido metálico. Después se cerraron también las dos puertas de la cabina y el vehículo se alejó en primera. Estábamos solos de nuevo.

—Bueno —dijo Pemberton—. Abajo. Dos escalones más.

Me pellizcó con fuerza en el brazo y deslicé un pie hacia adelante.

—Siete.

Me detuve, reacia a dar el último paso, el que me situaría justo en el fondo del foso.

—Uno más. Cuidado —advirtió, como si estuviera ayudando a una ancianita a cruzar una transitada calle. Descendí el escalón y de inmediato me vi cubierta de basura hasta los tobillos. Oí a Pemberton rebuscar entre la porquería con el pie. Aún me sujetaba el brazo con fuerza, pero aflojó un poco los dedos el tiempo necesario para agacharse a recoger algo. La llave, obviamente. Y si podía verla, me dije, era porque en el fondo del foso había suficiente luz.

«En el fondo del foso hay suficiente luz». Por algún motivo para mí incomprensible, ese pensamiento me recordó las palabras que había pronunciado el inspector Hewitt cuando me llevaba a casa desde la comisaría de policía de Hinley:

«Si por dentro la tarta no es dulce, ¿a quién le importan los pliegues de la masa?».

¿Qué significaba? Mi cabeza era un hervidero.

—Lo siento, Flavia —dijo Pemberton de repente, interrumpiendo mis pensamientos—, pero voy a tener que atarte.

Antes de que tuviera tiempo de comprender sus palabras, me cogió la mano derecha, me la colocó rápidamente a la espalda y me ató las dos muñecas. Me pregunté qué habría usado. ¿La corbata?

Mientras Pemberton apretaba el nudo, tuve la precaución de unir los dedos de ambas manos para formar una especie de arco, igual que había hecho cuando Feely y Daffy me habían encerrado en el armario. ¿Cuándo había sido eso? ¿El miércoles pasado? Me sentía como si hubieran transcurrido mil años desde entonces.

Pemberton, sin embargo, no era ningún estúpido. Se dio cuenta en seguida de lo que me proponía y, sin decir palabra, me apretó el dorso de ambas manos con el pulgar y el índice, lo que provocó que mi pequeño arco de salvación se derrumbara dolorosamente. Tiró con fuerza de las ataduras hasta que mis dos muñecas quedaron pegadas la una a la otra y luego hizo dos, tres nudos, apretándolos todos ellos con fuertes tirones.

Pasé un pulgar por el nudo y percibí un material suave y resbaladizo. Seda. Sí, había utilizado su corbata. ¡Pocas posibilidades eran las que tenía de librarme de aquellas ataduras!

Me empezaron a sudar las muñecas: sabía muy bien que la humedad no tardaría en provocar que la seda se encogiera. Bueno, no exactamente: la seda, como el pelo, es una proteína, y no es que en realidad se encoja, pero la forma en que está tejida puede ser la causa de que se tense sin piedad cuando se moja. Al cabo de un rato, me cortaría la circulación en las manos, y entonces...

—Siéntate —me ordenó Pemberton, empujándome los hombros hacia abajo.

Me senté.

Oí el ruido metálico de la hebilla de su cinturón cuando se lo quitó. A continuación, me lo enrolló en los tobillos y lo ató con fuerza. No dijo ni una sola palabra más. Oí el roce de sus zapatos contra el hormigón cuando subió los escalones del foso y, luego, el sonido de los pesados tablones de madera, que volvió a colocar sobre la boca del agujero. Instantes después no quedó más que silencio. Se había marchado.

Estaba sola en el foso y nadie, excepto Pemberton, conocía mi paradero. Me moriría allí dentro y, cuando por fin encontraran mi cadáver, me meterían en un coche fúnebre de un negro reluciente y me transportarían a algún húmedo depósito de cadáveres, para colocarme finalmente sobre una mesa de acero inoxidable.

Lo primero que harían sería abrirme la boca y sacar la empapada bola en que se habría convertido mi pañuelo y, al desplegarlo sobre la mesa junto a mis pálidos restos, un sello naranja —propiedad del rey— caería revoloteando al suelo: parecía una escena sacada de una novela de Agatha Christie. Alguien, tal vez incluso la mismísima Agatha Christie, convertiría mi historia en una novela de detectives.

Yo estaría muerta, sí, pero aparecería en la portada de *News of the World*. De no haber sido porque estaba aterrorizada, agotada, dolorida y casi sin respiración, hasta me habría parecido divertido.

24

Estar secuestrada no es exactamente como una se imagina. En primer lugar, no había mordido ni arañado a mi raptor. Tampoco había gritado: más bien me había comportado como un corderito camino del matadero.

La única excusa que se me ocurre es que había utilizado toda mi energía en alimentar mi acelerada mente y que no me había quedado nada para enviar a los músculos. Cuando a una le sucede algo así, es asombrosa la cantidad de tonterías que se le llegan a pasar por la cabeza al instante.

Me acordé, por ejemplo, de lo que había afirmado Maximilian acerca de que en las islas del Canal se podía dar la alarma de «¡Al ladrón!» simplemente gritando: *«Haroo! Haroo, mon prince! On me fait tort!»*. Fácil de decir, pero no tanto cuando una tiene la boca llena de algodón y la cabeza envuelta en la chaqueta de *tweed* de un desconocido, que además apesta considerablemente a sudor y pomada.

Además, pensé, Inglaterra andaba un poco escasa de príncipes en los tiempos actuales: los únicos que se me ocurrían eran el esposo de la reina Isabel, el príncipe

Felipe, y el hijo de ambos, el pequeño príncipe Carlos. Lo que significa que, a efectos prácticos, era como estar sola.

¿Qué habría hecho Marie Anne Paulze Lavoisier?, me pregunté. O, mejor dicho, ¿su esposo Antoine? La situación en la que me hallaba en ese momento era un recordatorio demasiado vívido del hermano de Marie Anne, envuelto en seda lubricada y obligado a respirar por una pajita. Por otro lado, sabía muy bien que difícilmente irrumpiría alguien en el cobertizo del foso con la intención de entregarme a la justicia. En Bishop's Lacey no había guillotina, pero tampoco milagros.

No, pensar en Marie Anne y su sentenciada familia me resultaba demasiado deprimente. Tendría que recurrir a otros genios de la química en busca de inspiración. ¿Qué habrían hecho, por ejemplo, Robert Bunsen o Henry Cavendish si se hubieran encontrado atados y amordazados en el fondo de un grasiento foso?

Me sorprendió lo rápido que me vino la respuesta a la mente: harían un balance de la situación.

Muy bien, pues haría un balance de la situación.

Me hallaba en el fondo de un foso de algo menos de dos metros, lo que lo acercaba de forma alarmante a las dimensiones de una tumba. Tenía los pies y las manos atadas y no me resultaría precisamente fácil tantear a mi alrededor. Con la cabeza envuelta en la chaqueta de Pemberton —quien sin duda había utilizado las mangas para atarla a conciencia— no veía nada. Tampoco oía mucho debido al grueso tejido, y el sentido del gusto estaba inutilizado por culpa del pañuelo que tenía metido en la boca. Me costaba respirar y, dado que tenía la nariz medio tapada, hasta el más mínimo esfuerzo consumía el poco oxígeno que me entraba en los pulmones. Era necesario que permaneciera quieta.

El único sentido que al parecer estaba haciendo horas extra era el del olfato y, a pesar de tener la cabeza envuelta, la fetidez del foso se me colaba por los orificios nasales con toda su intensidad. La base era el acre hedor de la tierra que ha permanecido durante mucho tiempo bajo una morada humana: un olor amargo a cosas en las que es mejor no pensar. Superpuestos a esa base percibí el olor dulzón del aceite usado de motor y los penetrantes y etéreos efluvios de la gasolina, el monóxido de carbono, la goma de los neumáticos y, tal vez, un débil tufillo a ozono, producto de bujías quemadas mucho tiempo atrás.

Y luego estaba el olor a amoníaco que ya había percibido antes. La señorita Mountjoy había hablado de ratas, así que no me sorprendería mucho descubrir que proliferaban por aquellos edificios abandonados a orillas del río.

Más inquietante aún resultaba el olor del gas de alcantarilla: un desagradable caldo de metano, sulfuro de hidrógeno y óxidos de nitrógeno… El olor de la putrefacción y de la descomposición; el olor que surgía del desagüe abierto que descendía desde el foso en que me hallaba sentada hasta la orilla del río.

Me estremecí solo de pensar en las cosas que en aquellos momentos podían estar abriéndose paso por aquel conducto.

«Mejor darle un descanso a la imaginación —me dije— y proseguir con el análisis del foso».

Casi había olvidado que estaba sentada. La orden de Pemberton de que me sentara, acompañada de un empujón para que obedeciera, me había sorprendido tanto que ni siquiera había reparado en el objeto sobre el cual me había sentado. Sin embargo, en ese momento lo noté debajo de mí: era algo plano, sólido y estable. Meneé un poco el trasero y noté que el objeto cedía ligeramente y emitía un crujido de madera. Era un cajón de embalaje, pensé, o algo muy parecido. ¿Lo habría dejado Pemberton allí con antelación, antes de abordarme en el cementerio?

Fue entonces cuando me di cuenta de que estaba muerta de hambre. No había comido nada desde el escaso desayuno, que, por si fuera poco, se había visto interrumpido por la repentina aparición de Pemberton junto a la ventana. Cuando mi estómago empezó a protestar con retortijones, yo empecé a desear haberle prestado un poco más de atención a mi tostada y a mis cereales de esa mañana.

Además, estaba cansada. Más que cansada, estaba completamente agotada. No había dormido bien y los efectos residuales del catarro obstruían aún más la inhalación de oxígeno.

«Relájate, Flavia. Mantén la calma. Pemberton no tardará en llegar a Buckshaw». Contaba con el hecho de que, en cuanto Pemberton entrara en la casa para recuperar el Vengador del Ulster, Dogger lo abordaría y se desharía de él sin contemplaciones.

¡Ah, el bueno de Dogger! Cuánto lo echaba de menos. Era el gran desconocido que vivía bajo el mismo techo que yo y, sin embargo, jamás se me había ocurrido preguntarle directamente acerca de su pasado. Juré que si alguna vez conseguía salir de aquella espantosa situación, me llevaría a Dogger de pícnic a la primera oportunidad, los dos solos. Iríamos a dar un paseo en batea hasta el disparate arquitectónico, donde lo agasajaría con tostadas untadas de *marmite* y le sacaría en un santiamén los detalles más morbosos. Mi huida del foso aliviaría tanto a Dogger que no podría negarse a contármelo todo. El pobrecillo había querido hacerme creer, aunque solo hubiera sido accidentalmente durante uno de sus ensueños, que él había matado a Horace Bonepenny. Lo había hecho para proteger a papá, de eso no me cabía la menor duda. ¿Acaso no había estado Dogger conmigo en el corredor, junto a la puerta del estudio de papá? ¿No había escuchado, lo mismo que yo, la disputa que había precedido a la muerte de Bonepenny?

Sí, pasara lo que pasase, Dogger se encargaría de todo. Dogger era ferozmente leal a papá... y a mí. Leal incluso hasta la muerte.

Muy bien, entonces. Dogger se encargaría de Pemberton y ya está.

¿O no está?

¿Y si Pemberton conseguía entrar en Buckshaw sin que nadie lo advirtiera y se colaba en el estudio de papá? ¿Y si detenía el reloj de la repisa de la chimenea, buscaba tras el péndulo y no encontraba nada excepto el Penny Black agujereado? ¿Qué haría entonces?

La respuesta era muy simple: volvería al cobertizo del foso y me torturaría.

Una cosa estaba clara: tenía que huir antes de que Pemberton regresara. No había tiempo que perder.

Las rodillas me crujieron como ramitas secas cuando intenté ponerme en pie. Lo primero y más importante era inspeccionar el foso: reconocer las características y descubrir cualquier cosa que pudiese ayudarme en mi huida. Con las manos atadas a la espalda, lo único que podía reconocer era la pared de hormigón, y para ello debía recorrer su perímetro muy lentamente, con la espalda pegada a ella, y utilizar los dedos para palpar la superficie centímetro a centímetro. Con un poco de suerte, tal vez encontrara alguna protuberancia afilada que pudiera utilizar como herramienta para soltarme las manos.

Pemberton me había atado los pies tan estrechamente que los huesos de uno y otro tobillo se rozaban, así que tuve que improvisar una especie de manera de andar que consistía en ir dando saltitos como una rana. Cada uno de mis movimientos iba acompañado del crujido de papeles bajo los pies.

Al llegar a lo que me pareció el extremo opuesto del foso percibí una corriente de aire fresco que me llegaba a los tobillos, como si hubiera una especie de abertura cerca del suelo. Me volví para mirar hacia la pared y traté de encajar la punta del pie en algún agujero, pero las ataduras eran demasiado estrechas. A cada movimiento corría el riesgo de precipitarme de bruces.

Me di cuenta de que las manos se me estaban cubriendo rápidamente de una rancia inmundicia procedente de las paredes; solo el olor de aquella cosa ya me daba náuseas.

«¿Y si pudiera trepar al cajón de embalaje?», me dije. De esa forma, la cabeza me quedaría por encima del nivel del foso y tal vez hubiera una especie de gancho pared arriba, o algo que se hubiera utilizado en otros tiempos para colgar una bolsa de herramientas o una luz para trabajar.

Pero primero debía encontrar el camino de regreso al cajón de embalaje. Dado que estaba atada, me llevaría más tiempo de lo que esperaba, pero sabía que tarde o temprano me chocarían las piernas contra el cajón y que, tras haber completado la circunnavegación del foso, habría regresado al punto de partida. Diez minutos más tarde estaba jadeando como un galgo etíope y aún no había encontrado el cajón de embalaje. ¿Me había pasado de largo? ¿Debía seguir adelante o volver sobre mis pasos?

Tal vez el cajón estuviera en el centro del foso, lo que significaba que me habría cansado inútilmente al saltar en rectángulos a su alrededor. A raíz de lo que recordaba de mi primera visita al foso —aunque en aquella ocasión estaba cubierto por los tablones y en realidad no había visto su interior—, creía que no debía de tener más de dos metros y medio de largo por dos de ancho.

Puesto que tenía los tobillos atados, no podía saltar más de quince centímetros a la vez en la dirección que fuera: es decir, doce saltos por dieciséis. No era difícil deducir que, desde la posición que ocupaba con la espalda pegada a la pared, el centro del foso no debía de estar a más de seis u ocho saltos. Para entonces, sin embargo, la fatiga me estaba venciendo. Me sentía como un saltamontes que sigue dando brincos dentro de un tarro de cristal sin llegar jamás a ninguna parte. Y entonces, justo cuando estaba a punto de rendirme, me raspé la espinilla contra el cajón. Me senté de inmediato sobre él para recuperar el aliento.

Al cabo de un rato empecé a inclinar un poco los hombros hacia atrás y hacia la derecha. Cuando me incliné hacia la izquierda, toqué el hormigón con el hombro. ¡Aquello sí que era alentador! El cajón estaba pegado a la pared..., o muy cerca. Si conseguía de alguna manera subirme a él, existía la posibilidad de que consiguiera encaramarme al borde del foso como si fuera uno de los leones marinos del acuario. Y una vez consiguiera salir del foso, tendría muchas probabilidades de encontrar algún gancho o protuberancia que me permitiera arrancarme de la cabeza la chaqueta de Pemberton. Y entonces podría ver qué hacía. Me soltaría las manos y luego los pies. Parecía todo muy fácil, en teoría.

Con todo el cuidado del mundo, giré el cuerpo noventa grados, de forma que la espalda quedara contra la pared. Fui moviendo el trasero hasta la parte de atrás del cajón y levanté las rodillas hasta que rozaron la parte de la chaqueta que me quedaba justo debajo de la barbilla.

La parte superior del cajón poseía un borde ligeramente elevado en el que pude afianzar los talones. Y entonces, muy despacio…, con mucho cuidado, empecé a extender las piernas y al mismo tiempo a deslizar la espalda, centímetro a centímetro, por la pared.

Formábamos un triángulo rectángulo: la pared y la superficie del cajón eran los catetos, y yo, la temblorosa hipotenusa. De repente me entró una rampa en los músculos de la pantorrilla y quise gritar. Si dejaba que el dolor me venciera, volcaría el cajón y probablemente me partiría un brazo o una pierna. Me armé de valor y aguardé a que desapareciera el dolor, al tiempo que me mordía el interior de la mejilla con tanta fuerza que de inmediato noté mi propia sangre, cálida y salada.

«Aguanta, Flave —me dije—. Hay cosas peores». Pero juro por mi vida que en ese momento no se me ocurrió ninguna. No sé cuánto tiempo permanecí allí temblando, pero me pareció una eternidad. Estaba empapada de sudor, pero de alguna parte me llegaba aire fresco, pues notaba la corriente que me daba en las piernas desnudas.

Tras denodados esfuerzos, por fin conseguí ponerme en pie sobre el cajón de embalaje. Recorrí con los dedos toda la superficie de pared que pude, pero era tan lisa que me exasperaba. Torpemente, como una paquidérmica bailarina, giré ciento ochenta grados hasta que creí estar de cara a la pared. Me incliné hacia adelante y noté —o creí notar— el borde del foso justo debajo de la barbilla. Pero dado que tenía la cabeza envuelta en la chaqueta de Pemberton, no estaba segura.

No había salida o, por lo menos, no la había en aquella dirección. Me sentía como un hámster que llega al final de la escalera de su jaula y descubre que no puede ir hacia ninguna parte excepto hacia abajo. Pero seguro que los hámsteres sabían, en el fondo de su corazoncito de hámsteres, que la huida era inútil; solo nosotros, los seres humanos, éramos incapaces de aceptar nuestra propia indefensión.

Me dejé caer lentamente de rodillas sobre el cajón de embalaje. Por lo menos, bajar resultaba más fácil que subir, aunque la tosca madera astillada y algo que parecía una especie de reborde metálico que recorría el perímetro del cajón hicieron estragos en mis rodillas. Desde allí, conseguí sentarme girándome hacia un lado y luego pasar las piernas por encima del borde del cajón hasta tocar el suelo.

A menos que lograra encontrar la abertura a través de la cual se colaba el aire fresco en el foso, lo único que podía hacer era ir hacia arriba. Si realmente había algún conducto o desagüe que condujera al río, ¿tendría el diámetro suficiente para que pudiera arrastrarme por él? Y en el caso de tenerlo, ¿estaría libre de obstrucciones, o me arrastraría de cabeza, como un monstruoso gusano ciego, por un lugar espantoso y en la más absoluta oscuridad, para luego quedarme atascada en el interior de la tubería y no poder ir hacia adelante ni hacia atrás?

¿Encontraría mis huesos algún desconcertado arqueólogo de la Inglaterra del futuro? ¿Me expondrían en una vitrina de cristal en el Museo Británico para que me contemplara la muchedumbre? Valoré mentalmente los pros y los contras. Pero… ¡un momento! ¡Había olvidado los escalones del fondo del foso! Me sentaría en el último escalón e iría subiendo de espaldas, un escalón cada vez. Cuando llegara al final, empujaría con los hombros y levantaría los tablones que cubrían el foso. ¿Por qué no se me había ocurrido antes esa opción, en lugar de cansarme hasta quedar temblando de agotamiento?

Fue entonces cuando me sobrevino algo, algo que acalló mi conciencia como si la cubriera con una almohada. Antes de que pudiera darme cuenta de hasta qué punto estaba agotada, antes de que pudiera oponer resistencia al cansancio, este me derrotó. Sentí que me precipitaba al suelo entre un crujido de papeles que, a pesar del aire frío procedente del conducto, me resultaron extrañamente acogedores.

Me moví un poco, como si quisiera acurrucarme entre ellos, doblé las rodillas para acercarlas a la barbilla y me quedé dormida en el acto.

Soñé que Daffy estaba representando una comedia en Navidad. El gran vestíbulo de Buckshaw se había transformado en una exquisita miniatura de un teatro vienés, con su telón de terciopelo rojo y una enorme araña de cristal en la que titilaban y parpadeaban las llamas de un centenar de velas.

Dogger, Feely, la señora Mullet y yo estábamos sentados en una única hilera de sillas, mientras que a nuestro lado, en un banco de tallador de madera, papá se entretenía con sus sellos. La obra era *Romeo y Julieta*, y Daffy, en un notorio despliegue de transformismo, interpretaba todos los papeles. Primero era Julieta en el balcón (el descansillo al final de la escalinata oeste) y, un instante después, tras haber desaparecido menos tiempo de lo que una urraca tarda en parpadear, reaparecía de nuevo en la platea alta caracterizada como Romeo.

Volaba escaleras arriba y escaleras abajo, escaleras arriba y escaleras abajo, partiéndonos el corazón con dulces palabras de amor.

De vez en cuando, Dogger se llevaba el dedo índice a los labios y abandonaba en silencio la estancia para regresar instantes más tarde con una carretilla pintada rebosante de sellos de correos que arrojaba a los pies de papá. Papá, que estaba muy ocupado cortando por la mitad sus sellos con las tijeras para uñas de Harriet, gruñía sin molestarse siquiera en levantar la mirada y luego proseguía con su tarea.

La señora Mullet se reía a carcajadas cuando salía el ama de Julieta, se ruborizaba y nos lanzaba miradas a los demás como si en las palabras del ama se ocultara un mensaje codificado que solo ella entendía. Se secó la cara roja con un pañuelo de lunares, que luego retorció una y otra vez entre las manos hasta convertirlo en una bola, que se introdujo en la boca para contener sus histéricas carcajadas.

Daffy (interpretando a Mercucio) describía en ese momento cómo galopa la reina Mab:

Sobre labios de damas, y les hace soñar besos,
labios que suele ulcerar la colérica Mab,
pues su aliento está mancillado por los dulces.

Le lancé una mirada subrepticia a Feely, quien, a pesar de que sus labios parecían más bien salidos del carretón de un pescadero, había atraído la atención de Ned, que estaba sentado tras ella, inclinándose sobre su hombro con los labios fruncidos como si suplicara un beso. Pero cada vez que Daffy bajaba velozmente del balcón a la platea y se convertía de nuevo en Romeo (aunque con su fino mostacho trazado a lápiz parecía más bien David Niven en *A vida o muerte* que un noble Montesco), Ned se ponía en pie de un salto y le dedicaba una salva de aplausos en la que intercalaba estridentes silbidos mientras Feely, impasible, se iba metiendo en la boca un caramelo Mint Imperial tras otro, pero contenía de repente un grito cuando Romeo se precipitaba a la tumba de mármol de Julieta:

Aquí yace Julieta, y su belleza convierte
el panteón en radiante cámara de audiencias.
Muerte, yace ahí...

Me desperté. ¡Maldición! Algo me correteaba por los pies, algo húmedo y peludo.

«¡Dogger!», quise gritar, pero tenía la boca llena de tela mojada. Me dolían las mandíbulas y notaba la cabeza como si acabaran de sacarme a rastras del tajo.

Pataleé con ambos pies y algo se escurrió entre los papeles sueltos al tiempo que emitía un estridente chillido de rabia. Una rata de agua. Seguro que en el foso abundaban esa clase de bestias. ¿Me habrían estado mordisqueando mientras dormía? Me estremecí solo de pensarlo.

Me incorporé como pude y me apoyé en la pared, con las rodillas pegadas a la barbilla. Era demasiado pedir que las ratas me mordisquearan las ataduras y acabaran por liberarme, como en los cuentos de hadas. Lo más probable era que me royeran los nudillos hasta el hueso mismo, sin que yo pudiera hacer nada por impedírselo.

«Cálmate, Flave —pensé—. No dejes que te traicione la imaginación».

En varios momentos del pasado, mientras trabajaba en mi laboratorio de química o mientras permanecía tumbada en la cama de noche, de repente me había sorprendido a mí misma pensando: «Estás a solas con Flavia de Luce». Pensamiento que unas veces me resultaba aterrador y otras no. Esta ocasión, sin embargo, era una de las más espantosas.

El correteo de los animales era muy real: algo hurgaba entre los papeles en un rincón del foso. Si movía las piernas o la cabeza, los ruidos cesaban durante un momento, pero luego volvían a empezar.

¿Cuánto tiempo había dormido? ¿Horas o minutos? ¿Aún era de día fuera o ya había oscurecido?

Recordé entonces que la biblioteca permanecería cerrada hasta el jueves por la mañana…, y que solo estábamos a martes. Podía estar allí mucho, mucho tiempo.

Alguien informaría de mi desaparición, claro, y probablemente sería Dogger. ¿Era demasiado esperar que sorprendiera a Pemberton cuando este estuviera robando en Buckshaw? Pero incluso aunque Dogger lo atrapara, ¿le diría Pemberton dónde me había ocultado?

Tenía los pies y las manos entumecidos y pensé en el viejo Ernie Forbes, cuyos nietos se veían obligados a arrastrarlo por High Street sentado en una especie de plataforma con ruedas. Ernie había perdido una mano y los dos pies en la guerra por culpa de la gangrena, y Feely me había contado en una ocasión que habían tenido que...

«¡Déjalo ya, Flave! ¡Deja de comportarte como una ridícula llorica! Piensa en otra cosa. Piensa en lo que sea. Piensa, por ejemplo, en la venganza».

25

Hay veces —especialmente cuando estoy encerrada— en que mis pensamientos tienden a desperdigarse como locos en todas direcciones, igual que el hombre de la historia de Stephen Leacock.

Casi me avergüenza admitir las ideas que se me pasaron por la cabeza al principio. La mayoría de ellas tenían que ver con venenos, unas cuantas tenían que ver con utensilios domésticos y todas tenían que ver con Frank Pemberton.

Regresé mentalmente a nuestro primer encuentro en el Trece Patos. Aunque había visto su taxi detenerse frente a la entrada y había oído a Tully Stoker gritarle a Mary que el señor Pemberton había llegado pronto, en realidad yo no había visto a Pemberton. Eso no sucedió hasta el sábado, en el disparate arquitectónico.

Aunque la repentina aparición de Pemberton en Buckshaw no dejaba de plantear ciertos interrogantes, lo cierto es que hasta ese momento no había reflexionado al respecto.

En primer lugar, Pemberton había llegado a Buckshaw varias horas después de que Horace Bonepenny expirase ante mis ojos. ¿O no?

Cuando había levantado la vista y había visto a Pemberton junto a la orilla del lago, me había quedado muy sorprendida, pero... ¿por qué? Buckshaw era mi hogar: había nacido allí y había vivido allí todos y cada uno de los minutos de mi vida. ¿Por qué me sorprendía tanto ver a un hombre junto a la orilla de un lago artificial?

Noté que la respuesta mordisqueaba el anzuelo que yo había lanzado hasta mi subconsciente. «No la mires directamente —me dije—, piensa en otra cosa... o, por lo menos, finge que piensas en otra cosa».

Ese día había estado lloviendo, o tal vez acababa de empezar a llover. Yo había levantado la vista desde mi posición, sentada en los escalones del pequeño templo en ruinas, y allí estaba Pemberton, al otro lado del agua, en el extremo sur del lago. Para ser más exactos, en el extremo sureste. ¿Por qué diablos había aparecido en aquella parte?

Esa era una pregunta cuya respuesta conocía desde hacía algún tiempo.

Bishop's Lacey se hallaba al nordeste de Buckshaw. Desde las verjas de Mulford, a la entrada de nuestra avenida de castaños, la carretera avanzaba siguiendo un trazado de recodos y curvas hasta llegar, más o menos directamente, al pueblo. Y, sin embargo, Pemberton había aparecido por el sureste, en la dirección de Doddingsley, que se hallaba a unos cuantos kilómetros a campo traviesa. ¿Por qué entonces, en nombre del Gran Hedor, había decidido venir por allí?, me había preguntado yo. Las posibilidades eran limitadas y no había tardado mucho en apuntarlas en mi cuaderno mental de notas:

1. Si, tal y como yo sospechaba, Pemberton era el asesino de Horace Bonepenny, ¿podría haber regresado, como dicen que hacen todos los asesinos, al escenario del crimen? ¿Tal vez había olvidado algo, por ejemplo, el arma homicida? ¿Había regresado a Buckshaw para recuperarla?

2. Dado que ya había estado en Buckshaw la noche anterior, conocía el camino a campo traviesa y quería pasar inadvertido. (Véase 1.)

¿Y si el viernes, la noche del asesinato, Pemberton, creyendo que Bonepenny llevaba encima los Vengadores del Ulster, lo hubiera seguido desde Bishop's Lacey hasta Buckshaw y lo hubiera asesinado allí?

«Un momento, Flave —me dije—. Para el carro. No vayas tan de prisa. ¿Por qué no se limitó Pemberton a abordar a su víctima en uno de esos setos que bordean prácticamente todos los caminos en esta parte de Inglaterra?».

La respuesta era tan obvia como si la hubieran esculpido en un tubo de neón rojo en pleno Piccadilly Circus: ¡porque quería que culparan a papá del asesinato!

¡Tenía que matar a Bonepenny en Buckshaw! ¡Claro! Y dado que papá vivía prácticamente como un recluso, era lógico pensar que casi nunca salía de casa. Los asesinatos —por lo menos aquellos en los que el asesino pretende eludir a la justicia— hay que planearlos con antelación y, por lo general, hasta el último detalle. Estaba claro que en un crimen filatélico la culpa había que echársela a un filatelista. Y si era poco probable que papá acudiera al escenario del crimen, entonces el escenario del crimen tendría que acudir a él.

Y así había sido.

Aunque ya había elaborado horas antes esa cadena de sucesos —o, por lo menos, estaba segura de cuáles eran los eslabones—, no fue hasta el momento en que me vi obligada a quedarme a solas con Flavia de Luce cuando por fin pude encajar todas las piezas.

«¡Flavia, estoy muy orgullosa de ti! Y Marie Anne Paulze Lavoisier también lo estaría».

Veamos: Pemberton, claro está, había seguido a Bonepenny hasta Doddingsley; tal vez incluso lo hubiese seguido desde Stavanger. Papá los había visto a los dos en la exposición de Londres hacía tan solo unas semanas, lo que constituía una prueba irrefutable de que ninguno de los dos vivía de forma permanente en el extranjero.

Sin duda, habían planeado los dos juntos lo de chantajear a papá, lo mismo que habían planeado el asesinato del señor Twining. Y, sin embargo, Pemberton tenía sus propios planes. Una vez convencido de que Bonepenny se dirigía a Bishop's Lacey (¿adónde, si no, podía estar dirigiéndose?), Pemberton había bajado del tren en Doddingsley y se había hospedado en el Jolly Coachman. Eso lo había comprobado yo misma. Luego, la noche del asesinato, lo único que tuvo que hacer fue caminar a campo traviesa hasta Bishop's Lacey.

Una vez allí, había esperado hasta ver salir a Bonepenny de la posada y dirigirse a pie a Buckshaw. Ya libre de la presencia de Bonepenny, quien por otro lado no sospechaba que lo estuvieran siguiendo, Pemberton había registrado la habitación del Trece Patos y su contenido —incluido el equipaje de Bonepenny—, pero no había encontrado nada. Por supuesto, no se le había ocurrido, cosa que a mí sí, practicar un corte en los adhesivos del baúl. Era de esperar que se pusiera muy furioso al no encontrar nada.

Tras escabullirse de la posada sin que nadie lo viera (muy probablemente, utilizando la empinada escalera de la parte trasera), había seguido a pie a su presa hasta Buckshaw. Los dos hombres debían de haber discutido en nuestro jardín, pero… ¿cómo es que yo no los había oído?

En menos de media hora había dado a Bonepenny por muerto y le había registrado los bolsillos y la cartera, pero los Vengadores del Ulster no estaban allí: al fin y al cabo, Bonepenny no llevaba los sellos encima.

Pemberton había cometido su crimen y luego se había alejado tan tranquilo en plena noche, para regresar a campo traviesa hasta el Jolly Coachman de Doddingsley. Al día siguiente, sin más, se había presentado en taxi en el Trece Patos y había hecho creer a todo el mundo que había llegado en tren desde Londres. Tenía que volver a registrar la habitación. Peligroso, pero necesario, porque sin duda los sellos seguían allí. Una parte de esa secuencia de acontecimientos la sospechaba desde hacía ya algún tiempo, y aunque aún no había añadido los hechos restantes, ya había verificado la presencia de Pemberton en Doddingsley gracias a una llamada de teléfono al señor Cleaver, el posadero del Jolly Coachman.

Visto así, parecía todo muy sencillo.

Dejé de pensar durante un instante para escuchar mi propia respiración, que me pareció pausada y regular mientras permanecía allí sentada con la cabeza apoyada en las rodillas, aún recogidas formando una V invertida.

En ese momento, recordé algo que nos había dicho papá en una ocasión: que Napoleón había definido a los ingleses como «una nación de tenderos». ¡Te equivocaste, Napoleón! Puesto que acabábamos de salir de una guerra durante cuyas noches nos habían arrojado sobre la cabeza toneladas y más toneladas de trinitrotolueno, éramos una nación de supervivientes, y hasta yo, Flavia Sabina de Luce, me daba cuenta de ello.

Y luego, por si acaso, murmuré el salmo número veintitrés. Nunca se sabe.

Bien: el asesinato.

De nuevo flotó ante mí en la oscuridad el rostro moribundo de Horace Bonepenny, que abría y cerraba la boca como un pez que boquea sobre la hierba. Su último aliento y su última palabra me habían llegado juntos: «*Vale!*», había dicho. Y esa palabra había viajado directamente desde sus labios hasta mis orificios nasales. Y me había llegado en una oleada de tetracloruro de carbono.

No me cabía la más mínima duda de que era tetracloruro de carbono, uno de los compuestos químicos más fascinantes del mundo. Para un químico es inconfundible su olor dulzón, aunque muy fugaz. En el orden del universo, no se halla muy lejos del cloroformo que utilizan los anestesistas durante las operaciones quirúrgicas. En el tetracloruro de carbono (que es uno de sus muchos nombres), cuatro átomos de cloro juegan al corro de la patata con un átomo de carbono. Es un poderoso plaguicida, que aún se usa de vez en cuando en casos de anquilostomiasis persistente, es decir, esa enfermedad en que se produce una infestación de minúsculos parásitos silenciosos, los cuales se atiborran impunemente de la sangre que chupan en el intestino de los seres humanos o de los animales.

Pero más importante aún es el hecho de que los filatelistas usan el tetracloruro de carbono para hacer aflorar en los sellos las casi invisibles marcas de agua. Y papá guardaba en su estudio frascos de esa sustancia.

Pensé de nuevo en la habitación de Bonepenny en el Trece Patos. ¡Qué estúpida había sido al pensar en una tarta envenenada! No estábamos precisamente en un cuento de hadas de los hermanos Grimm, sino en la historia de Flavia de Luce.

La masa de la tarta no era más que eso: masa. Antes de salir de Noruega, Bonepenny había retirado el relleno de la tarta y había metido dentro la agachadiza muerta con la que pensaba aterrorizar a papá. Y así era como había conseguido introducir clandestinamente el pájaro muerto en Inglaterra. No era tanto lo que yo había encontrado en su habitación como lo que no había encontrado. Eso se refiere, claro está, al único objeto que faltaba en el pequeño estuche de piel en el que Bonepenny guardaba el instrumental para la diabetes: una jeringuilla.

Pemberton había encontrado la jeringuilla y se la había guardado en el bolsillo mientras registraba la habitación de Bonepenny, justo antes del asesinato. No me cabía la menor duda. Eran cómplices y, por tanto, nadie mejor que Pemberton sabía la clase de instrumental médico que necesitaba Bonepenny para sobrevivir. Incluso en el caso de que Pemberton hubiera planeado otro método para deshacerse de su víctima —por ejemplo, golpearlo en la parte posterior de la cabeza con un pedrusco o estrangularlo con la flexible rama de un sauce llorón—, la jeringuilla hallada entre los efectos personales de Bonepenny debió de parecerle un regalo de los dioses. Me estremecí solo de pensar en cómo lo había hecho. Me los imaginé a los dos forcejeando a la luz de la luna. Bonepenny era alto, pero no musculoso, por lo que es de suponer que Pemberton lo derribaría igual que un puma a un venado. Después sacaría la hipodérmica y se la clavaría a Bonepenny en la base del cráneo. Así de sencillo. No le llevaría más de un segundo y el efecto sería prácticamente instantáneo. Esa era, sin duda alguna, la forma en que Bonepenny había hallado la muerte.

De haber ingerido la sustancia —y, desde luego, habría sido casi imposible obligarlo a tragársela—, habría sido necesaria una dosis mucho mayor de veneno, una cantidad que habría vomitado de inmediato. Sin embargo, cinco centímetros cúbicos en la base del cráneo eran más que suficientes para tumbar a un buey.

Los inconfundibles gases del tetracloruro de carbono habían pasado rápidamente a la cavidad nasal y a la bucal, tal y como yo había detectado, pero para cuando llegaron el inspector Hewitt y sus sargentos, ya se habían evaporado sin dejar el más mínimo rastro.

Era casi el crimen perfecto. De hecho, habría sido perfecto de no haber bajado yo al jardín en el momento en que lo hice. Hasta entonces, no había reflexionado sobre esa cuestión. ¿Era mi continua presencia lo único que se interponía entre Frank Pemberton y la libertad?

Oí una especie de chirrido, pero no hubiera sabido decir desde dónde me llegaba. Giré la cabeza a un lado y el ruido cesó al instante. Durante un minuto o algo más, reinó el silencio. Agucé el oído, pero el único ruido que me llegó fue el de mi propia respiración, que de repente se había vuelto más rápida… y más entrecortada.

¡Otra vez! Era como si arrastraran un trozo de madera, pero con una exasperante lentitud, sobre una superficie arenosa. Intenté decir «¿Hay alguien ahí?», pero la bola dura en que se había convertido el pañuelo que tenía dentro de la boca redujo mis palabras a un apagado gimoteo. Debido al esfuerzo, me dolieron las mandíbulas tanto como si me hubieran clavado una escarpia ferroviaria a cada lado de la cabeza. Mejor que me limitara a escuchar, me dije. Las ratas no arrastran madera y, a menos que estuviera totalmente equivocada, concluí que ya no estaba sola en el cobertizo del foso. Cual serpiente, fui moviendo lentamente la cabeza de un lado a otro, intentando sacar partido de mi aguzado sentido del oído, pero la recia tela que me envolvía la cabeza amortiguaba todos los sonidos, excepto los más estridentes.

Sin embargo, los chirridos no eran tan exasperantes como los silencios entre ellos. Fuera lo que fuese lo que se movía en el foso, estaba tratando de pasar inadvertido. ¿O solo guardaba silencio para exasperarme?

Se oyó un chirrido y luego un débil clic, como si un guijarro hubiera rebotado en una piedra grande. A la misma velocidad que se abren las flores, fui extendiendo las piernas delante de mí, pero las encogí de nuevo bajo la barbilla al no hallar resistencia. «Mejor permanecer enroscada —me dije—; mejor presentar un blanco más pequeño».

Durante un momento, concentré toda mi atención en las manos, que aún tenía atadas a la espalda. Tal vez se hubiera producido un milagro; tal vez la seda se hubiera estirado y aflojado, pero no, no tuve tanta suerte. A pesar de tener los dedos entumecidos, me di cuenta de que las ataduras estaban tan tensas como antes. No tenía la más mínima esperanza de soltarme. Estaba claro que iba a morir en aquel foso.

¿Y quién me echaría de menos? Nadie.

Tras el correspondiente período de duelo, papá se volcaría de nuevo en sus sellos, Daphne sacaría de la biblioteca de Buckshaw otra caja llena de libros y Ophelia descubriría una nueva tonalidad de carmín. Y muy pronto, tanto que casi me resultaba doloroso imaginarlo, sería como si yo no hubiera existido jamás.

Nadie me quería y eso era un hecho. Tal vez Harriet me hubiera querido cuando yo era un bebé, pero Harriet estaba muerta.

Y entonces, para consternación mía, me di cuenta de que estaba llorando. Me quedé atónita, pues había combatido las lágrimas desde que tenía uso de razón. Y, sin embargo, a pesar de tener los ojos tapados, me pareció ver un rostro afable flotando frente a mí, un rostro que en mi desgracia había olvidado. Era, claro está, el rostro de Dogger.

¡A Dogger le entristecería mucho mi muerte!

«Contrólate, Flavia... no es más que un foso». ¿Cuál era la historia que nos había leído Daffy acerca de un foso? ¿Era un cuento de Edgar Allan Poe, el del péndulo?

¡No! Me negaba a pensar en eso. ¡Me negaba!

Y luego estaba el agujero negro de Calcuta, en el que el *nawab* de Bengala había encerrado a 146 soldados británicos en un calabozo con capacidad únicamente para tres. ¿Cuántos habían sobrevivido una sola noche en aquel sofocante horno? Veintitrés, recordé, pero por la mañana estaban locos de atar... todos.

«¡No! ¡A Flavia no le pasará!».

Mi mente era como un vórtice que giraba y giraba. Cogí aire con fuerza para calmarme y el olor a metano penetró en mis orificios nasales. ¡Claro! El desagüe que descendía hacia la margen del río estaba lleno de ese gas. Lo único que necesitaba era una fuente de ignición, lo que provocaría una explosión que todo el mundo recordaría durante años. Sí, encontraría el extremo del desagüe y la emprendería a patadas. Si la suerte estaba de mi parte, los clavos de la suela de mis zapatos provocarían una chispa, el metano explotaría y listos. La única desventaja del plan era la siguiente: que yo estaría junto al extremo del desagüe cuando la cosa estallara. Sería más o menos como estar atada a la boca de un cañón.

¡Bueno, y qué me importaba a mí el cañón! No estaba dispuesta a morir en ese foso inmundo sin oponer antes un poco de resistencia. Reuní las pocas fuerzas que me quedaban, clavé los talones en el suelo y me fui deslizando pared arriba hasta quedar de pie. Me llevó más tiempo de lo que esperaba, pero finalmente conseguí sostenerme en pie, aunque en precario equilibrio.

Se acabó el pensar. O encontraba la fuente del gas metano o moría en el intento. Cuando intenté dirigirme a saltitos hacia el lugar donde creía que podía estar el conducto, una voz gélida me susurró al oído:

—Y ahora le toca a Flavia.

26

Era Pemberton y, al oír el sonido de su voz, el corazón me dio un vuelco. ¿Qué había querido decir con eso de «Y ahora le toca a Flavia»? ¿Acaso ya le había hecho algo horrible a Daffy, o a Feely o a... Dogger?

Antes siquiera de que tuviera tiempo de ponerme a imaginar, Pemberton me cogió por la parte superior del brazo en una llave paralizante y me hundió el pulgar en el músculo como ya había hecho antes. Intenté gritar, pero no me salió la voz. Por un momento, pensé que iba a vomitar.

Sacudí la cabeza bruscamente de un lado a otro, pero no me soltó hasta después de que hubiera transcurrido lo que a mí se me antojó una eternidad.

—Pero, antes, Frank y Flavia tendrán una pequeña charla —dijo en un tono familiar, como si estuviéramos paseando por el parque.

En ese momento me di cuenta de que me hallaba a solas con un chiflado en mi propia Calcuta.

—Te voy a quitar esto de la cabeza, ¿me entiendes?

Me quedé completamente inmóvil, petrificada.

—Escúchame, Flavia, y escúchame bien. Si no haces exactamente lo que te digo, te mataré. Así de fácil. ¿Lo entiendes?

Asentí a duras penas.

—Bien. Y ahora, quieta.

Pemberton tiró con fuerza de los nudos que había atado en su propia chaqueta y, casi al momento, el tejido resbaladizo y sedoso del forro empezó a deslizarse por mi rostro y luego se desprendió por completo.

La luz de la linterna que llevaba Pemberton fue como un mazazo que me deslumbró. Retrocedí, aturdida. En mi campo de visión se alternaron las estrellas centelleantes y los parches negros. Llevaba tanto tiempo a oscuras que hasta la luz de una simple cerilla me habría resultado intolerable, pero Pemberton me enfocaba con una poderosa linterna directamente —y también deliberadamente— a los ojos.

Dado que no podía levantar las manos para protegerme, lo único que podía hacer era girar la cabeza a un lado, cerrar los ojos con fuerza y aguardar a que desaparecieran las náuseas.

—Duele, ¿verdad? —dijo—. Pues no te va a doler ni la mitad de lo que te haré si vuelves a mentirme.

Abrí los doloridos ojos y traté de enfocarlos en un rincón oscuro del foso.

—¡Mírame! —me exigió Pemberton.

Volví la cabeza hacia él y lo miré sin dejar de parpadear, con algo que se me antojó una horrenda mueca. No veía al hombre que estaba tras el cristal redondo de la linterna, cuya intensa luz aún me abrasaba el cerebro como si del gigantesco sol blanco del desierto se tratara.

Muy despacio, tomándose su tiempo, Pemberton desvió a un lado el deslumbrante haz de luz y lo apuntó al suelo. En algún lugar, tras el resplandor, aquel hombre no era más que una voz en la oscuridad.

—Me has mentido.

Me encogí de hombros como pude.

—Me has mentido —repitió Pemberton, esta vez en un tono más alto que me permitió detectar la tensión en su voz—. En el reloj no había nada escondido, excepto el Penny Black.

O sea, ¡que había estado en Buckshaw! El corazón me empezó a revolotear igual que un pájaro enjaulado.

—Gggg —dije.

Pemberton pensó durante un instante, pero no tenía alternativa.

—Te voy a quitar el pañuelo de la boca, pero antes quiero enseñarte algo.

Recogió su chaqueta de *tweed* del suelo del foso y rebuscó algo en el bolsillo. Cuando retiró la mano, sostenía en ella un objeto reluciente de metal y cristal. ¡Era la jeringuilla de Bonepenny! Me la acercó para que la viera.

—Era esto lo que buscabas, ¿verdad? En la posada y en el jardín. ¡Y resulta que ha estado aquí todo el rato!

Soltó una carcajada nasal, como un cerdo, y se sentó en los escalones. Sujetando la linterna entre ambas rodillas, sostuvo en alto la jeringuilla mientras con la otra mano sacaba de la chaqueta una botellita marrón. Apenas tuve tiempo de leer la etiqueta antes de que Pemberton le quitara el tapón y llenara la jeringuilla.

—Supongo que sabes qué es esto, ¿verdad, doña Sabihonda?

Lo miré fijamente a los ojos pero, por lo demás, no di muestras de haberlo oído.

—Y no te creas que no sé dónde y cómo inyectarlo. Por algo me pasé un montón de horas en la sala de disección del hospital de Londres. Una vez que dejé fuera de combate a Bonepenny, lo de la inyección fue casi pan comido: se inclina un poco hacia un lado, a través del *splenius capitis* y del *semispinalis capitis,* se hace una punción en el ligamento atlantoaxial y se desliza la aguja por encima del arco del axis. Y *voilà,* se acabó. El tetracloruro de carbono se evapora en un santiamén sin dejar apenas rastro. El crimen perfecto, aunque está mal que yo lo diga.

¡Justo tal y como yo había deducido! Y, sin embargo, ¡ahora sabía *exactamente* cómo lo había hecho! Aquel hombre estaba más loco que una cabra.

—Ahora escúchame —dijo—. Voy a sacarte el pañuelo de la boca y me vas a decir qué has hecho con los Vengadores del Ulster. Una palabra en falso..., un movimiento en falso y... Sostuvo la jeringuilla en alto, casi rozándome la nariz, y apretó ligeramente el émbolo. Durante un segundo aparecieron de la punta de la aguja unas gotas de tetracloruro de carbono, como si fueran gotas de rocío, que en seguida cayeron al suelo. Me llegó a la nariz el conocido hedor de la sustancia.

Pemberton apoyó la linterna en los escalones y la orientó de forma que me enfocara directamente a la cara. Colocó al lado la jeringuilla.

—Abre —dijo.

Esta fue la idea que me asaltó de repente: para sacar el pañuelo, tenía que introducirme en la boca el índice y el pulgar, cosa que yo aprovecharía para mordérselos con todas mis fuerzas... ¡y arrancárselos de una dentellada!

Pero luego… ¿qué? Aún seguía atada de pies y manos y, por mucho que lo mordiera, Pemberton aún podría matarme sin dificultad.

Separé un poco las doloridas mandíbulas.

—Abre más —dijo, frenándose.

Luego, en un abrir y cerrar de ojos, me introdujo los dedos en la boca y sacó el empapado pañuelo. Durante apenas un segundo, la sombra de su mano tapó la luz de la linterna, de modo que no pudo ver —pero yo sí— el destello de color naranja cuando la bola húmeda cayó al suelo en mitad de la oscuridad.

—Gracias —murmuré con voz ronca, en lo que constituía mi primer movimiento de la segunda parte del juego. Pemberton pareció sorprendido—. Los habrá encontrado alguien —grazné—. Los sellos, quiero decir. Los escondí en el reloj… Lo juro.

Supe de inmediato que había ido demasiado lejos. Si esa fuese la verdad, Pemberton ya no tendría ningún motivo para mantenerme con vida, pues yo era la única persona que sabía que él era un asesino.

—A menos… —me apresuré a añadir.

—¿A menos? ¿A menos que qué?

Se abalanzó sobre mis palabras como un chacal sobre un antílope derribado.

—Los pies —dije—. Me duelen. No puedo pensar. No puedo…, por favor, al menos aflójeme los nudos… solo un poco.

—De acuerdo —accedió tras pensarlo sorprendentemente muy poco—. Pero voy a dejarte las manos atadas, así no irás a ninguna parte.

Asentí vigorosamente. Pemberton se arrodilló y desabrochó la hebilla de su cinturón. Cuando el cuero se desprendió de mis tobillos, reuní todas mis fuerzas y le propiné una patada en los dientes. Él se tambaleó hacia atrás: oí el ruido de su cabeza al chocar contra el hormigón y el sonido de un objeto metálico al caer al suelo y rodar hasta un rincón. Pemberton se deslizó pesadamente por el muro hasta quedar sentado, mientras yo subía los escalones renqueando.

Subí…, uno…, dos… Golpeé torpemente la linterna con los pies, que cayó rodando hasta el foso, donde se detuvo con el haz de luz enfocando la suela de uno de los zapatos de Pemberton.

Tres…, cuatro… Tenía la sensación de que mis pies no eran más que muñones cercenados a la altura de los tobillos.

Cinco…

Sin duda, la cabeza ya me sobresalía del borde del foso, pero si ese era el caso, la estancia se hallaba completamente a oscuras. La única luz era la de un débil resplandor rojo sangre procedente de las ventanas de la puerta de fuelle. En la calle debía de haber anochecido, lo que significaba que había dormido durante horas.

Mientras intentaba recordar dónde estaba la puerta, oí a Pemberton escarbar en el foso. El haz de luz de la linterna zigzagueó frenéticamente por el techo y, de repente, Pemberton subió los escalones y me alcanzó. Se abalanzó sobre mí y me estrujó hasta cortarme la respiración. Oí los huesos de los hombros y de los codos que crujían en el interior de mi cuerpo. Intenté darle una patada en la espinilla, pero lo cierto es que ya casi había conseguido reducirme. Nos tambaleamos de un lado a otro del cobertizo, girando como trompos.

—¡No! —gritó cuando perdió el equilibrio y cayó de espaldas al foso, arrastrándome en su caída.

Se estrelló contra el suelo con un espantoso golpe seco y, en ese mismo instante, yo aterricé sobre su cuerpo. Oí su grito ahogado en la oscuridad. ¿Se habría partido la espalda? ¿O se levantaría otra vez de un salto y me zarandearía como a una muñeca de trapo?

Como si se tratara de una inesperada erupción, Pemberton me apartó de un golpe y salí volando para aterrizar de bruces en un rincón del foso. Como un gusano, fui arrastrándome hasta conseguir ponerme de rodillas, pero ya era demasiado tarde: Pemberton me sujetaba un brazo con fuerza y me arrastraba hacia los escalones.

Le resultó casi demasiado fácil: se acuclilló, recogió la linterna del lugar donde había caído y luego se dirigió hacia los escalones. Yo creía que la jeringuilla había caído al suelo, pero probablemente era el frasco lo que había oído caer, porque un segundo más tarde vi centellear la aguja en la mano de Pemberton… y en seguida noté la punta en la nuca.

Lo único que pude pensar fue que necesitaba ganar tiempo.

—Usted mató al señor Twining, ¿verdad? —jadeé—. Usted y Bonepenny.

Mi comentario lo pilló desprevenido y noté que aflojaba los dedos ligeramente.

—¿Qué te hace pensar eso? —me susurró al oído.

—Fue Bonepenny quien subió al tejado —dije—. Fue él quien gritó *«Vale!»* imitando la voz de Twining. Y fue usted quien arrojó el cuerpo por el agujero.

Pemberton cogió aire por la nariz.

—¿Te lo contó Bonepenny?

—Encontré la toga y el birrete bajo las tejas —dije—. Lo deduje yo sola.

—Eres muy lista —dijo, casi como si lo lamentara.

—Y ahora que ha matado usted a Bonepenny, los sellos son suyos. O lo serían si supiera dónde están.

Esas palabras lo enfurecieron. Me apretó más el brazo y, de nuevo, me clavó el pulgar en el músculo. Grité de dolor.

—Cinco palabras, Flavia —dijo entre dientes—. ¿Dónde están los puñeteros sellos?

En el largo silencio que siguió, aturdida aún por el dolor, me refugié en las fantasías de mi mente. ¿Era ese el fin de Flavia?, me pregunté. En ese caso, ¿me estaría viendo Harriet? ¿Estaría en ese preciso instante sentada sobre una nube, con las piernas colgando, diciéndome: «¡Oh, no, Flavia! ¡No hagas eso; no digas lo otro! ¡Cuidado, Flavia, cuidado!».

Si estaba sentada allí arriba, no la oía; tal vez yo estuviera mucho más lejos de Harriet que Feely o Daffy. Tal vez a mí me hubiera querido menos. Era triste admitirlo, pero de las tres hijas de Harriet, yo era la única que no conservaba recuerdos reales de ella. Feely, la muy avara, había disfrutado y acaparado ocho años de amor materno. Y Daffy insistía en que, a pesar de tener apenas tres años cuando Harriet desapareció, recordaba perfectamente la imagen de una mujer esbelta y risueña que le ponía un almidonado vestido y un gorrito, la sentaba sobre una manta en un prado iluminado por el sol y le hacía fotos con una cámara de fuelle antes de darle un pepinillo en vinagre.

Fue otro pinchazo el que me devolvió a la realidad: tenía la aguja en el tronco cerebral.

—Los Vengadores del Ulster. ¿Dónde están?

Señalé con un dedo el rincón del foso donde yacía el pañuelo, envuelto en sombras. Mientras Pemberton trataba de enfocarlo con la linterna, desvié la mirada y luego miré hacia arriba, como dicen que hacían los santos de antaño cuando buscaban la salvación.

Lo oí antes de verlo. Oí una especie de ronroneo apagado, como si un pterodáctilo gigante estuviera revoloteando en el exterior, sobre el cobertizo del foso. Un segundo más tarde se produjo un monumental y aterrador impacto, seguido de una lluvia de cristales.

Sobre nuestras cabezas, por encima de la boca del foso, una intensa luz amarilla inundó el cobertizo e iluminó las minúsculas nubes de vapor que ascendían como si fueran las almas hinchadas de los difuntos. Incapaz de moverme, me quedé mirando la aparición, extrañamente familiar, que se había detenido temblando sobre la boca del foso.

«Es una crisis nerviosa —pensé—. Me he vuelto loca».

Justo sobre mi cabeza, palpitando como si tuviera vida, se hallaban los bajos del Rolls-Royce de Harriet. Antes de que pudiera siquiera parpadear, se abrieron las puertas del coche y oí un ruido de pasos sobre mi cabeza.

Pemberton trató de alcanzar los escalones y de escabullirse como una rata acosada. Al llegar arriba se detuvo e intentó desesperadamente abrirse paso entre el borde del foso y el parachoques delantero del Phantom. Una mano sin cuerpo apareció entonces y lo agarró del cuello de la camisa, para después sacarlo a rastras del foso como si sacara un pez de un estanque. Los zapatos de Pemberton desaparecieron en la luz, justo encima de mí, y oí una voz —¡la de Dogger!— que decía:

—Usted perdone.

Se oyó un desagradable crujido y algo se estrelló contra el suelo allí arriba, como si fuera un saco de nabos.

Aún estaba aturdida cuando hizo presencia la aparición, que iba toda vestida de blanco. Se escurrió sin problemas por la angosta abertura entre el cromo y el hormigón y a continuación descendió rápidamente, en un revoloteo de faldas, hasta el fondo del foso. Cuando me echó los brazos al cuello y sollozó en mi hombro, noté que su delgado cuerpo temblaba como una hoja.

—¡Tonta, más que tonta! —repetía una y otra vez, rozándome el cuello con sus labios en carne viva.

—¡Feely! —dije, apabullada por la sorpresa—. ¡Estás manchando de aceite tu mejor vestido!

Ya en el exterior del foso, en Cow Lane, me pareció todo un sueño: Feely lloraba arrodillada, aferrándome la cintura con los brazos. Mientras yo permanecía allí inmóvil, tuve la sensación de que todo se disolvía entre nosotras, de que por un instante nos convertíamos en un único ser iluminado por los rayos de la luna en un sombrío callejón.

Y entonces fue como si todos los vecinos de Bishop's Lacey se materializaran en aquel lugar, como si surgieran lentamente de la oscuridad, cacareando como concejales ante el escenario iluminado por linternas y el enorme boquete donde antes estaba la puerta del cobertizo del foso, contándose unos a otros qué estaban haciendo en el momento en que el terrible estruendo había retumbado por todo el pueblo. Era como una escena de aquella obra, *Brigadoon,* en la que un pueblo resucita lentamente un único día cada cien años.

El Phantom de Harriet, con el hermoso radiador agujereado después de haber sido utilizado como ariete, humeaba en silencio frente al cobertizo del foso y perdía lentamente agua sobre el polvo. Algunos de los lugareños más musculosos, entre ellos Tully Stoker, habían empujado hacia atrás el pesado vehículo para que Feely me ayudara a salir del foso y me plantara ante el intenso resplandor de los enormes faros delanteros del Phantom.

Feely ya se había puesto en pie, pero aún seguía pegada a mí como una lapa a un acorazado, parloteando sin descanso.

—Lo seguimos, claro. Dogger sabía que no habías vuelto a Buckshaw y vimos a alguien merodeando cerca de la casa...

Nunca antes, en toda mi vida, Feely me había dirigido tantas palabras seguidas, por lo que saboreé el momento.

—Dogger llamó a la policía, claro, pero luego dijo que si seguíamos al hombre..., si manteníamos los faros apagados y no nos acercábamos mucho... ¡Ay, Señor, tendrías que habernos visto volar por los caminos!

«Ah, el silencioso Roller», pensé. Pero papá se iba a poner muy furioso cuando descubriera los daños.

La señora Mountjoy se mantenía apartada, arropándose en el chal de lana que llevaba sobre los hombros y contemplando con mirada torva la astillada brecha que antes ocupaba la puerta del cobertizo del foso, como si aquella brutal profanación de los bienes de la biblioteca fuera la gota que colmaba el vaso. Intenté atraer su mirada, pero ella la desvió con gesto nervioso hacia su casita, como si ya hubiera tenido suficientes emociones por una noche y quisiera regresar a su hogar.

La señora Mullet también estaba allí, acompañada de un hombre bajito y más bien regordete que obviamente la estaba conteniendo. «Ese debe de ser su marido, Alf», pensé. Desde luego, no era el Jack Spratt que yo imaginaba. De haber estado sola, la señora Mullet se habría abalanzado sobre mí, me habría echado los brazos al cuello y se habría puesto a llorar, pero al parecer Alf era de la opinión de que las muestras públicas de afecto no son adecuadas. Sin embargo, le dediqué una tímida sonrisa a la señora Mullet y ella se secó una lágrima con la punta de un dedo.

En ese momento, el doctor Darby apareció por allí con tanta parsimonia como si hubiera salido a dar un paseo vespertino. A pesar de que su aspecto era relajado, no pude evitar fijarme en que llevaba consigo el maletín negro de médico. Su residencia, que también era consulta, se hallaba a la vuelta de la esquina, en High Street, por lo que era más que posible que hubiera oído el estrépito de madera y cristales rotos. Me observó detenidamente de pies a cabeza.

—¿Estás bien, Flavia? —me preguntó mientras se inclinaba hacia adelante para mirarme a los ojos.

—Perfectamente, doctor Darby, muchas gracias —contesté educadamente—. ¿Y usted?

Buscó sus caramelos de menta. Antes incluso de que terminara de sacar la bolsita de papel del bolsillo, a mí ya se me hacía la boca agua igual que a un perro. Después de tantas horas encerrada y amordazada, tenía el interior de la boca como una boya victoriana.

El doctor Darby hurgó durante unos segundos entre los caramelos, eligió el que le pareció más apetitoso y se lo metió en la boca. Un segundo más tarde se alejó hacia su casa.

La reducida multitud se apartó cuando un coche que venía por High Street giró para entrar en Cow Lane. Al detenerse bruscamente el vehículo junto al muro de piedra, los faros iluminaron las dos figuras que permanecían muy juntas bajo un roble: Mary y Ned. No se acercaron, pero me sonrieron con timidez desde las sombras.

¿Los habría visto juntos Feely? Supuse que no, porque aún estaba parloteando conmigo, hablándome del rescate hecha un mar de lágrimas. En cuanto Feely los viera, sin embargo, no me iba a quedar más remedio que hacer de árbitro en una rústica pelea a tortazos y tirones de pelo. Daffy me había dicho en una ocasión que, en las peleas, normalmente es la hija del señorito quien da el primer tortazo, y nadie conocía mejor que yo la manía que Feely le tenía a Mary. Aun así, me enorgullece afirmar que tuve la suficiente presencia de ánimo —y las agallas, también— de felicitar furtivamente a Ned haciéndole un gesto con el pulgar.

Se abrió la puerta trasera del Vauxhall y bajó el inspector Hewitt. Al mismo tiempo, los sargentos detectives Graves y Woolmer abandonaron los asientos delanteros del coche y descendieron con sorprendente elegancia en Cow Lane.

El sargento Woolmer se dirigió rápidamente hacia el lugar en el que Dogger retenía a Pemberton mediante una especie de complicada y dolorosa llave, que lo obligaba a inclinarse hacia adelante como si fuera una estatua de Atlas sosteniendo el mundo sobre sus hombros.

—Yo me ocupo de él, señor —dijo Woolmer.

Un instante más tarde, me pareció oír el chasquido de unas esposas niqueladas al cerrarse.

Dogger siguió con la mirada a Pemberton, a quien el agente Woolmer obligó a caminar hasta el coche de la policía. Después se volvió hacia mí y se acercó muy despacio. Mientras Dogger se aproximaba, Feely me susurró algo apresuradamente al oído:

—Fue Dogger quien propuso que utilizáramos la batería del tractor para poner el coche en marcha. No olvides felicitarlo.

Dicho lo cual, me dejó caer la mano y se retiró. Dogger se detuvo frente a mí, con las manos colgando a los lados del cuerpo. De haber tenido un sombrero, sin duda estaría retorciéndolo. Nos quedamos inmóviles, mirándonos el uno al otro. No quería darle las gracias poniéndome a hablar de baterías. Más bien prefería decir lo correcto, pronunciar valientes palabras que todo el mundo recordara durante años en Bishop's Lacey. Una figura oscura que se movió ante los faros del Vauxhall captó mi atención y, durante un segundo, nos envolvió en su sombra a Dogger y a mí. Era un perfil conocido, una silueta en blanco y negro que se recortaba contra el resplandor de los faros: papá.

Empezó a caminar muy despacio hacia mí, casi con timidez, pero cuando reparó en que Dogger estaba conmigo, se detuvo y, como si acabara de recordar algo de trascendental importancia, se volvió hacia un lado para intercambiar unas palabras en voz baja con el inspector Hewitt.

La señorita Cool, la jefa de la oficina de correos, me saludó amablemente con la cabeza, pero se mantuvo apartada, como si en cierta manera yo fuera una Flavia distinta de la que —¿solo habían transcurrido dos días?— le había comprado en la tienda un chelín y seis peniques de caramelos.

—Feely —dije, volviéndome hacia mi hermana—, hazme un favor: baja al foso y tráeme mi pañuelo..., y asegúrate de que no se pierda lo que está envuelto dentro. Tu vestido ya está que da pena, así que no creo que te importe mucho. Anda, sé buena.

Feely abrió la boca más o menos un metro y, por un momento, creí que iba a darme un puñetazo en los dientes. La cara se le puso tan roja como los labios. Pero luego, sin previo aviso, giró sobre sus talones y se perdió entre las sombras del cobertizo del foso.

Me volví hacia Dogger para pronunciar el comentario que pasaría a la historia, pero él se me adelantó:

—Vaya, señorita Flavia —dijo en voz baja—, ¡parece que esta noche va a hacer muy buen tiempo!

27

El inspector Hewitt estaba en el centro de mi laboratorio, girando muy despacio y barriendo con la mirada el material científico y las vitrinas de productos químicos, como si del haz de luz de un faro se tratara. Cuando terminó de dar toda la vuelta se detuvo e inició otra vuelta en sentido opuesto.

—¡Es increíble! —dijo, arrastrando las palabras—. ¡Sencillamente increíble!

Un rayo deliciosamente cálido de sol se colaba a través del ventanal e iluminaba desde dentro un vaso de precipitados lleno de un líquido rojo a punto de entrar en ebullición. Vertí la mitad del brebaje en una taza de porcelana y se la di al inspector, que la observó con cierto recelo.

—Es té —dije—. Té de Assam, comprado en Fortum and Mason. Está recalentado, espero que no le importe.

—El único té que bebemos en la comisaría es recalentado —repuso—. No me conformo con menos.

Mientras el inspector bebía a sorbitos, se dedicó a pasear muy despacio por el laboratorio, observando los instrumentos químicos con interés profesional. Cogió algún que otro tarro de botica de los estantes y lo acercó a la luz para verlo bien. Después se inclinó para echar un vistazo por el ocular de mi Leitz. Me di cuenta de que le costaba un poco ir directamente al grano.

—Esta taza de porcelana fina es preciosa —dijo al fin, levantando la taza por encima de la cabeza para leer la etiqueta del fabricante en la parte inferior.

—Pertenece al período temprano de la porcelana Spode —expliqué—. Albert Einstein y George Bernard Shaw bebieron té en esa misma taza cuando visitaron a mi tío abuelo Tarquin…, los dos a la vez, no, claro.

—Sería interesante saber qué se habrían dicho el uno al otro —dijo el inspector Hewitt, lanzándome una mirada.

—Sí, sería interesante —respondí, devolviéndole la mirada. El inspector bebió otro sorbito de té. En cierta manera, parecía inquieto, como si quisiera decir algo pero no supiera cómo empezar.

—Ha sido un caso difícil —dijo—. Muy raro, en realidad. El hombre cuyo cadáver encontraste en el jardín era un perfecto desconocido…, o eso parecía al principio. Lo único que sabíamos era que procedía de Noruega.

—La agachadiza —apunté.

—¿Perdón?

—La agachadiza chica que apareció muerta ante el umbral de la cocina. Las agachadizas chicas no llegan a Inglaterra hasta el otoño. Debía de haberla traído de Noruega… oculta en una tarta. Así es como lo supieron, ¿no?

El inspector se quedó perplejo.

—No —repuso—. Bonepenny llevaba unos zapatos nuevos con el nombre de un fabricante de Stavanger.

—Ah —dije.

—A partir de ahí, no nos resultó muy difícil seguirle la pista. —Mientras hablaba, el inspector Hewitt fue dibujando un mapa en el aire con las manos—. Gracias a nuestras pesquisas aquí y en el extranjero, descubrimos que había viajado en barco desde Stavanger hasta Newcastle-upon-Tyne, y que desde allí había ido en tren hasta York y luego hasta Doddingsley. En Doddingsley cogió un taxi que lo llevó a Bishop's Lacey.

¡Ajá! Tal y como yo me había figurado.

—Exacto —dije—. Y Pemberton…, ¿o debería decir Bob Stanley?, lo siguió, pero se quedó en Doddingsley y se hospedó en el Jolly Coachman.

Una de las cejas del inspector Hewitt se alzó como una cobra.

—¿Ah, sí? —dijo como quien no quiere la cosa—. ¿Y tú cómo lo sabes?

—Llamé al Jolly Coachman y hablé con el señor Cleaver.

—¿Y eso es todo?

—Estaban compinchados, lo mismo que en el asesinato del señor Twining.

—Stanley lo niega —dijo—. Asegura que él no tuvo nada que ver con ese asunto. Dice que es más inocente que un cordero.

—Pero a mí me dijo en el cobertizo del foso que había matado a Bonepenny. Y, aparte de eso, admitió más o menos que mi teoría era correcta, es decir, que el suicidio del señor Twining fue un truco de ilusionismo.

—Bueno, eso está por ver. Lo estamos investigando, pero nos va a llevar cierto tiempo… Aunque debo admitir que tu padre nos ha sido de gran ayuda. Nos ha contado la historia completa de los hechos que condujeron a la muerte de Twining. Lo único que lamento es que no mostrara antes esas mismas ganas de colaborar. Nos podríamos haber ahorrado… Lo siento —dijo—, solo estaba especulando.

—¿Mi secuestro? —sugerí.

Me quito el sombrero ante la rapidez con que el inspector cambió de asunto.

—Volviendo al presente —dijo—, veamos si lo he entendido bien: ¿dices que Bonepenny y Stanley eran cómplices?

—Siempre fueron cómplices —aseguré—. Bonepenny robaba sellos y Stanley los vendía en el extranjero a coleccionistas poco escrupulosos. Pero, por alguna razón, jamás habían conseguido deshacerse de los dos Vengadores del Ulster: eran demasiado conocidos. Y dado que uno de esos sellos se lo habían robado al rey, ningún coleccionista se habría arriesgado a que lo pillaran con él en su colección.

—Muy interesante —dijo el inspector—. ¿Y?

—Planeaban chantajear a mi padre, pero parece que en algún momento tuvieron una disputa. Bonepenny viajaba desde Stavanger para poner en práctica su plan, pero Stanley debió de pensar en algún momento que podía seguirlo, asesinarlo en Buckshaw, coger los sellos y abandonar el país. Así de sencillo. Y la culpa de todo se la echarían a mi padre. Y así fue cómo sucedió —añadí con una mirada cargada de reproches.

A continuación se produjo un incómodo silencio.

—Mira, Flavia —dijo al fin—, la verdad es que no tuve mucha elección, ¿sabes? No había ningún otro sospechoso viable.

—¿Y yo qué? —le pregunté—. Yo estuve presente en el escenario del crimen. —Con un gesto vago, señalé los frascos de productos químicos que cubrían las paredes—. Al fin y al cabo, sé mucho de venenos. Se me podría considerar una persona peligrosa.

—Ya —dijo el inspector—. Una posibilidad muy interesante. Y es cierto que estabas allí a la hora del crimen. De no haber salido las cosas tal y como han salido, tal vez serías tú quien ahora mismo tuviera la soga al cuello.

Eso no lo había pensado. Se me puso la carne de gallina y me eché a temblar. El inspector prosiguió:

—En tu contra, sin embargo, está tu estatura, la ausencia de móvil y el hecho de que no te has esfumado precisamente. El típico asesino suele rehuir a la policía todo lo que puede, mientras que tú… bueno, «omnipresente» es la palabra que se me ocurre ahora mismo. En fin, ¿qué estabas diciendo?

—Stanley le tendió una emboscada a Bonepenny en nuestro jardín. Bonepenny era diabético y…

—Ya —dijo el inspector, casi como si hablara consigo mismo—. ¡Insulina! No se nos ocurrió pedir análisis de eso.

—No —repliqué—, insulina no: tetracloruro de carbono. Bonepenny murió porque le inyectaron tetracloruro de carbono en el tronco del cerebro. Stanley compró una ampolla de esa sustancia en Johns, la farmacia de Doddingsley. Vi la etiqueta del frasco mientras él llenaba la jeringuilla en el cobertizo del foso. Supongo que la habrán encontrado debajo de la basura.

Por su expresión, supe que no la habían encontrado.

—Pues entonces supongo que se caería por el desagüe —añadí—. Hay un antiguo sumidero que desemboca en el río. Alguien va a tener que pescar el frasco.

«¡Pobre sargento Graves!», pensé.

—Stanley robó la jeringuilla del estuche que Bonepenny tenía en su habitación del Trece Patos —agregué sin pensar.

¡Maldición!

El inspector dio un respingo.

—¿Y cómo sabes tú qué había en la habitación de Bonepenny? —me preguntó con brusquedad.

—Eh... ahora vuelvo sobre esa cuestión —dije—. Deme unos minutos. Stanley creía que jamás detectarían los restos de tetracloruro de carbono en el cerebro de Bonepenny. Y menos mal, porque entonces podrían haber sacado la conclusión de que procedía de uno de los frascos de papá. Hay litros y litros de esa sustancia en el estudio.

El inspector Hewitt sacó su cuaderno y garabateó un par de palabras, supuse que «tetracloruro de carbono».

—Sé que era tetracloruro de carbono porque Bonepenny me espiró en plena cara, junto con su último aliento, el último rastro de esa sustancia —dije, arrugando la nariz y adoptando una expresión adecuada a las circunstancias.

Si se puede decir que los inspectores de policía se ponen pálidos, el inspector Hewitt se puso pálido.

—¿Estás segura de eso?

—Sé bastante de hidrocarburos dorados, gracias.

—¿Me estás diciendo que Bonepenny aún vivía cuando lo encontraste?

—A duras penas —dije—. Esto... Falleció de inmediato.

Se produjo otro de esos largos y sepulcrales silencios.

—Mire —dije—, le enseñaré cómo lo hizo.

Cogí un lápiz, le di un par de vueltas en el sacapuntas y me dirigí al rincón donde se balanceaba el esqueleto articulado, colgado de su alambre.

—Esto se lo regaló el naturalista Frank Buckland a mi tío abuelo Tarquin —le dije, acariciando con ternura la calavera del esqueleto—. Yo lo llamo Yorick.

Lo que no le conté al inspector fue que el anciano Buckland le había hecho ese regalo al joven Tar en reconocimiento a su prometedor talento. «Por el esplendoroso futuro de la ciencia», había escrito Buckland en una tarjeta.

Acerqué la afilada punta del lápiz a la parte superior de la columna vertebral y lo introduje bajo el cráneo mientras repetía las palabras que había pronunciado Pemberton en el cobertizo del foso.

—… se inclina un poco hacia un lado, a través del *splenius capitis* y del *semispinalis capitis,* se hace una punción en el ligamento atlantoaxial y se desliza la aguja por…

—Gracias, Flavia —dijo el inspector con brusquedad—. Es suficiente. ¿Estás segura de que eso fue lo que dijo?

—Fueron sus palabras exactas —aseguré—. Tuve que buscarlas en la *Anatomía de Gray*. En la *Enciclopedia para niños* salen algunas ilustraciones, pero no lo bastante detalladas.

El inspector Hewitt se frotó el mentón.

—Estoy convencida de que el doctor Darby podría encontrar la marca del pinchazo en la nuca de Bonepenny —añadí solícitamente—, si supiera dónde debe buscar, claro. También podría analizar los senos del cráneo. El tetracloruro de carbono es estable en el aire y, dado que el hombre ya no respiraba, podría haber quedado atrapado allí. Y —añadí— podría recordarle, además, que

Bonepenny se tomó una copa en el Trece Patos justo antes de ir a pie hasta Buckshaw.

El inspector me observó aún más perplejo.

—El alcohol intensifica los efectos del tetracloruro de carbono —le aclaré.

—Y ¿no tendrás por casualidad alguna teoría que explique por qué podrían haber quedado restos de la sustancia en los senos del cráneo de Bonepenny? —preguntó con una sonrisa informal—. No soy químico, pero por lo que sé, el tetracloruro de carbono se evapora con mucha rapidez.

Sí tenía una explicación, pero lo cierto es que no estaba dispuesta a compartirla con nadie, y menos aún con la policía. Bonepenny padecía un tremendo catarro: catarro que, por otro lado, me había contagiado a mí al espirarme la palabra *«Vale!»* en plena cara. «¡Un millón de gracias, Horace!», pensé. Sospechaba también que los conductos nasales de Bonepenny, tapados por el catarro, podían haber conservado el tetracloruro de carbono inyectado, ya que no es soluble en agua —ni tampoco en mocos, claro—, lo que también habría impedido la toma de aire del exterior.

—No —dije—, pero podría usted proponer al laboratorio de Londres que realice el test que aconseja la Farmacopea Británica.

—Ahora mismo, no me viene a la cabeza —dijo el inspector Hewitt.

—Es un procedimiento muy bonito —señalé—, y sirve para medir el valor límite de yodo libre cuando el yoduro de cadmio libera yodo. Estoy segura de que conocen el procedimiento. Me ofrecería a llevarlo a cabo yo misma, pero no creo que a Scotland Yard le guste la idea de proporcionar trocitos del cerebro de Bonepenny a una niña de once años.

El inspector Hewitt me observó durante lo que me parecieron siglos.

—Muy bien —dijo al fin—, vamos a echarle un vistazo.

—¿A qué? —pregunté, observándolo con una mirada de inocencia herida.

—A lo que has hecho. Vamos a verlo.

—Pero yo no he hecho nada —dije—. Yo…

—No me tomes por estúpido, Flavia. A nadie que haya tenido el placer de conocerte se le ocurriría pensar, ni que fuera un instante, que no has hecho los deberes.

Sonreí con timidez.

—Por aquí —dije, acercándome a una mesa rinconera en la que descansaba una pecera envuelta en un paño de cocina húmedo.

Retiré la tela de un tirón.

—¡Por el amor de Dios! —exclamó el inspector—. ¿Qué demonios es…?

Contempló boquiabierto el objeto de un tono gris rosado que flotaba plácidamente en la pecera.

—Es un bonito trozo de cerebro —dije—. Lo he robado de la despensa. La señora Mullet lo compró ayer en Carnforth para cenar esta noche. Se va a poner hecha una furia.

—¿Y has…? —preguntó, sacudiendo una mano.

—Sí, exacto. Le he inyectado dos centímetros cúbicos y medio de tetracloruro de carbono. Exactamente la misma cantidad que contenía la jeringuilla de Bonepenny. Un cerebro humano normal pesa poco más de un kilo —proseguí—, en los hombres quizá un poco más. Teniendo en cuenta eso, he cortado unos ciento cincuenta gramos más.

—¿Y tú cómo has descubierto todo eso? —me preguntó el inspector.

—Está en uno de los libros de Arthur Mee, creo que la *Enciclopedia para niños*.

—¿Y has analizado este... cerebro para hallar rastros de tetracloruro de carbono?

—Sí —dije—, pero he dejado transcurrir quince horas tras haberlo inyectado. Más o menos, calculo que ese es el tiempo que transcurrió entre la inoculación en el cerebro de Bonepenny y el momento en que se le practicó la autopsia.

—¿Y?

—Aún era fácilmente detectable —declaré—. Un juego de niños. Por supuesto, he utilizado p-aminodimetilanilina. Es un test bastante reciente, pero muy fiable. Se publicó en *The Analyst* hace unos cinco años. Suba a un taburete y se lo enseño.

—No va a funcionar, ¿sabes? —dijo el inspector, riendo entre dientes.

—¿Que no va a funcionar? —dije—. Claro que va a funcionar. Ya lo he hecho una vez.

—Me refiero a que no vas a deslumbrarme con todas esas técnicas de laboratorio mientras eludes la cuestión del sello. Al fin y al cabo, es lo que estás intentando, ¿verdad?

Me había acorralado. Lo que yo pretendía era no decir ni una sola palabra del Vengador del Ulster para luego dárselo discretamente a papá. ¿Quién se iba a enterar?

—Mira, sé que lo tienes —dijo—. Fuimos a ver al doctor Kissing en Rook's End.

Traté de adoptar una mirada escéptica.

—Y Bob Stanley, señor Pemberton para ti, nos ha dicho que tú se lo robaste.

¿Que yo se lo robé? ¡Menuda idea! ¡Qué cara tan dura!

—Es propiedad del rey—protesté—. Bonepenny lo birló de una exposición en Londres.

—Bueno, sea de quien sea, es propiedad robada, y mi obligación es ocuparme de que se devuelva a su dueño. Lo único que necesito saber es cómo llegó a tus manos.

¡Caray con el inspector! No podía seguir eludiendo el tema. Iba a tener que confesarle que había entrado en el Trece Patos sin autorización.

—Quiero hacer un trato —señalé.

El inspector Hewitt se echó a reír.

—Hay momentos, señorita De Luce —dijo—, en los que se merece usted una medalla de bronce, y hay otros momentos en los que merece que la encierren a pan y agua en su habitación.

—¿Y este momento a qué clase pertenece? —inquirí.

«Uy, uy, Flavia, ten cuidado».

El inspector Hewitt me amenazó con un dedo.

—Te estoy escuchando.

—Bueno —dije—, he estado pensando en que la vida de mi padre no ha sido precisamente agradable en los últimos días. Primero, llegan ustedes a Buckshaw y antes de que se dé cuenta lo acusan de asesinato…

—Un momento, un momento —me interrumpió el inspector—. De ese tema ya hemos hablado. Lo acusamos de asesinato porque él confesó.

¿Ah, sí? Eso no lo sabía.

—Y apenas acababa de confesar tu padre —prosiguió el inspector— cuando apareció Flavia. Ese día recibí más confesiones que visitas Nuestra Señora de Lourdes.

—Yo solo quería proteger a mi padre —dije—, porque en ese momento pensaba que tal vez sí lo hubiera hecho él.

—¿Y a quién estaba intentando proteger él? —me preguntó el inspector Hewitt, observándome atentamente.

La respuesta, claro está, era Dogger. Eso era lo que papá había querido decir con «Eso era lo que más temía» después de que yo le conté que Dogger también había escuchado la discusión entre él y Bonepenny en el estudio.

Papá pensaba que Dogger había asesinado a Bonepenny, eso estaba claro, pero... ¿por qué? ¿Lo habría hecho Dogger por lealtad..., o habría sido más bien durante uno de sus ataques?

No, era mejor que Dogger quedara al margen de la historia. Era lo mínimo que podía hacer.

—Probablemente a mí —mentí—. Papá pensaba que yo había matado a Bonepenny. Al fin y al cabo, ¿no fui yo quien apareció, por así decirlo, en el escenario del crimen? Estaba intentando protegerme a *mí*.

—¿De verdad crees eso? —preguntó el inspector.

—Sería fantástico pensarlo —respondí.

—Estoy seguro de que así era —dijo el inspector—. Estoy convencido de que así era. Bueno, volvamos al sello. No creas que lo he olvidado.

—Bien, como le estaba diciendo, me gustaría hacer algo por papá. Algo que lo haga feliz, aunque sea solo por unas pocas horas. Me gustaría regalarle el Vengador del Ulster, ni que sea por un par de días. Por favor, déjeme hacerlo y le contaré todo lo que sé. Se lo prometo.

El inspector se alejó paseando hasta la librería, cogió un volumen encuadernado de *Anales de la Sociedad*

Química del año 1907 y sopló para eliminar el polvo de la parte superior del lomo. Lo hojeó distraídamente, como si buscara qué debía decir a continuación.

—¿Sabes? —dijo—, no hay nada que mi mujer, Antigone, deteste más que ir a hacer la compra. En una ocasión me dijo antes preferiría tener que hacerse un empaste a perder media hora para comprar una pierna de cordero. Pero tiene que hacer la compra, le guste o no; es su destino, dice. Para sobrellevar tan pesada carga, a veces compra un librito amarillo que se titula *Tú y tu horóscopo*. Tengo que admitir que hasta ahora siempre me había burlado de algunas de las cosas que lee durante el desayuno, pero esta mañana mi horóscopo decía así, y cito textualmente: «Alguien va a poner a prueba tu paciencia hasta límites insospechados». ¿Crees que a lo mejor he estado interpretando mal esos pronósticos, Flavia?

—¡Por favor! —pedí, pronunciando las palabras en un tono lastimero.

—Veinticuatro horas —dijo—. Ni un minuto más.

Y entonces me salió todo a borbotones y empecé a hablar de la agachadiza chica muerta, de la inocente (aunque también incomible) tarta de crema de la señora Mullet, del registro de la habitación de Bonepenny en la posada, del hallazgo de los sellos, de las visitas a la señorita Mountjoy y al doctor Kissing, de los encuentros con Pemberton en el disparate arquitectónico y en el cementerio y del secuestro en el cobertizo del foso.

Lo único que no le conté fue que había inyectado en el pintalabios de Feely un extracto de hiedra venenosa. ¿Para qué confundir al inspector con detalles innecesarios?

Mientras yo hablaba, él iba tomando alguna que otra nota en un cuadernito negro cuyas páginas, advertí, estaban repletas de flechas y crípticos símbolos que muy bien podrían estar inspirados en algún tratado de alquimia de la Edad Media.

—¿Yo salgo ahí? —le pregunté, señalando el cuaderno.
—Sales —dijo.
—¿Puedo echar un vistazo? ¿Pequeñito?

El inspector Hewitt cerró el cuaderno.

—No —repuso—. Es un documento confidencial de la policía.

—¿Escribe usted mi nombre completo o me representa con uno de esos símbolos?

—Tienes tu propio símbolo —dijo, metiéndose el cuaderno en el bolsillo—. Bueno, ya va siendo hora de que me marche.

Me tendió una mano y me dio un vigoroso apretón.

—Adiós, Flavia —dijo—. Ha sido… toda una experiencia. Se acercó a la puerta y la abrió.

—Inspector…

Se detuvo y se volvió.

—¿Cuál es? Mi símbolo, quiero decir.

—Es una P —respondió—. Una P mayúscula.

—¿Una P? —le pregunté, sorprendida—. ¿Y qué significa P?

—Ah —dijo—, eso lo dejo a tu imaginación.

Daffy estaba en el salón, despatarrada sobre la alfombra, leyendo *El prisionero de Zenda*.

—¿Sabes que mueves los labios cuando lees? —le pregunté.

Daffy no me hizo ni caso. Decidí jugarme la vida.

—Y hablando de labios —dije—, ¿dónde está Feely?
—En el médico —respondió—. Ha tenido una especie de brote alérgico, parece que es algo que ha tocado.

¡Bien! ¡Mi experimento había funcionado a la perfección! Nadie lo descubriría jamás. En cuanto tuviera un momento de tranquilidad anotaría lo siguiente en mi cuaderno de notas:

Martes, 6 de junio de 1950, 13.20 horas. ¡Éxito! Resultados como estaba previsto. Se ha hecho justicia.

Se me escapó una risilla. Supongo que Daffy me oyó, porque rodó sobre sí misma y cruzó las piernas.

—Ni se te ocurra pensar que te has salido con la tuya —comentó muy despacio.

—¿Qué? —dije.

El ingenuo desconcierto era mi especialidad.

—¿Qué brebaje le pusiste en el pintalabios?

—No tengo ni la menor idea de lo que estás hablando —repuse.

—Pues mírate al espejo —dijo Daffy—. Y cuidado no vayas a romperlo.

Di media vuelta y me alejé lentamente hacia la repisa de la chimenea, donde una empañada reliquia del período Regencia reflejaba hoscamente el salón. Me acerqué más, sin dejar de contemplar mi imagen. Al principio no vi nada, a excepción de mi radiante persona, mis ojos violetas y mi piel clara, pero al observarme con más detenimiento empecé a percibir ciertos detalles en mi devastado y mercúrico reflejo.

Tenía un manchón en el cuello, ¡un manchón rojo y muy feo! ¡Justo donde Feely me había besado! Se me escapó un chillido de angustia.

—Feely dijo que en menos de cinco segundos en el foso ya se había vengado de ti.

Antes incluso de que Daffy rodara de nuevo sobre sí misma y regresara a su absurda novela de capa y espada, ya tenía un plan.

Una vez, cuando tenía nueve años, escribía un diario sobre lo que significaba ser una De Luce o, por lo menos, sobre lo que significaba ser aquella De Luce en concreto. Reflexionaba mucho acerca de cómo me sentía, hasta que finalmente llegué a la conclusión de que ser Flavia de Luce era como ser un sublimado: como el residuo de cristal negro que dejan en el frío cristal de un tubo de ensayo los gases azul violáceo del yodo. En aquel momento me pareció una descripción perfecta, y en los dos últimos años no ha ocurrido nada que me haya hecho cambiar de idea.

Como he dicho, a los De Luce les falta algo, una especie de enlace químico, o la ausencia del mismo, que les hace un nudo en la lengua cada vez que se ven abordados por un sentimiento. Es tan improbable que un De Luce le diga a otro que lo quiere como que un pico de la cordillera del Himalaya se incline para susurrarle palabras bonitas al risco de al lado. Ese punto quedó probado cuando Feely me robó el diario, forzó el cierre de latón con un abrelatas de la cocina y lo leyó en voz alta desde el último peldaño de la escalinata, vestida con la ropa que le había robado al espantapájaros del vecino. En eso pensaba mientras me acercaba a la puerta del estudio de papá. Me detuve un instante, insegura. ¿De verdad quería hacerlo?

Llamé tímidamente a la puerta. Se produjo un largo silencio antes de que me llegara la voz de papá:

—Adelante —dijo.

Hice girar el pomo y entré en la habitación. Papá, sentado a una mesa junto a la ventana, apartó por un momento la vista de su lupa y luego siguió estudiando un sello de color magenta.

—¿Puedo hablar? —le pregunté, consciente ya en el momento de formular la pregunta de que era un comentario extraño y, al mismo tiempo, parecía lo adecuado.

Papá dejó la lupa, se quitó las gafas y se frotó los ojos. Parecía cansado.

Me metí la mano en el bolsillo y saqué el fragmento de papel azul en el que había escondido el Vengador del Ulster. Me acerqué como si fuera un suplicante, dejé el papel sobre la mesa y retrocedí de nuevo.

Papá lo abrió.

—¡Madre de Dios! —exclamó—. ¡Es AA!

Se puso de nuevo las gafas y cogió su lupa de joyero para ver el sello de cerca.

«Ahora —me dije— obtendré mi recompensa». Me di cuenta de que estaba pendiente de sus labios, esperando a que papá los moviera.

—¿De dónde lo has sacado? —dijo al fin con esa voz dulce tan típicamente suya que inmoviliza al interlocutor como se inmoviliza una mariposa al clavarle un alfiler.

—Lo encontré —dije.

La mirada de papá era militar..., implacable.

—Debió de caérsele a Bonepenny —añadí—. Es para ti.

Papá observó mi rostro igual que un astrónomo observaría una supernova.

—Un detalle que te honra, Flavia —dijo al fin, como si le costara un gran esfuerzo. Después me devolvió el

Vengador del Ulster—. Tienes que restituírselo a su legítimo dueño.

—¿El rey Jorge?

Papá asintió, aunque su gesto me pareció triste.

—No sé cómo ha ido a parar ese sello a tus manos ni tampoco quiero saberlo. Has llegado hasta aquí tú sola y ahora debes salir de esto tú sola.

—El inspector Hewitt quiere que se lo entregue.

—Muy amable por su parte —dijo—, pero también demasiado oficial. No, Flavia, el AA ha pasado por demasiadas manos, unas pocas ilustres y la mayoría innobles. Ocúpate de que las tuyas sean las más dignas de todas.

—Pero... ¿qué hay que hacer para escribirle al rey?

—Estoy seguro de que encontrarás la manera —dijo papá—. Por favor, cierra la puerta cuando salgas.

Como si pretendiera enterrar el pasado, Dogger estaba arrojando estiércol de una carretilla en el huerto de pepinos.

—Señorita Flavia —dijo mientras se quitaba el sombrero y se secaba la frente con la manga.

—¿Qué hay que poner en una carta para el rey? —le pregunté.

Dogger apoyó con cuidado la pala en el invernadero.

—¿En la teoría o en la práctica?

—En la práctica.

—Eeeh... —dijo—. Pues tendría que mirarlo en algún sitio.

—Un momento —dije—. La señora Mullet tiene un libro titulado *Preguntar de todo sobre todo*. Lo guarda en la despensa.

—Ha ido a comprar al pueblo —señaló Dogger—. Si nos damos prisa, podemos salir con vida de esta.

Un segundo más tarde, estábamos los dos escondidos en la despensa.

—Aquí está —dije, entusiasmada, cuando el libro se abrió entre mis manos—. Pero un momento..., esto se publicó hace sesenta años. ¿Seguirá siendo correcto?

—Seguro que sí —dijo Dogger—. En los círculos reales, las cosas no cambian tan de prisa como en los nuestros. Y así debe ser.

El salón estaba vacío. Daffy y Feely andaban por alguna parte, seguramente planeando su siguiente ataque. Encontré una hoja apropiada de papel en un cajón y, después de humedecer la pluma en el tintero, copié la fórmula de encabezamiento del pegajoso libro de la señora Mullet. Intenté que mi letra resultara lo más elegante posible:

> *Benignísimo soberano:*
>
> *Sea esta la voluntad de su majestad,*
>
> *Sírvase encontrar adjunto un objeto de considerable valor que pertenece a su majestad y que fue robado este año. Cómo ha llegado a mis manos* [me pareció un toque muy elegante] *no tiene importancia, pero le aseguro a su majestad que la policía ha cogido al delincuente.*

—Capturado —dijo Dogger, que estaba leyendo por encima de mi hombro.

Lo corregí.

—¿Qué más?

—Nada —respondió él—. Fírmela y ya está. Los reyes aprecian la brevedad.

Con mucho cuidado de no emborronar la carta, copié la despedida del libro.

Lo saluda, con profunda veneración, la súbdita más humilde y sierva más sumisa de su majestad.

Flavia de Luce (srta.)

—¡Perfecto! —exclamó Dogger.
Doblé cuidadosamente la carta y, tras pasar el pulgar, conseguí los pliegues más finos. Después la metí en uno de los mejores sobres de papá y escribí la dirección:

Su alteza real Jorge VI
Buckingham Palace, Londres, S. W. I
Inglaterra

—¿La marco como «Personal»?
—Buena idea —dijo Dogger.

Una semana más tarde, me estaba refrescando los pies desnudos en el agua del lago artificial mientras revisaba las notas que había tomado sobre la coniína, el principal alcaloide de la venenosa cicuta, cuando Dogger apareció de repente, agitando algo que llevaba en la mano.
—¡Señorita Flavia! —exclamó, y luego cruzó el lago sin quitarse siquiera las botas para llegar a la isla. Las perneras de sus pantalones estaban empapadas y, aunque se quedó allí plantado chorreando como Poseidón, su sonrisa era tan radiante como la veraniega tarde.
Me entregó un sobre tan blanco y suave como el plumón de un ganso.
—¿Lo abro? —le pregunté.
—Diría que va dirigido a usted.

Dogger se estremeció cuando rasgué la solapa del sobre y saqué la hoja doblada de papel color crema que había en el interior:

Mi querida señorita De Luce:

Le estoy muy agradecido por su reciente misiva y por la restitución del maravilloso objeto que esta contenía, que, como muy probablemente sabe usted, ha desempeñado un importante papel, no solo en la historia de mi familia, sino en la historia de Inglaterra.

Por favor, acepte mi más sincero agradecimiento.

La firma decía simplemente «Jorge».

AGRADECIMIENTOS

Cada vez que cojo un libro nuevo, lo primero que hago es ir a la página de agradecimientos, porque me proporciona una especie de fotografía aérea de la obra: un mapa a gran escala que muestra en parte ese entorno más amplio en el cual se escribió el libro y aporta más información sobre el dónde y el cómo.

Ninguna obra en proceso de producción ha recibido jamás tanto cariño y cuidados como *Flavia de los extraños talentos,* por lo que es para mí un gran honor expresar mi agradecimiento a la Crime Writers' Association (asociación de escritores de novela policíaca, CWA por sus siglas en inglés) y al jurado que consideró esta obra merecedora del premio Debut Dagger: Philip Gooden (presidente de la CWA), Margaret Murphy, Emma Hargrave, Bill Massey, Sara Mengue, Keshini Naidoo y Sarah Turner.

Quisiera transmitir mi especial agradecimiento a Margaret Murphy, quien no solo presidió el comité de los premios Debut Dagger, sino que también le robó un poco de tiempo a su apretada agenda el día de la entrega de premios para recibir en persona a un extranjero que deambulaba por Londres. Gracias también a

Meg Gardiner, Chris High y Ann Cleeves por hacerme sentir como si los conociera de toda la vida. A Louise Penny, ganadora ella también del premio Dagger, cuya generosidad, calidez y aliento quedan perfectamente ejemplificados en su página web, convertida ya en un faro para los aspirantes a escritor. Louise es una maestra a la hora de devolver con creces lo que recibe. Y, por si eso fuera poco, las novelas protagonizadas por el inspector jefe Armand Gamache son sencillamente espléndidas.

A mi agente, Denise Bukowski, por cruzar el Atlántico para estar a mi lado y por conseguir llevarme a la iglesia a tiempo, a pesar de mi *jet lag*.

Gracias de nuevo a Bill Massey, de Orion Books, por confiar en la novela y comprarla —junto con la serie— basándose en unas pocas páginas y por invitarme a una inolvidable comida en el antiguo Bucket of Blood («cubo de sangre») en Covent Garden, el mismísimo lugar en el que el poeta y crítico John Dryden fue atacado por una banda de rufianes. Nadie ha tenido jamás mejor editor que Bill. ¡Es ciertamente mi alma gemela!

Gracias a Kate Miciak y Molly Boyle de Bantam Dell en Nueva York y a Kristin Cochrane de Doubleday Canada por confiar en mí desde el principio y alentarme.

A Robyn Kamey, correctora de Orion Books, por sus acertadas e inteligentes sugerencias. Y a Emma Wallace y Genevieve Pegg, también de Orion Books, por su entusiasta y cordial recibimiento.

Gracias al atento y solícito personal del museo y archivo británico de correos, en Freeling House, Phoenix Place, Londres, por contestar con tanta amabilidad a todas mis preguntas y permitirme consultar material sobre la historia del Penny Black.

Gracias a mis queridas amigas de Saskatoon, y expertas en novela policíaca, Mary Gilliland y Janice Cushon, por depositar en mis manos el equivalente eduardiano de internet: la colección completa de la 11.ª edición (1911) de la *Enciclopedia Británica,* lo cual es probablemente el sueño de todo escritor de novelas de detectives.

A David Whiteside, de la agencia Bukowski, por su valiosísimo trabajo a la hora de poner un poco de orden en las inevitables pilas de papeleo y trámites burocráticos.

A mis queridos amigos, el doctor John Harland y Janet Harland, quienes me aligeraron el camino con sus muchas y útiles —en algunos casos, incluso brillantes— sugerencias. Sin el entusiasmo que ellos han demostrado, *Flavia de los extraños talentos* sería un libro de menor valía y, desde luego, no me habría divertido tanto escribiéndolo.

Todos estos queridísimos amigos me han ofrecido sus mejores consejos; si se ha escapado algún error, yo soy el único responsable.

Y, por último, quiero expresar mi amor incondicional y mi eterna gratitud a mi esposa, Shirley, quien me animó o, mejor dicho, me insistió para que dejara salir a Flavia de Luce y a su familia de la maraña de notas en las que languidecían desde hacía demasiado tiempo.